少年の日の敗戦日記

朝鮮半島からの帰還

岩下　彪 著

法政大学出版局

目次

第Ⅲ部　脱　出

まえがき

この記録は、第二次大戦中、北朝鮮（現在の朝鮮民主主義人民共和国）に住んでいた私たち一家が、現地で体験した、敗戦、抑留、脱出、引き揚げ等の事実を、私自身の眼を通して、できるだけ正確に、できるだけ具体的に記録しようとして書き上げたものである。

これは、私個人の思い出や、自伝の一部として書こうとしたものではない。私の記憶や記録をもとにして書いている関係上、そういった側面が現われても当然ではあるが、私がめざしたのは、歴史上の記録である。第二次世界大戦の末期と、戦後の一年足らずの時期に、世界の片隅の小地域で観察したミクロな歴史の断面である。正史に載ることのない一個人の眼を通して描いた一地方の歴史の断片である。

全体としては、一九四五年（昭和二十年）四月から、翌年五月に至る約一年間余の記録となっている。第I部、第II部、第III部の全三部から成り、第I部は、私が鎮南浦《ちんなんぽ》中学に入学した四月から、殷栗《いんりつ》（ウンユル）に戻る八月末までの記録で、舞台は当時の鎮南浦（現在の平安南道南浦（ナムポ））の街である。第II部は、殷栗（現在の黄海北道殷栗（ウンニュル））における日本人たちの抑留から、帰国に向けての出発までの記録、第III部は、その脱出、引き揚げの旅の記録である。これら三部の記録の成り立ちについては、あとがきに詳しく述べるが、それぞれの初稿の書かれた時期にかなりの隔たりがあるため、ある程度校訂はしたものの、各部での叙述の仕方に、多少異なった感じを与える部分があるかもしれないし、また、重複する部分もいくらか含まれている。

細かい事柄はすべて「あとがき」に譲り、ここでは、文中に現われる固有名詞についてだけ、注釈を述べる。

まず、「朝鮮」ということばであるが、これは昔の国名に由来し、日本の植民地支配の時代にも、「朝鮮総督府」などの名称に用いられた。しかし戦後、朝鮮は南北に分離独立する結果となり、朝鮮民主主義人民共和国（北朝鮮）と、大韓民国（韓国）に分かれた。NHKで、「ハングル語講座」を開始するに当たり、その名称を何とするかで論議があったということを聞いた。元来、ハングル語というものはなく、日本の仮名文字と同様に、中国伝来の漢字だけでは自国在来の言語を表現するのに不便なため、作られた表音文字がハングル文字である。それは、日本の統治以前から使われており、文字も言語も、北朝鮮、韓国両者に共通である。だが、「朝鮮語」と呼ぶと北朝鮮のことばのように聞こえ、「韓国語」と呼ぶと韓国のことばのように聞こえるので、苦肉の策で、「ハングル語」が登場したものと見える。一方、「韓国」という名称も古くからあり、日本歴史でも、西郷隆盛らの「征韓論」や、「日韓併合」などの用語が見られる。

また、日本の統治時代から、一部の日本人には、国粋主義的な思想から、朝鮮人を蔑視したり敵視したりする風潮が生じた。そのため、「朝鮮」、「朝鮮人」等のことばが差別用語として使われることがあった。戦争末期に、朝鮮総督府が朝鮮人を「半島人」と呼び、日本人を「内地人」と呼ぶことによって、反感を和らげようとしたことがある。このように「朝鮮」、「韓国」などのことばには、いろいろな意味で難しい問題がからまってくる。

この記録においては、ほとんどの内容が、いわゆる「北朝鮮」地域内で起こったことがらなので、「朝鮮」、「朝鮮人」、「朝鮮語」のように、「朝鮮」ということばで統一した。これにはいかなる特別の意図も含まれていない。現在の韓国は、当時は「南朝鮮」と呼ばれていた。私たちが引き揚げた当時は、まだ「大韓民国」は成立していなかった。本文中にもあるように、終戦直後には、北朝鮮でも現在の韓国国旗を朝鮮国旗として取り扱っていた。だが、我々が帰国する頃までには、金九氏らの南北統一の動きはあったにもせよ、米ソの対立は尖鋭化し、統一政府のできる可能性のないことはほぼ確実と見られるようになっていた。私は国や民族を表現する用語の選択にはその時代の歴史的背景を考慮すべきだと考えているが、こうした激動の時代にはなかなか一筋縄ではいかない難しさを感じる。

次に、地名と人名である。朝鮮の地名や人名は、本来は朝鮮語によるものであろうが、中国から漢字が伝わり、漢字が当てられるようになった。その点は日本も同じで、漢字使用の歴史が長くなると逆に、表意文字である漢字を使って地名や人名が作られるようにもなった。漢字そのものは共通であっても、その読み方はそれぞれの言語に特有のものとなる。日本語で音読み、訓読みが併用されるようになったのもその特異な例であろう。市場は、「いちば」と読む場合と「しじょう」と読む場合では、意味が違ってくる。

中国は当然であるが、朝鮮や日本でも地名、人名が漢字表記されたために、発音の上では非常に面倒なことが起こった。同じ地名、人名に何重もの発音が対応することになるからである。終戦以前の日本では、日本以外の国での漢字表記の地名、人名は日本式の音読みで発音するのが原則となっていた。ただ北京（ペキン）、上海（シャンハイ）などの例外はあった。戦後には、現地の発音を基準にしてカタカナ表記するようになったが、実はこのカタカナ表記がくせものである。中国語や朝鮮語の発音は、日本語の仮名文字の発音では正しく表記することができない。カタカナ表記をそのまま発音したのでは、現地人には通じない場合が決して少なくないであろう。たとえば現在は北朝鮮にある開城という町の名は、日本式音読みでは「かいじょう」であるが、戦後の地図には、「ケーソン」と仮名書きされていた。朝鮮戦争勃発直後に、ＮＨＫのアナウンサーが、韓国に国際電話をかけて、韓国人記者と日本語で対話したことがあった。当時の韓国人の大多数は日本語をよく知っていた。ＮＨＫのアナウンサーが、開城のことを、「ケーソン」と発音したところ、何度言っても通じなくて、「かいじょう」と言ったら一遍で通じたという皮肉な現実があった。これは私がラジオを聴いていた際の体験である。韓国での「開城」の発音は、あえて仮名書きすれば、「ケスン」といった感じである。

この記録において、朝鮮の地名や人名をどう表記すべきかについては、大いに迷った。全体を統一する方法がなかったからである。ある人々、たとえば本文中に登場する「ヒョンセビー」という人名は、明らかに朝鮮語をカタカナ書きにしたもので正確な発音とは言えないが、耳から入ったことばであるから、かなり正確に近いと考えられる。しかしそれはよいとして、この人の名前を漢字で書いたらどうなるのか、私にはわからない。逆に「任元浩」という漢字名は、朝鮮語ではどう発音するかわからない。辞書などで無理にカタカナ書きに改めてもだいたい無意味である。というのは、必ずしもそう呼ばれたとは限らないからである。「金鎮玉」という人は、朝鮮人仲間では「チョンマニー」と呼ばれ、自らは、「チノギ」と言ったが、こういった呼び方は、日本人の場合にあてはめてみると、「正雄」という名の人が、もっぱら、「まさおちゃん」と呼ばれたり、「マーチャン」とか、「ショウチャン」とか、「マッシー」とか呼ばれるようなものであろう。

そんなわけで、私は、呼び方を統一するのをあきらめ、私たちが当時呼んでいた呼び名に従って表記することにした。漢字表記を日本式に読んでいた場合は、そのまま漢字表記とし「林永昌《りんえいしょう》」等と記し、朝鮮人仲間の呼び名で呼んでいた場合は、「ミョング」、「オンジョナー」のように、それに近い発音をカタカナで表記した。

地名の場合にもいろいろな問題があるが、これはすべて漢字表記にした。そして、最初に出たところで、日本式発音を平仮名でルビを付し、朝鮮式発音に準じるものをカタカナで（　　）に記した。朝鮮式発音がよくわからない場合は、日本式発音だけを示した。例をあげると、「瓮津《おうしん》（オンジン）」、「青陽島《せいようとう》」等である。ところで、朝鮮式発音と言っても地方により方言や訛りがあるのは日本の場合と変わらない。ことに、今から半世紀以上も前のことであるから、標準朝鮮語の普及もきわめて不充分だったに違いない（朝鮮総督府が、標準朝鮮語の普及に力を注いだとは、とうてい考えられない）。事実、殷栗地方では、オモニ（母親）をオマイ、アボジ（父親）をアバイ、ハルモニ（お婆さん）をハルマイと言っていた。平壌の地名は現在の地図では「ピョンヤン」と記されているが、殷栗で聴いた発音はどう聞いても「ピアン」であった。殷栗も日本式では「いんりつ」だが、朝鮮人は「ウンユル」と発音していた。しかし、現代の標準朝鮮語では「ウンニュル」と発音するらしい。現地での発音もそのように変わったかどうかわからない。とにかく、この記録では、私自身が当時自分の耳で聞いてはっきりと記憶している限りにおいて、その音をカタカナで表記することにした。

　そういったわけで、人名や地名の表記には、細かく気を配ったけれども、結局はかなり不統一で、不完全なものになった。しかし、あえてそうしたのは、一般的に言って、人名や地名の発音や表記に関しては、自分勝手な判断で、やたらな変更は加えないほうがよいという考えが、根底にあったからである。もちろん私の記憶は決して完璧なものではあり得ないから、間違いや勘違いがないとはとうてい言い切れない。

第I部　敗戦

第1章　鎮南浦中学

中学入学

三月は解氷期である。冬じゅう敷きつめていた雪も消え始め、黒い地肌が見え出してくる。鶴の大群が空一面に広がって、北の国へ去って行く。丹頂鶴は整然と列を組んで飛んで行く。赤茶けた色のナズナの若草は早くも雪の下から顔を出し、ツグミの群は餌をあさりながら方々のリンゴ園の間を飛び廻っている。澄みきった空にギラギラと太陽が光る。春である。

だが夕方になると、急に冷え始める。雪解けで泥んこになった道は、歩くと、ミシミシという音を立てるようになり、ついにはデコボコのまま固く凍ってしまう。真赤な夕日がツララに映えるのも束の間で、闇と共にまた冬が戻って来る。戸外にあるものは、何でもみな凍ってしまう。冷たく澄んだ空も、冴えわたる星の光も、打てばキンキンと音がしそうなほど、固く凍ってしまう。

春と冬との激しい葛藤も、四月になると、ほぼ行方が知れてくる。固く凍った埋立地の土も、やっと融けて、ずっと深いところまでぶよぶよになる。だがそのために、実にやっかいな問題が起こる。表面近くの土の層はもう乾きかけて、見たところ何事もない道路のようだが、深層の泥はまだ固まらず、ぶよぶよのままなのである。事実、人間が歩いたぐらいでは表面の層が破れることはなく、何事も起こらない。しかし、よく気をつけて歩いてみると、何か船の上を歩いているような、不安定な感じがする。地面が揺れ動くのである。ここへ自動車がやって来ると、その重量のために表面の層が破れ、車輪が完全に地面にめりこんで動けなくなってしまう。そんな季節には、この地方唯一の交通機関である乗合バスもしばらく運休になってしまうのであった。

長連《ちょうれん》という小さな町の近くに、こういう場所があった。長淵《ちょうえん》を始発地とする猪島《ちょとう》行きのバスは、途中、殷栗《いんりつ》（ウンユル）と長連を通る。長連から猪島までは、約二十キロほどあるが、この区間には埋立地が多かった。猪島というのも、もとは島であったらしい。だが今は広大な干拓地で、陸とつながっている。

私は、殷栗の町に住んでいた。ここには中学校がなかったので、中学に通うためには遠く離れた街まで出て行かなければならなかった。一九四五年の四月、私は、父や友達の荒谷《あらや》君と一緒にタクシーに乗って、中学のある街、鎮南浦《ちんなんぽ》に向かって出発した。バスはこの季節には長連止まりなので、その先、猪島までは歩かなければならない。そこで、タクシーで出かけたのである。

バスより少し遅れて殷栗を出たタクシーは、途中でバスを追い抜いたが、パンクをして、また追い抜かれてしまった。修理をすませ、再び走り出したタクシーは、長連のバス終点の近くでまたバスに追いついた。バスの乗客が降りて、ぞろぞろと歩き始めるのを横目に見て、私たちのタクシーは軽快に前進して行った。

タクシーは、問題の埋立地に近づいた。道路にはわだちの跡が明瞭に続いており、そこは見るからにぐちゃぐちゃした泥んこであったが、二本のわだちの中間とその両脇は乾いて固そうに見えた。タクシーの運転手は、泥んこを避けて、乾いているあたりを選んで車を進めた。しかし、これは誤算であった。その乾いたように見える場所こそ、大福餅みたいに、地下にどろどろのアンコが入っている地帯だったのだ。「がしゃん」と鈍い音がして、車体は沈み、エンジンは止まってしまった。車輪が完全に埋没してしまったのであった。バスを抜いてから、ものの百メートルと行かないところであった。

しかたなく、私たちは歩いた。まだ冷たい早春の風に吹かれながら、一本の自動車道路をたどった。猪島はなかなか遠かった。道の途中には、方々にリンゴ園があった。朝鮮人の部落も散在していた。私たちの方を珍しそうに眺めている子供もいた。

――この日から約一年後、同じような田舎道を、今度は金山浦《きんざんぽ》（クンサンポ）に向かって、一家そろって歩いて行こうとは、誰が予測し得たであろう！

中学への通学路

鎮中《ちんちゆう》――正しく言えば、鎮南浦公立中学校――に私は入学した。昭和二十年四月五日であった。新しい制服、新しい帽子、新しい徽章、希望に胸おどる入学式……いや、私にとっては（少なくとも私にとっては）、そうではなかった。服も帽子も、私には興味がなかった。制服は国防色、つまりカーキ色の軍服に似た学生服、制帽は安っぽい戦闘帽であった。かばんの代わりに、小型の背嚢《はいのう》（陸軍の歩兵が背負っていたもの）が配給になった。足にはゲートルを巻かされた。戦局はますます不利になっていて、すでにアッツ島、サイパン島の陥落（当時は玉砕と呼ばれた）が伝えられ、私はどうしても不安をぬぐい切れなかった。しかしなお、連合艦隊は健在だとか（事実はほとんど全滅していた）、本土決戦（これは気になることばだった）だとか、必勝の信念だとかいうことが叫ばれていた時代だった。すべてが軍隊式になっていた。

中学校には軍事教官という配属将校がいて、教練などの指導をしていた。軍服を着て勲章を下げて、革の長靴をギュッ、ギュッと鳴らしながら、いつも鷹揚な足取りで歩く中尉さんで、学生たちのあこがれの的であった。侵すべからざる威厳と、慈父のような優しさとを兼ねそなえた理想の人物——そんなふうに仰がれていたのだった。

戦後になって、「軍事教官というのは、役に立たなくなった将校の掃き溜め」、いわば天下り先だったのだという話を聞いた。真偽のほどはわからないが、そういった場合も確かにあったのかもしれない。だが戦時中にはそんなことは全く考え及ばなかった。

中学は郊外にあった。ひとくちに郊外と言っても広い。私が預けられた小堀家は、鎮南浦の街の西部に当たっていたが、中学はそれよりもさらに六キロほど西のほうにあった。大部分の学生は、この遠い道のりを歩いて通っていた。道は商工学校の前を通り、女学校の下を通り、場末の町々を抜けて、やがて広々とした沼地の間にかかる。沼地は遠く海に続いていて、潮が満ちてくると、一面濁水に浸ってしまう。潮が引くと、ハマボウフウなどのまばらに生える湿地帯になる。朝鮮人の親子が、ぬらぬらとして滑りやすいその湿地帯をはだしで歩きながら、食べられる草を摘んでいる姿も見受けられた。また、道端に並んで、カニを釣っている子供たちも見られた。彼らは糸の先に小さなワタのかたまりを結びつけて、甲羅干しをしているカニの前に差し出すのだ。カニがハサミを振りあげてそれをつかむところを、すかさず釣りあげるのである。カニは、まるでクモみたいな小さいのから小石くらいの親玉まで、無数に集まって日向ぼっこをしている。ちょっとおどかすと、それこそクモの子を散らすように、めいめいの穴の中に逃げ込んでしまう。よく迷わずに、迅速に自分の穴に逃げこめるものだと感心する。

満潮の時には、太い棒の先に大きい四角な網をつけて、これを水に沈めたまま、のんびりと土手に腰を下ろしている男たちを見かける。この網の中に獲物が入って来るのを、気長に待っているのであろう。カーキ色の水は茫洋として、遠くの山までも続いている。その山すそを走る列車の汽笛の音が、時折あたりに響き渡った。

道は、沼地の真ん中を一直線に走り、その途中に三和橋《さんわばし》という大きな橋があった。道の両側の沼地はこの橋の下だけでつながっていたので、満潮、干潮の前後には水が激しく橋の下を流れ、時には体長三十センチもあろうかと見える大きな海蛭が流されて行った。道がこの沼地にさしかかる直前に低い丘のわきを通るのだが、この丘は私たちの住んでいる町内の裏山に続いていた。当時、この丘の道路に面した部分は切り崩されつつあった。それはこの沼地の一部を埋め立てて建設された軽金属工場の増築のためであった。トロッコの線路が敷かれ、カーバイドを使ったアセチレン燃料の機関車が猛烈な爆音を立てて往来していた。時たま、丘を切り崩すためにハッパをかけることがあり、その時は道路は一時通行止めになった。あるとき、登校の途中で通行止めに会い、立ち止まって見ていると、爆発で吹っ飛んだ石の破片が、逃げ遅れた人夫の腕のあたりに直接ぶつかった。仲間に支えられながら、足を引きずるようにして小屋へ運ばれて行く人夫の、苦痛に満ちた表情がいつまでも目に残った。通行人は、瞬間的に起こったこの出来事を、ぼんやりと立ち止まったまま見つめていた。

風向きが悪いと、この埋立地の工場からもうもうと立ちのぼる塩素の煙が、容赦なく吹き寄せて来る。平和な時代ならとうてい許されるはずのない多量の塩素ガスが、まるで火事でもあるかのように、工場の屋根から吹き出しているのであった。通行人は、鼻と口とをしっかりと押さえて、息を殺して通り抜けねばならなかった。

鎮南浦府（府は、大きな街に付ける名称で、日本の市よりも大きい感じ）は、りんごの名産地であったが、かつて街の東のほうに金の精錬所が建てられ、ここから出る煙がりんごの木に害を与えるというので、問題になったことがある。高さ百メートルの煙突が二本並んで立っていたが、煙害防止のためにと高さ三百メートルの大煙突が立てられた。当時、世界一とも言われ、海をへだてた猪島の海岸からもよく見え、五十キロも離れた殷栗の九月山《くげつさん》（クオールサン）からも見えると言われた。まるで鎮南浦の象徴のようであったが、それでも煙害が起こると騒がれたのであった。古い二本の煙突は壊すのに費用がかかるのでそのままに放置され、三本煙突が左右対称に並ぶ様は、なかなか壮大なものであった。りんご栽培業者の苦情は、それ以上何の手当ても受けられないまま時が過ぎたが、今やそれどころではなくなった。埋立地にできた二つの工場から、夜となく昼となく、塩素ガスを吐き出されるのであるからたまったものではない。りんごばかりか、一木一草もなくなって、完全に禿げ上がった丘もあった。近所のりんご園は壊滅的な打撃を受けたが、これも「聖戦の完遂」のためには泣き寝入りするほかなかったのである。

　鉄道は、平壌《へいじょう》（ピョンヤン、ピアン）から西へ、趙村《ちょうそん》、大平《たいへい》、岐陽《きよう》、真池洞《しんちどう》、葛川《かっせん》を経て、鎮南浦へ延びていた。この間、五十五・二キロメートル、汽車で一時間十分から十五分かかった。終戦に近くなって、さらに西のほうにある龍岡《りゅうこう》という所まで延長された。ここに飛行隊の基地ができたためである。その途中に徳洞《とくどう》という駅ができて、それは中学から西北に僅かばかりの距離にあった。だから鎮南浦駅からここまで鉄道を利用することもできたのであるが、何事によらず軟弱なことの嫌われた戦時中のことであるから、大部分の生徒たちは鎮南浦から六キロ余りの道を歩いて通っていた。一部の生徒と教官だけが自転車で通っていた。バスはなかった。

　先生のことは、みな、教官と呼んでいた。生徒たちは、「○○教官殿」と、敬称をつけて呼ばなければならなかった。大多数の生徒たちは、鎮南浦の市内に住んでいたので、朝の登校時には、たいてい何人か一緒になった。「おい、あの前に行くのは河村だろう」などと言って足を速め、次々と人数がまとまって行くのであった。しかし、こうした登校中にも、気を抜いてわいわいがやがやと話をしているわけにはいかなかった。二人並んだら歩調をとれなどと言われているので、軍隊の行進のように、二列縦隊になって、歩調を合わせて歩かなければならなかった。上級生が通りかかったりすると、最初に見つけた者が「おはようございます！」と叫んで立ち止まり、軍隊式に挙手の礼をする。一同もこれにならって敬礼をする。うっかりして知らずに通り過ぎたりすると、あとで呼びつけられて叱られることがあった。教官に出会った時には、みんな固くなって、寸分の隙もないように心を配りながら敬礼をするのであった。

私は、地下足袋をはいて通っていた。近頃はあまり見かけないが、工事人夫などがよくはいているゴム底の靴で、足袋のように足の親指と他の指との間に切れ目がついている。当時のゴムは質が悪くてすぐにひび割れができた。しかし、代わりの靴がないから、仕方なしに、針金で縫い合わせる。ところが、じきにその縫い目から割れてきて、靴底にパックリと口が開く。それをまた針金で縫う。そんなことをしているうちに、もう少しで底が抜けそうになるので、とうとう私はハダシで歩いた。道はキメ細かい土でできている。この辺一帯が沼地でなめらかな粘土質だからであろう。道の表面はポコポコとした軽いホコリに覆われていた。その道の上に、アセチレン自動車が、白い消石灰の粉をこぼして行く。そこへ今度は泥炭を積んだトラックが石炭の粉を撒き散らして行く。だから道は、薄ネズミ色をしていて、歩くとホコリが舞い上がる。

行く手にりんご園のある小丘が見えて、その丘の切通しを過ぎると、中学は間近である。切通しは、低い峠のようになっていて、そこを少し下った左手に、松林をめぐらして、灰色をした二階建ての校舎が見える。このややモダンなコンクリートの建物は、道よりやや高いところにあり、道路に面した校門を通ってから、坂道を登るようになっている。登校時には、その坂の上に上級生が待ち構えていて、服装検査をやっている。

ここで私は例の地下足袋を出してはき、ゲートルの巻き方を調べる。ゆるんでいたり、隙間があいていたりしてはいけない。服のボタンが外れていないか、名札はちゃんと付いているか（生徒はみんな、左の胸に名札を付けていた）、徽章が曲がってはいないか、などと自分で調べる。これから上級生の前を通って学校に入るわけだが、二人以上並んで通るときは、一番右前の者が号令をかけることになっている。

「歩調――とれー！」

こんな号令をかけるのがいやなら、なるべく他人の左側に立って歩くことだ。

毎日の日課

二年生以上の生徒（当時の中学は四年制であった）は、新学年が始まると間もなく、学徒動員で、龍岡へ送られた。この一、二年間、中学生は二年になると全く勉強を捨てて、安州《あんしゅう》とか龍岡とかへ動員させられていた。あとに残るのは一年生と、病弱の上級生ばかりであった。病身の上級生は「鳥なき里のコウモリ」で、大勢の一年生を相手に大いばりであった。若い教官には次々と召集令状が来て、だんだん手不足になるので、いきおい、この上級生たちが一年生の課外の指導を受け持つことになる。中にはずいぶん意地の悪い奴もいた。

正式の授業は、一日に一、二時間くらいしかない。あとは作業と教練である。学校の農場が広いので、その手入れが実に大変であった。私は、一体、この学校は農学校なのだろうか、などと考えた。草取り、田植え、施肥——肥桶をかついで、あちこちの畑に撒いて廻るのだ——、兎、牛などの世話、そして雨の日は室内で綿むしりである。時には土工のまねもさせられた。大きな松丸太をかついだり、重い石をもっこで運んだり、肩に食いこむような痛さをこらえて、汗をしぼったものだった。

教練は整列、行進の練習から、銃剣術、剣道などであった。そしてこの時は例の軍事教官が目を光らせている。訓練のときにもっぱらお叱言《こごと》を言うのは校長で、軍事教官はむしろ鷹揚に構えていた。実際、教練がすむと、ほっと生き返る心地だった。

だが一日の授業が終わってもまだ帰れない。一年生は一班から四班までに分かれていて、各班ごとに担当場所の掃除をする。私たちの第四班は軍事教官室を受け持たされた。軍事教官はめったに部屋にいることはなかったが、留守の部屋にも何となく威厳がこもっていた。床板はピカピカに光っていて、とてもつやが良かった。木目や節などの模様がきれいで、私は掃除をするたびにいつも見とれるのだった。そこに、ちょうどイタチのように見える模様があった。私はイタチという動物をよく知っていたわけではなかったが、どうしてもそれがイタチだという気がしてならなかった。ずっと後になってからも、——ああ、あのイタチはどうしただろう——などと考えたことがあった。

掃除がすむと、班長は、班員を並ばせて、「反省！」と言う。一同は首を垂れて眼をつぶり、合掌して、お祈りのようなかっこうをする。班長も同じ姿勢をしたまま、「小島！」などと、班員の名前を呼ぶ。呼ばれた者はその日の掃除について反省を述べなければならない。

「私は、雑巾がけで、部屋の隅のほうをよく拭きませんでしたが、これは良くなかったと思います」

こんなことをくり返していると、そのうちには、反省の材料がなくなって困ってしまう。班長も同級生なのだから、何を言おうとなれ合いのようなものだが、しかしクラスの中には一種の緊張がみなぎっていた。それは、すべてを戦争へ……という当時の指導方針につながっているものであった。われこそは忠誠なる臣民であるという、誇りと見栄とがあった。瞬時といえども忘れてはならないのは、「忠君愛国の心」であった。そして、すべてに優先することは、「戦争に勝つために」ということであった。直接戦争に関係のないことはひどく冷遇されていた時代だった。のんびりしている人間、学問だとか、芸術だとか、芸能だとかに志すような人間、進んで戦線へ出陣したいと願わない人間、必勝の信念を持っていない人間、不平不満を言う人間……そういった人間はすべて敵であった。恥を知らない、いやしむべき人間、国賊であった。忠良なる臣民にはこうした恥知らずな者を見つけたら徹底的にたたき直してやらなければならない義務がある。たとえ親しい同級生であろうと、ぐうたらな奴がいたら、断固排斥しなければならない。そうすることによって、自分自身の優越感も得られるのであった。

もちろん級友たちは表面的には親しくしていたし、まだ小学校を出たばかりの子供たちが、本心に立ち返って無邪気にたわむれることもないわけではなかった。しかし軍国主義の重圧は、いつでも容赦なく我々の頭上にのしかかって来た。そして、心の緊張をほぐす暇を与えなかった。

掃除がすむと、課外の作業がある。牛の当番、ウサギの当番、畑の当番などに各班が分かれる。木原サンプクという名前の小使いさんが指導していた。眼の細い、大陸的な風貌の朝鮮人であった。茶目な生徒は、「木原さーん、プク」といって呼ぼうかなどと冗談を言った。しかし、かげでは何かと悪口を言っても、面と向かっては何とも言えなかった。小使いさんの命令といえども従わねばならなかったのである。

「きょうは水汲みをやる。インニョウスイ（飲料水）の桶を持って来て、二人つつ、かついで行く」

木原さんは、独特のアクセントで、こんな命令を下す。「インニョウ水だぞ」などと口真似をしながら、私たちは、桶を取ってくる。

一番いやな仕事は、肥桶かつぎであった。汲取り口から肥びしゃくで汲みあげて、桶にいっぱい入れてふたをすると、天秤棒を通して担ぐ。重いのでよろよろしながら運動場を横切り、遠くの菜園まで運んで行くのである。臭いのと疲れるのとで地獄の苦しみであった。

反対に愉快だったのは、牛が逃げ出した時である。学校で飼っていた牛は近在の農家から買い受けた朝鮮牛であったが、これが時々、どこかへ逃走した。そうすると学校中大騒ぎになり、我々は手分けしてさがしに出かけた。私たちはこの時とばかり、学校の外をあちこちと駈けまわった。牛はもと住んでいた家に舞い戻ることが多かった。

当番がすんだあとで、私たちはまた上級生に引き廻される。ゲートルを巻いたままで床の上に正座させられ、これが「修練」だと言われる。上級生は立ったままである。

「眼をつぶれ！」

「石畠、体が曲がっているぞ、もっと胸を張って！　眼をあけるんじゃない！」

足がしびれて感覚がなくなってくる。しかし、動くわけにはいかない。

時々、「号令調声」というのをやらされることがあった。運動場の東のほうにある松林に連れて行かれ、一人ずつ号令の練習をさせられる。

「気をつけーっ、休めっ！　前へー進めえっ！　廻れ右、前へー進めっ！　全たーい、止まれっ！」などと、声を限りに叫ばなければならない。「声が小さいぞ！」などと叱られて、だんだんのどが痛くなる。そろそろ声変わりの時期だというのに、残酷なことである。号令の声は沈痛な響きを伴って、広々とした畑や松林の彼方に消えて行く。

一日のすべての行事が終わって校門を出ると、やっと解放されたという気持がして、ホッとする。生徒たちは、沼地の間の道を三々五々、帰って行く。緊張しているので忘れているが、体はくたくたに疲れていた。

殷栗の家にいた頃の私は、戦時中とは言いながら、食生活には恵まれていた。私の家は地主であったから一年分の米は十分にあったし、りんご園をやっていたから果物は一年中絶えることはなかった。それが、鎮南浦に出て来てからは、丼に軽く盛ったウドン入りの麦飯を一杯だけしか食べられなくなった。おやつもないし、りんごも思うようには食べられない。それなのに、毎日往復十二キロの道を歩き、しかも学校では、ほとんど作業と教練ばかりさせられるのである。だから帰りがけにはすっかり疲れ切って、僅かばかりの坂道を登るのさえ苦痛であった。

小堀家での生活

私が預けられた小堀家は、父の卒業した栃木県師範学校の先輩で、鎮南浦公立高等女学校の博物の教師を務めている小堀《こぼり》三三郎《みつさぶろう》先生夫妻の住居であった。今は夫婦二人暮らしで、そこへ私と、友達の荒谷君とが居候に入ったのであった。小堀家は前の通りから五十メートルくらい引っ込んだ坂道の上にあり、三軒長屋の東の端に当たっていた。坂道はこの家の横手まで来て行き止まりとなり、その先は、煉瓦塀を隔てて一段と高いところに鮮銀（朝鮮銀行）の立派な官舎があった。さらにその先は山であった。すなわち、小堀家のある三軒長屋は、北に山を背負い、南に野菜畑などを隔てて、通りに面した小高いところにあった。小堀家の東側には、路地を隔てて女学校の寄宿舎があった。寄宿舎といっても普通の家と別段変わりのない造りであった。小堀先生はこの寄宿舎の舎監をしていたが、寮生の細かい面倒は一人のおばさんが見ていた。

隣組の防空訓練などがあって、私たちも時々近所の人々と顔を合わせることがあった。そんな時、寄宿舎にいる女学生たちとも出会うことがあった。また彼女らは、舎監である小堀先生に会いに来ることもあったし、お隣の赤城さんの子供たちと遊んでいることもあった。だが、何か用事がある時以外は、私と彼女たちとが話をすることはなかった。私は彼女らの何人かを知っていた。永田さんは同じ小学校の出身で、彼女のほうが一級上であった。小学校時代には一緒に遊んだ間柄だった。美崎《みさき》さんと塩谷《しおたに》さんは金山浦の出身だが、かつて帰省の途中、バスが遅れて家に帰れなくなり、ちょうど私の家を訪ねて来た小堀先生と一緒だったので、私の家に一泊して行ったことがあった。美崎さんは背のやや低い丸顔の美人だった。塩谷さんは背が高く、面長で、おっとりした性格のようだった。彼女らと顔を合わせても、お互いに羞ずかしそうに会釈を交わすだけで話もしなかったのは、そういった年頃だったということもあるが、大きな原因は当時の社会的環境であっただろう。私はクラスの仲間たちから、女学校の寄宿舎のそばに住んでいるというだけで変な目で見られたこともあった。戦時の風潮は男女の交わりをことさらに厳しく監視するような傾向を生んだ。のびのびとして自由に遊んでいた小学校時代とは大きな隔たりを感じさせられた。

三軒長屋の西の端は樋口さんという家であった。ここには同級生がいたので、時には一緒に遊ぶこともあった。樋口君は三和《さんわ》公園の林にカラスを撃ちに行ったりしていた。三和公園というのはすぐ西側の山すそにある公園で、こんもりとした大木の林や、三和花園という花園などがあった。財閥の富田儀作氏の寄贈によるもので、園内に同氏の記念碑が立っていた。ここの林にはいつもカラスが群をなしていた。それを空気銃で撃つのである。別に目的があるわけではなく、ただ撃って遊ぶだけであるから、カラスにとっては迷惑千万なことである。私も空気銃には自信があったので、樋口君から借りて、木の高いところにいるカラスをねらって撃ってみた。カラスという鳥は意外に目ざとくて、ねらうとすぐ逃げてしまうので、なかなか撃ち獲れない。この時は、うまくねらいを定めて撃ったのだが、プスッと、妙な音がしただけで、カラスはアワアワと鳴きながら飛んで行ってしまった。よく見ると、空気銃の弾丸は飛び出していないのである。代用品のお粗末なタマなので、隙間から空気が抜けてしまったのであった。私はこの一発でやめてしまった。

腹が減っても、辛くても、私は元気を失いはしなかった。まだ小学校を出たばかりの年齢で、物をあまり深刻に考えることもなかったし、学校では緊張し、家では疲れていたから、物を思う余裕もあまりなかったようだ。だが、毎日の生活は、決して楽しいものではなかった。殷栗の家のことを思い出して帰りたくなることもあったし、明日の学校のことを思うと憂鬱になることもあった。日曜も、二週に一度しか休みにならない。一緒に暮らしている荒谷君との間も時々うまく行かないことがあった。けんかをするようなことはなかったが、お互いに一種の対抗意識が生まれて、気まずい思いをすることがあったのだ。

荒谷君は、もともと鎮中入りを好んでいなかった。彼は海州《かいしゅう》の中学に行きたかったのである。しかし私の父が、鎮南浦なら一緒に置いてやってもよいと言い、彼の母親がそれに賛成して、鎮中入りが実現したのであった。こんな事情から荒谷君は内心不快な気持を抱き、鎮中合格の報が来てみんなに「おめでとう!」と祝福された時も少しも喜ばず、「何を言うか!」といいたげな表情をして、むっつりとしていたのだった。小堀家では私と荒谷君に差別をつけないように気を配り、適当な指導と助言をするよう心がけていた様子であった。小堀先生は、いかにも温厚な紳士であった。当時、多分、六十歳を過ぎていたと思うが、ばりばりの現役で、健康そのものであった。ただ、髪の毛は、ほとんど真白に近くなっていた。いつも背筋をぴんと伸ばし、正しい標準語をしっかりとした語尾で発音し、話すたびごとに「あはあは」と、軽い笑い声を添える。常に笑顔を絶やさなかった。そんなところは、いかにも女学校に長年勤務した教師らしかった。一方、夫人は、小柄で、まめまめしく動く人で、私たちにも遠慮なく家事の手伝いをさせた。私も荒谷君も不精なほうで、怠けグセがあるので、時には夫人がかんしゃくを起こして、ぶうぶう言いながら自分で掃除をやり出すこともあった。私でさえ居候の気苦労を身にしみて感じたくらいだから、荒谷君は万事につけて引け目を感じていたかもしれない。荒谷君の父親は何年も前からずっと軍隊生活をしていて、荒谷君と三人の弟たちは母親の手一つで育てられ、家は貧しい借家暮らしであった。家主の貞廣さんとの間にいざこざがあり、そんなことが原因してか、貞廣さんの息子の重利君と仲が良くなかった。ところが、この貞廣重利君が私とは一年生の時からの親友であったから、私もまた、荒谷君にとっては面白くない存在であったのかもしれない。

夜――電灯を消して、私は床に就いた。さまざまな情景が、それぞれに思い出を伴って、眠りかけた私の脳裏を去来する。常に忘れられず現われるのは、殷栗のりんご園で過ごした日々であった。学校から帰ると、庭いっぱいにりんごが並んでいて、その中で人が働いている。りんごを選り分ける者、目方を計る者、包装紙に包む者、それを箱に詰める者、その箱にふたをのせて釘を打つ者など、秋のからりとした日差しの中でせっせと働いている。私もすぐにその仲間に入り、りんご箱に品種名や数量、マークなどを刷り込む仕事を始める。南山の麓にはオンドルの煙がたなびいて、澄みきった空に五日の月が白い。蒸し風呂屋の吹くほら貝の音がポー、ポー、と風に運ばれて聞こえて来る。裏の部落からは子供たちの騒ぐ声、鶏を呼び集める「コーゥ、コウコウコウコウ、コオーゥ、コウコウコウコウ」という声、子犬を呼ぶ「ワリー、ワリワリ、ワリィー、ワリワリ」という声、ゴトリ、ゴトリ、カタリ、コトリと、タルグチ（牛車）の車輪の音、そういった音や声が、入り混じって聞こえてくる。

中国からのみやげだという大きな掛け物が床の間にかかっていた。それはすべて南京玉でできていた。さまざまな色の小さな玉を糸で綴って、どっしりとした重厚な掛け物ができ上がっていたのだ。よく見ると、ところどころ傷んでいる場所があった。これを中心に書棚が並び、その上に目覚まし時計があった。寝ていると、私は、この掛け物が何となく妖気を帯びてきて、熱に浮かされたような気分になり、じっと息を殺すのだった。すると、コツ、コツ、コツ、コツ、という規則的な音が、せわしげに、しばらくの間、聞こえる。それは、時計のあたりからのような気がするが、時計の音ではない。目覚まし時計のネジについた把手《とって》が、自然に揺れているような感じがした。だが、そんなはずはない。あるいは虫が鳴いているのだろうかと、私は思った。

この部屋には悲しい歴史が刻まれていた。あの書棚にある本の一部は喜久代さんのものであったのかも知れない。喜久代さんはもう、この世にいない。私の記憶にも残っていない――それは私の幼い頃のことであったから――。

私の家と小堀先生の家とは、親戚になっていた。私の従姉と小堀先生の長男の博さんとが結婚したためである。私の従姉、岩下米子は父の妹の娘であったが、母親の再婚など複雑な事情で家に居にくくなり、父を頼って朝鮮に渡って来たのであった。私が満一歳を少し過ぎた頃であった。その後、小堀先生から「米子さんを長男の嫁にほしい」という話があり、昭和九年の冬に結婚した。朝鮮に来てから満二年後のことであった。だが、この結婚はあまり幸福ではなかった。

博さんは、結婚後、中国で陶器商を営んでいたが、麻薬患者になるなどあまり行状も芳しくなく、商売もうまく行かず、米子は非常に苦労をした。しかし、やがて子供も生まれ商売も軌道に乗って来た。だが、博さんは朝鮮の瓮津《おうしん》（オンジン）というところに借金の取り立てに行って、腸チフスに感染してしまった。

帰りに鎮南浦の小堀家に寄って中国に戻ったが、小堀家では喜久代さんがチフスに感染し、女学校二年生で帰らぬ人となった。普段は健康そのもので、駆け足の得意な明るい娘だったということであった。博さんも重態となり米子の看病を受けていたが、看病疲れからか米子も感染して、昭和十二年、幼い男児を遺して死んだ。博さんだけが命をとりとめた。私の父は、喜久代さんの葬儀に鎮南浦に行っている最中に、「米子危篤」の電報を受け、中国の太原に急いだが、ついに死に目に会うことができなかった。小堀家にとっては二重の不幸であり、父にとっても、姪の米子に対する厚意が仇となり、悲しい結末であった。

父もかつて腸チフスで死にかけたことがあり、私の親戚だけでも腸チフスや結核で死んだ者がかなりの数にのぼっている。昭和初期、一九二五年から四五年頃にかけての時代は、そんな時代であった。

第2章　学徒動員

山　道

五月、六月、それは実に良い季節であった。この土地には梅雨というものはない。この間、ほとんど雨らしい雨は降らないのだ。私たちも通学に慣れて、学校の行き帰りに新しい道を見つけた。それは山道であった。行きよりも、帰りに通ることが多かった。学校から解放されて自由な身になると、友達と連れ立って、いつものように沼の中の一本路を歩く。そして、崩されかけた低い丘の端——そこは、いつか気の毒な工事人夫が、ハッパのために、私たちの面前で怪我をした場所であった——まで来ると、広い道路から分かれて左へ入る。草深い、細い道である。右に雑木林、左に田んぼや畑を見る、山沿いの道であった。時には松林の間をくぐる。やがて山路である。そのゆるやかな斜面には、中国人の農夫が丹精をこめて作っている野菜畑があった。春は大根の花が一面に咲く。いや、それは普通の大根ではなくて、種子を採るためのものであったらしい。かすかに紫がかった白い十字の花である。ナスもキュウリも、トマトもキャベツも、すばらしく立派なものであった。だが、それにもまして驚くべきものは、中国人農夫たちの働きぶりであった。粗食に馴れ、黙々としてたゆまずに働いている。それは天命だ——とでもいうように、ひたすら土に生きている。まるで、土についた虫のようであった。道は、その畑の間を曲がりくねって続いている。道の近くに古井戸があった。暑い日など、私たちは、畑にいる農夫に声をかけて、井戸の水を飲ませてもらったりした。

道はやがて尾根筋にかかる。美しい落葉松（カラマツ）の林があった。もえるような黄緑色の新芽はたとえようのない美しさであった。やわらかい、みずみずしい新芽である。あれを食べたらさぞおいしかろうなどと、草食動物のような気分になる。

りんご園がある。尾根筋はなだらかで、割合に幅も広い。そんなところを利用してりんごが植えてあるのだが、あまり人の通らないところだからであろうか、垣根がない。「秋になったら、取ってたべよう」などと、私はよからぬ相談を荒谷君にしたりした。この尾根筋のやや広いところにぽつりと一つ、墓場があった。誰の墓か知らないが、賤しからぬ人の墓であろうと思われた。墓石もその囲いも立派であった。おそらくは金持ちの家族の墓所なのであろう。一家族の墓がぽつりと孤立しているのは朝鮮では珍しいことではない。だがそれにもせよ、こんなみごとなカラマツの丘に、りんごの木をそばにして、家族だけで静かに眠っているなどとは、いかにもこの土地らしく、のんびりとしておおらかな感じがした。

道はさらに続いて、だんだんと高くなる。尾根がやせて、右も左も松林になる。やがて前方に視界が開けて、鎮南浦の裏町が見える。鎮南浦の街は、この丘の南に、ほぼ東西にのびて発展している。南は大同江の河口に当たる海で、黄海道の安岳《あんがく》、殷栗方面と向き合っている。私たちがこの道から見下ろすのは、東に伸びた街が、さらに北へ、山を巻き込んで、山の裏側まで伸びて来ているあたりである。そこに大きな赤い煉瓦塀で囲まれた建物がある。すぐ想像されるように、それは刑務所である。この付近一帯は龍井里《りゅうせいり》と言って、朝鮮人街である。別に朝鮮人街と日本人街が分かれているわけではないが、少なくとも日本人は住んでいない街という意味で、こう呼ばれている。正しく言えばスラム街である。

いつか、平壌からの帰りに、暮色に包まれたこのスラム街を眺めて、私は、その不思議な美しさに打たれたものであった。夕暮れはすべての汚いものを溶かし去って、ゆるやかな丘の斜面に、まるでキノコの傘でも並んでいるような丸い藁屋根を蒼白く浮かび出させていた。ひとつひとつのキノコに生命があるように、この蒼白いキノコのひとつひとつにも生命が宿っていた。子犬の鳴き声、子供たちの遊びたわむれる声、おとなたちの呼び交わす声、その他さまざまな声や音が、オンドルの煙といっしょにもやもやと混じりあって、遠くを歩いている私の耳にも流れて来た。おそらくあの貧しい家々の間にも、私が住んでいた殷栗のいなかの部落と同様に、ピジ（大豆の汁）や、ひどく臭いにおいのする朝鮮醤油や、魚のにおいなどが、これもミックスされてただよっていることだろう。それは、生きた人間のにおいでもある。このにおいの中に、何百人の子供たちが育ち、若者や娘になり、一人前に泣いたり笑ったりして、恋愛をし、結婚をし、あるいは失恋をし、妾狂いをし、やがてくわえ煙管の爺さん婆さんになる。その行く末は見る影もない土饅頭の下である。それは泥とカビとボロくずと、喧騒と汚臭に埋もれた生涯である。幾人かの隣人と、府庁の戸籍係以外には知る人もないような、そんな生涯が次々とくり返されている世界なのだ。

――だが、私たちの一生が、それとどれだけ違っているだろうか。

さて、山路はいよいよ下りになる。一気に松林の中を下るのだ。海が見える。私たちは、その海の高さにおどろかされた。地平線はいつも眼の高さに見える、という簡単な原理にすぎないのだが、松林の間から見る海は、下のほうの松の梢を越えて、広く大きく視界を占領していた。船が見え、街が見え、海辺に近い無線局の丘も見える。私たちはスラム街とは反対の南斜面を降りて、三和花園に出るのであった。花園の温室にはいつもきれいな花が咲き乱れていて、年寄りの夫婦がその傍らで静かに休息していた。この夫婦は花園の管理人であった。ここだけには戦争と無縁なのどかさが、あたたかく保存されていた。

行軍

「行軍だ……」

「龍岡へ行くんだって……」

一年生は、わいわいと騒いだ。「一年生はうるさい」と、我々はよく教官や上級生からお叱言《こごと》を頂戴していた。騒ぎたいのは本能的なものである。

行軍というのはつまり、遠足のことである。私の小学校時代の遠足は、文字通り、遠くのほうへ足で歩いて行くことで、もちろんバスなどに乗ることはなかった。学校から直接目的地まで歩いて行くのだが、リュックサックにお弁当を入れて、せいぜい数時間で行き着ける山や谷などの「地方名所」で食事をしながら、わいわい騒いで楽しんだ。家族の者たちも同行し、町の日本人たちの親睦会でもあって、楽しい年中行事の一つであった。だが世の中は変わって、この中学では、遠足が行軍となり、軍事教練の一環に加えられていた。

朝、学校を出発し、整然と列を組んで行進する。カーキ色の服にゲートル、背嚢を背負って、銃こそ持たないが、まさに歩兵の行軍そのものであった。時折「歩調をとれ」と命じられる。左、右、左、右、……と歩調を合わせ、胸を張って歩く。みんな緊張した面持ちだ。

「駆け足——進めっ！」

突然、号令がかかる。ドッ、ドッ、ドッ、ドッと足の響きが大地を揺すった。広々とした周囲の自然も目に入らない。目に入るものは塩辛い汗だけである。手拭いも持たない私は、母が縫って作ってくれた戦闘帽で顔を拭いた。帽子は哀れにもぐしゃぐしゃになり、酸っぱい汗のにおいが滲みていた。

私たちは、広梁湾《こうりょうわん》でハマグリを採るための道具と容れ物として袋を持参していた。このハマグリ採りというのが、この行軍のスケジュールに組み入れられた唯一の娯楽的要素であった。私はまだハマグリ採りをしたことがなかったので、一体どんなふうにして採るのか、どのくらい採れるものなのか見当がつかなかった。とにかく人の話では砂の中にいるのを掘り返すのだということだったが、素人ではなかなか見つからないという話でもあった。

一隊は広々とした畑の間をぬけ、うらぶれたいなか町を通り、途中にあった小学校（当時は国民学校と言った）でひと休みして、やがて龍岡に着いた。もう、昼近い時間になっていた。私たちが訪れたのは、整備、拡張中の龍岡飛行場であった。あたり一面はだだっ広い、まばらに草の生えた平原であった。平原といっても、ゆるやかな起伏がある。いま、それを平らにするために、高い所から低い所へ土を運ぶ作業が進められていた。大勢の人夫が働いている。それらに混じって学徒動員の中学生も働いていた。鎮中の二年以上の生徒たちもここへ来ているのだった。私たちは久しぶりに上級生たちと対面した。もっとも私は上級生に一人の顔見知りもいなかったので、別に何の感慨も湧かなかった。しかし、ここでの彼らの生活には多少の関心をそそられた。私たちもシャベルを使ったり、トロッコを押したりして、約一時間ばかり作業のまねごとをしてみたが、物珍しがっている間はともかく、これが毎日毎日続いたら、おそらくずいぶん退屈する仕事だろうと思われた。

私たちは、それから、動員学徒たちの宿舎に案内された。それは、多くの工事現場で見られるような、細長いバラック式の小屋で、ほとんど窓らしい窓もなく、うす暗い中にぽつんと電灯がついていた。真ん中が通路で、その両側に床張りがしてあって、その上に学徒たちは雑魚寝をしているのだった。山小屋のような有様である。私たちは、ここで与えられている食事というのをごちそうになった。おかゆみたいな雑穀のスープに、丸い小さなパンが二つ、たったそれだけであった。育ち盛りの子供たちに、なんと残酷なことだろう。連日の労働でくたくたになった体に、明日の活力を与えるには、あまりにもお粗末である。まだ鎮南浦にいる私たちのほうがずっと幸せだ……そう思いながら、私はその味のないパンをかじった。学徒たちはどんなにか家を恋しく思ったことだろう。「戦線の将士を思え！」「石にかじりついても戦い抜くのだ！」「女々しい心を持つ者は敵だ！」。しかし、そのようなうたい文句も、現実の空腹や望郷の念をいやすには全く無力であったようだ。学徒の中には枕の中に米や大豆を入れて来てこっそりたべようとした者もあり、それが発覚して、きつい処分を受けた。結局、黙々として働き、疲れのためにすべてを忘れるほかなかったのである。

動員学徒たちも私たちも、表面的には張り切っていた。聖戦完遂のために身命をなげうつのだと、教えられるままに思いこんでもいた。だが、現実の苦しみは、その「信仰」からの改宗を強いないまでも、幼い学徒の精神と肉体を次第に疲労させていたには違いなかった。そして、「勝て、勝て」という彼らの（そして私たちの）お題目は、次第に熱病患者のうわ言のようになって行ったのだ。少しでも、動員学徒たちを力づけるものがあったとしたら、それは、飛行機の爆音だったであろう。やっと整備された滑走路から、鮮やかな日の丸を染め抜いた「荒鷲《あらわし》」が飛び立つとき、幼い学徒たちは胸のときめきを覚えたに違いない。だが、私たちのいた間には、飛行機の音も姿も全く見当たらなかった。そして、荒鷲たちが真新しい滑走路に轟音を響かせて飛び立つ頃、動員学徒たちはまた新たな作業現場に送られて行ったのである。

私たちは飛行場を出て、いよいよ広梁湾に向かった。ここは有名な塩田地帯であって、盛んに天日製塩が行なわれていた。広い広い塩田に海水を導き入れ、自然に乾くのを待っているという、実に原始的な方法である。一年を通じて雨の降る日は僅かしかないから、これが最も経済的な方法である。太陽熱利用は、未来のエネルギー源と言われる核融合反応によるエネルギーの利用なのだから面白い。乾いた塩はかき集められて山になっている。見たところそれは泥の山のような色をしているが、これを洗えばすぐに砂利のような粗い結晶の粗製塩が出来上がるのである。これが叺《かます》に詰められて、各方面に送り出される。

塩田のすぐ先に、カーキ色をした黄海の波が、静かに打ち寄せていた。黄海沿岸は一般に遠浅である。私たちは、つるつる滑る泥の上を転ばないように気をつけながら歩いて、少しずつ深いところへ入って行った。おおよそはひざのあたりまでの深さであった。ところどころに洲や浅瀬が広がっていた。水底はきめの細かい砂地であった。私は小さな園芸用のスコップで、あてもなく砂を掘り返していた。それでも時々手応えがあって、大きなハマグリがとれることがあった。面白くなって、手当たり次第に掘り返していると、三つ、四つ、五つと採れる。時にはバカガイなどが出てくることがあった。私たちはそれを捨ててしまった。見ていると、上手な人は相当にたくさん採って袋を大きくふくらませていた。木原サンプクさんなども、あのぬうぼうとした顔つきに似合わず、盛んに貝を掘りあてていた。これは何か目じるしのようなものがあるに違いないと思ったが、私にはとうとうわからなかった。でも二時間ばかりの間に二十余りの貝がとれた。何とかおみやげになるだろうと、一応、満足の思いだった。

龍岡温泉で汗を流し、帰りは龍岡の駅から鎮南浦駅まで汽車で帰った。もうあたりは暗くなって、汽車の窓からは黒々とした土手が見えるばかりであった。その汽車の中で、一人ずつ何でもよいから歌を歌えという命令が出た。何でも命令である。絶対服従すべき命令である。私はどうもいやだったけれど歌わないわけにはいかないので、少し大時代的な歌を歌ってやろうと思い、「敵は幾万ありとても」をやり出した。一同は、私がこんな歌を歌うとは思っていなかったのか、意外そうな様子をしたが、すぐ一緒になって歌い出した。

敵は幾万ありとても　すべて烏合の勢《せい》なるぞ
烏合の勢に非ずとも　味方に正しき道理あり
邪はそれ正に勝ち難く　直は曲にぞ勝ちぐりの
堅き心の一徹は　石に矢の立つ例《ためし》あり
石に立つ矢の例あり　などて恐るることやある　などてたゆたふことやある

さらに、

風にひらめく連隊旗　しるしは昇る旭子よ……

と、その先まで歌ったら、さすがに歌詞を知る者が少なくて、私の歌声ばかりになった。歌い終わって私は少しばかりいい気持になった。ところが、そのあとで炭谷君が童謡の「お山のお猿」を歌って喝采を博した。私は妙な気分になった。軍国主義の一色に塗りつぶされているような群衆にも、まだこういった和やかな顔が残されていたのだ。軍歌だけしか通用しないわけではなかったのである。今から考えれば別に不思議でもないけれど、当時はそれが不思議に見えるほど、「軍国調」が私の心の圧制者になっていたのだと言えよう。ところで、歌う前は群集のすべての者が敵に見え、歌い終わってからはみんな味方に見える、というのも奇妙な心理である。

トラジ

ある日、休みの時間に、私はひとりで学校の近くの林の中に入ってみた。校舎は小高い丘(といっても高さはせいぜい十メートルくらい)の上にあり、東側には、りんご園と松林とがあった。松林は、南から北へ細長く続く、まばらな小さい林であった。

丘の北斜面にかかった日当たりのよくない場所に行ったとき、私は思わず胸をときめかした。トラジがあったのだ。よく見ると、方々にたくさん生えている。私はなつかしい思いをすると共に、食欲にもかられて、急いでそれを掘った。肥った奇妙な形をした根が掘り出された。私はそれを大事にちり紙に包んで、ポケットにしまった。さらにそれを空になった弁当箱につめて帰ることを考えていた。トラジは私の好物でもあった。可憐な花の咲くこの宿根草は、殷栗の南山の裏斜面の墓地のあたりなどによく生えていた。私も掘り出したのは初めてであったが、花はなくともトラジの葉はよく知っていた。

さて、それから二、三日の後、私は弁当のおかずに例のトラジを持って来た。昼食は校舎の南側の松林の中でとるのが通例だった。上級生の合図で食前食後に「感謝のことば」を合唱し、食事中はまさに「無我の境地」で弁当を食べた。これが何よりの楽しみであった。ことにこの日の私は、シソの実の塩漬けや梅干などのほかに、手製のトラジ料理があった。トラジをゆがいて、何度も何度も水を取り替えて煮て、それを油いためにしただけだったが、それはなつかしい味だった。殷栗にいた頃、よく売りに来るハルマイ(婆さん)から買ったトラジは、よくアクが抜けて、真白な色をしていた。だが私のトラジは、少し苦くて、色も黄色く、おまけに少し硬かった。けれども私は、トラジが食べられただけでも満足だった。

トラジとは、そんなにうまいものなのだろうか。今考えてみて、別にうまいものであったようにも思えない。しかし、時によると、その大してうまくない味が、ひどくなつかしくなることもあるのである。実物をためしてみたい人は、キキョウの根を掘って、水にさらしてアクを抜き、油いためにして食べてみるとよい。

鎮中の生徒と教官たち

徳光《とくみつ》君は朝鮮人であったが、我々の第四班の班長を拝命していた。彼はよく遅刻しそうになって、あわてて教室へ駈けこんでくる癖があった。そんなとき、いつも鼻の頭を赤くしていた。また彼は、日本の連合艦隊がいまどこにいるのだろう、などという話をよく持ち出した。そして、「ぼくはどうも、印度洋にいるように思う」などと言ったりした。荒谷君などは、「徳光はスパイじゃないかなァ」などと陰で言っていた。私はまさかそんなこともあるまいと思った。

当時の朝鮮総督府は、日本人すなわち「内地人」と、朝鮮人との融和ないしは融合政策をとっていた。朝鮮人と呼ばず、「半島人」と呼んで、半島人も日本人だ、そして、われわれはすべて共通の祖先から出ているのだという思想を植え付けようとしていた。そんなわけで、朝鮮人に対する差別待遇を表に出さないよう気を配っていた。鎮中の生徒には日本人と朝鮮人とが約半数ぐらいずついて、少なくとも表面的には両者の間に対立感情や不和などはなかったが、それでも時局に対する受け止め方には、両者の間にかなりの違いがあったようだ。

戦争中に、朝鮮人は、日本人と同じような姓名に改めさせられた。そこで、たとえば金《きん》(キム)さんは金山（カナヤマではなくてカネヤマ）、金川（カネガワ）、金田（カネダ）などと改め、廣《こう》さんは広沢、広川、牧《ぼく》さんは、牧山などとした。名字の方は変えても、名前の方は大体そのままにしておく場合が多かった。私たちのクラスには、朝川揚漢《あさかわようかん》という姓名の生徒がいた。「おい、ヨウカン、食べよう」などと、よく冷やかされていた。

豊川《とよかわ》という学生も、もとは豊《ほう》と言ったのであろう。肥っていて、どちらかというとむっつりしておとなしい感じの生徒だったが、この豊川君が、ある日教官室に呼ばれて、ひどく殴られたという話を聞いた。私は見たわけではないし、当事者から直接聞いたわけでもないのでよくわからないが、おそらく闇に葬られた事件だったのであろう。原因は豊川君の言動（反戦的なことば、あるいは、天皇に対する不敬なことばなど）にあったらしい。

またある時は、「朝鮮人学生が『日本とアメリカとどっちが勝つかなあ』と言っていた」といって、ある日本人学生が憤慨していた。「日本が勝つにきまっている」というのが日本人の信条だったからである。客観的な見方をすることが許されなかったのである。

一年生のうち日本人は、私と荒谷君を除いては、すべて鎮南浦唯一の日本人学校である桜ヶ丘公立国民学校の出身であった。だからそういった意味で、一つの派閥があったと言えないこともなかった。とにかく、表面は波おだやかに見えても、内面には、よそ者の私などの知らないいくつかの問題がひそんでいたのかもしれなかった。

鎮中の校長、福重重行《ふくしげしげゆき》先生は、小柄ではあるが、がっしりとして、いかにも武人らしい感じのする人だった。薩摩の人で、厳しさと温厚の二面をはっきりと使い分ける人でもあった。丸っこいひげづらに、細い目で笑みをうかべたり、あるいはギラリと目を光らせたり、いかにも「部隊長さん」と呼ぶにふさわしいような感じだった。その校長の息子が、私たちの同級生だった。父親以上に丸い顔で、割合にのんびりとしており、時たま授業中に父親からお目玉を食らったりしていた。

校長は歴史を受け持っていた。その授業は、半分以上、漫談のようなものであった。私たちはよくゲラゲラと笑わせられた。時にはちょっと下劣な話までした。しかし校長の威厳を損なうようなことは決してなかった。むしろ生徒たちを引きつけ、深く信頼されていたようだ。公正無私を信条とする薩摩武士の面影があった。

下肥を薄める時、濃さがちょうどいいかどうか指を入れて舐めてみるなどという話をしたり、通行人が手鼻をかんでは電柱になすりつけて行くので、電柱がみんなピカピカと光っているなどという話もした。片手の指で片方の鼻の孔をふさいで、チンと息を吹くと、あいている方の孔から鼻汁が飛び出す。この時指についた鼻汁を電柱にこすりつけるというのである。当時、朝鮮のいなかでよく見られた光景であった。鼻紙も高価な時代であった。

こういった下らない笑い話も、次の話に相手を引き入れるための準備工作であったようだ。次の話とは、昔の朝鮮の伝説に、ソーコル（牛頭山）というところへ天上から神々が降りて来たというのがある……という話であった。これは、日本における天孫降臨と同じであって、日本人も朝鮮人も共に天照大神《あまてらすおおみかみ》の子孫であるといった筋のものであった。明らかにこれは、朝鮮人が日本の政策から離反していくのを防ぐための融合同化政策に基づいたものであろうが、そのために神話を担ぎ出すとは総督府もおめでたいものであった。日本人の私でさえ、ここまで来ると、何か額やわきの下がむずむずするような居心地の悪さを感じた。

私たち一年生の担任は、椙原《すぎはら》先生といって、やや年配の先生だった。たぶん教頭だったと思う。小堀先生とは親交があり、そんな関係で、私には特別に目をかけてくれているようだった。この先生は、授業中に話が脱線して授業と全く関係のない話になっても、最後までその話を続けてしまうという癖があった。脱線したまま走り続けてしまうのだ。教練や作業のために授業時間数は著しく切りつめられて、とてもまともな授業などできる状況ではなかったから、これも一つの息抜きであったのかもしれない。

出征と学徒動員

戦火は日本本土近くに向かって激しく燃えひろがり、風雲ますます急を告げてくると、すでに兵役を終えて帰還した人々にも、再び召集令状が廻って来た。三十代、四十代の人たちまで狩り出された。中学の教官たちも次々と召集されて、その数は半分くらいに減ってしまった。教官が出征するときは、私たちも駅に見送りに行った。全校生徒と言ってもほとんど一年生ばかりであったが、一同が二列に並び、他に大勢の町の人々が立ち並ぶと、駅前はいっぱいの人だかりになった。たくさんののぼりが立ち並び、まるでお祭りのようだった。のぼりには「祈武運長久何某君」とか、「祝出征何々君」とか、威勢のよい字で書かれていた。鎮南浦の駅は市街の東の外れにあり、世界一の大煙突に近かった。ここから平壌にかけては平安炭田地帯であって、石炭にまみれた地方であった。だから鎮南浦の町は石炭が豊富で、練炭の燃えるにおいは、「鎮南浦のにおい」という感じを起こさせた。

並んだ私たちは、上級生の音頭で、次々と軍歌を合唱した。

「万朶《ばんだ》の桜か襟の色／花は吉野に嵐吹く／大和男児《やまとおのこ》と生まれなば／散兵戦の花と散れ」

「尺余の銃《つつ》は武器ならず／寸余の剣何かせん／知らずやここに二千年／鍛えきたえし大和魂《やまとだま》」

「四百余州をこぞる／十万余騎の敵／国難ここにみる／弘安四年夏の頃」
「あとに続けと兄の声／今こそ筆を抛《なげう》って／国の大義に殉ずるは／我ら学徒の面目ぞ／ああ、紅《くれない》の血は燃ゆる」

次々と歌われる軍歌のうちに、出征する兵士たちやその家族たちの、上気した顔が現われる。軍歌の歌詞は勇壮だが、そのメロディーは決して明朗活発なものではなかった。むしろ次第に悲愴で哀愁を帯びたものになっていった。メロディーを聞いただけでは、とても軍歌とは思えないものが多かった。しかし、絶望的な戦局の中で、「肉体の防壁」として連合軍の熾烈な砲火の前に立たされようとしている人々への挽歌としては、まことにふさわしいものであったのかも知れない。人々はそれを体で感じ取っていたのではあるまいか。軍部は、歌詞に関しては厳格な検閲をしていたが、メロディーに関しては音痴だったのかもしれない。

私たちの関教官も出征することになった。多分、三十歳前後であっただろう。残った教官の中では最も若いほうであった。この先生がどの学科の教師であったか、記憶がない。それほどに授業時間が少なかったのだ。憶えているのは、関先生がかつて軍隊にいた頃、戦車を居眠り運転したという話ぐらいである。戦車を運転しながら居眠りをするとは物騒な話だが、現代でも、高速道路を走る大型トラックの運転士が居眠り運転をして事故を起こすことを考えれば、あり得ないような話ではない。もちろん、冗談まじりで、多少は大げさに語ったもので、みんな大笑いをしたものであったが、決して作り話ではなかったであろう。

関教官も、出征の日、学徒一同の前で挨拶をした。どちらかというとインテリ臭く、やさ型に見える関先生は、無理をしてのどをふりしぼるような大声を張り上げて、

「不肖！　関！　和久は！　全力をあげて！　やって！　くる！　諸君も！　全力をあげて！　やれ

っ!」

と、一語、一語、区切って絶叫した。

関先生がその後どうなったか、私は知らない。

その頃、学徒動員にも犠牲者が出た。鎮中の二年以上の生徒は、龍岡への動員を終えてから、今度は平壌の北の安州《あんしゅう》に送られたが、そこで、二年生の荒田という学生が、アメーバ赤痢にかかって死んだのである。きっと、飲み水が悪かったのであろう。

焼けつくような真夏の日、教官、学生一同が参列して、学校葬が行なわれた。校長をはじめ、教官たちも厳粛な面持ちで、荘厳な儀式の中では、犠牲者に対して最高の賛辞が贈られた。

――荒田は、聖戦の完遂のために、自らの尊い命を捧げた。荒田の死を無為に終わらせてはならない。それは後に残された我々の責任である。我々も身命をなげうって、皇国の勝利の日まで戦い抜かなければならない。それが荒田の死に報いる唯一の道である。荒田の霊に向かって、我々は、必勝の信念を持って戦うことを誓おう――。

その学生が、どんな気持で死んで行ったか、私にはわからない。いや、誰にもわからないであろう。だが、龍岡で私たちが見たような生活では、このような犠牲者が出るのも無理はないと、私には思われた。死ぬようなことがないまでも、ほとんどの者が栄養失調になりかけていたのではないだろうか。体の抵抗力が弱まり、当時は不治の病として恐れられていた結核に冒される者も少なからずあったのは事実である。

第3章　週番と二つの事件

週　番

私も、体調に不安を感じるようになった。とにかく体がだるく、倦怠感がして、胃腸の調子が悪く、気分がすぐれなかった。私はどうも気になるので、俗に「赤本」と呼ばれていた家庭医学の本を読んでみた。すると、肺結核の初期の症状というのが出ていて、それが私の自覚症状とそっくりであった。当時はまだ抗生物質などが発見されていない時代で、結核はまだ不治の難病であった。

小堀家から前の通りに出る路地の角の家に、私より上級の鎮中生が住んでいた。この学生の話は、私が鎮中に入る前から伝え聞いていた。彼は、鎮中に入学してから、毎日元気に中学まで長い距離を歩いて通学していたので、体がすっかり丈夫になったという話であった。ところが、私が入学した頃、彼は肺門リンパ腺炎にかかって入院してしまったのであった。食糧不足に無理がたたったのであろう。私は、学校の行き帰りに、時々彼の姿を見かけた。それほどやつれてはいないが、色白の顔に、目だけキラッと輝かせて、夜着のまま、ガラス越しに外を眺めている姿だった。時に視線が合って、私はあわてて眼をそらしたりした。

私も結核にやられたのかもしれない……と、陰鬱な気持になった。その頃、道立病院で健康診断があった。そのとき、私は要注意として、血沈検査を受けるようにと通達された。「いよいよ来たか！」と私は思った。しかし、検査を受けには行かなかった。どうも行きたくなかったのである。戦後、私はツベルクリン反応検査を受けたが、陰性であった。血沈も正常であったし、レントゲン写真を撮っても、別に異状は見られなかった。してみると、この時の症状は結核ではなくて、栄養失調の初期の症状であったようだ。過労気味でもあったのであろう。幸か不幸か、当時はそうした症状を気に病んでいる余裕もなかったのであった。

春の頃、数日天気がぐずついて、時折小雨が降り、肌寒い感じを受けたことがあった。外での仕事ができないので、私たちは室内で綿むしりをやらされた。陸地綿という大きなワタの実がいっぱい積んであった。学校の畑で去年とれたものであろう。繰綿工場に出してしまえば、たちまちのうちに種子が取れて、ふんわりとした真白な綿ができあがるのだが、この付近にはそういった工場がないのか（股栗は綿の産地で、大きな繰綿工場があったが）、私たちは手で綿毛をむしり取って種子を除くのであった。種子と綿毛とはなかなかしっかりとくっついていて、むしり取るのには相当に骨が折れた。しかも、機械でやった仕事と違って、取った種子にはまだかなり綿毛がくっついていた。全く非能率的な仕事だったが、大勢たかって人海戦術で、相当のワタがこなされて行った。

そこは暗い部屋であった。私たちは、思い思いに寄り集まって、いろいろなことをしゃべり合いながら仕事をしていた。「一年はやかましいぞ」と、たびたび叱られても、こんな時にはやはり勝手なお喋りをしていた。窓の外を見ると、時々、サアーッと雨が降ってくる。朝鮮の雨はふしぎに長く続かない。一日中降り続くなどというのは全く稀で、せいぜい一、二時間ぐらい、降ったりやんだりである。

うっとうしい一日が終わって、みんなが帰ってしまったあと、私は笹川君と二人、小さな部屋の片隅で話していた。

「いやだなあ」と、笹川君は言う。

「いやだね」と、私も言った。二人は今週の週番だった。一年生全部で七十人ほどいたが、そのうち二人ずつが交代で週番を務める。晩春の頃、私の番が廻って来たのだった。週番は、教室と教官室の連絡や、掃除のやり方の監視、全体で行動する場合の指揮者などの仕事を担当した。なかなかシンの疲れる仕事であった。

笹川君は、体の小さい、おとなしい少年であったので、多くの場合、私が主になって仕事をした。週番日誌をつけながら、私たちはうす暗い曇り空を眺めた。何かわびしい夕方であった。しかし、緊張した一日の日課も終わり、人々もほとんど帰って、森閑とした校舎の中に二人きりでいるのは、心の安らぐ思いでもあった。

一人っきりというのは、集団の性格を持っていない。二人だけというのは、一つの集団ではあっても、第三者を欠く特殊な集団である。三人になると、曲がりなりにも、一応集団の性格を形成する。軍国主義の波は、多くは集団の心理の上で躍っていたのである。笹川君と二人だけになると、重い空気のみなぎっていた校舎も、あたりの野や山と同じく、思想や宗教にかかわりのない存在に見えてきた。日誌を担任の教官に見せるまでの間、私たちはうちとけた気持で話し合うことができたのであった。

私たちはまだあまり物を考える年齢ではなかったが、少なくとも、互いに思うことを語り合ったり、お互いに親しみを感じあうような友達があってもよい年頃ではあった。しかし、そういった友達同士がどれほどあっただろうか。私は入学したとき、荒谷君以外には誰も知った者はいなかった。その後、互いに顔や名前を知り合って、何人もの友達とつきあうようになったが、本当に親しい者は一人もいなかった。まだ日が浅いせいもあったが、常に互いに張り合わねばならない「軍国日本」の宿命でもあったように思う。

同級生の山田龍三は、私が調査書の将来の進路の欄に「理工系大学」と書いたのを見つけて、聞こえよがしに、「恥を知れ」と言っていた。それは一種の徴兵逃れのように思い、「予科練」とか、「陸士」とか書かねばいけないように考えていたのだ。しかし彼は日和見主義者であったので、そんなことを言っていながら、私が週番になると、さりげなく私に近づいて来た。週番の権限は相当に大きかったので、週番ににらまれることは不利だと感じたのであろう。

教官室に入るときには、「第何学年何のなにがしは、何々教官殿に用事があって参りましたっ！」と、あたりにひびくように精一杯の声を張りあげてどならなければならない。声が小さいと、わざと聞こえないふりをして、誰も返事をしてくれないことがある。二人以上で入る場合は、代表者が、「何のなにがし、ほか何名……」と言えばよいので、山田龍三は、私が週番の用事で教官室に入るときについて来て、一緒に入らせてくれと言ったりした。それなのに、私の週番が終わったあとで、「岩下は、週番の権威をかさに着て、いばっていた」などと仲間に言っていたらしい。

私はいばるつもりはなかったが、週番の責任を果たすためには、多少差し出がましいことも言わねばならなかった。ことに、運動場に整列させたり、作業場へ引率したりする時には、なかなか言うことをきかない者があって、てこずった。だが、苦労をしながらも、七十人ほどの人間を率いて、何とか秩序を保たせていくということは、やり甲斐のある仕事のように思われることもあった。先に立つ者と引きずられて行く者との違いを味わったわけである。

ある時、高島という生徒が列をとび出して、たしなめても言うことをきかなかったので、このことを日誌に書いた。担任の椙原先生に見せると、先生は、その高島という名前のところに、ぐっと太く赤い線を引いた。私は最初、この記事を抹消したのかと思ったが、そうではなく、アンダーラインであった。私は、その時の先生の、「うむ、そうか、なるほど」と言っているような無言のうなずきと合わせ考えて、この記事が高島のために不利な結果を生むかもしれないと思って、少し気の毒な気がした。

滝下事件

私の週番中に一つの事件が起こった。私たちのクラス（一学年一クラスであった）で起こった事件としては、あとに述べる小島事件に次ぐ大事件であった。私はこれを「滝下事件」と呼ぶことにしよう。滝下君は鎮南浦府長の子息で、向こう気の強い男であった。

その日は晴れて、私たちは作業として松の根を掘りに出かけることになった。明るい晩春の日ざしを受けて、一同は運動場の東の端のほうに整列した。私は週番だったので、号令をかけて点呼をとり、一同を現場へ引率した。運動場のわきの松林のそばを通り、草深い小路を踏んで、土手とも丘とも見えるなだらかな台地に沿って、一キロあまり歩いた。カンゾウやカヤツリグサやメヒシバなどが、そのあたり一面に生い茂っていた。ところどころに小さな松林があった。小丘は田んぼの中に浮いた島のようであった。

作業の現場は、やはりなだらかな丘の、松林の跡であった。松の木はすべて伐り倒されて、根株ばかりが黒々と残っていた。一面の草は荒っぽく刈り取られて、松の根株の紋様のついた芝生のようになっていた。私たちは、てんでに持って来たツルハシやシャベルや朝鮮鍬（長い柄の先に、手のひらをぐっと内側に曲げたような形の金具がついている道具）などで根っこを掘り始めた。この松の根を大きな窯に入れて乾溜し、松根油というのを採るのである。この油はガソリンの代用として飛行機などに使われるのだということだった。

のどかな日であった。高ぐもりの空に白い光芒を伴った日輪が透いて見え、ヒバリのさえずりも時折聞こえて来た。松は伐り倒されてから相当に日が経っているとみえて、切り口は黒くくすんでいたが、まだ年輪を数えることはできた。休息の時間にその年輪を数える者もあった。根はそれでも大きく地面に食い込んでいたので、一株を掘り出すのに相当の苦労を必要とした。薪割りのようなものでいちいち根を切断しなければならなかった。

昼少し過ぎ、作業中に突然、騒ぎが起こった。

「怪我人が出たぞ！」「滝下が足を切った！」

私はびっくりした。まず、何をおいても連絡をしなければならないと思った。滝下君は薪割りで足の親指を切られたのであった。私はあとを他の者に任せて、大急ぎで学校へ駆けつけた。教官室でもみんな驚いて、早速、道立病院に電話をかけるやら、担架や応急手当ての用意をするやらの騒ぎとなった。私は報告をすませると、すぐまた現場へとって返した。手拭で足をしばられ、数人の者にかつがれて、滝下少年はやや血の気の引いた顔で運ばれて来た。切り割かれた傷の中に骨が見えていたなどと語る者もあった。当の滝下君は他人の騒ぎも耳に入らぬ様子で、歯を食いしばり、何か大きな声で叫んでいた。よほど痛かったのであろう。しかし、ここで弱音を吐いて泣き面など見せては日本男児たるの面目がない。気丈に痛みをこらえながら、うめきに似た叫びをあげているのであった。時には強気を示して、支えて行こうとする友に、余計なことをするなと言わんばかりの身振りをしたりもした。

学校に着いて、一時的な手当てをすませると、すぐに数名の者が彼を担架に載せて病院に運ぶことになった。病院までは六キロ余りもある道のりだったが、幾人かの者が進んでその役を買って出た。私は週番の仕事があるので学校に残った。

私たち一年生の間にも一種の派閥、ないしは勢力地図とでもいうようなものがあったということは、前にも述べた。主流派は、桜ヶ丘国民学校出身者で占められ、その中心人物は級長をしている河村君であった。彼は「象さん」の綽名があり、成績も優れていたし、おっとりした親しみやすい性格でもあった。彼を頂点とすると、そのすぐ下に並ぶ少数の指導者グループがあり、滝下君もその一人であった。彼は河村君とは違って熱血漢であったから、包容力においては少し欠けていたかもしれないが、何人かの追従者を持っていたには違いなかった。

彼は、苦痛と勇敢に闘いながら、戦場で負傷した将校のように、友や部下たちにいたわられて、沼の間の一本道を揺られて行ったのであった。私は残りの作業の指揮を終え、放課後の行事なども終わったあとで、いつものように週番日誌をつけた。滝下事件がその記事の大部分を占めたのはもちろんである。私は週番としての任務をとどこおりなく果たし、この大きな事件を処理できたことを満足に思っていた。ところが、教官室に行くと、「滝下に怪我をさせたのは誰だ」と訊かれた。私は、怪我人のことにばかり夢中になっていて、うかつにもそれを聞くのを忘れていたのだった。「こちらでは、その報告がないから、君がやったのだろうと、みんな言ってるぞ」と皮肉られて、私はあわてて引き返して、「犯人」は誰かを人に尋ねた。

「滝下君に怪我をさせたのは、炭谷君だそうです」と、私が教官室で報告すると、「そうか、よし」と答えて、教官はうす笑いを浮かべた。そのことは先刻承知だったのかも知れない。怪我をさせたほうも、過失だったから、お咎めはなかったようである。とにかく、たった一度廻って来た私の週番中に、思いもよらぬ事件が起きたものであった。

映画見物

週番も無事すんで、やがて夏が来た。日盛りには、焼けつくような強烈な日の光が照りつけた。湿気の少ない土地なので、空は深い藍色に澄みわたり、紫外線を多く含んだ光線がじりじりと肌を焼いた。野アザミの花は毒々しいほどの紅色に染まっていた。裸になって仕事をしたりすると、一日で真赤に日焼けした。私たち鎮中の一年生は、銀飯《ぎんめし》を腹いっぱい食べさせるという恩典に浴して、その代わり、一日中田植えをやらされた。田んぼは泥田で、実にねっとりとした黒粘土である。おそらく、黄海沿岸地方の大部分はかつて沼地であったのだろう。私たちはヒルに血を吸われながら奮闘した。そして、この一日で、私の背中は人にびっくりされるほど黒くなった。

それから間もなくして、珍しくも、学校から映画見物に行くことになった。鎮南浦には映画館があったが、殷栗の町には映画館などなかった。それどころか、私が小学校に入る前には、電灯もなかったのである。私の家は町外れにあったので、小学生になってからもしばらくはランプ生活をしていた。私が幼い頃、ヨンジャといって、ロバに石臼を挽かせて籾摺りをしている所を見た憶えがある。大きな円柱形の御影石の石臼を、ロバがぐるぐる廻りながら引きまわしていた。私の家でもそういうところへ頼みに行ったものだった。やがてそれが石油発動機を使った精米機に代わり、ヨンジャはずっと山の奥に行かなければ見られなくなった。電気が引かれると、私の家の近くに大きな精米工場ができて、どんどん仕事を始めた。精米所の裏手には、その工場と同じくらいの高さに籾殻の山が積み上がった。私の家では、りんごの箱詰め用に、その籾殻を叺《かます》に詰めて大量に買い入れた。小学生の私は、切り崩された籾殻の山のてっぺんから、崖のようになったところを二、三メートルも飛び降りて、今で言うならば宇宙飛行士の無重量状態をちょっとばかり体験して、はしゃぎ廻っていた。

ところで、殷栗の町にも時たま映画が廻って来た。最初の頃はまだ無声の「活動写真」で、弁士も音楽もなくただ眺めるだけであったが、そのうちトーキーになった。カツドウがあるという晩になると、暗くなるのを待ちかねて、母や弟などと連れ立って、警察の裏の広場に出かけた。広場にはにわかに柱を立ててお粗末な幕が張られ、それがスクリーンになった。見物人が大勢になると、幕の裏側から見物する連中も出てきた。左手で飯を食う場面などが出て来ても、笑いもせずに夢中で見ている。殷栗在住の日本人は全部でも百人くらいであったから、見物人のほとんどは朝鮮人であった。日本映画で、あまりわけがわからなくても、結構楽しんで見ているようだった。広場の隅には、夜更けにはブッポウソウが鳴くなどと言われている古木があって、ふだんは淋しい場所であったが、この夜ばかりは遅くまで賑わっていた。終わると、私たちは暗い夜道にカラコロと下駄を鳴らして帰った。精米所を過ぎて、家の外灯を見ると、やっと安心した気持になるのであった。

学校から映画を見に行くというので、私たちは大いに喜んだ。当時は、個人で映画を見に行くなど、思いもよらなかった。珍しいこともあるものだと喜んだのはいいが、これにはあまり有難くないおまけがついていた。学校から映画館まで駆け足で行くというのである。この暑いのにマラソンをやらされるのではかなわない。私は少なからずうんざりした。

さて、その当日、私たちは、強い午前の日ざしの中を夢中で走った。道は乾ききっているので、盛んにホコリが立ち昇る。黒い粘土の粉や、泥炭や消石灰の粉の混じったホコリが、一面に敷きつめられているかのようだった。私たちは列をなして走っていたから、先頭の者はいいが、後の者は前を行く者の立てたホコリをかぶって走ることになる。汗はだらだらと流れて目にも口にも入る。呼吸が荒くなるから、いやでもホコリをいっぱいに吸い込んでしまう。乾燥しているから汗の乾きも早いが、それだけにのども渇いてくる。やがて街路にかかり、三和公園の近くに来た。もう列はかなり乱れて、ばらばらになっていた。私と荒谷君はここで少しスピードを出してみんなより先に出た。そして急いで横道に入って、小堀家に飛び込んだ。水が欲しかったのだ。風呂場へ駈けこんで、ゴムホースの先から生ぬるい水道の水をごくん、ごくんと、のどを鳴らして飲んだ。帽子で汗を拭いながら、やっと生き返った心地になった。だが、ゆっくりしてはいられない。再び駈け出してみんなのあとを追った。

がたん、ごとんと音を立てながら、行き違いに荷馬車が通る。鎮南浦は馬の多いところだった。人を乗せる馬車はなかったが、荷馬車は実に多かった。私は毎朝、荷馬車の音に眼を覚まされるのであった。朝は特に多く荷馬車が通る。その中に、四角な平べったい木の箱を積んだのが何台も混じっていた。街中の便所から汲み取った汚物をこの木製のタンクに入れて、強い悪臭を発散させながら、大通りを悠然とまかり通っているのであった。私たちは、すれ違うたびごとに、息を殺して行かなければならなかった。この屎尿車は海に続く堀の端まで行くのである。堀端は高くなっていて、堀の水はずっと下のほうに見え、そこには数十トンくらいの船が待ち受けている。岸には板でできた大きな樋が通してあって、土手の上下をつないでいる。馬車はこの樋の上端に止まって、木箱の一端の板を外す。とたんに黄金の滝がすごい音を立てて流れ落ち、たちまち船槽の中に納まる。この土手に来ると、この異様な光景が毎日見られたのであった。

汗だくになった私たちは、あらゆる責め苦に耐えて、息を切らしながら、ようやく映画館の前までたどり着き、ホッと一息ついた。

やがて映画が始まった。題名は忘れたが、かなりの長編映画であった。ストーリーもよく覚えていないが、朝鮮のどこかを舞台にした作品であった。子供の俳優がブランコのあるところで会話をする場面があったが、その会話がまるで本を読むような調子で、いかにも素人くさかった。あるいは朝鮮人の子供をにわかに仕込んで使ったのかも知れなかった。

物語の一つのヤマは、二人の男が元寇のことについて論争する場面だった。戦時中は、鎌倉時代、元の皇帝フビライが日本に兵を送った文永・弘安の役のことが非常によく題材に使われた。これもその一例で、一方の男が、

「もしあの時、神風が吹かなかったら、どうなっていただろうか」

と、何気なく尋ねる。これが発端である。他の男は、それを聞くと、ぐっと相手を睨みつけて、「何を言うんだ」と、怒気をはらんだ声で言う。相手はけげんそうな顔つきで、

「いや、蒙古の船が神風でやられなかったら、日本はどうなっていたかと聞いているんだよ」

と、再び尋ねる。他方の男は、もう何も言いたくないといった様子で、そこを立ち去ろうとする。

戦時中の日本をよく知らない人は、この場面をどう解釈するだろうか。このとき当然予想される大多数の観客の心理は、「何を言うんだ」と言って怒った男の心理と全く同じだったのである。およそ日本の国が外敵に屈服するなどとは、とうてい考えられないことだったのだ。日本は神の国である。たとえ神風が吹かなくとも、必ず日本は勝ったはずなのである。それを「どうなっただろう」などと疑うのは、日本国民としてあるまじき態度であった。

観客席にいる中学生の間から、「馬鹿な奴だなあ」というささやきがもれた。多くの者が全くいまいましいといった調子で相槌を打った。それは当時の常識だと言ってよかった。だが、もうその頃、大日本帝国の首脳部はポツダム宣言の受諾に向けて動き出していたのであった。一体誰が「馬鹿な奴」だったのであろうか。

小島事件

一年生七十人は本来ならば二学級に分けるべきであったのだろうが、教官数の不足のためか、一学級にまとめられていた。教練や農作業ばかりで授業時間は少なかったが、授業科目も少なかった。ただ、少し注目すべきことは、音楽と英語の授業があったことだ。音楽などのんびりやっている時代ではなかったし、英語は敵性語として排斥されていた御時世だったからだ。なんでこうした科目が残されていたかは私にもわからない。生徒の半数は朝鮮人であったという事情と、なんらか関係があったのかも知れない。音楽の教師の名前は忘れたが、ピアノを弾きながら軍歌を教えていたことは覚えている。とても神経質な人で、何か気に入らないとピアノの鍵盤をジャンと力いっぱいたたいて、皆を黙らせる。英語担当の松岸教官は若い朝鮮人の教官で、物静かな心やさしい人という感じがした。生徒たちがやかましい時も、どなりつけたりしないで、黙って手の指を自分の唇に当てて、一同が静まるのを待った。

生徒の座席はきまっていて、背の低い生徒は前に、高い生徒は後ろに座らせられた。私は後の方であったが、一番後ろではなかった。私の後ろの席に座っていたのは小島裕作という生徒だった。彼は細面で、目がぎょろぎょろとしていて、もし綽名をつけるなら、髑髏とか骸骨とか言いたい感じであったが、しかし陽気な男で、よく喋ったたし、この御時世にはふさわしくない、浮き浮きしたところがあった。よく冗談を言いながら話しかけて来たので、時には少しわずらわしいこともあったが、悪気のない男で、決して憎めない性格であった。

日曜日でも休みにならないことが多かったが、たまたま休みになった日曜日に、私は、小堀家の裏手にあたる畑のところで、シャベルを使って深い穴を掘っていた。防空壕を作るのである。真夏の太陽がじりじりと照りつけているが、空気が乾いているので、仕事をしている間は汗が玉のようになって流れても、手を休めるとすうっと乾いてさわやかになった。和らかな風が心地よいので、私は上半身裸になって、一心に穴を掘り続けた。荒谷君も一緒にいて、時々交代して掘っていた。こうして午後の日盛りに仕事をしていると、そこへ樋口君がひょっこりやって来た。すぐ近所に住んでいても、彼が訪ねて来ることは珍しかった。

「やあ」と私たちは言って、仕事の手を休めた。私はただ遊びに来たのかと思っていた。樋口君は「たいへんだな、防空壕かい」と言いながら近づいて、ちょっと一息入れてから、「小島裕作が死んだらしいぜ」と言った。「えっ?」と、私たちはびっくりして、彼の顔を見つめた。

「まだ、死んだとは言えないんだけどね、渦に巻き込まれたんだ」

――小島は、遊び仲間の山田龍三と、もう一人、三人連れで海へ釣りに行った。港に近く、灯台のある石垣の上であった。ここから釣糸を垂れて、のんびりと海釣りを楽しんでいた。石垣は斜面をなして海面に続いていた。ちょうど潮の引く時刻で、港の水が海へ向かってどうどうと流れていた。黄海は、潮の満ち干の差が大きく、大潮の時の潮差は七メートルにも達した。この灯台のあたりは、港口が狭くなった場所で、潮流は激しく渦巻いていた。

魔の瞬間、小島が釣り針を投げ込もうとした手許が狂い、針は石垣の石の間にひっかかってしまった。小島はそれを外そうとして、石垣の急な斜面を這い降りて行った。

「おい、気をつけろよ！」と、上で声がしたのとほとんど同時に、小島の体は石垣から滑り落ちた。すぐ下には大きな渦が、音を立てて巻いていた。小島の細い体はすうっとその渦の中に消えた。だが間もなく、また浮き上がった。そして、激しく躍る渦の中に二度、三度、朱に染まった小島の顔が浮き沈んだ。ほとんど一瞬ともいうべき短い間の出来事であった。

それで万事は終わってしまった。小島裕作の姿は、その一瞬を最後に、再び渦に呑まれ、それきり消えてしまった。一緒にいた二人の者は、呆然として眺めるばかりだった。全く手の下しようもなかったであろう——

これが、私の聞いた「小島事件」のすべてであった。私は、断末魔の彼の顔を思い浮かべた。渦の中から顔だけ出して……その顔は苦悶のために真赤になって……、小島裕作の最期の顔は、私は見なかったのだが、不気味なほどリアルに私の心に浮かんだ。だが、彼が死んだということは容易に実感として受け取れなかった。もちろん彼の死亡はまだ確認されていなかったし、水上警察や民間の船が出て探しているということであったが、この灯台のところはいわゆる「魔の場所」であって、助かる見込みは薄かった。

翌日、私たちは、登校の途中、この話でもちきりであった。いっぱいに潮の満ちた沼地を両側に眺めながら、私はここに彼の遺骸が流れて来はしないかという気がしてならなかった。帰りにも、その次の日にも、私は歩きながらそんな期待をこの沼地に寄せていた。もちろん、そんな可能性はほとんどあるまいと私も思ってはいたが、どうしてもそのような想像を振り捨てることはできなかった。

小島裕作の遺体は、ついに発見されなかった。よどんだ水の鎮南浦港の底に沈んでしまったのか、引き潮にさらわれて、遠く黄海の沖に運び去られてしまったのか、全くわからなかった。遺体の捜索をあきらめた家族は、遺品だけを集めて、葬儀を行なった。私たちも参列した。そこは大きなお寺であった。小学生時代のものと思われる彼の写真が祭壇の中央に飾られていた。学帽をかぶって（それは戦闘帽ではなく、普通の学生帽であった）、この頃よりずっと子供っぽい顔であった。いつものいたずらっぽい表情と違って、何か利口そうに澄ました顔つきをしていた。線香の煙が揺れ、ロウソクの火が息をついていた。さまざまの飾りがかざられ、紫の幕が張られ、参列者はしんと静まり返っていた。緋色の座布団の上に坊さんが座った。読経が始まる。

坊さんは、木魚を鳴らしたり、鉦をたたいたり、太鼓を打ったりしながら、お経を読んだ。朗々とあたりに響く声であった。時折、何かを追い込むかのように、激しく太鼓を打つことがあった。大きな潮が打ち寄せるように読経の声と共に高まって行く太鼓の音は、参列者の魂の奥底までも響くように感じられた。祭壇の左側に並んで座っていた家族たちは、この太鼓の音の追い込みのたびごとに、耐えきれなくなって嗚咽した。母親は終始白いハンカチを出して涙を拭いていた。二人の姉も同じように泣いていた。父親は一方の端にきちんと正座したままうつむいていたが、じっと悲しみをこらえている様子で、ハンカチを取り出したりはしなかった。細身の息子に対して、父親はがっしりとした体つきをしており、前頭部がかなり禿げ上がっていた。私はこの人々とは初対面であったが、その中に小島裕作の面影を読みとっていた。

小島の葬儀は、もちろん、学校葬ではなかった。だが、学徒動員の犠牲となって死んだ荒田と、海釣りの最中に自らの不注意で招いた小島の死と、どちらが重いとも軽いとも言うことはできない。家族の悲しみに違いはないであろう。この二人の死は、それぞれ違った意味で私の心に残る。荒田とは全く面識がないが、あの龍岡の現場では互いに無意識のうちに顔を合わせていたかも知れなかった。もし私がもう一年早く鎮中に入っていたら、私も同じ運命をたどったかも知れない。小島の死は戦争とは何の関係もない状況で起こったが、私にとっては生まれて初めて身近に起こった「友の死」であった。

第4章　敗　戦

夏休み

夏休みは、誰にとっても楽しいものであるが、いわゆる「非常時」にあっては、それも返上しなければならなかった。灼熱の太陽が輝く七月にも、私たちは相変わらず畑の手入れや軍事教練などに明け暮れていた。一体この学校には夏休みなどというものはないんだろうかと、私は不服に思った。いかに戦時中とはいえ、小学校にはちゃんと一カ月の休みがあった。

ある日のこと、授業のあとで、校舎のわきのほうに一同を集めて、福重校長が台の上に立った。

「明日から四日間、学校を休みにする！」

私たちは突然のこの知らせに驚いたり喜んだりで、浮き立つような心地がした。だがとたんに、校長の怒号がひびいた。

「休みだ、というとたんにニヤニヤする……それがいかんのだ！　心を引き締めておらんから、つい、そんな態度が出て来るんだ！」

しゅんとなった一同を前にして、校長はしばらくお説教をした。そして、休みだからといってのらくらと遊んで過ごしたり、旅行になど出かけてはならんと釘をさした。どうしてもどこかへ行かねばならない者に限って許可証を出すというのである。私が、休みだと言われたとたんに考えたことは「家に帰れる」ということだったが、これは少しまずいことだと、少しがっかりした。だが願い出ると、理由のところに「帰省」と書いてすぐに許可証を出してくれた。たった四日間では物足りないが、それでも天に昇る心地で、私は翌日、荒谷君と二人で出発した。入学以来初めての帰省である。私たちは帽子の徽章を念入りに磨いて、ピカピカに光らせた。港から船に乗って三十分ほどで猪島である。見覚えのある赤土の崩れた丘や、大きな倉庫などが眼前に迫って来た。

母からの便りで、猪島では山内《やまのうち》さんが何でも世話をしてくれると言っていたというので、私は着くとすぐ、バスの切符の手配をしてもらおうと思って山内さんを訪ねた。この人は猪島の朝鉄自動車営業所の主任で、私の家の古い知人であった。あいにく事務所にはいなかったので、人に聞いて家まで訪ねて行った。山内さんはちょうど出て来るところで、私と一緒に事務所にやって来たが、そこで少しばかり私に学校のことを尋ねただけで、どこかへ行ってしまった。事務所の窓口にはバスに乗る客が切符を買うために大勢押しかけていた。窓口や待合室の壁などに、「事務所の中へ入って切符を買うのはやめて下さい。必ず窓口で」という貼り紙がしてあった。でも私は手紙にあったことを信じて、そのまま待っていた。荒谷君はそのうちにそわそわし始めた。切符を売り始めても、我々には何の音沙汰もないからである。とうとう私たちは、そばにいた事務員に無理を言って、切符を出してもらった。私は何か裏切られたような気持で、満員のバスに乗り込んだ。そんなわけで、私たちは長連まで立ち通しだった。山内さんは多分、その場のお世辞で言っただけでそんなことは忘れてしまっていたのだろう。しかし私は、おとなの身勝手に少なからず腹が立った。

殷栗はなつかしかった。南山《なんざん》（ナンサン）も九月山《くげつさん》（クオールサン）も、猫来山《びょうらいさん》、舞鳶山《むえんざん》、烽火山《ほうかざん》などの居並ぶ山々も、広漠とした漢川《かんせん》の流れも、延々と続く老いたアカシアの並木路も、すべてが恋人のように懐かしかった。中でも九月山は標高九五三メートル、大した高山ではないが山が深く、緯度も高いので、頂上付近には多くの高山植物が見られ、雲を頂いていることも多かった。九月山とは月を見るに良いような秀麗な峰が九つあるという意味だと言われ、殷栗、安岳、信川《しんせん》の三郡にまたがる巨大な山脈であった。全山が花崗岩でできていて、さまざまな形をした個性のある峰々が幾重にもかさなっていた。至るところに巨岩があり、岩壁や渓谷や滝も数知れずあった。春はカシワの新緑にもえ、夏は赤松の緑に映えて、秋はカエデの紅に染まり、冬は霧氷の銀白に輝く。九月山は、幼い日の私の生活の一部でもあったのだ。最近南山の中腹に建てられたばかりの神社に、弟と一緒に散歩に行った。眼下に殷栗の街が広がり、漢川の下流、金山浦の沖に青陽島《せいようとう》、熊島《くましま》の二島も見える。私は全く、一刻千金の思いで、殷栗の風光を味わった。

今度はいつ帰れるだろうと、やるせない気持で、私は再び殷栗を後にした。バスの窓から、見送りの人に手を振ったのも束の間だった。そして猪島、そして鎮南浦。私はうっかりして、こうもり傘をバスの中に置き忘れてしまった。小堀家に「占いカード」というのがあり、「信じて行なえば必ず当たる」と、もったいぶった解説がついていたので、「失せ物」の項を占ってみた。すると、「懸賞付きで探したら出てくるかもしれません」と出た。なるほど、そうかもしれないなと、苦笑した。懸賞を付けるほど高価なものでもないので、結局そのままになった。

日本の敗色は日増しに濃くなっていった。しかし世間一般では、「日本は必ず勝つ」、「本土決戦」、「敵を身近に引き寄せて殲滅する」、「肉を切らせて骨を切る」、「一億玉砕」などという勇ましい言葉が流れていた。並べて見ると言葉の内容は微妙に後退しているが、敗戦とか降服とかいうことは思いもよらないと考えられていた。

しかし軍部の巧妙な宣伝も、こうまで状況が悪化しては容易に国民を欺けるものではなかった。イタリアではムッソリーニの独裁政権が倒されて連合国側のバドリオ政権に代わり、ナチスドイツもついに戦列から脱落した。日本は孤立無援、この間に米軍の反攻は、ソロモン諸島で押し返したのを皮切りに、アリューシャンのアッツ島、南洋群島のマキン、タラワ島、そしてサイパン、フィリピン、硫黄島、沖縄と、ぐんぐん本土に迫って来た。相次ぐ爆撃や艦砲射撃に本土は焼かれ、八月、ついにソ連が参戦した。

この間、朝鮮はほとんど爆撃を受けなかった。ごく一部の飛行場などがやられただけであった。これは連合軍が、朝鮮人の心を日本から離反させようとして、一般の朝鮮人を傷つけない方針をとったためであろう。そのおかげで私たちは、ボーイングB29爆撃機の姿にしばしばおびやかされながらも、爆撃を受けずにすんでいた。しかしまた、それゆえに、戦局の破綻を見破れず、祖国の藩屏にならんと意気込んでいたのでもあった。目の前で爆弾が破裂し、なじみの人や肉親たちが無惨に斃れて行くのを見たら、しかもなお戦勝を信じ、天皇の醜《しこ》の御楯《みたて》として勇み立つ者が、はたしてどれほどあったであろうか?

日本人の中にも、冷静な目で戦局を見つめていた人々が僅かながらあった。一九四一年暮の真珠湾奇襲攻撃から、翌年の前半にかけて、日本軍は南太平洋方面に破竹の進撃をし、仏領インドシナ（ラオス・カンボジア・ベトナム）、マレー半島（マレーシア）、シンガポール、蘭印（インドネシア）、英領ビルマ（ミャンマー）、フィリピンなど、広大な地域を占拠した。日本中が戦勝気分に湧き、緒戦から一年くらいは、そういった状況が続いた。一九四三年の正月頃は、まだ日本軍の優位を疑う者はいなかった。だがその頃、元警察署長をしていた戸川さんという人が私の家に来たとき、「日本はこんなに広く手を広げてしまったが、一体これをどうやって守っていくというのか。日本には、そんな輸送力はなく、それだけの資源もない。新聞やラジオでは、景気よく戦果を報道しているが、中には現地で勝手にでっち上げたものをそのまま大本営で発表しているものがある。そんなものを信用するわけにはいかない」という意味のことを熱っぽく語った。さらに戸川さんは、世界地図を広げて指差しながら、くり返し、くり返し言った。

「こんな、こんな広いところをどうやって守るかというんですよ！」

その時の私は、「それじゃ、日本は一体どうなるのか」と妙な気持になっただけだったが、一九四五年の夏ともなると、その意味がだんだんとわかって来た。八月には、広島に原爆が投下された。「特殊爆弾」というだけで、その重大性はあまりピンと来なかったが、わからないだけにまた不安でもあった。だが、それよりもさらに私の心を暗くしたのは、ソ連の参戦であった。ソ連軍は北朝鮮の東岸に上陸した。北朝鮮は豆満江ひとつを隔ててウラジオストックと鼻を突き合わせているのである。戦火は私たちの身近に迫ったのだ。私たちは、本土決戦、一億玉砕などの掛け声をまだ信じていたから、日本の降服など考えてもみなかった。それならば、この鎮南浦も遠からず戦場になるであろう。そうなったらもう殷栗の両親や弟とも会えない。互いに離れ離れになって討死にするほかはない。私は、そう覚悟した。

夏休み後のある日、私は外で作業をしているときに、一人の友達に「ぼくは近いうちにみんなと別れるようなことになるかもしれない」と言った。すると相手は、訝《いぶか》しげに、「どうして？　何で？」と、しきりにそのわけを訊ねるのだった。だが、本当のことは今は言えない。「何だっていいじゃないか、ただそんな気がするだけだよ」と私は答えたが、彼は「でも、気になるじゃないか。わけを言ったっていいだろう？」と、執拗に食い下がった。私はしかし、とうとう言わなかった。日本が負ける、ここへ外国の軍隊が攻めて来る、私たちは散り散りばらばらになる……そんなことは、とても言えるものではなかった。

やがて誰言うとなく、妙なうわさが流れて来た。爆撃があるときは朝鮮人は白い着物を着て山に登れ、そうすれば目標にしないという米軍側の宣伝放送があったというのである。そして、それを信じて山に登った朝鮮人があるなどという話であった。日本人生徒だけの間でこの話はひそひそと語られた。「けしからん奴らだ」という義憤が、彼らの間にみなぎっていた。同級の朝鮮人生徒への不信の念も強まった。それが米軍の謀略というものであったのであろう。当時、短波放送の受信は禁じられていたが、こっそり聴いている者は相当数あったらしい。日本人の官憲も首脳部たちもひそかに聴いていたであろう。戦況の真相を詳しく知っていた者はかなりあったはずだと思う。

終戦

八月十三日に、突然、母が訪ねて来た。荒谷君の母親も、それに私の弟と荒谷君の末の弟も一緒だった。私はこの不意の訪問に驚きもし、喜びもした。もう会えないかと思っていた矢先だっただけに、ひとしおであった。弟は夏休み中だったが、私のほうはもう四日間の夏休みも終わってしまって、毎日朝早くから夕方まで学校である。久しぶりに会えても、ゆっくりと話をする暇もなかった。むしろ、互いにゆっくり話し合ったのは母たちと小堀先生夫妻とであった。

八月十四日の真夜中に、突如として空襲警報が発令された。私たちは急いで飛び起きた。いつ何どきでも、空襲警報が鳴ったら直ちに学校へ駆けつけねばならなかった。六キロも離れた学校へである。しかも、警戒警報のときは家に戻ることになっていた。だから、警戒警報と空襲警報とが交互に出たりすると、学校と家との間を行ったり来たりしなければならなかった。いかにも不合理な話だが、戦時中は極端な精神主義の横行した時代で、合理主義はあまり歓迎されなかったのだ。

私は荒谷君と、月あかりの道を急いだ。空襲警報にすっかり目を覚まされてしまった。だが空襲警報が出ても、飛行機の音は全く聞こえなかった。深更のこととて、ほとんど起きている家はなく、灯火管制のために真暗になった街を、私たちだけが歩いていた。夜の空気はひんやりと露をはらんで、肌寒いほどであった。行くうちに、二人、三人と仲間に出会った。みんな鎮中生ばかりである。しばらくすると大分大勢になって、勝手にしゃべりながら歩いた。こんな夜更けに歩くのは初めてだったが、空襲警報下の不気味さの中にも、私は何か快感をおぼえた。それはただ、涼しい夜風のためばかりではなかった。未知の体験に対する新鮮な興奮のゆえでもあったろうか。

学校へ着いて間もなく、空襲警報は解除された。私たちは、何か大任を果たしたような安堵を感じて、ぞろぞろと連れ立って下校した。結局、敵機の姿も見えず、音も聞こえずに終わったのであったが……。もう、明け方近くなっていた。だから、家に着いたら、またすぐ登校しなければならないであろう。だが私たちはそれを厭いはしなかった。胸が高ぶって、「いよいよ我々も表舞台に立った」というような勇者気取りでもあった。白々と明け行く空に、低い丘を越えて、大煙突がそびえて見えた。みんな多少昂奮していて、いつもよりよくしゃべった。街はもうそろそろ動き出していた。鶏の声も聞こえたし、早くも例の汚らしい荷馬車が通り始めていた。

八月十五日の朝である。母や弟たちは今日帰るという。私たちはそれより先に再び学校へ行く。「それじゃ、まァ、気をつけてね」と、互いに短いことばを交わしあった。別れはむしろ淡々としたものであった。「行って参りまァす」と、私たちは小堀家を出た。ゆうべのあの騒ぎも、今は何か夢のようであった。

いつもと少しも変わりのない生活が、もう私たちの許に戻っていた。学校ではやはり、いつものように学習や作業や教練が行なわれた。

——これが終戦の寸前に至る私どもの身辺の模様であった。

正午、天皇陛下の放送があるから、全員教官室に入ってラジオを聞くようにと言われた。私たちは教官室の机の間の床の上に座って、コンソール型のキャビネットに納まったラジオ受信機を見つめていた。「玉音放送」が一体何を意味するのか、私たちはとんと見当がつかなかった。とにかく、現人神《あらひとがみ》として崇め奉られ、厚い紫のカーテンの奥に隠されていた不思議な存在、「天皇」が、初めてマイクの前に立ったのだ。これは一体どういうことになるのだろう。好奇心、不審、不安、いろいろな気持がごちゃまぜになり、私たちはしんとして耳を傾けた。

「玉音」は、わかりにくいことばであった。勅語式の文章で、その声もあまり明瞭ではなかった。何ということもなしにそれが終わって、和田信賢アナウンサーの解説が朗々と続いた。だが、それでも、私には何だかわからなかった。玉音放送は、戦争が終わったというようにも聞こえたし、「さア、これからが大変だから、忍び難きを忍んで頑張れ」と、戦意を昂揚させているようにも聞こえた。ポツダム宣言などと言われても、それが一体何なのか、私たちはわからない。そんな宣言についてはまだ何も聞いたことがなかったのだ。

「日本は、連合軍に無条件降服をした。戦争はこれで終わった」と言えばはっきりするけれども、そうは言えなかったのであろう。無条件降服ではなく、ポツダム宣言を受諾したのだと言い、敗戦とは言わず、終戦と呼んだあたり、ずいぶん気を使ったものである。だが、外地にいた我々は、「敗戦」というみじめな現実をいやというほど味わうハメになった。

放送が終わって、一同は教室に帰れと言われた。居並ぶ教官たち（といっても数名に過ぎなかったが）は、ほとんど何も言わなかった。私たちも黙って出て行った。すべて虚脱したような雰囲気があたりに漂っていた。その後、特別の音沙汰もなかった。おそらく教官たちもこれからどうしたらよいか見当がつかなかったに違いない。

帰り道、私たちは、この放送について、わいわいと話しながら歩いた。

「どうしたんだろう？　戦争は終わったんかな？」

「そうだよ、講和をすることになったたって言ってたじゃないか」

「おれたちは、どうなるんだろう」

「みんな内地へ帰るんさ」

「ほんとかい？　どうして朝鮮にいられないんだ？」

「どうしてって……、みんな誰も、内地へ帰るんだよ」

答えているのは、もう足の怪我もすっかり治って、元気に活動していた滝下君である。彼は府長さんの子供なので、一般の人の知らないこともある程度知っているように見えた。しかし詳しいことはわからないのか、慎重を期してさし控えているのか、あまり多くを語らなかった。他の生徒たちは誰も彼も半信半疑だった。

こんな会話が翌日もまた続いた。朝、登校の途中で、向こうから大きな車輪のついた牽引車が二台やって来るのに出会った。何か様子が変わりつつあると、私たちは感じた。

朝礼の時間には、東のほうに向かって、宮城遥拝をするのが習わしになっていた。この八月十六日の朝

も、朝鮮人の英語教師、松岸教官が、

「遥かに宮城を拝し奉り、皇国の武運長久を祈念し、必勝の信念をもって皇恩に報じ奉らんことを誓って——敬礼！」

というのを言いかけると、校長が小声で、「今朝はやめて、やめて……」とそれを制した。私も少しは様子がわかって来ていたので、松岸さんも少しボケてるなと思ったりした。その一日は今までと大分様子が違って、すべてが控え目であった。しかし、学校の態度は、できるだけ普段のように、平静に授業を続けて行くような様子だった。

私はこれからどうなるのか全くわからなかった。しかし、あまり変わった様子はないので、しばらくこのままの状態が続くのかとも思った。とにかく、戦争が終わったというのは有難いことだと思い、ほっとしたが、朝鮮が独立するという話を聞いていたので、日本人はどうすればよいのかと、不安であった。この日の帰りにも、そんな話が出て、滝下君が、あのぐりぐりした眼を光らせながら、こんなふうに言った。

「おれたちは、そのうちに内地へ帰ることになるんだよ。まだ、いつになるかわからないけど、とにかく朝鮮には、いられないいんだ」

私は、今までの重苦しかった中学生活が、どのような形にもせよ、御破算になるのは有難いことだと思った。だが、朝鮮を離れるということは嬉しくなかった。殷栗で暮らしたいというのが、この頃、唯一の希望であったからだ。

戦後の混乱

翌八月十七日の朝、登校の支度をしていると、荒谷君が表のほうから戻って来て、今日から学校に行かなくてよいのだと言った。樋口君が知らせに来たらしい。私もいずれは学校が閉鎖になるだろうとは思っていたが、こう早くそうなろうとは思いもよらなかった。ほっとするよりも、不安な気持におそわれた。

いつもなら学校へ行っている時刻に、私は小堀家の縁側で、ぼんやりとしていた。まだ私には事態がどうなっているのかわからなかったので、多少の不安はあっても、それほど気にはかけていなかった。南に面した縁側から眺めると、野菜畑を隔てて四、五十メートル先に表通りが見える。黒い板塀の家などが並び、西のほうには三和公園の杉の杜が黒々と見える。その杜の向こうのほうで、しきりに「蛍の光」のメロディーが聞こえて来る。いつまでも騒々しく、同じ曲ばかり鳴らしているので、私は今頃どこで卒業式の練習をしているのだろうと、不思議に思った。だが、これは「蛍の光」ではなかったということが、昼過ぎになってだんだんわかってきた。メロディーは同じだが、「朝鮮愛国歌」であって、もとの鎮南浦高女に集まった朝鮮人たちが歌っていたのだという。商工学校にも朝鮮人が押しかけて朝鮮国旗を掲揚したが、日本軍の憲兵隊がトラックで乗り込んでこれを降ろさせたという話も伝わってきた。

鎮南浦の街はもとは南浦（ナムポ）と言っていたが、日本統治時代にどういうわけか鎮南浦と改称された。しかし朝鮮人はその後も南浦と呼んでいたし、私の父も南浦と呼ぶことが多かった。戦後再び南浦に戻されることになる。いよいよ私たちにも、日本の敗戦という現実が、はっきりとわかりかけてきた。

隣の赤城さんとは廊下続きなので、幼い男の子と女の子の兄妹がよく遊びに来たものだった。活発な男の子は、突然、まじめな顔をして、調子外れの歌を歌い出すことがあった。

「ケーカイキキヨノヨカエンノー……」

これは、当時流行した「予科練の歌」で、「若い血潮の予科練の／七つ釦は桜に錨／今日も飛ぶ飛ぶ霞ヶ浦にゃ／でっかい希望の雲が湧く」という歌詞であった。荒谷君が面白がって、「なに、なに、もういっぺん歌ってごらん」などとからかっていた。予科練は特攻隊の養成所であった。

その赤城夫人が、生まれて間もない赤ん坊を抱いて、昂奮した様子で入って来た。昼過ぎのことであった。ご主人の赤城さんは、つい最近召集されて、出征したばかりだった。それだけに夫人の胸中はただならぬものがあったであろう。

「ほんとうに、大変なことになりましたわねえ。もう、ほんとうに私も残念で残念で、もう、主人もあんなことで出ちゃったでしょう……、これから私ひとりでどうやってこの子たちを内地へ連れて行って……。でも、どんなことをしても、私はどうなっても、この子供たちだけは何とかして立派に育てたいと思うんですよ。そうしてね、この子供たちの大きくなるころには、また日本が前よりももっと強くなって、このかたきをうてるようになってほしいものよねえ。それは、とっても、口では言えないような苦労がこれからあるでしょうけれどね、私はきっと、いまに日本は立ち直ると思いますよ」

赤城夫人は、あまり話し相手になりそうもない私たちをつかまえて、熱っぽく話すのであった。誰にでもよいから、思っていることを喋らなければ、とてもじっとしていられない気持だったのであろう。赤城夫人は、その丸っこい、どこかちょっと子供っぽいところの残る顔を昂奮に赤くほてらせながら、さらにまた、ことばを続けた。

「陛下もきっとお辛いことだったでしょうよ。私たち以上に、もっと、もっと、お苦しみになっていらっしゃると思うんですよ。でも、いまに日本の国がこの苦しみを忍んで、また強い国になって、今度のかたきをとってごらんなさい、今の天皇様は、明治天皇よりも、大正天皇よりも、もっと偉い天皇様になりますよ」

私たちも、赤城夫人の熱弁に押されて、何だかそんな気持になってきた。私は軍国時代の教育にいろいろといやな思いをさせられ、学校というところが好きでなくなったが、それは軍国主義を批判してのことではなかった。子供の頃からこのような教育を受けて来たので、まだ批判力の備わっていない中学一年の頃では、当時の歪められた生活に何の不思議も感じなかったとて致し方あるまい。私が最もいやだったのは、全体主義的に、生活のすべてにはめられた窮屈な枠だった。思想も行動もすべて統制され、一つに方向づけられて、それをはみ出す者は容赦なく叩かれた。私は統制の枠から出たいと思ったわけではないが、枠の中の不自由をかこっていたのである。それは反戦論者ではなくて、落伍者の立場に近かったかも知れない。

翌日、私と荒谷君は、小堀先生に頼まれて、銀行預金を下ろしに出かけた。早くおろしておかないと、銀行は今日中に業務を停止してしまうというのである。私たちは銀行がどこにあるのかよく知らなかったので、道を教わって出かけた。しばらく行って大通りの四つ角に来ると、長い棒を手に持って白い腕章をつけた男たちが、人ごみの真中に立って交通整理のようなことをやっている。私たちは不審に思いながら通りを突っ切ろうと、その男のそばを行き過ぎようとした。すると、その六尺棒のようなものを持った男は、私たちに向かって、「日本人か、朝鮮人か」と問いかけてきた。私たちは、うす気味悪くなったので、何も言わずにどんどん歩き出した。男は忙しそうに動きまわっていて、別に私たちを追及しはしなかった。

しかし私は、これはうかうか歩いてもいられないぞと思った。

私たちは銀行を探して歩いたが、道筋をよくのみこんでいなかったので、なかなか見つからなかった。仕方がないので、その付近にあった、とある事務所に入って尋ねることにした。表の看板が昔通りのものだったので安心して中に入ったのだが、入ってみていささか驚いた。正面の壁に見なれない国旗が貼ってあって、そのそばに「国旗に敬礼」と大きく書いてあった。その時にはわからなかったが、それは現在の韓国の国旗であった。室内にいたのはもちろん朝鮮人ばかりである。私たちは「これはえらいところに入ってしまったぞ」と思ったが、黙って出て行くのもおかしいので、そこにいた人に道を尋ねてみた。相手のほうも妙な連中が入って来たと、驚いた様子だったが、わりあい親切に道を教えてくれた。そして出がけに、「こんなところに入って来るんじゃないよ」と言った。

銀行に行ってみると、それは大変な人だかりだった。順番が廻って来るまで待つのが大変だった。ようやく順がまわってきて、現金を受け取ったのはもう昼を大分過ぎた頃だった。私たちはそれでもあまり身の危険は感じていなかったので、帰りがけに港のほうを廻ってみた。船がたくさん出てお祭りのような騒ぎをしていたという話を聞いていたので、どんな様子か見とどけようと思ったのである。行ってみると、もう騒ぎはとうにおさまって、横っ腹に韓国国旗を貼りつけた船が数隻、港のあちこちに停泊しているだけであった。

小堀家に帰ってくると、あまり帰りがおそいので、少し心配しているところだった。途中での話などをすると、「そうか、これからは、一人で出歩いたりしないほうがいいね」と小堀先生も言って、苦労をねぎらってくれた。

大役を果たした私たちが安心して休んでいると、赤城さんの奥さんがまたあわてて飛びこんできた。

「あなた方、まだ知らない？　もう早く荷物をまとめないと間に合わないんですってよ。私もいま大急ぎで支度していたんですけど、お宅でも、ひょっとして知らないといけないと思って、とんできたのよ。とにかくね、二、三日のうちにここを出なくっちゃいけないんですって」

私たちはびっくりした。

「それで、どこへ行くんですか？」

「どこだかわからないわ。だけど龍井町《たついちょう》（私たちが住んでいたところの町名）の人たちはみんな荷物をまとめているのよ。だって、もう、アメリカ軍がどんどん仁川《じんせん》（インチョン）から上陸してるって言うでしょう。だからぐずぐずしていられないわよねえ」

赤城夫人は、主人の留守中にこんなことになってどうしたらいいのだろうと、昂奮した赤い顔に焦燥のまなざしを浮かべていた。

あいにくと小堀先生は外出中だった。私たちも驚いたが、小堀夫人も少し驚いて、私たちと一緒に荷物をまとめ始めた。しばらくがたがたやっていると、今度は寄宿舎のおばさんが駆けこんで来た。

「奥さん、大変よ。もうあと二時間しかないんですって。荷物は大きなタバコ箱（一立方メートル近くもある木の箱）に二つまでですって。だから、大事な物から先にどんどん入れなくっちゃだめよ」

私たちは、全く不安になった。一体どこへ連れて行かれるのか？　もし、米軍が仁川に上陸するのから逃れる必要があるのならば、北へ行くほかあるまい。私はいろいろなことをおばさんに尋ねてみたが、近所の人々が大騒ぎをしているということ以外に確実な情報は何もつかめなかった。

「先生はどうしたのかしら。出かけたっきりじゃ、困っちゃうわね」

おばさんはそわそわした口調でつぶやいて、また急いで出て行った。私たちがばたばたしていると、今度はまた赤城夫人がやって来た。

「そんなに急がなくてもいいの。あさっての昼過ぎになったんですって……」

そう言って、やや安心したように——というよりは放心したように——座りこんで話し始めた。そこへまた、あたふたと寮のおばさんが駈けこんで来て、同じようなことを告げて、話し仲間に入った。小堀夫人がお茶を出したりしてにぎやかに話ははずんだが、とにかく何が真相なのか、すべて雲をつかむような話ばかりであった。

みんな帰って夕方になり、小堀先生も戻って来た。昼間の騒ぎの顚末を聞いた先生は、「バカにつける薬はないね」と、笑っていた。これは寮のおばさんや赤城夫人のことを言ったものらしかったが、私たちもどうやらバカの部類であったようだ。だが、全く情報のストップした、しかも不穏な状況の中では、ほんのちょっとしたうわさでも針小棒大に伝わるのは無理からぬことであろう。

この日の騒動は結局、全くのデマであった。ほとんどすべてのデマがそうであるように、この時のデマの出所も全くわからずじまいであった。

第5章　南浦を去る

人間の配給

交通機関は完全に止まってしまった。汽車も動かなければ、船も出ない。私たちは殷栗に帰れなくなってしまった。途中に海があるので歩いて行くわけにいかないから、船が出なければどうにもならない。母や弟たちが帰ったのが八月十五日であったが、このとき乗って行った船が最後の便であったのだ。きわどいところであった。とにかく船が出たから母たちは帰れたであろう。それで、父一人を殷栗に残して母子三人が南浦に留めおかれるハメにはならなかったが、その代わり、私一人だけが南浦に残されてしまった。私も母たちと一緒に帰ればよかったのだが、その時はまだ学校があるつもりでいたのだから、帰るなど思いもよらなかった。

新聞もラジオ放送も止まってしまい、私たちは目と耳をふさがれたようなものだった。そうなると疑心暗鬼になって、つまらないうわさにも動じやすくなる。引き揚げ騒ぎはどうやら収まったが、そこへまた新しい混乱が割り込んできた。今度はうわさではなくて現実の問題だった。それは、各家庭に人間が配給になるというのであった。戦時中、ほとんどあらゆる物資が統制されて配給制になったが、まだ人間の配給などというのは聞いたことがなかった。だが、本当に人間が「配給」された。それは中国東北部（当時の満州）から来た人々であった。婦人と子供ばかり、大勢の人々が続々と、新京（現在の長春）、奉天（瀋陽）などから汽車で送られて来たのである。この人々はほとんど着の身着のままで、ビスケットと一緒に送られて来た。豊かな暮らしをしていた人々もあったであろう。しかし、全く無計画に汽車に押し込まれ、送られて来た時の姿は、哀れなものであった。おそらく、この列車も最後の運転であっただろう。平壌や南浦に送られて来たこれらの人々はもはやどこへ行くこともできず、住むべき家もなかった。結局、一般の日本人家庭に分散して住み込ませるほかはなかったのである。

私たちがもし、デマにまどわされて逃げ出してどこかへ行ったとしたら、やはりこの人たちと同じようなことになっていたかも知れない。この人々は行く先も知らされず、大急ぎで満州を逃げ出して来たのであった。荷物といえば、南京袋にシャベルでかき込まれた軍放出の乾パンとビスケットばかりであった。ほとんど全部が幼い子供を抱えた母親たちで、子供たちは乾パンやビスケットを食べ過ぎたり、汽車で疲れたりで、下痢をする者が多かった。

この不意のお客のために、家の中は大変な騒ぎとなった。まるで母子寮である。子供たちは泣いたりわめいたりして、片時も静まらない。母親たちは、あまりにも目まぐるしい身辺の変化に半ば放心したようになりながらも、子供たちの面倒を見るのに大わらわであった。

少し落ち着いてから、私はこれらの人々にいろいろな話を聞いた。とにかく突然のことで、寝耳に水であったらしい。女子供は危ないから早く避難せよということで、働き盛りの男たちを残して、貨車で続々送り出されたのだという。満人の暴動を恐れたものらしかった。高射砲を横に倒して街を砲撃するなどというわさも伝わったということだった。

少し大きい子供たちは、向こうで男たちが乾パンやビスケットをまるで砂利か何かのように大きな袋に詰めていた様子などを、こまごまと話してくれた。子供たちは無邪気ですぐ元気にとびまわったが、母親たちは、この悪夢とも現実ともいまだに割り切れない身の上を思って、ため息をつくばかりであった。満州に残っている夫たちのことも気になったであろうし、これからの生活も思いやられたに違いない。

ところで、これらの人々を受け入れた人々も困った。いかにビスケットを南京袋に入れて持って来たにしても、そんなに食糧の足しになるものではない。部屋の狭いのはがまんするにしても、食糧不足はやりきれない。各家庭に二組も三組もの親子連れが入ったとなると、多少の食糧増配ぐらいでは間に合わないであろう。一家の主人、主婦たちは、みんな当惑していた。小堀家にも二組の親子が入って、私たちの寝る場所もなくなってしまった。私と荒谷君とは、とりあえず女学生の寄宿舎に泊まることになった。女学生たちにも足止めを食った者が大勢いて、そのまま寄宿舎に残っていた。私たちは小堀先生と一緒に舎監室に寝泊りしたのであった。一部には家に帰った女学生もあり空き部屋ができたが、そこには満州から来た人々が入った。

一体、こんな無謀な大移動を指示したのは、何者だったのか？　何がきっかけだったのか？　そういった謎は、いずれ歴史が解明してくれるであろうが、民衆の暴動を恐れてのことだったのには違いあるまい。かつての日本政府によれば、「満州帝国」は、清朝の末裔を皇帝として作られた満州人の独立国のはずであった。それが何ゆえに満州人大衆の反逆をそれほど恐れたのか？　何ゆえに満州人民衆にそれほど憎まれたのか？

私たちは昼間になると小堀家にやって来て、退屈しのぎに満州から来た子供たちと遊んだりしていた。

学校へ行っている間、読む暇もなかった本を読んだりもした。当時、菓子などの甘いものはほとんどなくなっていたので、「満州みやげ」のビスケットやコンペイトウなどを子供たちから分けてもらって、喜んで食べた。

私たちは南浦にとり残されて家に帰ることができなくなった。街には何か不穏な空気が漂って、ますます私たちの気持を暗くした。しかし、暴動が起こるような気配はなく、身の危険を感じるようなことはなかった。だが暇になると、殷栗の家のことが心配になり、家族と別れているのが淋しくもなった。舎監室に寝転んで、翻訳小説などを読みながら、早く家から迎えに来てくれるといいのになあと、そんなことばかり考えた。だが、このようにすべての交通が途絶えた今、どうやって迎えに来られるかおぼつかないことであった。殷栗からは、私と荒谷君のほかに女学生の永田さんが、そして金山浦からは美崎さんと塩谷さんが来ていて、皆同様に家族と離れ離れになっていた。

終戦を境として、街はまるで生まれ変わったように賑やかになった。街に出ると、こんなに大勢の人が今までどこにいたのかと思うほど、ぞろぞろと人通りがしていた。統制のために火の消えたようになっていた市場も、にわかに活気づいて、いろいろな商品が並び始めた。すべては自由販売になった。米などはむしろ豊富に出回ったようだ。北朝鮮は人口密度が低いから、食糧にはあまり不自由しなかった。だが、砂糖、マッチ、電球などは品不足で高くなった。

何よりも変わったのは、夜が明るくなったことである。灯火管制で長い間消えていたネオンや広告灯、街灯の灯がいっせいにともり、街は息を吹き返したようになった。私たちはそれまで暗い夜に慣れてしまってこのような明るさを忘れかけていたが、そういえば私が小学六年の頃、従姉を送りに母と一緒に平壌まで行ったときのことを思い出す。ちょうど灯火管制の日で、平壌の旅館では深い笠——ほとんどその真下の机だけしか照らさないような深い笠をかぶって、うす暗い電灯が一つだけ、ぽつんとぶら下がっていた。おまけに窓は締め切りで、厚い黒地のカーテンまで閉めてある。真夏のむし暑いところへ、名物のピンデ（南京虫）がもそもそと這い込んで来るのだから、やりきれない。ほとんど眠れない一夜を過ごした。朝を迎えてほっとした。みんなで街外れの牡丹台や乙蜜台《おつみつだい》、清風楼などを訪れて、大同江の河畔を散歩して、やっと悪夢から遁れたような感じがした。その日の夕方、汽車で鎮南浦へ来ると、もう灯火管制は解かれていて、街中のネオンがまるで花のように咲き乱れていた。だが、私が中学生として再びこの街に来てからは、ついぞ一度としてネオンの輝きを見ていなかったのだ。

さらば南浦

小堀先生が、街に出るから一緒に行かないかと、私たちに言った。私たちも家にばかりいて退屈していたので、早速出かけることにした。学校に通っている間、私はほとんど南浦の街を歩く機会がなかった。出征兵士の見送りに駅へ行くとか、式典のために神社の広場に集まるなどという時以外には、ただ小堀家と学校との間を行ったり来たりしただけだった。だがこの街は、私が幼い頃から時々訪れたことのある唯一の都会だったので、いろいろと印象に残っていることが多い。この街は倉庫の多い街だった。港町だからでもあろう。すべて赤煉瓦の大きな建物で、それがずらりと何十棟も並んでいるのは、ちょっと珍しい光景であった。巨大な精米所があったので、米の倉庫が多かったようだ。倉ばかり並んだ人気のない路地に荷馬車やトラックがよく出入りしていた。こうした赤煉瓦の建物の間に四角な防火用水のような池があって、そんなところで魚を釣っている子供たちがあった。そして、きまってそこには釣りを禁止するという立札が立っていた。駅の近くにあるそういった池の一つには、怪談じみたうわさがあった。せまい池だったが、底無しの池などといって、深さがわからないのだと言う。私はそんなはずはないと思いながらも、実際に深さを計ってみる気は起こらなかった。土地の古老の話によると、明治の頃は、このあたり一帯はほとんど海だったということであった。

小堀先生は、私たちを連れて歩きながら、時折、知人に会って立ち話をした。小堀先生は、相当に長くこの街に住んでいたので、知人も多かったようだ。マーケットの近くでも誰かに会った。

「ほんとうに大変なことになりましたなあ……」

「ええー、大変なことになりましたねえ」

と、いつもきまったような挨拶である。それ以外、言うべきことばがなかったのかもしれない。

私たちが帰途についた頃、急に空で爆音が聞こえて来た。終戦以来、飛行機の音も全く途絶えていたのに……と思って空を見上げると、黒っぽい色をした小型の飛行機が編隊を組んで飛んで来た。飛行機はみんな日の丸のマークをつけていた。私はちょっと驚いたが、日本の飛行機が飛んでいるということは、何か心強い感じを与えた。編隊は轟音をひびかせて、ぐっと低空を飛んだ。そして何回も何回も旋回して、鎮南浦の街全体を威圧するように飛び廻った。もう終戦後一週間に近くなる。しかし日本軍はまだ健在だということを示そうとしたのであろう。

この飛行は確かな効果があった。街は目に見えて静かになった。日本人は落ち着きを取り戻したし、朝鮮人は、あまり目立った動きをしなくなった。とは言っても、時がたてば、どちらも落ち着いて来るのは自然の成り行きでもあったに違いない。だが、やがてどんなことが起こるかは予測できない。日本空軍も、いずれ武装解除しなければならないはずである。事実、その時以来、日本軍の飛行機は一機も飛んで来なかった。これが「帝国陸軍航空隊」の最後の見納めとなってしまった。

私は帰ってきて、小堀家の縁先から、暮れなずむ南浦の街をぼんやりと眺めていた。朝鮮の夕日は赤い。並んだ瓦屋根の家々もほんのりと赤く染まった。三和の杜が夕映えの空を背にして暗い。いま頃、殷栗では、舞鳶山のあたりを真赤に染めて、日が沈んでいることであろう。東の九月山までがバラ色に映えているだろう。そんなことを考えると、無性に殷栗が恋しくなった。野菜畑の上を越えて、練炭の燃えるにおい――それはこの街のにおい――が漂って来た。


そうこうするうちに、十日ほどたった。八月の二十五日、突然父が小堀家に現われた。私も驚いたが、荒谷君はもっと驚いたであろう。というのは、彼の父親も一緒だったからである。荒谷君が殷栗に来たのは四年生くらいの時だったが、その頃、彼の父親は出征したのであった。だから私は、この日まで、彼の父なる人を見たことがなかった。荒谷君にしても久しく会っていなかったに違いない。

荒谷さんはやや長身で、額が大分禿げあがり、ひげの濃い人で、「軍曹どの」といった感じがぴったりするような人だった。父は小堀先生とは長年のなじみだから別に遠慮もしなかったが、荒谷さんは全く初めての訪問なので、息子が世話になったお礼などを口下手に長々と述べていた。そして、遠慮勝ちに座敷へ上がった。座敷は八畳が二間と茶の間があったが、八畳のほうは満州から来た人々が入っていたので、私たちは少し狭い茶の間に集まった。

私は嬉しくてならなかった。そして殷栗の様子も聞きたくてならなかった。その夜、父から聞いた殷栗の話は、私にとって意外なことが多かった。私は南浦の街の様子だけから考えて殷栗も大して変わったことはないものと思っていたが、父の話によると相当の騒ぎがあったらしかった。

終戦の日、母や弟たちは船で猪島に渡ったが、すでにもう殷栗行きのバスは動かなくなっていた。仕方なく歩いて夕刻に長連にたどり着いたが、そこでは民衆の蜂起があって、知り合いの郵便局長の家はもぬけの殻だった。とにかくそこで一夜を明かし、翌日また歩いて殷栗に帰ったのだということだった。殷栗でもいろいろな騒ぎがあったが、幸い、父も他の日本人も無事で、今はやや落ち着いている様子であった。

父たちは、金山浦の塩谷さんの持ち船が何かの用事で南浦まで行くことになったので、それに便乗して来たのだと言う。私たちはその船の帰りに乗せてもらって金山浦に行き、そこから殷栗に帰る手筈になっていた。金山浦から殷栗までは約八キロの道のりで、容易に歩いて行ける距離であった。

こうして私と荒谷君と三人の女学生は、それぞれの家に帰れることになった。我々だけでなく、小堀先生や夫人も大いに安心したことであろう。これからどうなるか見当もつかない上に、他人の大事な息子や娘たちを預かって、おまけに満州から転がりこんだ母子家族の面倒まで見なければならないのでは、気苦労だけでも大変なものであったろう。物質面でも、これから生活するための食糧をどうするか、心許ないことばかりであった。

私たちは、翌晩暗くなってから、港に停泊している船に乗り込むことになった。帰り支度と言っても大した荷物があるわけではない。準備は簡単だった。こうして私は僅か四カ月半で鎮南浦公立中学校の生活を終え、再び生まれ故郷の殷栗に戻ることになった。殷栗に戻ることはとても嬉しかったが、それからそこでどんなことが起るか、全く見当がつかなかった。

南浦の街の思い出は私にとって心地よいものとは言えなかったが、いやだったことや辛かったことも、時がたてば次第に懐かしい思い出に変わっていく。いよいよ南浦の街を去るのだとなると、何か名残惜しい感じも湧いてくる。もう、二度と来ることもあるまいと思うと、あのほこりっぽい沼地の中の一本道も、三和公園の裏山の道も、美しい一幅の絵のように脳裏に焼き付いて離れないのであった。もちろんそんな感傷に浸っている場合ではなかった。厳しい現実が冷酷に迫って来るであろう。しかし不思議なことに、人間というものは、異常な困難に遭遇した時でも、何か「美しいもの」に惹かれて酔いしれるような、根強さ、しぶとさを持っているものだ。激動の波に揉まれている時に、人間の腰は頑丈になり、かえって安穏な平和を楽しんでいる時に人の心は柔弱になる。

八月下旬ともなれば、もう秋めいた気候になる。夜風は露をはらんで肌寒い。私たちは、一夜の船旅の門出を小堀先生たちに祝福されて、南浦の街を去ろうとしていた。

夏の日ももう暮れて、夕闇に包まれた。私たちは歩いて港に向かった。真っ黒な岸壁に真っ黒な船が舫《もや》ってあったが、月の光が足元を照らしてくれた。船頭は出たり入ったりしながら船出の準備をしていた。二、三十トンばかりの帆船で、板張りの屋根が中央の棟木から船側まで覆っていて、その下はにわか作りの船室になっていた。もともと荷運び用の船で、客室などはないのである。空がよく晴れていたので、私たちは屋根の上に寝転がって空を眺めながら船出を待った。ここは大同江の河口に近く、潮の満ち干の差が大きい。六メートル以上もの潮差があり、しかも黄海は遠浅であるから、干潮のときには何キロメートルにも及ぶ広大な干潟ができる。船は満潮の頃を見計らい、数十キロ下流の金山浦に向けて船出する予定である。

夜九時頃、私たちは小堀先生に別れをつげ、人気の絶えた港の岸壁にひっそりと碇泊する、この帆船に乗りこんだのであった。一行は私と父、荒谷さん父子、それに殷栗から女学校に来ていた永田さん、金山浦から同じ女学校に来ていた塩谷さんと美崎さんの総勢七人、船頭たちは朝鮮人であった。この船は金山浦在住の塩谷さんの持ち船で、何かの用事で鎮南浦まで行くことになったので、それを利用して鎮南浦に取り残された生徒たちを連れ戻そうと塩谷さんから殷栗郵便局長の永田さんに電話があり、私の父と荒谷さんとが迎えに行くことになったのである。もう一人、殷栗の農学校の校長をしていた田中さんという人が便乗した。この人は単身赴任で、家族が平壌に残っていたので、家族と合流するため同乗して来たのであった。父たちは、殷栗から八キロの道を歩いて金山浦に至り、ここから船に乗って鎮南浦に向かった。田中校長は鎮南浦で別れて平壌に向かったので、私は会っていない。おそらく歩いて行ったのであろう。その後の消息はわからない。

殷栗や金山浦の日本人たちは終戦後の混乱に戦々兢々としており、永田さんも塩谷さんも自分が行こうとはしなかった。比較的のんびりしていた私の父と、戦地から戻ったばかりで情勢を知らない荒谷さんとが使者の役目を引き受けることになったもののようである。

もし、この絶好の機会に恵まれなかったら、私たちは家族と離れ離れになったままであったろう。戦後しばらくの間は交通機関は完全に麻痺状態になったままで、黄海道の海州に行っていた貞廣君などは、何日もかかって歩いて帰ったという話であった。後には交通手段も復活したようだが、その頃には日本人が旅をすることは許されなかったであろう。結局、別々に帰国の道を選ばなければならなかったに違いない。

この時点、終戦から十日ほどの頃には、まだソ連軍は進駐しておらず、朝鮮の人民組織もまだ確立されていなかったので、ある程度勝手な動きも可能であったらしい。もちろん船頭たちにはかなりの金品が渡されていたに違いない。彼らは全く見ず知らずの人々であったが、約束通り、忠実に船を運行してくれた。

北朝鮮は夏でも湿気が少ない。夜空はよく澄んで、月が明るかった。めいめい勝手なおしゃべりをしながら、仰向けに寝転がって、船の屋根の上から空を見上げて出航を待った。やがて夜更け、船は音もなく滑り出した。水上は暗く、何も見えない。陸地も深夜のこととて、街の明かりも少なく、黒々とした丘や林に点々と灯火がきらめくだけであった。鎮南浦の街ともこれが最後の別れなのかと思うと、僅か半年足らずの滞在で、しかもあまり楽しい思い出の残る街ではなかったが、何か感傷的な気分に襲われた。船はゆるやかな潮流に乗ってほとんど音もなく進んで行く。この方向は、私たちが鎮中、すなわち鎮南浦公立中学校に毎日通った道の方向である。そのあたりの丘陵がどうにか見分けられればという思いで、じっと対岸の陸地を眺めていた。

　鎮南浦という街は、元来は南浦《なんぽ》（ナムポ）と言っていたが、日本の統治時代に鎮南浦と改称したものらしい。妙な改名をしたものである。おかげで私は、引き揚げ後、友達から「チンナンポンチャン」などとからかわれた。殷栗の朝鮮人は戦時中も普通はナムポと発音していたし、私の父も普段はナムポと呼んでいた。平安南道では平壌に次ぐ大都市であり、日本人の数も数千人はあったと思われる。岸辺の光景は、ゆったりと過ぎ去るように見えながら、たちまちのうちに移って行く。中学校のあたりもはっきりと判別できないままに、南浦の街は消えて行った。夏とはいえ、夜風は肌寒く感じられた。到着は翌日の朝になる。我々はひとまず船内に引き込んで眠ることにした。波も立たず静かな船旅であった。

　父はかねてから大同江の船旅をしてみたいと思っていたそうである。それが思いもよらぬ形で実現したわけである。鎮南浦と金山浦の間には定期航路はない。普通ならば、鎮南浦からは真南に約三十分の定期航路で猪島という所に渡り、そこから三十六キロの道のりを定期バスに乗って殷栗まで行き、金山浦行きのバスに乗り換えねばならなかった。

　いつしか明るくなっていた。外に出てみると、まさに夜明けの瞬間であった。そのあたりは、もはや河口というよりも、海であった。東は川上にあたるが、ここで見る限り茫洋たる海原であり、そこからまさに日が昇ろうとしている。黄金の巨大な太陽が海に浮かび、海面もまた黄金色に光る。遠い山や島影も真っ赤に染まり、たなびく雲も火のように燃え、金色から緋色に、緋色から紫紅色にと移り変わっていた。赤い夕日はいくたびとなく見たが、こんな見事な朝焼けを見るのは初めてであった。みんな出て来て、声もなくこの神秘の光景を眺めていた。

とにかく自分の家に帰れる。その先はともかくとして、ひと安心という気持ちは一同に共通したものであっただろう。前途を祝してくれているような、美しくも神々しい日の出の光景であった。光の饗宴は、刻々と変わる。うっとりと見とれていると、船べりに奇妙なものが現われた。海獣の一種であろうか。黒い背中と頭がぽっかりと波の上に浮かび、まるで船に寄り添うように泳ぎながら、一瞬にまた水に潜る。何頭も何頭も、船を追うように群がって、浮いては沈み、沈んでは浮き上がる。あまり大きくない鯨の種類かもしれない。とにかく珍しい経験であった。将来の不安を忘れて思わず楽しんだ船旅であった。

第II部　抑　留

第6章　殷栗に帰る

故郷・殷栗《いんりつ》

朝のうちに、船は無事金山浦《さんざんぽ》（クンサンポ）に着いた。永田さんや塩谷《しおたに》さん、美崎《みさき》さんも迎えに来ていた。みな心配していたが、無事到着したので大いに喜び、父に盛んにお礼を言っていた。金山浦の人々は非常に事態を悲観して恐れていた様子で、こんな時期に朝鮮人の船頭たちの操る船で南浦まで往復するのは、とても勇気のいる仕事だと思っていた様子である。我々は至極のんびりと船旅を楽しんで来たのだが、こういった場合、待っているほうが何倍も心配をするのが常である。

我々は、さらに殷栗（ウンユル）の町まで歩かなければならない。しかし、私たち父子、荒谷《あらや》さん父子、それに永田さん父娘と、六人もそろっているから心強い。私は永田さんに頼まれて、自転車に乗って行くことになった。永田さんは、一人で自転車に乗って金山浦に来たのであろう。しかし、帰りは娘と一緒なので、みんなと共に歩いて帰るつもりらしかった。一行の中で自転車に乗れるのは永田さんを除けば私一人だけだったのである。当時、自転車が珍しいということはなかったが、かなり高価ではあった。自転車に乗れない人のほうが多かったのである。

他の人々が徒歩なので、私は一人で先に自転車を走らせた。金山浦から殷栗までは約八キロで、ほとんどまっすぐな一本道であったから、自転車では楽なものであった。途中にゆるやかな勾配の小丘があり、そこを越えると殷栗は間近であった。私はみんなより大分先に来てしまったので、少し待ち合わせる気になった。殷栗から金山浦に向かう途中に毛勝農場があった。ここは毛勝《けがち》先生のりんご園である。副業として豚や羊も飼っていた。毛勝伊之助先生は兵庫県の出身で、長らく金山浦で学校の校長をしていたが、当時は殷栗に住んで農場の経営などをしており、殷栗在住の日本人では一番の資産家であった。私の父とも親しくしており、私は弟と一緒に母に連れられてしばしば毛勝農場に行ったことがある。その場所は殷栗郡殷栗面造山里《ぞうざんり》にあったので、私たちは毛勝先生のことを「造山里のおじちゃん」、毛勝夫人を「造山里のおばちゃん」と呼んで親しんでいた。この夫婦には子供がなかったので、夫婦養子を迎えて後継ぎにしていた。婿養子は一二三《ひふみ》さんという名であった。毛勝先生は黄海道の道会議員（県会議員に相当）をしていて、道庁のある海州《かいしゅう》の町に泊まりがけで出かけていることが多かったようである。

毛勝農場の入り口には、少し広い外庭があった。私はそこに自転車を乗り入れた。ちょっと様子を見てみようかという気を起こしたのである。しかし入り口の門は閉ざされていて、その辺には何人かの朝鮮人の若者がたむろしていた。私が広場をぐるぐる廻ってどうしようかと迷っていると、一人の男が近寄って来て、何か用かと日本語で尋ねた。あまり友好的な雰囲気でもないので、私は「いや」と答えて退散した。毛勝農場のりんご園の端のほうに道路に面して、毛勝先生の功績を讃える記念碑が立てられていたが、八月十五日の夜、手に手に松明を持った群衆が集まり、気勢を上げてその記念碑を打ち毀したという話は鎮南浦に迎えに来た父の口から聞いていたので、立ち寄らないほうが無難だろうと判断したのだった。

とにかく、私も他の人々も、無事に自分の家に帰り着いた。私が家を離れていたのは僅か半年足らずの間に過ぎなかったが、生まれて初めて親元を離れ、多少は辛い思いもして、「故郷」というものを初めて知ったという感じがした。私にとって故郷といえば生まれ故郷の殷栗しかなかった。日本にはたった一度、一カ月ばかり旅行しただけで、それはまだ未知の国であった。故郷をしのぶ歌、望郷の念、そんなことばは知っていても、その気持は全くわかっていなかったのだということが、しみじみと感じられた。殷栗の我が家を取り巻く自然、山や川、四季の植物、そういったものがなんと美しくいとおしいものであったか、この半年の間に身にしみて思い知らされた。私は、我が家に身を置くことが、無性に懐かしく、無性に嬉しかった。こんな心からの喜びを感じたことはなかった。しかし、ここに長くいるわけにはいかない。日本に帰らなければならないのだ。「日本に帰る」と皆いうけれど、私にとってはそれは、「故郷を去る」ということなのだった。

当時における私の家の所番地は、朝鮮黄海道殷栗郡殷栗面楓山里《ふうざんり》五〇八番地であった。朝鮮は昔、「鶏林八道」などとも呼ばれ、八つの「道《どう》」から成っていた。北部朝鮮は、咸鏡道《かんきようどう》、平安道、中部朝鮮は、黄海道、江原道《こうげんどう》、京畿道《けいきどう》、南部朝鮮は、忠成道《ちゆうせいどう》、全羅道《ぜんらどう》、慶尚道《けいしようどう》に分かれ、日本の統治下では、中部三道を除く五道が南北に分けられていた。平壌《へいじよう》（ピョンヤン、ピアン）府や鎮南浦府《ちんなんぽふ》は、平安南道に属していた。「府」は大きな街を意味し当時の日本の「市」に近かった。日本の「郡」に相当するのはやはり「郡」で、「町」に相当するのは「邑《ゆう》」、「村」に相当するのは「面」であった。殷栗は黄海道に属し殷栗郡の郡庁所在地であったが、邑ではなく面であった。しかし、街の中心部のことは、「邑内」と呼ばれていた。黄海道の道庁は海州府にあった。道の長官は「知事」、郡の長官は「郡主」、面の長官は「面長《めんちよう》（メンジャン）」と呼ばれ、面の庁舎は「面事務所」と呼ばれた。面の下の区画は、日本の「大字」に相当する「里《り》」であった。なお、現在の朝鮮民主主義人民共和国では、黄海道は黄海北道と黄海南道に分かれている。殷栗は黄海道の北端に近いので、現在は黄海北道に属している。

当時の殷栗郡には中心をなす殷栗面をはじめとして、北部面、西部面、南部面、一道面、長連面《ちょうれんめん》などがあった。もとは殷栗郡と長連郡とに分かれていたが、昭和の初め頃、長連郡は殷栗郡に併合されたということである。日本人が多く住んでいたのは殷栗と長連、それに金山浦で、それぞれに日本人学校があった。在住の日本人たちが金を出し合い、「学校組合」を作り設立した公立学校であるが、一番日本人の人口の多い殷栗面でも総人口二百人に満たなかったから、全校生徒数は多くても三十人をあまりを超えなかった。長連や金山浦ではさらに少なかったはずである。中学校はないので、日本の学校に入るか、海州や鎮南浦の学校に入るしかなく、いずれにしても家から通学することはできなかった。

朝鮮を植民地化した日本政府は京城《けいじょう》（現在のソウル）に朝鮮総督府を置き、絶対的な権力を握っていた。しかし、反日、抗日闘争は跡を絶たなかったので、最初は苛酷な弾圧政策をとったが、後には同化政策へと転換していった。郡主や面長といった首長には朝鮮人が起用されていたが、郡庁の内務主任、警察署長、普通学校（朝鮮人小学校）の校長、郵便局長などはすべて日本人であった。その他、登記所長、刑務主任としての警部補、巡査部長一名、巡査数名、普通学校教諭数名、重要な金融機関である金融組合理事、穀物検査員などに日本人が当てられて、反植民地運動ににらみをきかす構造になっていた。こうした日本人の役人たちは、普通二、三年くらいで強制的に転勤させられていた。それには転勤による手当ての支給、昇任などの恩典と、現地人との癒着を防ぐ意味とがあったものと思われる。

私の父や毛勝先生のようにもとは教員でも、果樹園などの自由業に転向した者は土地に定着していたが、大部分の日本人は役人だったから頻繁に転勤があり、日本人学校の生徒も出入りが激しく、私のように一年から六年まで在学したのは極めて少数であった。荒谷君の父親は穀物検査員であったが、在職中に応召して軍務に服していたため、留守家族はそのまま殷栗に居残って終戦の日を迎えることになったのである。

山のスケッチ

いずれ去らなければならない懐かしい生まれ故郷の姿を残そうと、私は写生を始めた。私の生家は純然たる朝鮮式家屋で、オンドル暖房になっていた。最初はわら屋根であったが、後にトタン屋根に改造した。屋敷は果樹園の中にあり、母屋の周辺に幾棟もの物置きがあった。私は木登りが得意で高いところに登るのが好きであったから、物置きの屋根に登り、周囲の景色をスケッチしたのであった。物置きといっても、りんご箱などを大量に貯蔵できるかなり大きな建物であったから、屋根の上からはほとんど四方が見渡せた。

東には九月《くげつ》山脈が連綿として連なっていた。最高峰の高さは九百五十メートルばかりでそれほど高いわけではなかったが、海に近いことを思えば決して低い山ではない。しかも全山がほとんど花崗岩でできていて、険しい岩壁や巨大な岩山が立ち並び、いかにも険阻な山容は一度見たら忘れられない強烈な印象を人に与えた。朝な夕なに眺めたこの山は、私にとっては心のふるさとであり、いまだに夢の中に現われることがある。初冬の朝には、幻想的な霧氷に包まれて、白銀色に輝いた。頂上付近には樹木がなく、累々たる岩石の峰が連なり、中腹には子供の背丈よりも低い松と柏の木だけがまばらに生えている。地面は風化された花崗岩の荒砂で、乾燥に強い芝草のような草が生えているだけである。谷間には、空気のように透明な清流が流れ、朝鮮五葉松が林をなしている。この木の梢あたりに巨大な松毬《まつぼっくり》が数個ずつ実り、これを火で焼いて松脂を除いて押しつぶすと、松の実がたくさんとれる。市場ではこれを山のように積んで売っている。

南には南山《なんざん》（ナンサン）がある。これは数百メートルのなだらかな丘であるが、九月山とは対照的におだやかな山容をなし、誰でも容易に登ることができた。この山も背の低い松と柏ばかりなので、道に迷う心配は全くない。中腹には観豊楼《かんぽうろう》という楼閣があり、誰でも勝手に登って休んだり宴会をしたりすることができた。

北には、私の家のりんご園の一部をへだてて東西に道路が走り、その向こうに朝鮮人の村落がある。これは殷栗の街の一部であるが、私の家は南東の町外れにあり、中心部からは歩いて十五分ほどの距離にあったので、もう郊外の田園の光景といった感じであった。西側には母屋の屋根があり、その先には人家があったから見通しは悪いが、遥か彼方には丸っこい山の字型をした舞鳶山《むえんざん》という山があり、その辺に真っ赤な夕日が沈むことが多かった。この山はあまり高くないが、頂上付近に広大な花崗岩の岩板があり、その上で運動会ができるほどであった。トンビが両翼を広げている形に似ているところから、舞鳶山の名がついた。

私はすでに小学生のうちに、画用紙を何枚も並べて、九月山（クオールサン）一帯の写生を終えていた。そこで今度は、前の絵に続けて、南山の写生をした。今度は特に克明に、画用紙三枚を使って水彩画を描いた。かなり時間がかかった。写生をしている最中に、裏の朝鮮人の子供たちが私を見つけて石などを投げて来た。こうしたことは今に始まったことではなく、戦前から、私や弟が学校に通う途中で、小さな子供たちにきびがらの棒でなぐりかけられたり、小石や土くれなどを投げつけられたりしたことは、日常普段のことであった。相手は幼い子供たちであり、危険を感じたことは全然なかったから、私たちは全く反抗しなかった。子供たちの親がこれを見つけるとあわてて叱りつけていたが、こうした行動は、子供たちの好奇心や本能的な闘争心による面が大きいとはいえ、その裏に親たちの反日感情がなかったとは言えないだろう。

私たちが父や母と一緒に歩いているときにはこの子供たちも全く手を出さなかったから、父や母はこのようなことを知らなかったに違いない。私も父や母にそんな話をしたことはなかったからである。父が帰国後に書き残した手記の中にこの時のことが書いてあり、「朝鮮人の子供たちが石を投げつけたので、彪は絵を描き続けられなくなり、かわいそうでならなかった」と記してあるが、これは事実に反する。この時の絵は全部持ち帰ることができて、現在も残っているが、完全に描き上げられており、私の記憶でも、石などを投げられたことは確かだが、別に危険を感じたとは思っていない。

人の見方や感じ方は状況や立場によって違いやすく、何が真実であるかを見定めることは非常に難しい。日本の敗戦をめぐって、日本人や朝鮮人がどんな考え、どんな気持をもち、どんな行動をしたかは、これから述べるさまざまな事件を通じて、ある程度は浮き彫りにされるであろう。

一九四五年八月十五日、この日を境にして、日本人、朝鮮人、ロシア人などの立場は急転回した。日本人は支配者から敗戦国民に転落して流民となり、朝鮮人は支配を脱して独立国民としての道を模索し、ロシア人は占領軍の一員として君臨した。そうした共通項は明白であっても、個人と個人の関係は決して単純明快なものではなく、むしろ極めて複雑微妙であった。こうした激動の時代ほど、個人の人格や個性が明確に表面に現われる時代はない、と言えるであろう。

とにかく私は、故郷の生活を楽しみ、改めて自然の美に酔った。しばし夕立が襲うと涼風が吹き渡り、カエルの声が聞こえた。懐かしい鳴き声だった。「メン、コン、メン、コン」。その鳴き声のゆえに「メンコンガエル」と呼ばれるカエルである。やや小ぶりで、つかまえると風船玉のように、体全体を膨らませる。人が鼻をつまんで、「メン、コン」と言うと、その鳴き声そっくりに聞こえる。私もよく鳴き真似をしたものだ。一説によると、雄と雌とが交互に鳴き交わすのだとも言うが、真偽のほどはわからない。他では見たことのない珍しいカエルであった。

第7章　殷栗の人々

父・岩下安平のこと

一応我が家に落ち着いたところで、これからの登場人物の一部について簡単な説明を加えておこう。大勢の人物が登場するので、そのほとんどはそれぞれの場面で説明することにするが、いずれにも共通した背景があるので、時代や土地柄に関することを含めて、最初に説明をしておくことにする。

まず私の父親、岩下安平である。父は一八八二年、栃木県足利郡名草村（現在は足利市名草上町）に生まれ、小学校卒業後、臨時教員となり、のちに宇都宮の師範学校を卒業して、三十台の若さで校長になった。父は次男であったため、当時の法律では親の遺産を相続することはできなかった。また、当時の公務員は、ある程度の地位に進んで年数が経つと、突然、辞令一本で退職させられるようになっていた。恩給が支給されるが十分な額ではなく、まだ人生の半ばで恩給だけで細々と暮すのはやりきれなかったであろう。そういった将来への不安のうちに、第一次世界大戦後の不況の時代には失業者があふれ、海外移民熱が盛んになった。父もアメリカに移住しようかと考えたそうであるが、それは果たせなかった。父の義兄が朝鮮に渡り校長をしていたので、その世話で父も朝鮮に渡ることになったのである。一九二一年のことであった。朝鮮では特別手当がついて給料が高く、物価も安くて生活しやすいというのが魅力であったようである。最初に赴任したのは黄海道の谷山《こくさん》という町で、普通学校（朝鮮人学校）の校長になった。ここは大同江上流の山岳地帯で、風光明媚な土地であった。父は朝鮮語やハングル文字の講習を受け現地に就任したが、非常に新鮮な刺激を受けたようである。

自然や風俗の違いはもちろんのことであるが、朝鮮人生徒の優秀さ、勤勉さに驚かされたという。父は日本内地にいた頃から教育熱心で、校長になっても担任を持ち続けていたということであるが、朝鮮でも同様に自らクラスを担任して直接生徒と接触を続けたのであった。谷山はいなかであったため、就学率が低かったのであろう。日本の寺子屋に似たようなものがあり、そういった所で読み書きを習った者が、改めて小学校に入学するようになったので年齢が高く、漢字の素養などは教師にも勝っている者が大勢いたという。

その後、父は長連、殷栗と転勤を命ぜられて、校長を務めた。校長としては成功したが、殷栗に赴任して間もなく、少し無理をして腸チフスにかかり、鎮南浦の病院に入院した。ここで二度も医師から見離されるような重態に陥ったが、奇跡的に一命をとりとめた。入院中に生徒たちと文通し、それを通して生徒との信頼関係が深まったという。前任の校長は生徒たちや朝鮮人教諭たちから強い不信の念を抱かれ、学校が非常に荒れすさんでいたのであった。学校はいわば日本の植民地支配の最前線であり、しばしば問題を引き起こしていたのである。長連には、学校側と父兄とが衝突して、同盟休校が続いている最中に赴任したのであった。父も苦労したであろうが、誰とでもわけへだてなく付き合う性格が幸いして、互いの信頼関係を回復するのに成功したのであった。支配者と被支配者という関係を超えて信頼関係を築き得たことが、戦後の抑留生活においても重要な意味を持つようになったのであった。

病後の父は、間もなく元気を回復したが、将来への不安も感じたのであろう。校長官舎の近くに住んでいた真鍋さんという老夫婦のすすめで、朝鮮人の地主から田畑を買い取り、りんごを植える決心をした。毛勝先生がすでにりんご園を経営していたので、特別に良い苗木を世話してくれた。毛勝先生も仲間がほしかったので、父を殷栗に住まわせたかったのである。そういった動きが伝わったためか、それから二年後に父は退職の辞令を受け取った。一九二九年三月のことであった。この時、父は四十七歳、母は三十五歳であったが、結婚して間もなく生まれた長男が夭折し、以後は子供に恵まれていなかった。ところが、果樹園で働いたのが健康によかったのか、十三年の間をおいて一九三一年に次男が誕生した。それが私である。さらに四年後には三男として私の弟が生まれた。りんご園は約二ヘクタールあり、二百五十本のりんごの木が植えられたが、植えてから九年目には一本平均約千個のりんごが成るようになり、経営が成り立つようになった。青森県では採算がとれるようになるまでに十年かかると言われていたから、かなり良い成績だったといえる。それは父の努力もあったであろうが、何よりも気候風土がりんごの栽培に適していたためであろう。

毛《け》勝《がち》先生

殷栗は鉄鉱石の産地として知られていたが、その鉱山は金山浦にあった。富田儀作という人が鉱山の持ち主であった。この人はかなり有名な実業家であったらしい。朝鮮でりんごの栽培を始めたのもこの人だと言われる。金山浦には富田農場という大きな果樹園があった。他にも養蚕などいろいろな事業を起こし、後には鎮南浦に移って、ここでもさまざまな事業を成し遂げたということである。大戦の頃はすでに故人になっていたが、その事業は引き継がれていた。

殷栗鉄山には、私も一度だけ行ってみたことがある。露天掘りで、深い大きなすり鉢型の穴があり、その底部で褐鉄鉱が掘り出され、斜面に敷いた線路の上をトロッコが鋼索で引き上げられていた。何台かのポンプが湧き水を絶えず穴の外に汲み出していた。それはなかなか壮大な眺めであった。鉄鉱石は、金山浦の港から百トン前後の帆船に積まれて、大同江上流にある兼二浦《けんじほ》の製鉄所に運ばれる。

毛勝先生は富田氏と同郷の兵庫県出身で、富田氏に招かれて金山浦に渡り、私立学校の校長になった。鉱山労働者の子弟の教育のために富田氏が建てた学校らしい。朝鮮人を対象にした学校だったが、おそらく、日本人生徒も多少はいたであろう。やがて日本人学校ができて、毛勝先生はそちらの校長になり、夫婦で教えていたということである。私立学校であったため恩給がもらえないので、稼いだ金で殷栗に少しずつ土地を買い足していき、約三十年間勤めて学校をやめた頃にはかなりの大地主になっていた。最終的には十二、三ヘクタールほどのりんご園の持ち主となり、殷栗の日本人の中では飛びぬけて最大の資産家になった。

殷栗には、前述の真鍋さんの他に、山縣さん、西村さんなどの古参の人々がいたが、毛勝先生は殷栗在住の日本人の中心人物としての地位を築いた。先生は、比較的若いうちから頭が禿げてきたらしく、額から頭頂部にかけてつややかな皮膚を露出していたが、頭の周縁部やひげは黒々として、見るからに精力的で、レーニンによく似た容貌をしていた。事実非常に活動的で、日本の村会議員に相当する面評議員を務めたのち、県会議員に相当する道会議員になり、殷栗に日本人学校を建てるため学校組合を作って管理者（組合長）になったり、豚や羊の飼育を奨励したり、さまざまな活動を展開した。私の父にりんご栽培の手ほどきもしてくれたのであった。

毛勝先生と私の父とは年齢的にはほぼ同じであったようだが、毛勝先生はいつも私の父の一歩先を歩んでいたような気がする。父は毛勝先生の世話でりんご園を始め、毛勝先生の後任として殷栗学校組合管理者となり、面評議員になった。戦後に日本人会が結成されたときには、毛勝先生が会長になり、父が副会長になった。

毛勝先生が金山浦の日本人学校の校長だった時、学校が火事になったことがある。何が原因であったか私は知らないが、おそらく毛勝先生自身の責任ではなかったであろう。先生夫妻の住居も類焼を免れなかったが、まだ火がそこまで廻って来なかった頃に、夫人が自分の着物を運び出そうとすると、毛勝先生は激怒して夫人を叱責した。「自分の家財を運び出して、申し訳が立つか！」という言葉に、夫人は非常に苦く辛い思いをさせられたと、後日、私の母に述懐した。大事な着物が目の前で燃えていくのを手を束《つか》ねて眺めているのは、さぞ心残りであったろう。このエピソードは毛勝先生の人柄をよく物語っているように思われる。生真面目で責任感の強い一面と、細心に自己の名誉を気遣う繊細な一面とが、浮き彫りにされているようだ。

真鍋さん、チノギさん、貞廣さん

真鍋さん夫婦は四国の出身で、もとは酒屋をしていたというが、父が殷栗に赴任した当時は殷栗在住の日本人の中では最大の地主になっていた。父が殷栗に土地を買ったのはこの夫婦の勧めであった。真鍋さんの小作人で金鎮玉《きんちんぎょく》という人が土地の出物を探してくれた。彼は自分のことを「チノギ」と呼んでおり、人は彼のことを「チョンマニー」と呼んでいた。朝鮮にも日本と同様に中国から漢字が伝っにも漢字が当てられていたが、もともと朝鮮語というものがあったから、中国語とは発音が違っていた。日本人は漢字を日本流に読むのでややこしいことになる。ここでは、日本流の読み方はひらがな、朝鮮流の読み方はカタカナで示すことにする。チノギさんは立派な体格をした偉丈夫で、鼻筋が通った彫りの深い顔立ちをしており、声はすばらしいバリトンであった。いつもつばの広いソフト帽をかぶり、朝鮮服の上に朝鮮流のマントを羽織った伊達男であった。流暢な日本語をしゃべったが、長いこと真鍋さんの故郷の四国にいたために完全な四国方言になっていた。「何々でなあ」とか、「何々するんじゃ」などと、真鍋さんそっくりの話しぶりで、それが板についていた。

当時の朝鮮の金持ちはほとんどが大地主であったが、彼らは自分の土地を担保にして銀行から金を借り、穀類を大量に買い付けて大きな倉庫にしまっておき、半年ぐらいの間、値上がりを待って売り、利ざやを稼いだのであった。こうして資産をふくらませていくので、土地もそうした投機の材料であったから、頻繁に売り買いをし土地に執着心を持たなかった。もちろん彼らは自分で農業を営むことはなく、小作人に貸しておくのである。小作人はあまり広い畑を耕すことはできないから、大地主には大勢の小作人がいた。土地を売るときは小作人ごと売ることになるが、小作人は、地主が誰であろうと、普通はその年の収穫の半分を地主に渡し、残りを自分の物にするので、地主が変わっても別に差し支えはない。地主の屋敷には広い庭があってそこで脱穀などの作業をするので、その場所が変わるだけである。

チノギさんが持って来た物件は、約一万五千坪（五ヘクタール）で、一カ所にまとまったものではなく、田んぼや綿畑や雑穀畑などが、何箇所にも散らばったものであった。たぶん五、六人の小作人が付いていたと思われる。父の証言によると、一坪当たり二十一銭だったというから、全部で三千円以上になる。父の退職金が四百八十円、月給が百十五円だったとのことで、それはかなり思いきった買い物であったと言えよう。その一部、二ヘクタールほどを毛勝先生の薦めでりんご園にし、その中に家を新築した。その費用は総額約五百円だったという。りんごの苗は毛勝先生が世話してくれ、それをチノギさんが植えた。彼は苗木を植えるに当たって、縦、横、斜めにすべて完全に一直線に並ぶように植えてくれた。木と木の間隔は正確に四間（七・二メートル）、これは他のりんご園に比べてかなり大きな幅であったから、後に木が非常に大きくなり、一本に数千個もの大きな果実がなるようになった。彼は器用にも、新築の家の壁塗りから井戸掘りまでやった。予定の深さで水が出なかったので一メートル以上余分に深くまで掘り、井戸は約五メートルの深さになった。おかげでいかなる旱魃でも水が涸れることがなく、夏でも冬でも水温がほとんど変わらなかった。

りんごの苗木は、植えてから五年くらい経たないと実がつけられない。それ以前にも数個ぐらいできることはあるが、木の成長を遅らせるので摘み取ってしまう。真鍋さんはりんご園は持っていなかったので、一緒に練習しようと、父と共同で〇・六ヘクタールほどの小さなりんご園を買った。いろいろと失敗を繰り返しながらも、どうにか秋の収穫期を迎えた。ところが一夜のうちに全部盗まれてしまい、父も真鍋さんもがっかりした。そこで園内に小屋を作り、韓柄《かんぴょう》という変わった名前の小作人に頼んで、番人として住んでもらった。日本語でかんぴょうと言えば海苔巻きに使う干瓢を思い出すが、この原料は洋ナシに似た形の大きな瓜である。夜に白い花が咲くので、夕顔と呼ぶこともある。朝鮮にもこの瓜が多く栽培されていて、これを縦割りに切って中身を削り出して乾燥させると、水などを入れるのに便利な容器になる。これを「パカチ」と呼んでいた。色が人間の肌に似ていて、つやがあるので禿げ頭によく似ており、逆に禿げ頭の人をパカチと呼ぶことがあった。

真鍋さん夫婦は戦前に日本に引き揚げてしまったが、同郷の貞廣さんという人が真鍋さんを頼って殷栗に住みついた。貞廣さんは三代で殷栗に住んだことになる。初代は真っ白な長いひげを生やしたおじいさんであった。二代目の初《はじめ》さんともども大工の心得があったらしく、自分の家を自分で建てた。真鍋さんのすぐ隣であったが、ひげのおじいさんは真鍋夫妻と相前後して郷里に帰ったようである。三代目に当たる貞廣重利君は、私の同級生で、小学校の一年から六年まで一緒に過ごした唯一の友達であった。彼は男四人、女一人の兄弟の三男であった。小学校に入る前に教会付属の幼稚園に通っていて、朝鮮人の子供たちと過ごしたので、朝鮮語が自由に話せた。日本人学校の生徒の中では唯一の朝鮮語の話せる生徒であった。

最後と初代の警察署長

私が殷栗の家に戻って暮らしている間に、いろいろな人々が訪ねて来た。その中には、私の知らない日本人もいた。警察署長の工藤さんもその一人だった。私が鎮南浦に行ったのと入れ違いに殷栗警察署に転勤してきたのである。石川県出身の警部さんで、真っ黒なあごひげを生やしていた。軍人みたいな感じがしたのを覚えている。警察署長は、二、三年ごとに入れ替わるので、私の知っているだけでも四、五人いた。警察はいろいろな取り締りに当たっていたから、朝鮮人から特に憎まれる可能性があった。しかし警察署は襲撃されなかったし、工藤署長をはじめ日本人警官はすべて無事であった。だが、朝鮮人の警官の中には民衆の襲撃を受けた者が何人かあったということである。北朝鮮は人口密度が低いので食糧に不足はなかったが、戦時中は日本全体が食糧不足に悩まされたから、農家から食糧を供出させ、全国に配給したのであった。朝鮮人の警官や役人の中には、日本政府の権力を笠に着て、苛酷な供出を強要した者があったようである。彼らは、穀物の隠し場所を発見して恐喝したり、賄賂を取ったり、供出する物資の上前をはねたりしたらしい。終戦直後に彼らを襲撃した群衆は、その家から、大量の隠匿物資を発見したという。群衆は彼らを追い、場合によっては殴ったり石を投げつけたり、家に放火したりしたということである。

工藤署長は二人の客人を抱えていた。それは旧満州から逃亡して来たという若い女性たちで、増本さんと松本さんという二人であった。おそらく、行き場を失って警察に保護を求めてきたのであろう。どのような前歴かは私は知らないが、芸者のような水商売をしていたという話であった。この二人は後に殷栗の人々の救世主になることになる。

父が赴任して来た頃は殷栗に警察署はなく、長連にあった。合併によって郡の中心が殷栗になったので、それから間もなく警察署は殷栗に移動した。初代の署長に就任したのは戸川萬重《まんじゅう》さんといって、岡山県の人であった。ところで、私が子供の頃は殷栗には電灯がなく、ランプ生活をしていた。私もランプ掃除をしていたことを覚えている。洪性欽《こうせいきん》というお金持ちの人が道庁に陳情するなど、奔走して電気を引くことに成功した。これによって殷栗の住民は非常な恩恵を蒙った。この時、戸川さんも洪性欽氏を助けて尽力したのであった。ところが戸川さんは、警察署長としては越権行為をしたということで、免職になってしまった。そこで洪性欽氏は、戸川さんが生活に困らないように無料でりんご園を提供した。以後しばらく、戸川さんは生命保険の勧誘員をしながら、果樹園に通っていた。その通り道が私の家の前だったので、果樹園の垣根越しに私の父を見つけては、「何ができよりますか」と声をかけるのであった。これが挨拶のきまり文句であった。

戸川さんは自身が警察に勤めていた関係もあり、兄さんが報道関係の仕事をしていたということもあって、なかなかの情報通であった。私が小学校に入る前の年、一九三七年の七夕の日、日本と中国の間に戦争が起こり、やがて太平洋戦争へと突入して行く。このとき突然戸川さんが訪ねて来て、父に向かって、しきりに「大変なことになった」ということばをくり返していたのを私は覚えている。何がそんなに大変なのか当時の私には全くわからなかったが、この戸川さんのことばに間違いはなかったのであった。太平洋戦争が始まって間もない頃にも、戸川さんは我が家の暖かいオンドル部屋で父と向き合いながら、「日本は、こんなに戦線を拡大して、どうやって守れるのか」と熱弁を振るっていた。この頃は私も少しは情勢がわかる年齢になっていたから、戸川さんの言うことをつきつめれば、「日本は戦争に負ける」ということになると考えて不安な気持に襲われたのであった。

日本人小学校

私たちが通っていた殷栗の日本人学校は昭和初期に、毛勝先生の尽力によって設立されたもので、殷栗在住の日本人の中から選挙で選ばれた理事たちによって運営されていた。理事会は「殷栗学校組合」と名づけられ、理事長は「管理者」と呼ばれていた。初代の管理者は毛勝先生であったが、二年ほどして私の父が管理者に選ばれ、以後戦争が終わるまで続けて管理者に任じられていた。校長は、初代の赤池先生が一九四〇年三月まで勤め、二代目の三宅先生が終戦まで勤めた。最初は校長一人で全学年を担任し、あとは小使いさんが一人いるだけだったが、三宅先生の代になってから、最初は朝鮮人学校に勤めていた三宅先生夫人を教諭に迎え、教室を二つに区切って二学級制にした。この学校の建物は古い朝鮮式瓦屋根の平屋建てでコの字型をしており、南側には教室と玄関と校長室があり、西側と北側に面した部分は、先生の住居に当てられ、東側が開いていた。中庭はちょっとした庭園のようになっていて、栃の木の若木が毎年

楓山小學校第四回卒業記念

1939年３月19日　楓山公立尋常小学校（日本人学校）卒業記念写真

前列に座っているのが，当時の生徒

左から，渡辺芳子（５年），木村妙子（３年？），東（１年），青砥幸男（１年），岩下彪（１年），渡辺文子（６年），貞廣義三（４年？），貞廣重利（１年），渡辺弘一（１年），東照子（４年？）

中央の列に座っている人々

左から，平松幸平（普通学校校長），岩下安平（父），不明，赤池先生（日本人学校校長），不明，毛勝伊之助先生，貞廣さん，不明（木村署長？）

後列に立っている人々

左から，不明（女性），不明（男性），池本さん（登記所長＝羽織着用），山縣哲也（鼻眼鏡），不明（眼鏡），不明（警察官），不明（眼鏡），渡辺さん（朝鮮鉄道自動車部営業所主任），青砥さん（穀物検査員），不明（警察官），不明（警察官）

建物の正面は玄関，この内側から右が教室，左側が校長室．こちらから見ると，コの字を左右逆にした形になっていて，裏側は校長官舎になっている．玄関の左右にある縦書きの看板には，右側に「楓山公立尋常小学校」，右側に「殷栗学校組合」と書かれている．

玄関の扉の上には，「皇国臣民ノ誓詞」と書かれたものが貼ってある．これを毎日暗誦させられたものである．「一，私共ハ大日本帝国ノ臣民デアリマス，二，私共ハ心ヲ合セテ天皇陛下ニ忠義ヲ尽シマス」などの言葉が読み取れる．小学生向きにやさしくしたもので，大人向けのものがすぐ左側に貼ってある．

この建物は，当時の朝鮮式の瓦屋根平屋建て建築である．

楓山公立尋常小学校校庭の藤棚の下，フランス菊の咲く中で
(1942年5月頃)

最前列に座っている人

左から，大丸サダ子（6年），森静枝（6年），貴志理恵子（6年），小柳（6年），山田（長女，6年），三宅先生，梁川（兄）．

立っている生徒たち

左から，山縣正浩（2年），金山（弟，1年），大丸ヨシ子（4年），佐藤（弟，1年），荒谷誠一（4年），部谷（2年？），梁川（弟，5年），荒谷進（1年），岩下隆二（2年），浅野士良（2年），三宅迪子（1年）．

ここから右へ，前列の四人

左から，貞廣正見，金山（兄？），山田（三女，2年），小林和子（2年）．

後列の五人

左から，雲木（4年），岩下彪（5年），貞廣重利（5年），佐藤晃（3年），太田幸枝（5年）．

楓山公立尋常小学校校庭の藤棚の下，フランス菊の咲く中で（1942年頃）

三宅先生一家　三宅実校長，玉恵夫人，迪子さん（次女）

鉄条網のそばに植えてあるのは，桑の木．その後方に，畑を隔てて建っているのが，煙草収納所の建物．戦後，この中に殷栗在住の日本人全員が収容された．ここに写っている部分がそれに当たる．

殷栗日本人小学校新校舎前にて（1944年12月）

最前列

左から，大沢先生（農学校長），女生徒（不明），毛勝，河合哲，貞廣秋子，女生徒（不明），太田，竹浪常利，貞廣正見，木村朝子，西村絹代，三宅迪子，大西．

後に立っている生徒

左から，山縣正浩，岩下隆二，永田京子，西村誠一，荒谷誠一，岩下彪，藤谷，殿村，平島．その右の婦人，三宅玉恵（三宅先生夫人），若生先生夫人，婦人（不明），岩下トシ．

後に立っている大人の男性たち

左から，竹浪さん，西村さん，警官（不明），その右の男性三人不明，山縣哲也さん，男性（不明），警官（藤谷署長？），岩下安平，男性（不明），河合先生，郡主，白土さん，永田さん，帽子で顔の見えない人（不明），三宅先生，西さん，右端の男性（不明）．

美しい新芽を吹いていた。校舎の東側には別棟の便所と物置があった。物置には運動器具や農機具などがしまわれていた。便所はバラック建てで、ある年、台風のために遠くのほうまで吹き飛ばされたことがあった。

校舎の北側と西側には畑があり、先生や生徒が野菜やじゃがいもなどを作ったりしていた。校舎の南側はかなり広い運動場で、そこで運動会をすることができた。運動会は殷栗中の日本人のお祭りのようであった。運動場には東西に一直線をなす五十センチくらいの段差があり、校舎のある北側のほうが高くなっていた。この上の広場は下の広場より狭く、主に朝会や準備体操などに使われていた。運動会は下の広場で行なわれた。上の広場の東の端には立派な藤棚があり毎年みごとな花を咲かせていたし、その下の一帯にはフランス菊が群生していて春には真っ白な花の絨毯になった。下の運動場の西側には鉄棒や砂場があり、その周辺にはクローバーが一面に自生していた。学校の敷地全体は東西よりも南北にやや長い長方形をしていて、周囲には鉄条網が張り巡らしてあったが簡単に抜け出ることができた。敷地の南端中央に正門があり、西側の上下運動場の境目あたりに通用門があった。南側の境界は小さな土手になっていて、イタチハギの木が植え並べてあった。東側の境界には桑の木が植えてあり、その外側はきび畑になっており、そのまた向こう側には、大きな白いスレート造りの煙草収納倉庫があった。殷栗は煙草の生産地でもあったのである。

二学級制となって教室が狭くなったので、父たちは寄付を募って、学校の移転を実現した。それは終戦の前年、一九四四年の十二月であった。もとの校舎は殷栗の街の中心からほぼ真東に五百メートルくらいの位置にあった。私の家からはほぼ真北に当たり、歩いて十数分の距離にあった。新しい校舎は四教室からなる大きな建物であったが、町の中心からは北西の方角にあり、私の家からはかなり遠くなった。引っ越しの日は雪の積もった寒い日であったが、生徒やその親たちが総出で、リヤカーなどを何台も使って荷物運びをしたのであった。

三宅先生も学校移転と共に引っ越しをした。先生は岡山県の出身で、「何をするんなら」などと、時折岡山訛りのことば遣いをしていた。やや小柄で髪には白髪が混じっていたが、終戦当時は四十台であったから、若白髪のたちであったのだろう。この新校舎は僅か半年余りで閉鎖になってしまった。周囲は畑でややうらさびしい所にあり、殷栗の街と毛勝先生の農場との中間ぐらいの場所に位置していた。この校舎はもと農学校の校舎だったもので、その農学校の新校舎も近くにあった。西側には殷栗から金山浦に向かうバス道路が南北に走り、その道路との間には松林があった。

もとの校舎は、楓山里にあったので校名は「楓山公立尋常小学校」と言っていたが、戦時中に小学校は「国民学校」と改名された。新しい校舎に移ってからは、「殷栗公立国民学校」という名称になった。新校舎のほぼ真南の方向には朝鮮人学校があったが、この学校は殷栗郡最大の小学校で「殷城《いんじょう》公立普通学校」、普通学校は、尋常小学校、国民学校と名前を変えていった。年に一回、殷栗郡の連合運動会というのがあり、殷栗、長連《ちょうれん》、金山浦の三つの日本人学校が競い合ったが、そのときは、この殷城小学校の広い運動場を使った。そのときには日本人だけではなく、朝鮮人生徒や父兄なども大勢見物に来て、夢中になって殷栗を応援していた。

この殷城小学校の校長は、父がやめたあと終戦までの間に多分六代くらい交代していて、最後の校長は河合先生という人であった。赴任してから二年目くらいで終戦を迎えたのだと思う。痩せ型で黒ぶちの眼鏡をかけ、おとなしい感じの人であった。

第8章　戦後の混乱

群衆の蜂起

日本が無条件降服をしたあと、どんなことが現実に起こるか、日本人だけでなく、朝鮮人にもそれはわからなかった。私たち一般の日本人は知らされていなかったけれど、戦争末期に、連合軍は、短波放送などを通じて、朝鮮半島における日本の植民地支配の終焉や、韓国の独立などを伝えていたようである。私自身ももちろんそうした放送を聞いたことはないが、うわさとして耳にしたことはあった。南浦では八月十六日には各所に韓国の国旗が掲げられ、韓国愛国歌が盛んに歌われていた。しかし、私が殷栗に帰った頃には、北緯三十八度線を境にして南はアメリカ軍、北はソ連軍の軍政下に入ることが広く知られるようになっていた。

私の家には普段から多くの朝鮮人の人たちが訪れていた。小作人、父の昔の教え子、同僚、りんご同業組合での知人、町の有力者、近所の住人など、さまざまな人々が出入りした。日本語の話せる人は日本語で話したが、日本語を話せない人も多く、その人々は朝鮮語で話した。父も母も朝鮮語での会話ができたから、世間話やら何やら私にはよくわからなかったが、長いこと話して行くことが多かった。戦後は、朝鮮人と日本人が接触することを規制する通達が出されていたので、朝鮮人の訪問者は少なくなったようであるが、それでもいくらかの人々は訪ねて来た。誰であったかは記憶にないが、ソ連軍が進駐すると聞いて明らかに落胆した人が多かったことを私は記憶している。

終戦の報道が流れた八月十五日の午後、長連では早くも民衆の行動が起こった。それは朝鮮で最も早く起こった群衆の蜂起であったという。これは、後になって父が語ったことであるが、その証言の出所はわからない。父は戦後にも朝鮮人の要人たちと親しく会っていたから、そういった人たちから聞いたものと思われる。群衆は大挙して安《あん》さんの自宅を襲った。安さんという人は財産家で、長連の金融組合の理事をしていた。金融組合は当地での唯一の銀行であり、その理事は支店長に相当する職務であった。私も安さんの姿は覚えている。中肉中背で、丸みを帯びた穏やかな容貌をしていた。顔は色つやがよく、油光りがしているように感じられた。年齢は五十代だったろうと思う。なぜこの人がそんなに憎まれたのか私は知らない。金持ちというならば他にもっと大きな金持ちはたくさんいたであろう。おそらく、金融組合理事という地位の特権を利用して私服を肥やすとか、権力を振りまくとかいったことがあったのであろう。また、日本の植民地支配に迎合的であったのかもしれない。それは私の想像に過ぎないが、多くの民衆に憎まれていたことは間違いない。

安さんは以前殷栗に住んでいたこともあり、殷栗にも邸宅を持っていた。ずっとあとになって私は、他の日本人や朝鮮人の人々と一緒に、その邸宅のあと片付けを手伝いに行ったことがある。安さんは長連で襲われ、殴られてから、大あわてで家族ともども南朝鮮（韓国）に逃亡していた。主を失った邸宅は瓦屋根の豪華な造りで、広大な敷地の中に建っており、広々とした中庭には回廊をめぐらし、ほとんどそのままに残された家財道具は贅を極めた高価なものがそろっていた。立派な蓄音機があり、レコード棚にはいっぱいにレコードが押し詰まっていた。一緒に来た朝鮮人の一人が、いかにも憎らしそうに、そのレコードを片っ端から庭に叩きつけて壊していた。

とにかく、安さん襲撃が発端となって、長連の町は騒然となった。勢いに乗った群衆は次々と憎んでいた相手を襲撃したらしい。日本人は直接の標的にされなかったようであるが、危険を感じて、大多数の人々が家を逃げ出して、どこかに避難したらしい。私の母や弟と、荒谷君のお母さんと末っ子の秋成《あきなり》ちゃんとが長連に歩き着いたとき、一部の群衆と出会っている。もう夕方で騒乱も収まりかけていた頃であった。母たちは、一群の人々から「あんた方、何ですか、どこから来たんですか」などと詰問されたそうであるが、事情を話すと、いま騒動があったばかりだから用心するようにと言われたとのことである。その一群が、騒乱を起こした群衆の一部であったか、単なる野次馬であったか、それはわからない。郵便所（郵便局より格が低い）に着いたときは無人で、内部は荒らされていたというから、日本人が居残っていたら、襲われたかもしれない。やがて朝鮮人の所員が戻り、麦畑に隠れていたという谷川所長も戻って来た。停電で電灯がつかないので、ろうそくをつけ、猪島《ちょとう》の自動車営業所主任の山内《やまのうち》さんの夫人が作ってくれた握り飯をたべた。近所の朝鮮人が心配して見に来てくれた。夏で蚊が多いので蚊帳を吊って、とにかく一夜を過ごしたのであった。定期バスは全然動かず、翌日も四人は歩いて、殷栗にたどり着いたのであった。秋成ちゃんはまだ就学前の幼児なので、疲れた、足が痛いなどとだだをこねて荒谷夫人を悩ませた。

殷栗の町に近づいた時、普段我が家にりんごを買いに来るオモニ（朝鮮語で母親のこと）に出会った。彼女は、「神社がプリナッソデ、キョウジャンガウロヨ」と言ったという。殷栗の邑内《ゆうない》（町内）では、騒動は起こらなかったが、戦争中に南山の中腹に建てられた神社に火がつけられて炎上した。太平洋戦争も終わりに近い頃、朝鮮総督府の命令で、朝鮮各地に神社が建てられた。父は黄海道庁からのお達しで神官に任ぜられ、講習を受けてにわか神官になったのであった。京城（現在のソウル）の朝鮮神宮から御神体を迎えて、真夜中に式典が行なわれたときには、私たち小学生も参加させられた。その後終戦までの僅かの期間に、神前結婚式が三回あったとのことである。そのうち一回は日本人のカップルで、あとの二回は朝鮮人のカップルであったという。烏帽子や装束を身につけて、父はどうにかそれらしく祝詞《のりと》をあげていた。私は何かくすぐったい気分だった。父はどうしたわけか、その昔、気まぐれに祝詞の本を買って持っていた。それがこんなことで役に立つとは奇妙な偶然であった。

りんごを買いに来るオモニが言ったのは、「神社が火事で焼けたので、校長先生が泣いている」という意味である。父はもと校長だったので、後々までもキョウジャン（校長）と呼ばれていた。ところで、父は八月十五日の正午には、昼寝をしていた。午後二時か三時頃に目をさましてラジオを聞くと、敗戦のニュースが流れていたので父は驚き、工藤警察署長の自宅に知らせに行った。署長夫人はそんなことはとうに承知で、知らなかったのは父ばかりだから、ばつの悪い思いをしたに違いない。翌朝になって、殷栗の町でも少し騒ぎが起こり、神社に放火したり、桜の木を傷つけたりした。町の周辺部では、すでに前夜から、朝鮮人刑事の家の襲撃や、毛勝先生の記念碑の打ち毀しなどの騒ぎが起こっていたのだが、父は全然知らなかったらしい。母や弟が南浦に行ったきりなので多少は心配したであろうが、とにかく父はのんびりしていた様子であった。

だが、十六日の朝には、どこからか朝鮮人たちが「りんごをくれ」と言って果樹園にやって来た。八月末であるからまだりんごの収穫には早く、色も青くて味もまだ酸っぱくてまずい。父はなんとか彼らを帰らせたが、今度は少し離れた山里に住む顔見知りの朝鮮人が果樹園の中にある池に毒薬を投げ込んで、飼っていた鯉を殺してしまった。鯉は当地では非常に珍しく、その生き血は肺炎の特効薬だというので、これまでに二度、朝鮮人の患者に飲ませたことがあり、その効果があってか、二度とも治癒したのだった。父は池の鯉を殺した男が、その鯉を持っていこうとしている現場にかけつけたが、相手が平然としているので怒るわけにもいかず、一番大きい鯉をこちらによこせと言って取り上げただけだった。

日本の警察は完全に機能を失っていたので、この物情騒然たる状況を放置しておくわけにもいかないと考えた土地の朝鮮人の有力者たちが、「警衛隊」というものを組織して、信用のおける若者たちを隊員に任命し、治安の維持に当たらせていた。父はその警衛隊の首脳のところに出かけて行って、事情を説明し、何とかしてほしいと頼んだのであった。そこで警衛隊の首脳者は、戦時中から使われていた町内放送設備を使って、一般朝鮮人たちに注意を促した。「日本は戦争に敗けて、朝鮮は独立するが、節度を守らねばならない。日本人に危害を加えたり、日本人の財産を勝手に奪ったりすることは、堅く慎まなければならない」という趣旨で、くり返し朝鮮語で放送されたという。以後、騒ぎは起こらなかった。

そこへ母や弟たちが帰って来たので、父も安心したであろう。ただ、南浦に残された私のことが心配ではあっただろう。帰って来た母や弟が、南浦からの帰り道の出来事を、興奮した口調で父に語っている姿が目に浮かぶようだ。私はもちろん、その場にはいなかったけれど。

その頃、小学校は夏休み中であったが、休み中にも何日か登校日があった。その登校日が近づいていたので、弟は学校に行かなければならないのかどうか心配になって、学校まで聞きに行った。

当時は、一般家庭には電話はなかった。役所や学校などにはあったけれど、長連では郵便所が荒らされて、施設が壊されていたので、長連の日本人と殷栗の日本人との連絡は途絶えていたと思われる（電話の交換は、郵便局の仕事であった）。私の家は殷栗の中心部から南東の方角の町外れにあり、中心街までは普通に歩いて十五分ほどかかった。新しい日本人学校の校舎は殷栗中心部の北西にあり、やはり徒歩十五分くらいの郊外にあったから、私の家からでは約三十分の道のりであった。

三宅先生一家と毛勝先生一家

三宅先生一家は、八月十五日の夜、一団の群衆が手に手に松明を持って走り回り、異様な叫び声や物を壊す音などが聞こえてきたので、その方角から見て毛勝先生が襲撃されたらしいと推測し、恐れをなしたのだった。確かにそれは毛勝農場の一角で、毛勝先生の記念碑が打ち毀されたのであったから、三宅先生たちの推測も決して見当違いではなかった。三宅先生一族は、先生と夫人と、次女の迪子《みちこ》さんと、たまたま夏休みで遊びに来ていて帰れなくなった姪の太田三樹《みき》ちゃんの四人であった。いとこ同士の二人は共に小学校四年生であった。長女の仲枝さんは日本に残っていた。近所に住んでいた農学校の田中校長は、家族を平壌に残して単身赴任の身であった。

三宅先生一家と田中校長を加えた五人は、とにかくどこかに避難しなければというので、近くの松林の中に身を隠したのであった。夏であったから寒くはなかったであろうが、蚊が多くて苦労したであろう。しかし不安はそれどころではなかったのかもしれない。とにかく一夜が明けてどうやら騒ぎも静まり、不穏の気配もなくなったので家に戻った。

そんな状況のところへ、小学五年生の弟が一人でひょっこり現われて、登校日には集まるのかどうかなどと質問したので、三宅先生たちは、びっくり仰天したらしい。「岩下君は勇気がある」などと言われて得意になった弟は、母と一緒に鎮南浦から帰ったときの冒険談を詳細にわたって物語ったということである。

一方、毛勝先生一家は自宅にひっそりと潜んでいた。襲撃を受けるということはなかったが、家の周囲に群衆が出没し、一家は堅く扉を閉ざして引きこもっていたという。毛勝先生もショックを受けたであろうが、一番こたえたのは夫人であったということだ。悲観のため貧血を起こし、しばらくの間は起き上がれないような状態であったらしい。毛勝先生の家も、私の家と同様に、一般朝鮮人の民家と同様の造りで、質素な暮らしをしていた。毛勝先生は師範学校に行かず、検定で教員の資格を取ったので、私立学校の校長になれたのは同郷の財閥、富田儀作翁の推挙によったものだと思われる。それは毛勝先生にとっては一つの負い目であり、上昇志向の原動力になっていたのかもしれない。とにかく、殷栗在住の日本人の中では一番の資産家となり、また道会議員という要職にあって、町の繁栄のために私事を捨てて尽力して来たという自負もあったであろう。しかし、こうして政治にかかわって来たことは、一般朝鮮人民衆の目からすれば、朝鮮総督府による植民地支配の推進に積極的に加担してきたと見られても仕方のないことであっただろう。

日本の植民地支配

朝鮮半島に対する日本の支配を確固たらしめたのは、日露戦争であった。イギリス、フランスなどの西欧諸国も、日本の韓国支配を認める形となり、戦後にはロシアまでが、自国の中国(旧満州)における覇権を維持するために、日本の覇権をも支持する方向に廻った。こうした情勢の中で、日本政府はなしくずしに韓国の主権を奪っていき、一九一〇年には朝鮮総督府を設置して、完全な支配権を握るに至った。朝鮮総督には陸海軍の大将を任じることになっていたから、それは一種の軍政とも言えるものであった。当然のことながら、朝鮮人の抗日運動や独立運動が盛んになり、それに対して苛酷な弾圧政策がとられた。なお、朝鮮国は国号を大韓と改めていたが、日韓併合後は朝鮮と呼ばれるようになった。

「朝鮮」とか、「朝鮮人」ということばが、日本人の間で差別用語のような使われ方をするようになったのは、そのためであったかもしれない。太平洋戦争中には「大東亜共栄圏」ということばが盛んに使われたが、その理想として「八紘一宇」という古いことばが持ち出された。八紘すなわち世界中を一軒の家のようにするという意味で、「世界は一家」といったようなものであるが、その一家の中心をなすもの、すなわち家長は天皇であり天皇の恵みの下に万国が仲良く暮らすということは、日本を宗主国とした世界国家を作ることを意味し、世界への覇権を宣言しているようなものである。しかし、それではどこの国民も納得しないから、当時西欧諸国の植民地支配を受けていたアジアの国々を解放独立させるという主張もしなければならなかった。

だがそうなると、朝鮮はどうするのだ、という矛盾が生じる。かつて抗日独立運動を徹底的に弾圧した過去をどう弁明するのか。戦時中、朝鮮総督府のとった政策は徹底した同化政策であった。「朝鮮人は日本人である」というのである。朝鮮人ということばを避けて「半島人」と呼ぶようにしたり、姓氏を日本人と同じような名字に変えさせたり、小学校で徹底的な日本語教育をしたりした。私の中学の校長は、朝鮮のソーコル（牛の頭という意味）という山に天から神様が降りて来たという古い朝鮮神話と、天照大神《あまてらすおおみかみ》の孫が高天原から日向の高千穂の峰に降ったという日本神話とを結びつけて、日本人と朝鮮人が同族同根であるという説を展開した。

若い朝鮮人は朝鮮語を話すことはできたが、ハングル文字を読み書きすることができなくなった。だから、終戦後朝鮮で作られた教科書も日本語で書かれていたのであった。

日本の植民地支配は日韓併合の年から三十五年もの間続き、極端な弾圧政策は緩められたので、抗日運動も独立運動もやがて深く沈潜し、あまり顕著には表に現われないようになった。多くの朝鮮人は、こつこつと地道に働く人々、多くは小作人たちと、穀物相場などの投機的事業で資産を拡大して、豪壮な邸宅に住むような人々に分かれてきたようだ。もちろんそのように単純に分類できるとは限らず、さまざまな個性を持つ人々がさまざまな活動をしていたことは言うまでもない。彼らは日本人よりも自由奔放な考えを持っていたような気がする。

総督府も地方自治体の長には朝鮮人を当てるようにした。ただし、郡庁には日本人の内務主任を置き、警察署や学校の長には日本人を当ててにらみをきかすようにしたのは、前述の通りである。朝鮮人の中にも総督府の権力に迎合して利益をむさぼろうとした者もいたし、日本に学び、日本の権力組織の中にいながらも、朝鮮人としての誇りを失わない人々もいた。総督府は、表面的にはともかく、心底では朝鮮人を信用していなかった。朝鮮人だけでなく、日本人も必ずしも信用していなかった。日本人が朝鮮人と親しくなることを好まなかった。彼らに利用されるのを恐れたのであろう。日本人の役人のほとんどは朝鮮語ができなかった。朝鮮人学校の日本人教員でさえ朝鮮語のできない人が大多数を占めるようになった。

当時の私は、小学生から中学生の年齢であったから、十分な批判力や判断力を持ち合わせてはいなかった。今、当時のことを思い出しながら書いているのであるが、歴史の重さと、歴史のむずかしさとを改めて思い知る感じがする。

どのような状況のもとにあっても、ある個人に対する大衆の評価というものは、おのずから定まって行くものであると思う。しかし、大衆の評価がはっきりとした形で表面に現われることは、意外に少ないのではないだろうか。安定した時代には、大衆が評価を下すよりも先に、その時代の体制のほうが優先的に評価を下してしまう。それは、地位とか名誉とかいった、その時代の公式で決定される。公式が体制を支え、体制が公式を支えて、変化を妨げ続けるのである。だが、そういった状態があまり続き過ぎると、地震に似た激動が起こり、一挙に体制が崩壊する。

大日本帝国の崩壊によって、その植民地であった朝鮮には、激動の時期が訪れた。体制の評価が一挙に崩れて、大衆の評価が作動し始めた。大衆の評価にもある程度の公式はあるが、体制の評価公式のように一義的ではない。主導的な立場に立った人々は、戦時中と戦後とで、完全に入れ替わったわけではなかった。それまでは表面に出なかったさまざまな非難や賞賛、嫌悪や共感が、個々の人物の評価を左右し、明暗を分けたのであった。日本の支配時代に起こった闘争と、戦後に起こった騒乱との違いは、前者の攻撃目標が個人よりも支配体制そのものに向けられていたのに対して、後者の場合は、崩壊した支配体制よりも個人に向かった点であろう。

その他の人々

北部面の面長は、群衆に襲われて殴られた。戦時中に彼は棒を持って農家を見廻り、穀物を探し出しては強引に供出させたのであった。朝鮮総督府は彼を表彰したかもしれないが、農民は心から彼を憎んだのであった。

日本人も襲われなかったわけではなかった。一道面《いちどうめん》の朝鮮人小学校の校長をしていた城《じょう》先生は柔道の有段者で、当時は多分、三十代の後半くらいの年配だったと思うが、神道の系統のある宗教の信者で、一風変わった人物だった。終戦直後、群衆に襲われて、殷栗邑内に逃げ込んで来たということである。一道面は殷栗と長連のほぼ中間にある村である。

殷栗邑内から遠くはなれた村に住んでいた日本人は、襲撃されなくても、みな殷栗邑内に集まって来た。西部面で校長をしていた大串先生や、農業をしていた合原《ごうはら》さん一家、大串先生と同じ学校で教員をしていた横山さんなどがいた。こうした人々に住居を提供したのは、殷栗で旅館を経営していた山縣さんであった。終戦で旅館が廃業となり、部屋が空いたからであるが、この旅館の建物はやがて殷栗の日本人にとって非常に役立つ存在となった。

殷栗邑内に住んでいた日本人は終戦直後には、誰も襲撃はされなかったが、やがてだんだんと過去の清算をさせられることになる。

横山先生も、戦後、私の家を訪ねて来た一人であった。私は、このとき初めて顔を見たのであった。この先生は終戦の年の三月に職を免ぜられ、失業中だった。職を失った直後、殷栗郡果物同業組合の職員に雇ってほしいと、私の父のところに頼みに来たということであった。父はりんごの栽培に打ち込む傍ら、有志を集めて殷栗果物組合を組織して、自ら組合長になり、戸川さんを書記に据えて、同業者の結束をはかった。私的な組織であったが、やがてそれを契機として殷栗郡果物同業組合が結成され、郡全体の組織へと発展した。組合員の総数は約千五百人、所属するりんご園の総面積は千八百ヘクタールに及んだ。殷栗でりんご園を経営していた日本人は、父のほか、毛勝先生、貞廣さん、山縣さん、西村さん、戸川さんだけであったから、長連、金山浦などの日本人組合員を含めても十人をあまり超えなかったであろう。したがって組合員のほとんどは朝鮮人であった。このようにりんご栽培はこの地方に深く根を下ろしていたのである。組合長には郡主が就任することになり、副組合長には父が選ばれ、終戦まで務めていた。戸川さんは殷栗を去ったので、書記には高《こう》さんという人が選ばれた。この人は非常に有能で、見識の高い人であったようだ。この人の兄さんは若い頃に日本に渡り、有名な書家、比田井天来《ひだいてんらい》の直弟子となり、篆書《てんしょ》（印鑑などに用いる字体）、隷書《れいしょ》を得意として、高石峰《こうせきほう》と号する書家になった。一度、私の家にも訪ねて来て、苦心談などをいろいろ話してくれたことがあった。

父は、横山さんの就職依頼を断った。組合の仕事に適格とは認めなかったのであろう。横山さんは職にありつけないまま殷栗に留まって、終戦を迎えてしまったのであった。夫婦二人暮らしの身軽さであったから、あきらめて日本に帰っていれば苦労をせずにすんだはずである。この人の決断力の無さが明暗を分ける結果になった。

殷栗邑内には二人の医師が開業していた。二人とも朝鮮人であった。しかし以前はもう一人、本田さんという日本人の医師がいた。父によればその人が一番頼りない医者だったということだが、父が校長在任中に腸チフスにかかった時、本田先生は大慌てにあわてて自分で鎮南浦の病院まで送って来てくれたそうである。父はそのおかげで命拾いしたのかもしれないと語っていた。時には名医でないほうが良い場合もあるのかもしれない。本田さんは終戦前に故人となったが、その遺族、未亡人と一人の若い娘は殷栗に残っていて終戦を迎えた。この人たちも運に恵まれなかったといえよう。

第9章　強制収容

煙草収納所に入る

なつかしい我が家に戻っての生活は、僅か一カ月にも及ばなかった。九月十四日の夜、突然、数人の朝鮮人が訪ねて来て、「今晩から、日本人は、煙草収納所に入ることになりました」という知らせがあった。まさに寝耳に水であった。ソ連軍が進駐して来るので、そのような指令が出たのだという。今夜、各戸の代表者は武道場に集まれというお達しであった。それから、銃器刀剣類は持っていてはならないので、差し出すようにということであった。父は刀剣に趣味があり、相州物とかいう古い日本刀を買い求めて、しばしば手入れをして悦に入っていた。剣道をやるわけではないので、単なる美術品として愛蔵していたのであろう。他に、水戸の勝村正勝という刀匠が作った短刀を二振り持っていた。これらは私と弟の隆二の誕生を祝って誂えたものであったが、当時の皇太子、今の天皇が誕生の頃に当たっていたので、たまたま皇太子の守り刀として献上した小刀と同じ作りであったという。しかも、同時に鍛えた同じ鉄塊から作ったのだと言って、父は自慢の種にしていた。

その時、父はオンドル部屋に机をはさんで客人と向き合っていたが、少し離れた位置で見ていた私の目には、机の下に大刀を入れた細長い箱が置いてあるのが見えた。父は相手と何か話しながら、無意識的か意識的かはわからないが、その箱を少しずつ前方に押しやっているのだった。一体どうするつもりなのか、と私は考えながらそれを見ていた。多分、父は、刀剣類を手放すのが残念でたまらないが、かといってこっそり持ち出すこともできるはずがないので、悩み続けていたのであろうと、私は想像した。しばらく相手は気がつかなかったが、やがて机の下に目をやって、「それは何ですか」と尋ねた。父も隠すわけにはいかず、その古刀を見せて、それも相手に渡したが、預り証を書いてほしいと要求したのだった。相手はそれに応じて、父の言う通り預り証を書いて署名した。

後に返還してもらえるかもしれないというはかない望みと、少しでも悔しさをまぎらわせたいという気持から、預り証を書かせたのであろうが、結局それは何の役にも立たなかった。父の手記には、「彪は涙を流して悲しんだが、何ともすることができなかった」と書かれているが、それはむしろ、父自身の心中を語ったものであろう。後になって、この時の私の記憶を父に話して、古刀の入った箱を押し出したのはなぜだったかと尋ねたが、父は「そんなことがあったかなあ」と言っていた。

武道場は警察署の裏手にある大きな建物で、柔道や剣道の練習や試合のために作られたものであった。父たち日本人の主だった人々はそこに集まり、「明日の朝、八時までに、日本人全員、煙草収納所に集まるように」と通告されたのだった。殷栗は煙草の産地であり、乾燥所で乾燥された葉煙草はここに集められて検査を受け、煙草工場に向けて出荷されるのであった。収納所は大きな倉庫で、私たちが通学していた元の小学校校舎の東側に建っていた。煙草の専売制度は極めて厳格であり、常に監視員が駐在していたものだった。戦時中のことであるが、ある日、一人の朝鮮人が煙草の葉を盗んだというので警官に引き立てられて行くのを見たことがある。立派な身なりをした中年の男で、少しばかりの煙草の葉を盗むとは思えぬ風体であったが、わあわあと大声をあげて泣き叫び許しを乞うていたけれども、警官は全く容赦なく力ずくで引き立てて行った。そんな厳重な監視下にあったところであるから、私たちはその内部がどうなっているかほとんど知らなかった。

殷栗の日本人は大混乱になった。私の家も例外ではなかった。ただ、私がまだ南浦にいて留守だった頃、「日本人は、一家につき、重さ十三貫(約四十九キロ)以内の荷物七個だけを持って、信川《しんせん》(シンチョン)に集まるように」という話があって、荷物をまとめてあったのが幸いした。この時の話はデマだったが、にわかの場合に荷物をまとめて収容所に入るのには都合がよかったわけである。しかし朝八時までというのは非常にきついことであった。

日本の支配体制が崩壊した後、朝鮮の自治組織が整っていくまでにはかなりの時間がかかった。日本人に対する処遇についても、なかなか明確な方針がきまらなかったようである。日本人はいずれ日本に帰ることになるとは、日本人も考え朝鮮人もそう思っていたのは間違いない。しかし北緯三十八度線を境にして朝鮮半島は分断され、交通も途絶えてしまったから、いつ帰れるかは誰にもわからなかった。日本人の所有する不動産はいずれ没収されるだろうと、日本人は覚悟していた。朝鮮人もそう思っていたことは確かであるが、いつ、どんな形で没収され、それが誰の手に渡るのか、それは全くわからなかった。とにかく、日本人と朝鮮人とはなるべく接触しないようにという布告が出されていた。それは日本人が勝手に財産を処分したり、朝鮮人がそれを受け取ったりしないようにという配慮からであったと思われる。

終戦直後の混乱を防ぐために組織された警衛隊は、「保安署」という組織に改められ、警衛隊員は黒い服に赤い星のついた帽子をかぶって、「保安署員」と呼ばれることになった。郡庁にも新しい自治組織ができて動き始めていた。

保安署員の一人に任元浩《にんげんこう》という人がいた。私の父が持っていた綿畑の小作人で、親子二代にわたって小作をしていた。彼はその息子のほうで、少し顎が長く、後の時代で言えば、あるプロレスラーを思わせるような風貌であった。しかし、それほどいかつい顔ではなく、明るい好青年であった。父は毎年正月などに小作人や近所の朝鮮人で果樹園の仕事を手伝ってくれる人々などを招いて、みんなで料理を大量に作り、それを食べながら、酒を飲んだり歌を歌ったり踊ったりしていた。時には全く関係のない飛び入りの客人も加わってにぎやかに騒ぎまわり、部屋のすみで小さくなっていた私は、父に「踊れ、踊れ」と言われて、手を引かれてわけのわからない踊りを踊ったものであった。そうした席に任元浩氏も加わっていたから、顔はよく知っていた。

その任さんが私の家にやって来て、「かなり長くなるかも知れませんから、食糧はたくさん持って行ったほうがいいですよ」と忠告してくれた。彼も手伝ってくれて、大きな甕に入れてあった米や粟《あわ》などを叺《かます》に詰め替え、リヤカーで運ぶことにした。寒くなった時のことを考えて、ふとんや薪なども十分に用意することにした。私の家から煙草収納所までは十分余りの道のりであったが、近所に住む朝鮮人で、果樹園の作業の手伝いをしてくれていたミョングと呼ばれる人（漢字では、李明求と書く）が運ぶのを手伝ってくれた。ミョングの父親もかなりの年配であったが、チゲと呼ばれる背負子を背負って荷物運びをしてくれた。朝鮮人は日本人に近づいてはならぬというお達しがあるので母は心配したが、彼は「アムチアナヨ」と言って平然と荷物運びをしていた。「大丈夫だよ」という意味である。任元浩さんも保安署員なので、一向に気にする様子もなくあれこれと世話を焼いてくれた。

明朝八時までということであったが、結局、その日の夕方までかかって運び込んだから、相当に大量の

1939年12月　永澤儀平（義兄）入営記念撮影

殷栗の岩下宅前にて
前列左から，岩下安平（父），岩下彪（筆者），永澤儀平（義兄），岩下隆二（弟），岩下トシ（母）
後列（立っている人々）左から，キョンネー（果樹園手伝い），女性（不明），任元浩（小作），エンソン（チノギ夫人），チノギ（知人），オンジョナー（ミョング夫人），ヨンガミ（氏名不詳），ヒョンセビー（小作），ミョング（果樹園手伝い）．

左端のガラス戸は寝室に使っていたオンドル部屋．戦後，ここに金鶴三氏一家が入る．中央の格子戸が夏の住居．戦後，煙草収納所に収容され，太田邸に移り，その後，1945年12月から翌年１月にかけて，この部屋に三宅先生一家と同居する．

この日，ここにいる全員で宴会をして，写真屋を呼び，この写真を撮る．いつも豆腐を売りに来るお婆さんが飛び入りで参加して，酔っ払い，管を巻いたので，この後ろに連れて行った．後ろにいるので写真には写っていないが，左端に立っているキョンネーの足もとに，そのお婆さんの持っていたハンカチが落ちているのが写っている．

物品を運び込むことができた。収納所の入り口には保安署員がいて、持ちこむ荷物を検査していたが、任元浩氏の話が通じていたものか、「もう検査はすんでいますよね」と言ってそのまま通してくれたのであった。飼っていた鶏まで袋に詰めて運び込んだが、かわいそうに五、六羽が袋の中で死んでしまった。とにかく可能な限り多くの食糧を運び込んだのであった。

とは言っても、長年住んでいた家を引き払うのであるから、大部分の家財は家に残しておくほかなかった。そこで、鍵のかかるところは鍵を締め、最後に部屋の入り口を釘付けにした。また戻って来た時までに盗まれないようにという配慮であった。朝鮮式の家屋は寒さをしのぐために窓や入り口が非常に小さくできていたから、そこに板を張って釘付けにすれば容易に開けることはできなかった。任元浩氏にその鍵束を預け、私たちは夕方になって我々の収容所である煙草収納所に入った。

煙草収納所の敷地は鉄条網で囲まれており、南側の道路に面して入り口があった。建物は白いスレート張りの巨大な平屋で、天井は非常に高く、外から見ると電車の屋根の上にあるような円筒形の換気口が並んでいるのが見えた。建物の南端は切妻になっていて、その中央に入り口があった。棟は南から北に向かって真っ直ぐに伸び、北の端で直角に東に折れ曲がって、全体としてはL字型をしていた。南北に伸びた棟は他の部分と完全に仕切られていて、中はがらんとして何もなかった。ここが百数十人の日本人の収容所であった。天井から数個の裸電球が下がっているだけで、中は薄暗かった。窓は西側にいくつかあったが、非常に高く、鉄格子もはまっていたから、そこから出入りすることはできなかった。出入り口は南の端にただ一つしかなかった。

床面は、コンクリートで固められていた。我々は棟の中央の部分を通路として空け、その両側に家族ごとに区画を作って陣取る形となった。私たち一家は、三宅先生一家と並んで、西側のやや奥のほう（北寄り）に場所を取った。すぐ北側には山縣さん一家がいた。コンクリートの床にはむしろやござなどを敷き、その上にふとんを敷いて寝られるようにした。広さは家族が並んで寝られる程度のものであった。壁側や通路側には家から持って来た荷物を古いりんご箱や煙草箱に入れて積み上げた。これらの箱は我が家の商売道具であった。製材所の丸鋸で切りきざんだままの松材の板でできていたから、うっかりさわると板のとげが指に刺さることがあった。どの箱も古ぼけて黒ずんでいた。

任元浩氏などの協力で、私の家ではかなりの物資を持ちこむことができたが、他の人々は、そうはいかなかった。それぞれに努力してせいいっぱいに運び込んだけれども、これから先の生活を思うと、不安であった。律儀な毛勝先生などは朝鮮人にすべてを預けて、ほとんど着の身着のままで出てきた。家が遠かったせいもあったであろう。片道四十分以上はかかったであろうから、運ぶのも容易ではなかったに違いない。

九月の半ばであったから、気候は暑くもなく寒くもなかった。収容所の敷地内には自生したコスモスの花が咲いていた。しかし、もしもここで冬を迎えるとしたら、それは大変である。

殷栗は緯度から見れば秋田県とほぼ同じであるが、大陸に近いせいか、日本の東北地方よりもはるかに寒かった。真冬の夜には氷点下二十度以下にもなり、昼間でも零下十度ぐらいになることは珍しくなかった。私が小学生の頃、教室で習字の時間に墨を擂っていると、硯の中で、急にじゃりじゃりと氷が析出してきた。墨は凍らずに、水だけが凍るのである。教室の雑巾がけをするために雑巾を持ち出すとかちかちに凍っているので、ストーブに押し付けて融かす。ストーブで沸かしたお湯をバケツに入れ、それで雑巾を洗って床を拭くと、突然つるりと滑ってしまう。床についた水分が凍るのである。朝、お湯で顔を洗い、濡れたタオルを持ち上げるとそのまま凍ってしまう。タオルを石の上などに置くと貼りついてしまう。濡れ手で鉄製の器具に触れるとべたべたとねばり着く。果樹園の中にあった池には三十センチ以上の厚さの氷が張った。

きたない話だが、私たちの小学校の便所は別棟になっており、もちろん汲み取り式であったが、冬になると凍ってしまい、その上に落ちた便がすぐにまた凍るので、たちまち塔のように伸び上がってきて、お尻にくっつきそうになる。そこで我々は防寒服に身を固め綿入りの手袋をして、つるはしで黄金の塔を砕くのである。その破片をもっこに載せて二人でかついで行き、穴の中に捨てる。ここには秋のうちに枯草などが入れてあり、堆肥を作っているのである。この作業中、全然何の臭いもしないが、作業がすんで教室に戻り、ストーブにあたっていると、誰言うとなく、「臭い」、「臭い」と騒ぎ出すのであった。こういった話をすれば際限がない。とにかく寒いのである。収容された我々の前途は厳しかったが、それでも子供たちは人が大勢いるのでみな元気であった。大人たちがそれぞれどんな気持であったか、私の年齢では想像がつかない。しかし、おそらく、この時点では、みんなくたくたで、これから先のことを考える余裕などはあまりなかったのではないだろうか。

収容所での生活

この収容所入りに際しては、任元浩さんとミョング一家に並々ならぬ世話になった。日本人の世話をするということは彼らにとっては危険なことであったにもかかわらず、進んで面倒をみてくれたのであった。任さんは真鍋さんの小作をしていたこともあり、そんな縁で二度ほど四国に行って来たことがあった。二度目には、真鍋さんが亡くなったことを知らせてくれた。彼は四国訛りではなく標準日本語を話していた。

ミョング一家は誰も日本語が話せないので、私の両親はいつも朝鮮語で話し合った。ミョング夫人のオンジョナー（普全）はやや大柄な丸顔の美人で、ある巡査との間にできたという娘を連れてミョングと結婚した。シンジョナーと呼ばれるこの娘は、終戦当時には十七、八歳くらいの年頃の、利発そうな感じの美人であった。朝鮮では結婚しても姓は変えない習慣だったので、ミョングの姓は「李」であるが、他の家族の姓は私は知らなかった。ミョングは四十歳くらいで、夫人はそれより少し若いように見えた。ミョングはその娘を我が子のように可愛がっていた。そのうちに男の子が生まれたので、夫婦とも非常に喜んでいた。生まれた子供の姓は父方の姓になる。

私の家では、ミョング一家だけでなく、近所に住む多くの朝鮮人とも親しくしていたので、それらの人々が時折、料理などを持って来てくれることがあった。レストランにある料理のようなものではなく、土地の家庭料理であった。こちらからもお礼にりんごをあげたり、祝い事のある時などには近所の人も呼んで一緒に朝鮮式の焼肉料理などを作って食べることもあった。収容所入りの日には、ミョング夫人がご飯を炊いてくれた。この地方では粟《あわ》が多くとれるので、朝鮮人は粟飯を食べることが多かった。私の家では普通、米に二割程度粟を混ぜたご飯を食べていた。慣れるとなかなかおいしいものである。

ミョングはこの頃、タルグチ牽きの仕事をしていた。タルグチとは、牛に引かせる荷車で、牛と車はどこかで借りて、物を運搬して金を稼ぐのである。ミョングは私の家の果樹園の仕事をして賃金を稼いでいたが、新しい仕事にも手を出したのである。キョウジャン（校長）が日本に帰るときには、ウリ（私）がタルグチで荷物を運んでやるのだと、彼は常々言っていた。当時は自動車は極めて少なく、タクシーは、殷栗に電灯線を引いた洪性欽という人の経営する会社に、二台あるだけであった。だからタルグチは重要な交通機関でもあった。大きな木製の車輪に鉄の輪をはめた二輪車で、一頭の牛に牽かせるようになっていた。それを牽くのはたいてい茶色の毛色をした役牛であった。嫁入りの時などにもお嫁さんが、幌を張ったタルグチに乗って、泣きながら揺られて行く姿が見られたものであった。道路はほとんど舗装されていなかったから、タルグチのわだちのあとが深く刻まれて、その両脇に芝草などが生えているのが普通の状況であった。

あわただしい一日が過ぎて、夜が来た。収容所のがらんとした広い室内に裸電灯だけがわびしく光り、人々は息をひそめて眠りについた。疲れてはいたが興奮して寝つかれない人もいたであろう。誰も話をする者はいなかった。ただ、いびきをかく人や赤ん坊の泣き声などが、時折静寂を破るだけであった。不便なのはトイレであった。便所があるにはあったが、別の建物になっていたから、いったん外に出なければならない。だから、なるべく昼間のうちに用をたしておき、夜には便器を使って物陰で用を足すほかなかった。

日本人たちは、もう何も仕事がなく、ただ次の運命を待つだけであった。誰もが考えていたことは、なんとかして故国に帰らねばならないということであった。だが、日本国内がどんな状態になっているか、ほとんど情報が入らなかった。ラジオは全部取り上げられてしまった。仮にあったとしても、朝鮮国内の日本語放送はなくなってしまったし、日本本土からの電波はよく届かなかったから、日本の状況を知ることはできなかったであろう。終戦直後に日本から帰って来た朝鮮人などからうわさ話が流れて来た程度で、それもだんだん尾鰭がついたり、誤ったりして伝わることが多かった。たとえば、日本ではこれから二十五年間、中学以上の学校はすべて閉鎖されるのだとか、大洪水があって電信柱以外には何も立っていないとかいった類いである。考えて見れば、建物がすべて倒れて電柱だけが立っているというのはおかしな話である。当時の電柱はほとんどすべて木柱であったのだから。

植民地時代の朝鮮では、紙幣としては、朝鮮銀行券が通用していた。通貨単位は円で、日本銀行券と同じであったが、デザインは全く違っていた。硬貨は日本と同じ物が使用されていた。戦後も朝鮮銀行券がそのまま通用し続けていた。後になってソ連軍の軍票が発行されたが、現地の人々はあまりそれを信用していなかった。日本人たちは、日本に帰った場合、朝鮮銀行券は通用しないだろうと考えて、終戦直後に金融機関等を通じて可能な限り朝鮮銀行券を日本銀行券に換えたのであった。朝鮮人の中にも、日本に旅行したとか、その他の理由で日本銀行券を所持していた者があり、日本人の持っている朝鮮銀行券と交換した者もあった。

郵便貯金などは、貯金通帳を持っていれば多分日本に帰ってからでも下ろせるだろうと考えたが、朝鮮の地域内だけの金融機関の預金は日本では引き出せないと考えて、終戦直後に急いで引き出したから、現金がかなりだぶついていた。その多くは朝鮮銀行券であったから、あらゆる手段を講じて日本銀行券に換えようとしたわけである。だが日本銀行券の在庫には限りがあったし、朝鮮に残留している間は日本銀行券は使えないから、全部の朝鮮銀行券を日本銀行券に換えてしまうわけにはいかなかった。

ほとんどの日本人たちは、そうして手にした日本銀行券を、着物の襟やすそ、帯の芯など、さまざまなところに隠し持っていた。日本に帰る途中で取り上げられる恐れがあると考えたからである。中には、鉛筆の芯を抜いてその中に丸めて押し込んだり、石鹸の内部をくりぬいて中に詰め込んだりという、器用な芸当をした人もいたということだった。

私の母などは、富田儀作氏が、南浦付近で伝統的に作られていた高麗青磁の焼き物を復活させようとして製作させた青磁の花瓶に、水に溶かした和紙を貼り付け、安物の壺のように見せかけて、水筒代わりに使い、その中に宝石のついた指輪を隠したりしていた。

日本人と朝鮮人とが、物品を売買することは禁じられていた。しかし、売りたい者と買いたい者とがいる限り、禁令を完全に守ることはできない。時には、物々交換も行なわれた。煙草収納所に収容された日本人たちの多くは、こうしてかなりの額の金品や貴重品を隠し持っていたのであった。

こうして、夜になると入り口の扉は閉じられ、殷栗在住のすべての日本人が、この薄暗い倉庫の中に、中央通路をはさんで、両側にずらりと並んで寝込んだのである。

第10章　ソ連兵来る

略　奪

何か異様な気配を感じて、目をさました。大声でどなる耳慣れないことば、荒々しい足音。見ると、カーキ色の服をまとい、毛皮の帽子をかぶり、長靴をはいて、自動小銃を肩に吊るした大男が何人か、ぎろりと目を光らせて、通路を往来している。もう、あたりは明るくなっていた。小さないくつかの窓からの光でも、室内はかなり明るかった。日本人の家族は、通路の両脇に荷物を並べて、まるで露天市場を開いているかのような感じだった。生まれて初めて見るソ連兵たちは、次々と日本人家族の前にやって来て、何か大声で叫ぶのであった。ことばが通じない。何やら、「イエス？」、「イエス？」という言葉が聞こえる。英語なら「はい」に相当することばだが、どうもそうではないらしい。彼らは、ロシア語と、片言の朝鮮語を使っているらしかった。

僅かに通じた言葉は「シゲ、イッソ？」。朝鮮語で時計はあるかという意味である。「イエス？」というのは、あるか？　という意味のようであった。腕時計や懐中時計を見ると、すぐに取り上げて行った。一人のソ連兵は工藤元警察署長さんのトランクを引っ張り出し、電灯の下の明るいところへ持って行き、中を引っかきまわしてめぼしい物を取り上げると、残りのトランクを足で蹴飛ばして突き返した。工藤夫人が「お取りなさいといわんばかりに、こんな目立つところに置かなければいいのに」と愚痴をこぼすと、署長さんは「隠さなくてもいい」と怒ったように応じていた。鋲賀《びょうが》元警部補さんのところでは紙幣を縫いこんでおいた着物を取られてしまった。

ロシア兵が一番欲しがったのは時計であった。どうするつもりなのか、五個も六個も取り上げて、片腕にずらりと並べてはめ込んでいる男もいた。他にも、珍しそうなものや、金目の物を片っ端から巻き上げた。抵抗したり、文句を言ったりすると、小銃を向けて威嚇するのであった。私たちはみんな震えあがった。郡庁の内務主任をしていた大西さんは、荷物を渡そうとしなかったので鉄砲を向けられたが、無言で相手をぐっとにらみ返した。ロシア兵も何かどなりながらにらみ返していたが、あきらめた様子で行ってしまった。

私たちの隣にいた山縣さんは、若い頃アメリカに渡り、十年くらい滞在した後、中国に渡り、それから朝鮮に来たという放浪者で、殷栗で今の夫人と結婚し、僅か五円の元手で飴玉屋を始め、殷栗第一の旅館を経営するまでになったという数奇な半生を送った人であった。狩猟の腕は大したもので、毎年何頭もの猪やノロ（和名チョウセンジャコウジカ）、雉などを射止めて、私の家でもその肉を毎年もらったものであった。そんなわけで、山縣さんは語学が達者で、英語も話し、朝鮮語も自由に話すことができた。ロシア兵が片言の朝鮮語をしゃべったので、流暢な朝鮮語でしきりに何か言い訳をしたのがかえって悪かった。そのロシア兵は山縣さんの腕をつかむと、外へ出ろというように引っ張り出し、屋外に連れ出して建物の壁際に押し付けて、そこに立っていろというように身振りで示し、自動小銃を構えて銃殺するような姿勢を示した。あとから追いすがって来た山縣夫人は肝をつぶし、何とか助けようと、声を上げて泣き叫んだ。

ロシア兵は、長靴を振り上げたり、小銃でつついたり、銃殺する真似をして脅したりしたが、本当に殺すつもりはなく、欲しい物を巻き上げるのが目的であった。日本人たちは大恐慌を来したが、結局、物は取られても、危害を加えられることはなかった。しかし全く予期しない出来事であったから、誰もが不安にかられて生きた心地がしなかった。私の家では荷物をすべて薄汚れた煙草箱やりんご箱に入れてあったので狙われずにすんだ。父は、「オプソ（ありません）」、「オプソ」の一点張りで、でんと座って動かなかったから、ソ連兵もそれ以上追求せずに行ってしまった。トランクなどのような大事な物を納めてありそうな容れ物は狙われやすかった。また、おどおどしたり、余計なことをしゃべったりすると、怪しまれて追及されることが多かったようだ。

あとでわかったことだが、ロシア兵たちは、奪い取った物を叺に入れて持って行き、朝鮮人の酒屋に行って焼酎と交換し、朝鮮人の飼っていた豚などを盗んで来て松林の中で焼肉にして食って、宴会を開いたということであった。朝鮮人も被害に遭ったのだった。三宅先生のところでは訪問着などを取られたが、三宅先生の名前を書いたものが一緒に入っていたので、あとで酒屋さんが持って来て返してくれた。

この一日、日本人たちは命の縮む思いをしたが、こうした略奪はその後起こらなかった。ある人々は、最初に進駐して来たソ連兵は囚人部隊だったのだろうなどと言っていたが、真偽のほどはわからない。それからあとでやって来たソ連兵は、もっと穏やかで友好的な態度を示すようになった。

保安署員とソ連兵

収容所には、警備のために、何人かの保安署員が交代で詰めていた。彼らも最初にソ連兵を迎えた時は度肝を抜かれ、呆然として手の施しようがなかったようだったが、あとから来た兵士たちは凶暴な振る舞いをしなかったので、保安署員たちも落ち着いて彼らと片言や身振り手振りで話したりして、だんだん親しくなっていった。私たちも安心して、昼間には彼らのそばに行って、好奇心にかられながら、眺めていたりするようになった。

ロシア兵には、背が高く金髪碧眼のスラヴ系と見られる者もいたし、やや小柄で髪の黒い東洋系と思われる者もいた。日本の兵隊と違う点で、一番目についたのは、彼らの自動小銃とその持ち方であった。日本軍の歩兵は銃口を上に向けた銃剣を肩に担いでいた。銃口を上に向けるのは、万一誤発した場合に危険がないようにするためだと教えられていた。銃の先に剣が取り付けられていたのは、接近戦になった場合や、銃に弾丸がない場合の争闘を考えたものであろう。中学生の時の軍事教練では、銃剣を模して作られた木製の器具を担いで行進をさせられたり、「銃剣術」の訓練をさせられたりしたものだった。だがソ連兵が持っていたのはやや銃身の短い自動小銃で、円盤型や弓なりの棒状をした弾倉がついているのが珍しかった。円盤状のものは七十二連発だとかいうことだった。

一人のロシア兵が、銃を逆さにして肩にかけることの理由を説明した。このようにして持っていると、突然敵が現われた時に、一瞬のうちに銃口を前に向けることができるというのだった。彼は得意になって実演をして見せたが、下向きの銃口を前に向けるだけなので、全くそれは瞬間的にできた。銃口を上に向けて肩に担いでいると、それを持ち替えて前に向けるには多少の時間がかかる。いざという時、一瞬の時間差が死命を制することになる。これは合理的だと私は感心したし、自動小銃が全員に行き渡っているのにも感心した。だが一方で、時計のねじがゆるんで止まってしまうと、故障したのだと思って捨ててしまうソ連兵もいたことを思い出し、何かちぐはぐなものを感じた。

ロシア兵が得意になっているのを見て、保安署員は少し反発を感じたらしかった。彼らは、アメリカは高度の文明国だが、ロシアは文明の程度が低いという先入観を持っていたようである。一人の署員が、どこからか一台の自転車を持って来た。それを見て、私は、ははあ、あれだな、と推察した。若い朝鮮人の間にはある特技が流行していたのである。彼はその自転車を目の前に置き、ちょっとの間、呼吸を計っていたが、いきなり片手で自転車を取り上げ、あっという間に高々と頭上に差し上げたのであった。見ていると全く何の苦労もないように見え、誰でも簡単にできそうに見える。だが、当時の自転車は、現代のようにスリムではなく、軽合金なども使っていないから、かなり重量のあるものであった。金色の口ひげを生やし、見るからに頑丈そうな体格をした一人のロシア兵が、「そんなことができなくてどうするか」と言わんばかりに身を乗り出して、一息に自転車を持ち上げようとしたが、案に相違してどうにも持ち上がらず、途中で放り出してしまった。彼は口惜しがり、再度挑戦したが、何度やってもだめだった。他のロシア兵も入れ替わり試みたが、誰一人成功しなかった。保安署員はにやにやしてそれを眺めていたが、もう一度実演をして見せた。決して力持ちには見えないその保安署員は、いとも軽々と自転車を片手で宙に差し上げ、また、見事にもとに戻した。

ロシア兵は目をこらしてそれを眺めて、もう一度挑戦を試みた。だが、結局、結果は少しも変わらなかった。これは一種の曲芸のようなもので、力学の法則を巧みに利用した芸当であったが、それにはコツがあり、それをよく教わって、ある程度練習を積む必要があったのだ。別に種も仕掛けもないが、一瞬のうちに行なうので、見ているだけではそのコツを見出すことはとうてい不可能であった。ロシア兵もこれには参ってしきりに首を振っていたが、どうにも理解できず、狐につままれたような顔をしていた。

ソ連兵の女性狩り

ソ連兵との間がずっと友好的になったので、我々はほっと安心したが、それも束の間であった。数日後の夜、皆が寝つこうとしている頃、突然、入り口のドアを激しくたたく音がしてきた。夜間にはただ一つしかない倉庫の入り口は固く閉ざされていた。何事かと日本人の大人たちが入り口に近寄って行ったが、急に難しい顔をして戻って来た。ソ連兵が来ていて、「女を出せ」と言っているというのである。相手はかなり酔っているらしく、押し返して扉を閉めると、怒ってガンガンと扉を蹴飛ばし、大声で喚きながら、中に押し入ろうとするのであった。日本人はどこかにあった太い材木を持って来て、心張り棒にした。しばらくの間がたがたと内と外とで争いが続いたが、どうにか相手もあきらめたらしく静かになった。

だが、それだけでは収まらなかった。しばらくすると、今度は何人かの声がして、再び激しく戸を叩く音がしだした。日本人の男たちは、必死になって戸口を守ったが、どこまで抵抗できるか自信は持てず、誰も彼も青ざめた表情をしていた。私たち子供や女性たちはふとんの中にもぐりこみ、息を殺して成り行きを案じていた。私は心配で、時折、首を出して様子をうかがっていた。

誰かはわからないが、今度は数人の朝鮮人が付き添って来ている様子だった。入り口の扉をはさんで、しばらくの間、押し問答が続いていたが、やがて、押し入るような形で、一人の朝鮮人が中に入って来た。ロシア人も入ろうとしたが、入り口で押し止められた。日本人の男たちは、入り口で守りを固める一方、何人かは入って来た朝鮮人のあとを追った。入って来た男は急ぎ足で奥の方に向かい、荒谷さん夫人の手を取って、入り口の方に引き返して行った。荒谷夫人は抵抗もせず、引かれるままに入り口のほうに歩いて行った。それを見た日本人の男たちは愕然とした。ロシア兵が中へ踏みこみかけて、荒谷夫人を摑まえようとした。貞廣さんが飛びついて、荒谷夫人を後ろに押しやり、ソ連兵を押し出そうとした。ソ連兵は怒って、小銃の台座で貞廣さんの肩を殴った。他の日本人も協力してソ連兵を押し出して扉を閉め、堅く心張り棒で入り口をふさいだ。ソ連兵はなおも荒れ狂っていた様子だが、朝鮮人たちになだめられて帰って行った様子であった。

騒ぎがおさまると、日本人の男たちは疲れ果てた様子で、部屋の中央のあたりに集まった。みな声も出ない様子であったが、貞廣さんだけが興奮して大声をあげていた。女性ではただ一人、荒谷夫人だけが呆然と立ちすくんでいた。貞廣さんは、荒谷夫人に向かって、「あなたは一体、どういう気でついて行ったのだ、すんでのところで、ロシア兵に連れて行かれるところだったではないか、それでもいいのか、私はロシア兵に銃で肩をなぐられた、殺されるかと思った」と、激しい調子で非難した。それから今度は夫の荒谷さんに向かって、「あなたは何をぐずぐずしていたのか、奥さんが引っ張られて行くのをなぜ止めなかったのか」と食ってかかった。それからなおも気がおさまらず、日頃荒谷さん一家に対して持っていた個人的な憤懣をぶちまけて、責めたてた。

ひとしきりしゃべりまくったあとで、貞廣さんは今度は一同に向かって、まだ興奮した口調で話し始めた。

「こんな状態が続くとすれば、我々は、あくまでも女性たちを守り通すことはできないだろう。自分の妻や娘たちを凌辱されて、我々はどうしてのめのめと故国の土を踏むことができるだろうか。命にかけても婦女子の貞操を守り通そうとすれば、男たちは皆ソ連軍に殺されるかもしれない。そうなったら、女子供だけで、どうやって日本に帰ることができるか。どうしても女を出せと彼らが要求するならば、いっそのこと、全員を銃殺してもらおうではないか。全員銃殺を願い出ようではないか」

激しい口調で「全員銃殺」をとなえる貞廣さんの声だけが、静まり返った収容所の空間にこだまするだけで、他の人々は全く声もなかった。しばらくたつと貞廣さんも少し興奮が収まった様子で、それに代わって、毛勝先生、工藤署長、その他主だった人々がひそひそと語る声が続いた。もう何を話しているかは、私には聞こえなかった。荒谷さんは、夫人を自分の居場所に連れ帰って、寝かせた様子であった。

この事件で、荒谷夫人がなぜ狙われたかについては、疑問もあるが、一つの背景が思い浮かべられる。荒谷さんは青森県の出身で、穀物検査員として殷栗に赴任したが、途中で兵役に服し出征したため、家族はそのまま殷栗に留まることになった。終戦まで五年ぐらいは殷栗に滞在していたであろう。夫婦ともに背の高い大柄な人で、夫人は、おそらく、三十代の半ばぐらいであったろう。色白の丸顔で、肉付きの良い体をしていたから、ロシア兵の目にも魅力的に映ったであろう。三人の男の子があり、長男の誠一君は私と一緒に鎮南浦公立中学校に通っていた。荒谷さんは赴任後間もなく出征したらしく、私は、戦後、父と一緒に私たちを迎えに来るまで、一度も顔を見たことはなかった。

後任の人が来るので官舎に住むわけにいかず、貞廣さんの好意で、貞廣さんが持っていた貸家に住まわせてもらっていたのであった。貞廣さんは、貞廣さん自身が父親と一緒に建てた家に住んでおり、それは殷栗郡庁や警察署の並ぶ通りに面して、それらの建物と反対側（南側）にあった。殷栗の街のメイン・ストリートは、南北に伸びており、その北の端は、郵便局に突き当たって西に折れ、殷栗の朝鮮人学校（殷城小学校）の広い運動場のわきを通って、その運動場を廻る形で北に曲がり、金山浦方面に向かう。このあたりでもう、街は終わりであった。郵便局に至る少し手前、南側で、東に分かれる街路があり、警察と郡庁の建物は南向きで、この街路に面していた。警察はちょうどその角のところにあった。荒谷さんが借りていた家は郡庁の少し東寄りにあり、道路からは少し北側に引っ込んでいた。

当時、殷栗には水道がなく、水は井戸水に頼っていた。井戸を掘るには金がかかるので、どこの家でも井戸を持つというわけにはいかず、近所の人々で共同利用するのが普通であった。本当の公共の井戸もあったが、多くは個人の所有であった。そういった場合、特に協定があるわけではなかったが、習慣的に近所の人々が使わせてもらっていた。私の家の近くには公共の井戸があったが、混雑するときや水が減ったときなどは、大きな水甕を頭にのせた朝鮮人女性が水をくれと言って、私の家の門をあけて入って来て井戸水を汲んで行くことがあった。

荒谷さんの住んでいた家にも井戸があった。近所の人々も使っていたが、荒谷夫人は自分の井戸のように考えていたようだ。ある日、近所の朝鮮人の子供が、いたずらに井戸つるべの中に小便をした。これを見つけた荒谷夫人は、そのつるべを持って、子供の家まで追いかけて行った。子供が家に逃げ込んだので、その家の戸口にあった甕の中に、そのつるべの中身を流し込んだ。その甕の中には朝鮮醤油が入れてあったから、今度はその家の主婦がびっくりした。朝鮮醤油は日本の醤油とは少し違うが、大豆を原料として作った醤油で、調味料として使われる。各家庭で作って甕などに入れて保存しておくのである。その家の主婦は憤慨したが、相手は大人であり、日本人なので、直接掛け合うことは遠慮したようである。話は貞廣さんに持ちこまれたらしい。貞廣さんがどう処理したかは知らない。

その他にも、私の知らないいきさつがいくつもあったようである。荒谷夫人も若かったし、主人が不在で心細く、時には世間知らずな非常識な行動をしたこともあったのかもしれない。とにかく、以前から貞廣さんとの間に気まずい関係があったことは、私も感づいていた。親同士の関係は子供にも反映する。貞廣君と荒谷君とは、小学校でもよく対立していた。私と貞廣君とは小学校入学以来の親友であったから、荒谷君は私に対しても打ち解けないところがあった。

この事件を境に、荒谷さんは人が変わったようになった。自分の息子たちに対して、非常に厳しい態度を取るようになり、時には激しく叱りつけた。荒谷さんの怒号が、しばしば、私たちの耳に響き渡って来たのである。

こうして日本人が共同生活を始め、地位も肩書きもなくなって、さまざまな難局にさらされるようになると、日本人同士の間にも諸々の葛藤や争い事が発生するようになった。

強制連行

ソ連兵の女狩りは、日本人たちにとって最大の頭痛の種であった。毎晩、男たちが交代で不寝番をすることにしたが、彼らの要求をどこまで拒否し続けることができるか、心細い限りであった。若い夫人や娘たちは、顔に炭を塗ったり、ぼろの着物を着たりして、できる限り目立たないように努力していた。昼間でも、外に出て炊事などの仕事をするのは、男たちと年配の婦人たちだけにした。

やがて、状況はさらに悪化した。何日かして、ソ連軍の将校が初めて姿を見せた。何人かの兵士と保安署員を従え、通訳を通じて、一同にソ連軍司令部からの命令を伝えた。それは、次のようなものであった。

「戦時中において、警察官であった者、および現役軍人であった者は、全員申し出ること」

一同は強い不安に襲われた。一体どういうことになるのか、誰にもわからなかった。しかし、良いことがあるはずはない、ということは確実である。誰一人、ごまかすことはできなかった。調べればわかることだし、日本人同士お互いに知っていたし、保安署員たちも知っているに違いなかったからである。召集令状を受けて兵役に服した人と、終戦のために召集を免れた人とで、はっきりと明暗が分かれることになった。戦争の激化と共に三十代の人々も続々と召集されて兵役に服したが、多くは前線に送られず、近辺に留まっていたので、戦後、家に戻って来ていた人が多かった。フィリピン、サイパン、沖縄と、前線は次々に後退し、兵員を輸送する船もあまり残っていなかったのであろう。

警察官としては、工藤署長をはじめ、鋲賀警部補、それに何人かの巡査たち、軍人としては、荒谷さん、毛勝先生の養子の一二三《ひふみ》さん、山縣さんの養子の哲也さんなどが該当した。これらの人々は通訳を通じて尋問を受けた後、ソ連軍兵士たちに連れられて収容所を出て行った。家族とゆっくり話すひまもなく、互いに不安を抱きながら別れたのであった。連れられて行った人々、残された家族の気持はどんなものであったろうか。私や三宅先生の一家には該当者がいなかったので、それらの人々の気持はわからなかった。あとになってだんだんにわかって来たことだが、連れ去られた人々は、旧満州やシベリアに送られ、長い、苦しい抑留生活をすることになったのである。一方、あとに残された我々も、屈強な人々を大勢連れて行かれ、非常に心細い思いをさせられた。

ソ連兵の女狩りは、なおも執拗に続いた。毛勝先生をはじめ長老格の人々の苦悩は、一段と激しくなった。ついに、どうしても防ぎきれない場合は、旧満州から殷栗に逃れて来た二人の若い婦人に犠牲になってもらうという話し合いが成り立った。その二人から見れば、なんとも虫の良い申し出に思えたかもしれない。だが、誰も自分から進んで犠牲になろうという人はいない。結局、この二人の婦人が、殷栗の若い女性たちの貞操を守る守護神となるわけであるが、二人はどんな気持でそれからの日々を過ごしたのであろうか。私にはわからないし、想像や憶測を述べるつもりもない。

第11章　共同炊事

飢えとの戦い

煙草倉庫の日本人収容所に収容された人々の総数は、約百五十人であった。これだけの人々が毎日食べていくには、食糧も相当の量が必要である。しかも、いつまで収容所生活が続くかわからないのである。各家族ごとに食事を作るのはとうてい不可能なので、全員で共同炊事をすることになった。家族交代で炊事当番に当たり、大きな鍋を使って食事の用意をしたり、皆に盛り分けたりするのである。穀類や副食類、調味料など、あらゆる食糧は、みんな出し合って、平等に食べるようにした。私の家ではかなり大量の穀類を運び込んだが、それも全部供出して、みんなで消費することになった。

全員が出し合った食糧は決して豊かではなかった。しかも、他から食糧の給与は一切ないという達しが当局者から伝えられていた。日本の統治が終わったあとの政治的空白は、人民委員会の設立によって補われていた。結局、保安署、人民委員会、ソ連軍司令部などが協調しあって治安を保ち、朝鮮人民の生活を管理している状態であった。こうした役所の機構や、権限、管轄なども十分には確定していなかった様子で、日本人の取り扱いについても、はっきりした方針は立てにくい状況にあったように思われる。

我々は保持している食糧や今後の見通しなどを考慮して、一日一人当たりの食料を穀類あわせて一合六勺ときめたのであった。米の他に、粟、あずき、大豆、きびなど、さまざまな雑穀があったので、それらを混ぜておかゆを作ることにしたのであった。一合の米は約百四十五グラムに相当する。仮に全部米として計算すると、一合六勺は約二百三十グラムで、カロリーに換算すると約八百十キロカロリーほどである。一人の成人が一日にどれだけの熱量（カロリー）を必要とするかは、個人差があるが、現在の日本人は平均して二千キロカロリー以上を消費しているという。これは少し食べ過ぎであるが、全く運動をせず、寝たきりであっても、基礎代謝のために成人一人一日当たり、千二百キロカロリー程度は必要であるということであるから、一日一合六勺という割り当ては、他に野菜や副食品などが多少あったとしても、このまま続けば栄養失調になってしまいそうな値であった。

煙草収納所の敷地はかなり広かったので、子供たちは最初は元気に走り廻っていた。しかし、二、三日すると、だんだん気力がなくなって、動きがにぶくなり、しきりに空腹を訴えるようになった。そこで、少し基準を緩めることにして、一人一日当たり一合九勺に増量された。しかし、これでも、総カロリーは約九百六十キロカロリーに過ぎない。それでも、人々はだんだん少食に慣れていくものである。日が経つにつれて、ひもじさは回復しないが、活動はまた元に戻りつつあった。

一方、収容された人々の健康状態も心配があった。この当時にお産をして、子供が生まれたばかりの人もいたし、鋲賀警部補のお父さんや、竹浪さんのおばあさんのように、老齢の人もいた。私の母は収容所に入る頃から持病の膀胱炎が悪化していた。その頃、保安署員の任元浩さんがやって来て、その後の我が家の状況を伝えてくれた。家の戸口は釘付けにしてあったが、最初に進駐して来たソ連兵が、収容所の日本人からいろいろな物品を強奪したあと、日本人の家にも押しかけて中に押し入って物色したそうである。

我が家も彼らによって戸口を破られ、いろいろな物が盗まれたということであった。その後、戸口はあけたままで、室内も乱雑に荒らされたままになっていたので、付近の朝鮮人たちが中に入り、思い思いに物品を持ち出して行ったということであった。任元浩氏も保安署員としての勤めがあり、見張っているわけにもいかなかったので、どうすることもできなかった。母は、以前、漢方薬としてウワウルシの葉が膀胱炎によく効いたので、それが押入れの中の箱の中にあるはずだと言って、任元浩氏に取って来てもらいたいと頼んだ。幸いにして漢方薬などはあまり見向きもされなかったとみえて残されており、それが手に入って、母の病状も回復に向かった。

食に飢えると、人は我欲をむき出しにする。それによって、いろいろなもめごとや、いさかいが起こった。西村さんの家族は、米を隠していて、やかんの中でこっそりおかゆを炊いて食べていたというので、非難の的になった。また砂糖を隠していて、砂糖水を飲んでいたとも言われた。西村さんは和歌山県の人で、殷栗では最古参であるということであった。その前には、金山浦で鍛冶屋をしていたというから、朝鮮には相当長くいたことになる。殷栗では果樹園を持ち、西村商店という雑貨屋を営み、旅館もやっていたというから、相当の資産を持っていたと思われる。しかし、私の父が長連から殷栗に転勤して来た頃は、旅館は山縣さんに売り渡していた。山縣さんも山縣商店という雑貨屋を始めていたから、互いに商売敵であったわけである。長連では西村さんの評判が良く山縣さんの評判が悪かったが、殷栗では逆に西村さんは欲が深いという批評があった。私の家では酒や調味料などを山縣さんから買っていた。

西村さんはアイスキャンディーでひと財産をこしらえたと言われていた。殷栗では初めてアイスキャンディー製造機を仕入れ、売り出したところ、大いに当たって、夏の暑い日などには店の前に長蛇の列ができた。色のついたシロップを水で薄めて、割り箸一本を立てて凍らせるだけであるから、ぼろもうけであったろう。金属製の細長い製氷容器を何百本もまとめて枠におさめ、冷凍槽に入れて凍らせる。そうした冷凍槽がいくつかあって、交互に入れ替えてアイスキャンディーを作るのである。ある日私は、弟と西村商店にアイスキャンディーを買いに行ったことがあった。朝鮮人の子供たちが大勢列をなしていた。私はその列の後に並んで長いこと待ったが、やがて順番が来たのに、西村さんは私を放りっぱなしにして、あとから来た子供たちにどんどんアイスキャンディーを売っている。私はいらいらしてきたが、文句も言えず黙って立っていた。しばらくすると、西村さんは奥のほうに行って別の冷凍槽に入っていたアイスキャンディーを取り出して来て、私に売ってくれた。「これなら、よく凍っているから、家に帰るまでに溶けないよ」と言って渡してくれたので、やっと西村さんの意図がわかった。そこから私の家までは十分あまりかかることを西村さんは知っていたのである。そんなふうに西村さんは、細かい気配りをする一面も持ち合わせていた。しかし、一度へそを曲げると、あくまでも意地を張り通す頑固な一面もあったようだ。

西村さんの一人息子は、男女二人の子を残して、肺結核で死んだ。当時、結核は、不治の病として恐れられていた。兄の誠一君は私より二歳年下で、面長の美男であったが少し気が弱く、時々泣き出すことがあった。妹の絹枝さんはやはり面長で、色の白い、眼のきれいな美人であった。西村さんその人は、マンガ「サザエさん」の磯野波平さんによく似た風体で、小柄で頭が禿げあがり、いつも鼻眼鏡をかけていた。西村夫人、息子の嫁さんと、孫たちとで暮らしていた。六十くらいの年配であったろうが、なかなか元気であった。

時にご飯を炊いたりすると、焦げつきができるので、みんなに分け終わったあと、お焦げは特別配給となり、子供たちは、先を争ってそれをもらいに行った。食事の時間には行列ができ、各家族の代表が食器を持って来て分け前を受け取る。配るのは食事当番であるが、なるべく平等に分配しなければならない。私や貞廣君は子供組ではあったが年長なので、何かと批判的に物を見るようになっていた。そこで、誰それは欲張りだとか、不平等だとか、眼を光らせて眺めていた。郵便局長の永田さんは無遠慮で、自分の家の者にだけ明らかに多量に盛り付けていた。私たちは面と向かっては言えなかったが、陰でしきりに不平を鳴らしていた。

子供たちばかりではなかった。竹浪さんは公然と永田さんを非難していた。永田さんの作ったおかゆをもらったら、ほとんど何も入っていなかったというので、「鏡がゆ」だとか、「永田がゆ」だとか名づけて憤慨していた。竹浪さんは直情径行の人で、それは確かに職人気質から来ていたと思う。りんごの研究で名高い北海道大学の島《しま》教授（後の北大学長）の竹馬の友だったとのことであるが、同教授から「日本一の剪定師」の折り紙をつけられていた。

竹浪さんは富田儀作氏に招かれて、郷里の青森県から朝鮮、金山浦の富田農場に渡来した。剪定を始めるや、木の枝を片っ端からばさばさと切り落とし、りんごの木をほとんど半分くらい切ってしまったので、農場の人々はびっくり仰天したそうである。ところが数年たつと、りんごは驚くほど見事に実り出し、人々はまたまたびっくりさせられた。毛勝先生が道会議員をしていた頃、先生たちの骨折りで黄州《こうしゅう》という所にりんご研究所が開設され、竹浪さんはそこの指導員に招かれた。その頃、山口県生まれの現夫人と再婚したのであった。竹浪さんは死別した前夫人との間に息子があったが、青森県に残して果樹園の管理をさせていた。新夫人との間にも常利《つねとし》君という子供ができていた。彼は私よりかなり年少であったが、私とは仲良しの友達同士として付き合っていた。

竹浪さんが殷栗に来たのは、私の父が管理していた果物同業組合の招聘によってであった。剪定の仕事は冬の三カ月間に限られているが、月給二百五十円という、当時の殷栗の役人たちよりも遥かに高い給料を支給されていた。しかも竹浪さんは指導員であるから、一日に一つか二つの果樹園に足を運んで、数時間程度、焚き火に当たりながら、あの枝を切れ、この枝を切れと、指図をするだけであった。りんご一箱（十五キロ詰め）が一円にも満たない時期であったから、実に優雅なものであった。しかし、殷栗での竹浪さんの功績は大きかった。戦後にも竹浪さんは大活躍をする。ただ一つ不幸なことは、たまたま朝鮮を訪れていた竹浪さんの実の母親が、終戦のため帰れなくなってしまったことであった。

収容所の日々

共同炊事で、一番困ったのは野菜であった。野菜がなくては健康が保てないが、保存がきかないので、すぐになくなってしまうからである。山縣さんが持っていた果樹園が収容所からあまり離れていない所にあった。そこに野菜が作ってあったので、許可を得て、何人かの人々が野菜を取りに行った。果樹園はあまり大きくなかったが、野菜はたくさん栽培してあったので、時折取りに行き、補うことができた。私の家には自家製の味噌が二個の大きな甕に入れてあったので、許可を得て、それも持って来た。調味料も不足していたのである。ついでに果樹園の中の野菜畑から野菜も取って来た。我が家の果樹園にも野菜が栽培してあったのである。永田さんも手伝いにやって来た。

煙草収納所の建物は、L字型をしていたから、広い中庭があった。通りに面した南側と畑につながる東側が開けていた。この中庭ににわか造りのかまどを築いて、そこで炊事をしたのである。薪もかなり持ちこんであったが、補給しなければ不足することは目に見えていた。りんご園では剪定の時に相当な量の枝が切られるので、私の家では薪を買う必要がなかった。切った枝をまとめて束にして、果樹園の端のほうに山のように積み上げてあった。剪定の季節は冬であるから、切った枝は約一年枯らしておくので、非常によく燃えた。ほかに脱穀したあとの粟がら（粟の木部）も燃料に使っていた。粟の茎は人間の背丈に近い高さになるので燃料としても手頃であったが、茎が中空になっていてそこから煙が吹き出すので、少し使いにくかった。ソ連兵も、近所の朝鮮人も、薪までは取って行かないので、みんな積んだままになっていた。私の家の果樹園と、山縣さんの果樹園とが、収容所から比較的近くにあったので助かった。ソ連軍の監視もだんだんゆるんで、必要があれば、許可を得て外に出ることも比較的容易になった。

煙草収納所の建物のうち、我々が収容されている以外の部分、具体的に言うと、東西に延びている部分は固く閉ざされていた。そこには葉煙草が納められているに違いなかった。毎年、秋になるとたばこの葉が摘み取られ、乾燥場で乾かされてから、この建物に運び込まれ、検査を受けてから出荷されることになっていた。普通なら、もう近いうちに、今年のたばこの葉が持ちこまれる時期になるであろう。日本の統治時代は厳しい専売法によって一枚のたばこの葉も自分のものにすることは許されていなかったが、これからの朝鮮ではどういうことになるのであろうか。

煙草収納所といっても、私たちのいる場所には、たばこの葉一枚も見当たらず、人々は煙草を吸うこともできなかった。九月の末ともなると時に冷たい木枯らしが吹いて、庭に生えた雑草も枯葉が目立ってくる。野生化したコスモスの花は頑張って咲いているが、もうそんなに長いことはないだろう。ポプラの葉が黄色味を帯びてくるのも近いだろう。この付近にも、ひょろ高いポプラの木があちこちに生えている。その樹形から、遠くで見てもすぐそれとわかるポプラの木は、アカシアと共に、このあたりの樹木の代表のようなものであった。枝を切って土に挿しておくと、芽が出て根が出て、一本の木に成長する。実に生命力の強い植物だ。アカシアは、正確には、ニセアカシアと言うらしいが、普通、アカシアの名で通っている。とげが多いのでりんご園の垣根に使われている。放って置くとどんどん高く伸びるので、毎年、適当な高さで切って、下枝を繁茂させる。防犯用生垣といった格好である。古木になると相当に太くなって、幹に空洞ができたりする。そうしたところにキノコが生える。ナメコに似た「アカシアタケ」と呼ばれるもので、味噌汁などによく合う。冬がこのキノコの季節なので、枯れたアカシアの垣根を探して歩いたものだった。

アカシアの木も、地面に挿しておくと根付くことがある。私の家の鶏小屋の柱に使ったアカシアの丸太に芽が出て、枝が出て、立派な木に育ってしまった。暑い日には木陰になるのでそのままにしてあった。アカシアもポプラも黄色に黄葉する。毎年、十月中には、雪がちらつくことがあり、急に紅葉が進む。

我々は、何もすることがなく、退屈な日々を過ごしていた。子供たちは空腹を抱えながらも元気であったが、遊びにも飽きて、ぼんやりと日向ぼっこをしていることも多かった。私も同様で、暖かい陽だまりで、見るともなく、あたりの景色を眺めていた。

そこで、ちょっと変わった光景を目にしたのだった。一人の男性と一人の女性とが寄り添って静かに歩いていた。男は頭髪をやや短く刈っておかっぱ頭のような感じで、戦時中男たちがよく着ていた「戦闘服」というカーキ色のくたびれてしわになった服を着ていたが、特に奇妙なのは、首から紐をかけて、それに目覚まし時計を吊るしていることであった。胸のあたりに吊るされたその時計には、針がなかった。女は、三十くらいの年頃と見えたが、白と藍とで染め分けた、寝巻きのような着物を着ていた。長身で、ずんぐりした体形の男よりも多少背が高いかと思われたが、うつむき加減で元気がなかった。長い黒髪を後ろに束ね、ほつれた髪が青白い顔の額のあたりにかかり、まだ寝て起きたばかりのような感じを与えていた。どこを見るともなく、うつろな瞳が、心の悩みを語っているかのようだった。明らかに病身に見えたが、色白の細い腕や、着物のすそがはだけて時折見える下駄履きの白い脚は、異様になまめかしくも感じられた。男は、片手を女の細い腰にあてて、抱きかかえるようなふうに、その体を支えていた。

その人たちを、私は初めて見た。いや初めてではないに違いないが、意識して見たのは初めてであった。城先生――そのうわさは人づてに聞いたことがあった。だが、この人がそうだとは、初めて知った。それは、針のない目覚まし時計のためであった。

「時計療法」をする人がある、というのがそのうわさ話であった。相手に時計の音を聞かせて病気を治すというのである。遠く離れていても、電話を通じて時計の音を聞かせるだけで良いというのであった。実際に治ったというようなうわさもあった。私は、そんなうわさ話を聞いて、どうもいんちき臭いな、と思ったことを記憶している。その人がいま、私の目の前の芝草の庭を歩いているのだ。しかも、女性の患者を連れて。その女性は、稲毛《いなも》巡査夫人であった。その名前も、私は人から聞いて、初めて知ったのであった。どのような病気かはわからなかったし、人に聞く気も起こらなかった。散歩しているのであろうか、それともあれが時計療法の一環でもあるのだろうか。私にとってはどうでもいいことだが、妙に不思議に脳裏に焼きついた光景であった。稲毛夫人は、病気だけでなく、夫の稲毛巡査をソ連軍に連れ去られたショックをいまだに抱えているのかもしれないと、私は思った。

その後のことは私はよく知らない。とにかく、時計療法のせいかどうかはわからないが、稲毛夫人も回復に向かったものと思われる。一方、城先生は、これから、いろいろなことで話題にのぼることになる。

殷栗の朝鮮語について

昼間顔を見せるロシア兵は、愛嬌があって、親しみを感じることが多かった。時には片言で話すこともある。我々はロシア語を知らなかったが、だんだん片言のロシア語を覚えるようになっていった。日本人のことはヤポンスキー、朝鮮人はカレースキー、ロシア人はロスキーと覚えた。昔、日露戦争の頃に、日本人がロシア人のことを露助《ろすけ》と呼んでいたようであるが、それはロスキーから来たのかも知れないと思った。「はい」が「ダー」、「いいえ」が「ニエット」、「下さい」が「ダワイ」、などなど。一方、ロシア兵も片言の朝鮮語を覚えた。

ここで朝鮮語のことについて触れておく。私は朝鮮語はできなかったが、聞き覚えで、いくらかはわかった。朝鮮語と韓国語とは同じである。だが、日本語と同様、地方によって方言や訛りがあった。殷栗は田舎町であったから、標準語とはかなり違っていたと思う。たとえば、父親のことは「アボジ」というが、殷栗付近では「アバイ」と言った。母親「オモニ」は「オマイ」となる。私は朝鮮に住んでいたけれど、行動範囲は広くなかったから、他の地方の方言を聞く機会もほとんどなかった。だが、偶然、聞く機会を得たことがある。

金萬億《きんまんおく》という人がいて、料理屋を開業するために私の父から五百円借りたが、失敗して旧満州に逃げてしまった。その時、私の家で使ってくれと言って、十六、七歳の娘を置いて行った。この娘は全羅南道の出身だと言っていたが、そうだとすれば朝鮮半島の南端に近い。朝鮮語をあまり知らない私でもよくわかるほどに、違った訛りや方言があり、私の父や母も、言葉が通じにくくて苦労していた。日本で言えば北関東と九州くらいの違いであろう。

ところで、この娘は私の家にしばらく住んでいたが、近郷の農家にお嫁に行った。その際、親戚縁者がいないかと警察に頼んで探してもらったが、ついに見つからなかった。私生児か、あるいは金で買われて来たのでもあろうか。やがて子供を産んだが、十分な手当てができなかったものか、母子ともに死んだという知らせがあった。なんと薄幸な生涯であったことだろう。実に気の毒で、哀れであった。一方、金萬億氏は、十年後に、その名にふさわしい大金持ちになって、故郷に錦を飾ったのであった。借金を返し、多額の寄付をしたりした。父は、「金を貸して、返してもらえたのは、あの男だけだった」と、後に語っている。

殷栗方言の話に戻り、さよならは「チャーリ・カシヨ」。これは、「良く行きなさい」の意味である。りんごを買いに来る客は、きまって、「サガ・サプシダー」と言って来た。サガは多分、苹果《ひょうか》（りんご）から来たものであろう。直訳すると、「りんご買いましょう」となるので、中には、日本語で、「りんご買いましょう」と言う者もあった。ありがとうは「コマスムニダー」と言った。これは多分「カムサ・ハスムニダ」がつまったものであろう。もっと簡略な言い方は、「コマプソ」であった。

殷栗はウンユル、またはウンニュルであるが、私の聞いた限りでは、「ウンユル」と発音するのが普通であった。平壌（ピョンヤン）は、「ピアン」と発音されていた。「平壌に行きました」は、「ピアンガッソヨ」、「ピアンガッスムニダー」であった。

朝鮮人の姓氏は一字のものが多く、日本人の名字のように種類が多くない。日本人の名字は、一説によると二十九万以上もあるということだが、朝鮮では種類が少ないだけに同じ姓の人が多く、金などという姓は非常にありふれていて、金さんと言っても、どこの金さんかわからない。父は、「日本人が、『金・日成』というように姓と名前に分けて呼ぶのは間違いで、『金日成』と続けて呼ぶのが本当だ」と言っていた。私にはその当否はわからないが、朝鮮人の姓氏と、日本人の名字とは、その成り立ちからして違うのではないかという気がする。

私の家の近所に住んでいた朝鮮人の例をあげると、李明求が「ミョング」、催萬九が「マング」と呼ばれていた。これは名前の朝鮮読みであろう。マングの妻が「マング・オマイ」。これだと、マングの母親になりそうな気がするのだが。その娘が「スンチョ」に「ヨンペ」、あるいは「スンチョワー」、「ヨンポワー」とも呼ばれた。これらはどんな字を書くのかわからない。私たちも彼らと同じ呼び方で呼んでいたから、どういう漢字名なのかわからないことが多かった。「シンジョナー」、「ヒョンセビー」、「ヒョンマニー」、「インシギー」など、多数である。

戦時中に、朝鮮総督府の同化政策で、朝鮮人の姓氏を日本式の名字に変えさせたことがあったが、そんなことで朝鮮人を日本人と同化できると思ったのであろうか。軍人式の考え方なのかもしれないが、おろかなことであった。金が金山（カネヤマ）、金川（カネガワ）などに変わったが、彼ら同士の互いの呼び名は、少しも変わりはしなかったのである。

第12章　収容所を出る

河合夫人の受難

保安署員の中に、金萬昌《きんまんしょう》という人がいた。保安署員はみな、黒い上着に黒いズボンをはき、日本の兵隊の戦闘帽に似た黒い帽子をかぶっていた。その帽子の正面のつばの上に赤い星が一個ついていた。寒い時には黒のマントを羽織っていたから、全く黒づくめの服装であった。金萬昌氏は背が高く、がっしりとした体格で、顔中に真黒なひげを生やしており、普段は黒めがねをかけていた。年齢は三十代の男盛りと見え、いかにも精悍な感じがした。ちょっとやくざの親分みたいで、薄気味悪い印象を与えた。

収容所には、何人かの保安署員が詰めていたが、夜になると室内は日本人だけとなり、入り口の扉を固く閉め切って、男たちが交代で不寝番をしていた。外の様子は全くわからないが、暗くて寒いから、保安署員たちは、多分、帰ってしまうのであろう。室内には電灯がついているが、あまり明るくなく、不寝番以外の日本人たちは、大概、早々と布団にもぐり込んで寝てしまうのだった。

ある夜、私はひと眠りして夢ともうつつともつかぬ状態で、妙な騒ぎに気が付き、ふっと目をさました。大きな太い声が、がらんとしたスレート張りの建屋にこだましてがんがんと響き、びしっ、びしっという異様な音と、女性のうめき声が聞こえる。私は気になって、ふとんから首を出してそっとのぞいて見た。私にはふとんをかぶって寝るくせがあったので、それまで音がよく聞こえなかったのだ。起きあがるわけにはいかないので、少しばかり頭を上げて見ると、荷物のかげになって下の方は見えないが、数人の保安署員が立ち並び、誰かを取り囲んで詰問している姿がうかがわれた。中心になっているのは金萬昌署員であった。私が寝ているのとは反対側で、通路の東側に当たり、少し入り口のほうに近い場所であった。

金萬昌氏を中心とした署員たちが、薄暗い電灯の光に斜めに照らされて、影絵のように動いて見えた。その中には任元浩氏の顔もあった。音の反響が大きいので、何を言っているのかは、あまりよくわからなかった。だが、聞いているうちに、そのことばの断片から、少しずつ事情が飲み込めてきた。金萬昌氏は、相手に対して、何かを白状させようとして、しきりに問い詰めているのであった。そして時折、棒を振り上げて、相手の体を打ちすえていた。そのたびに、びしっという不気味な音が響き、女性の悲鳴が聞こえた。その女性が誰であるのか私にはわからなかったが、後になって河合校長先生夫人だったということを知った。

河合夫人はさんざんに棒で殴られて、そのたびに悲鳴をあげながらも、何かしきりに弁解めいたことをしゃべり続けていた。問い詰める署員の声よりも、河合夫人の声のほうがきんきんとよく響いた。「わたしのしましたことが、万死に値するならば……」という夫人の言葉が、何度も何度もくり返され、今も私の脳裏に焼き付いている。保安署員はいらだっている様子だった。河合夫人はひぃひぃと悲鳴をあげながらも、一向に口を割ろうとせず、どこか芝居がかった口調で、ほとんど絶え間なくしゃべり続けていたからである。苦痛をこらえるために、必死になってしゃべり続けているかのようでもあった。

私も含めて、他の日本人たちは、みな黙って寝ていた。おそらく、この騒ぎの最中に、眠っている者はほとんどいなかったであろうが、じっと息を殺して、様子をうかがっていたに違いない。河合校長はどうしていたのだろうか。すぐそばにいたはずであるが、全く声は聞こえなかった。河合先生も殴られたのだろうか。荷物の陰になって見えなかったが、起きあがってのぞいて見る勇気はなかった。こうして、非常に長い時間が経過したように思えた。実際には、どのくらいの時間、この拷問が続いたのかはわからなかった。非常に長く感じられたが、それほどではなかったのかもしれなかった。とにかく、どういう形で終わったのかはわからないが、保安署員は引き揚げて行き、静寂が戻った。あとは誰も声を立てなかった。

翌朝、人々は、何事もなかったように起き出して、いつもの日課が始まった。昨夜の騒ぎのあったあたりを見ると、河合夫人は、ふとんの中に丸くなって、寝たままであった。

河合夫人は、一人の朝鮮人男性に目をかけていて、戦時中に何かと面倒をみたり、便宜をはかってやったりしていたのだという。戦後、収容所に入れられてからも、なんらかの方法で連絡を取り合っていたらしい。校長夫人のこういった行動に、他の朝鮮人たちが怒りや憤懣や嫉妬の感情を抱いたのは想像に難くない。金萬昌氏自身がそういった感情を持ったというより、親分肌の彼は、そうした人々の恨みをこの機会に晴らそうとしたのであろう。この晩、彼は、河合夫人を問い詰めて、夫人自身の口からその男の名前を言わせ、さらに、どのような関係があったか、どんなことをしたか、どうやって連絡を取り合ったか、今、そのことをどう思っているか、などを訊きただしたいと思ったようだ。事実、この晩、河合夫人からの手紙を受け取ったその男が、こっそり訪ねて来たところをつかまえたので、金萬昌氏は十分なネタをつかんだと判断したのであろう。だが、河合夫人は、がんとして口を割らず、答えになるようなことは何も言わなかった。その男性に不利になるようなことは、決して言うまいと覚悟をきめていたのであろう。金萬昌氏は、不満ではあっただろうが、一応の鬱憤《うっぷん》晴らしはできたと思って引き揚げたものと思われる。

幸い、この事件で、河合夫人の怪我はそれほどのことはなかった。私は河合校長と息子の哲ちゃんは知っていたが、河合夫人を知ったのはこの事件が起きたあとからであった。河合夫人はやや小柄で、丸顔で、眼鏡をかけていた。非常に頭の回転の早い人で、極めて能弁であり、時には理屈っぽく、執拗に食い下がることもあった。あとになって私も、あの晩の夫人の気丈さがうなずけるような気がしたのであった。

息子の哲ちゃんは、私のところへよく遊びに来た。私よりも五、六歳下なのに、まるで同輩の友達のように、「岩下くーん、あそぼーう、いやかァー？」と言ってやって来た。この「いやかァー」というところが何とも人を食ったようでおかしかった。この子は実の子ではなく、もらい子であるというのがもっぱらのうわさであったが、河合夫人は「私が哲を生んだ時は……」などと私の前で人に話していた。

河合夫人と三宅先生夫人とは仲が良かったようである。お互いによく話をしていたし、かなり遠慮なく話し合うことも多かった。この事件のあった後にも、三宅夫人が河合夫人に向かって、「あなた、あんなふうに口をきくから、余計に殴られるんじゃないの。黙っていればいいのに」と言うと、河合夫人は「そんなわけにはいかないわよ。私にだって、言い分というものがあるんだから」と、負けずに応じるといった調子であった。

この事件の内容についてはプライベートなことであるし、河合夫人に対する遠慮もあるから、誰も当人に尋ねたりはしなかったし、明日は我が身という恐怖感もあるから、あまりうわさ話にもならず、みんなが意識的に避けているように感じられた。それにもかかわらず、私が真相の一部を知っているのは、私の父から聞いた話による。このような事件が起こることを、父は、事前に知っていたのであった。

金萬昌氏は、父が長連の普通学校に勤務していた時代の教え子の一人であった。父が生徒たちに自由作文を書かせた時、彼は「野火を消す」と題する長文の作文を書いた。父がこれを読んで感心し、全生徒の前で読んで聞かせた。それからずっと歳月を経てから、彼は父に会うたびに、「あの時は、嬉しかった」と述懐したという。保安署員になった金萬昌氏は、河合夫人がある男と密通していることや、西部面の朝鮮人小学校の校長をしていた大串先生が同じ学校の朝鮮人の女性教師に良からぬことをしたということを私の父に話し、何とかして締め上げてやるつもりだと語ったのであった。父はこれに対し、「大串先生という人は、立派な人格者で、決してそんなことをする人ではないから、締め上げるようなことはしないでほしい」と頼んだ。河合夫人については、父もよく知らなかったし、それまでやめてくれとは言えなかったのであろう。大串先生は後にこのことを知り、父に感謝して、日本に帰ってからも毎年、年賀状を送って来ていた。

一カ月ぶりの風呂

十月も中旬になって、収容所生活も、一カ月になろうとしていた。その頃、ソ連軍司令部から、日本人も、朝鮮人と同様に、自由に暮らしてよいというお達しがあった。こうして我々は、ちょうど一カ月ぶりに収容所を出ることになったのであった。もしこのまま収容所に入れられていたら、食糧も底をつくし、寒さに対する備えもないから、どんな悲惨なことになったかわからない。保安署や人民委員会の人々もそういった心配をして働きかけてくれたのであろう。

日本人は家に戻って暮らしてよいということになったが、一つ問題があった。かなりの数の日本人は、役人であったため、収容所に入れられる前には、それらの家族は官舎に入っていた。しかし、その後、官舎はすべてソ連軍に接収されて、将校や兵士の宿舎になっていたのである。警察署長、警部補、内務主任、校長、穀物検査員、郵便局長、登記所長など、いろいろな人々の家族が帰る家を失ったのである。そこで、やむを得ず、自分の持ち家に住んでいた人々の家に分宿してもらうことになった。

とにかく、まだ日本への帰国の目途は立たないが、さしあたって自由の身になれるということで、みんな浮き足立っていた。日本人の持ち家といえば、山縣さんの家と旅館の建物、西村さんの家と商店の二階造り、貞廣さんの家、毛勝先生の家、私たちの家、それに太田巡査部長の住んでいた家、それで全部であった。

私たちは、この一ヵ月というもの、風呂に入っていなかった。そこで、収容所を出る前に、風呂に入りに行ってもよいという許可が出た。とは言っても、当時は、どこの家にも風呂があるというわけではなかった。一番近くにある太田邸には風呂がなかった。そこで、あちこちの家に交代で風呂に入りに行かなければならなかった。我が家には五右衛門風呂があったので、父は世話役のようになって、人々にお風呂の予約を取ったり、手はずを整えたりしていた。父も少し調子に乗って、はしゃぎ過ぎたようである。

一人の保安署員が腹を立てていた。日本人どもがあまり勝手に無秩序に動き廻り過ぎると感じたらしい。責任者を呼べというので父が呼び出され、平手打ちのビンタを食らわせられた。かつて戦時中に、日本人の教師たちが朝鮮人の青年団員などに軍事教練をして、しばしば軍隊式の体罰を食らわせていたので、そのお返しをされた形であった。

父はやや元気を失って、私たちの区画に戻り、ふとんに入って寝てしまった。横顔をみると、頬の一部に紫色のあざのようなものが浮き立っていた。しばらくすると、その保安署員がやって来た。背が低く、細面で、あまり血色の良くない顔をしていたが、初めて見る顔であった。新しく入った署員でもあろうかと思われた。父は起きあがって、ふとんの上に正座した。相手は、「あなたは、長連にいたことがあるのですか」と父に尋ねた。「はい」と父が答えると、「そうですか」とうなずいてから、「これからは、注意してください」と言った。父は、神妙に「はい」と答えた。保安署員は、それだけで、行ってしまった。何のためにわざわざここまで来たのかわからなかった。だが、長連の話をしたことから、彼は長連にいたことがあるということと、誰か同僚から父のことについて聞いたに違いないということはわかった。以後、私たちは、この保安署員のことを「長連のちびさん」と呼ぶようになった。もちろん私たちの間だけでの呼び名であるが、本当の名前がわからなかったからである。

こんなことがあったけれど、とにかくその日はみんなが風呂に入り、翌日には引っ越しの準備をすることになった。三宅先生夫人は、毛勝先生が他の人々の前で「岩下先生が殴られたよ」と「さも嬉しそうに」話していたと言って、憤慨していた。毛勝先生も、自分の記念碑が引き倒されて悲観していたので、これであいこになったと思ったのかも知れない。

住居の割り当て

いよいよ引っ越しという段になって、またやっかいな問題が持ちあがった。帰る家のない人々をどのように振り分けるかという問題である。突然のことであり、適当なルールも見当たらないから、話し合いは、なかなか円満に進行しなかった。誰に決定権があるかははっきりしなかったが、さしあたり家主の発言力が強くなるのはやむを得ないことだった。しかし、互いにきゅうくつな思いをしなければならないので、あまり勝手なことを言うべきでもなかった。

父は、三宅先生一家の面倒を見るということを心にきめている様子であった。だがそれは良いとしても、もう一家族は入れねばならないという情勢であった。一応の素案ができたらしく、我が家には三宅先生一家のほかに、木村さん母子が入るという話が伝わって来た。木村さんは、穀物検査員をしていた人だが、兵役に取られたため、ソ連軍に連れて行かれ、夫人と小学四年生の娘が残されていた。年上の長男は同じ学校にいたが、当時は日本に帰っていた。木村夫人がやって来て、父に向かって、「よろしくお願いします」と挨拶したが、父は「まだ決まったわけではない」と、無愛想に言って、取り合わなかった。何か気にいらないことがあるのかも知れないが、私は父の態度に腹が立った。私は、父が、せっかく決まりかけた話をぶちこわしてしまうのではないかと案じた。父は元来、強引なことをする性格ではなかったが、この時ばかりは妙にかたくなであった。話し合いがこじれて来たので、三宅先生も何か感じるところがあったのか、「私が別のところに行きましょうか」と父に言った。父は即座に、「そんな必要はありませんよ」と制した。

後になって、父はこのことについて、「三宅先生は、子供たちがお世話になった恩人だから、何としても最後までお世話をしなければならないと思った」と私に語った。だが、それならば、他の親たちにしても同じだし、他の人の同居を断る理由にはならない。父は長いこと学校組合の管理者をしていたから、三宅先生を招いた責任者でもあった。そうした点も考えれば、気持もわからないではないが。

話し合いは大人たちだけで行なわれていたから、父のせいであったかどうか事情はわからないが、もめにもめて、非常に時間を空費した。そして、急転して状況が変わった。毛勝先生の家と私たちの家は除外するということになったのである。誰の意向でそうなったかはわからなかった。保安署か、ソ連軍か、人民委員会か、あるいは日本人たちの意向だったのか、いずれにせよ「当局者」の決定であった。私はがっかりして、心の中で、「だから言わないことじゃない」とつぶやかずにはいられなかった。こうして、我が家に戻る望みは消え去ったのであった。

私たち一家と三宅先生一家、それに元巡査の大志茂《おおしも》さん一家の三家族で、太田邸に入ることになったのであった。この家は、巡査部長をしていた太田さんという人が住んでいた家であるが、太田さんは転任して別の町に行き、空家になっていたのである。太田さんは小柄な人であったが、鼻の下にチョビひげを生やせば漫才師のエンタツに似るかと思う、ひょうきんな人柄であった。娘の幸枝さんは私と同級生で、私とは仲が良かった。弟が一人いた。

大志茂さんのご主人は、警官であったためソ連軍に連行され、夫人が三人の幼い子供を抱えて苦労をしていた。夫人はまだ若かったが、多少は老けて見えた。小柄だが体はがっちりして丈夫そうで、屈託のない素朴な人柄であった。度の強い眼鏡をかけていたが、いつも赤ん坊を背負っていて、そのためかいつも鼻眼鏡になっていた。

これからの生活

収容所を出ても、住む家のない人々は大勢いたから、それらの人々の住居の振り分けに手間取ったのは、やむを得ないことであったのかもしれない。官舎に住んでいた人々だけではなく、近郷近在に住んでいて、殷栗邑内に流れ込んだ人たちもあったからだ。農業をしていた合原さん一家もそうだし、城先生、大串先生、横山先生夫妻、本田母娘もそうであった。本田さんは、ご主人の医師の死後、北部面に果樹園を買って住み、戦後は安さんの持ち家を借りていたが、その安さんは南に逃げてしまい、財産は差し押さえられてしまっていた。

山縣さん経営の旅館があったので大いに助かった。毛勝先生一家もそこに住むことになった。毛勝先生は、もともと自分の家に戻るのは気が進まなかったのかもしれない。殷栗の中心部からは、私の家よりも二倍くらい遠く離れており、先生夫人は、終戦直後には貧血を起こすほどにおびえていたから、他の人々から離れるのは心細かったのではないかと思われる。

とにかく、行き先が決まり、引っ越しが始まった。今度は、入る時のような悲壮感はないし、身軽でもあった。食糧や燃料などはほとんど消費してしまったし、時間的にも余裕があったからである。私たち一家と三宅先生一家、それに大志茂さん一家が移り住む太田邸は、収容所からは一番近いところにあった。収容所の前の道を真っ直ぐ西に行き、もとの小学校の運動場を右に見て、イタチハギの木が茂る垣根を過ぎると、右は一面の畑、左は民家となり、二、三百メートルも直進すると大通りに斜めに突き当たる。これをそのまま行けば殷栗の中心街に達する。我々は左に直角に折れるやや細い道に入る。この道の両側は民家で、南に数十メートル行けばもう太田邸の前である。さらに南に真っ直ぐ行けば、我が家に突き当たるのである。時間にして十分もかからない。ここは私が小学校に通っていた当時の通学路であった。ただし、太田邸よりも少し手前に斜めに突っ切る近道があったので、いつもはそこを通っていた。その曲がり角にチノギさんの家がある。チノギさんは、この頃も健在であった。

小学校時代、毎日眺めていた煙草収納所に閉じ込められることになろうとは、誰が予想し得たであろうか。ところで、収容所を出た日本人が、どうやって生活して行くか、それがまた問題であった。私の家も荒らされたが、まだ穀物やりんごも残っていた（りんごはまだ木になっていた。十月は、ちょうどりんごの収穫が始まる季節である）。毛勝先生の自宅にも、ある程度のものは残っていたであろうし、それを持って来ることもできたであろう。貞廣さん、西村さん、山縣さんのところにも、多少は物が残っていたかもしれない。しかし、これから何カ月か何年かわからない帰国までの間、百五十人の人々が生活していくのには、その程度の貯えで足りるはずがなかった。

そこで、大人の男たちは、ソ連軍司令部や保安署その他、いろいろなところで日雇い労務者として働き、賃金をもらうことになった。若い婦人は、ソ連軍に目をつけられないように隠れていたり、安全な場所で働いたりすることになった。年配の婦人は、毎日ではないが、適当な仕事がある時は働きに出た。そうして得たお金で食糧や燃料などを買い、何とか暮らしを立てて行こうというわけである。そのためには適当な組織を作る必要があるので、「日本人会」というものを作ることにした。毛勝先生が会長になり、父が副会長になった。ほかに会計や書記を置き、実際的な業務はこれらの人々が担当した。

ところで、当時の朝鮮の情勢は、私たちには、よくわからなかった。ただ、北緯三十八度線で北と南に分割され、北はソ連軍、南はアメリカを中心とする連合軍によって占領されることになったことは知っていた。南北朝鮮が統一して独立することが難しい状況にあることも、一般に取り沙汰されていた。北朝鮮では金日成将軍が中心となって人民政府を作ろうとする動きが始まっており、詳しいことはわからないにせよ、そういった空気は感じられた。具体的には、張り紙などで断片的な情報が得られたのであった。また、朝鮮人側からの情報もあった。父の長連時代の教え子であった林永昌《りんえいしょう》さんは、しばしば殷栗と平壌の間を往復していて、時折、貴重な情報をもたらしてくれた。

日本の警察に代わって治安を担当するようになった保安署はもとの警察署におさまっていたが、ソ連軍が進駐したために、司令部と同居することになった。保安署長の張眠根という人は、父が殷栗の普通学校長として赴任した当時、教諭をしていた人で、父の退職と同時に退職し、その後は目立ったことはしていなかったようだが、人望があったと見えて保安署長の重責を担ったのであった。父が家を新築した時には、この張先生が建築用の材木を世話してくれたということである。全部で百五十円であったという。

殷栗郡の自治組織としては、殷栗の人民委員会ができて、郡庁の建物に入っていた。父が副組合長をしていた果樹同業組合の書記であった高さんが、そこで要職についていた。このように、殷栗郡内の治安や自治を司る重要な地位に父の旧知の人々が就いていたが、当然のことながら、それらの人々は職務上の立場があるので、直接父や他の日本人たちと顔をあわせることはほとんどなかった。

第13章　釜事件

朝鮮式家屋について

太田巡査部長が住んでいた家は、朝鮮式家屋であった。大きい部屋と小さい部屋が一つずつ、それに台所と便所があった。大きな部屋に私たち一家と三宅先生一家、小さな部屋に大志茂さん一家が入り、台所と便所は共用にした。家の裏手には、狭い空き地があり、小さな物置が一つ建っていた。その向こうは他人の屋敷であるが、きびがらを編んだ垣根で隔てられていた。

当時の殷栗周辺の朝鮮式オンドル暖房の家屋について説明しておいたほうがよいであろう。オンドル式の家を建てるには、地面に、二本ないし三本の平行した溝を掘る。これが煙道で、その上にオンドル部屋ができるのである。煙道の上には、オンドル石と呼ばれる石を敷きつめる。この石は九月山脈地帯に産するもので、厚さ十センチメートルほどの板状に自然に裂ける。そこで、これを適当な大きさの四角形に切ればよいのである。オンドル石を敷きつめた上に、さらに粘土でできた壁土を塗り、表面をつるつるに仕上げて、オンドル紙を貼る。オンドル紙というのは、ハトロン紙のような丈夫な紙に、専用の油脂を塗った蠟紙である。貧しい人々はこの上に直接寝る。床暖房であるから、畳や厚いふとんを敷く必要はないのである。この辺には、藺草《いぐさ》を編んだござはあるが、日本式の畳はない。

煙道はその両端で一つにまとまり、一方はかまどの焚き口に通じ、他方は煙突に通じる。かまどは台所にあり、そこに二個ないし三個の釜がかけられるように、穴があけてある。釜は普通、我々が「朝鮮釜」と呼んでいたもので、文福茶釜の物語に出てくる茶釜を大きくしたような形をした鉄製の釜である。いろいろな大きさのものがあるが、形はみな同じで、大きいものは直径が一メートル以上もある。小さいものでも五十センチくらいはあるであろう。平べったい釜で、口が大きく、その上に鉄製の皿のような蓋が載っている。鉄製の取手が付いているが、これを裏返しにすると、底の浅い円盤状の中華鍋のようになるから、これを直接火にかけて、焼肉などをするのに使うこともある。

一つのオンドルで暖房できるのは普通は一部屋、多くても二部屋である。部屋の大きさは、日本流に言って、八畳、六畳、あるいは四畳半程度であるから、大きな部屋が二つ以上ある家では、オンドルが二つ必要で、かまどと焚き口も二つあることになる。焚き口が地面より低くなるので、台所は地面を少し掘り下げた土間になっており、この場合、台所の四面のうち、二面がオンドルの焚き口とかまどに使われる。釜がいくつもかけられるから、粟飯《あわめし》、煮物、スープ、お湯などが一度にできる。普通は朝晩の食事の用意の時にオンドルを焚くが、夏の暑い季節にはオンドルを焚かず、屋外のかまどで食事の準備をする。暑い季節は短く、七月の下旬から八月の中旬頃までで、七月の末頃に来る台風と、八月の夕立とで、一年分の雨の大部分が降ってしまう。五月、六月はほとんど雨が降らず、稀に猛烈な雹が降ることがあるくらいである。九月、十月も晴れの日が多い。

一般の小作農家では、一軒の家に大勢の家族が住んでいることが多かった。彼らは、重労働をするためか、食事の量が非常に多かった。サバリと呼ばれる真鍮製の容器に一杯の粟飯を、ひとりで食べてしまう。

この食器は、碁石の入れ物に似た形をしており、大小いろいろあるが、多分、一リットルから二リットルは入るであろうと思われる。丸い皿に棒のような柄をつけた真鍮製の匙を使って食事をし、普通は箸を使わない。農作業は、近所の人々が共同で、一気に片端から片付けてしまう。猛烈に働いて、その後でまた猛烈に遊ぶ。

ついでに、家屋の構造についても説明しておこう。家屋は木造で、木材は主として赤松である。この地方には、杉や檜が育たない。気候と土地のせいであろう。壁面は、木骨の間にきびがらを縦横に編んだ格子をはめて、それの両側から壁土を塗る。壁土は、この地方に多い赤褐色の粘土に、刻んだ藁を混ぜてこねたものである。きびがらは高粱の茎の枯れたもので、竹の代用になる。北朝鮮は寒いので、竹は育たないのである。普通の農家はそのままの土壁であるが、少し上等の家ではその上を漆喰で固める。

屋根も同様に土壁で固め、その上に藁を載せる。藁は少しずつ束ねて縄で編んで細長い帯状にし、それをいくつも重ねて丸っこい屋根が出来上がる。日本の古い農家の萱屋根のようにきれいに形を整えたりしないので、藁束がばらばらにならないように屋根全体に縦横に縄をかける。こうした藁屋根の家屋が並んでいるのを遠くから見ると、地面にきのこが生えているように見える。雨は少ないけれど、藁がだんだん腐ってくるので、時々、屋根の葺き替えをしなければならない。オンドルの煙突は、家の端のほうに煙道を設け、その上に立てる。土管を積み重ねたものが多いが、中には四角い板張りのものも見かけた。ここまで火が届くことは稀であろうからよいのかも知れないが、オンドルの煙突から火が出て藁屋根が燃え出し、火災になることがしばしばあった。

部屋の出入り口は、普通、小さな開き戸が一つか二つついているだけである。扉は木製の枠に木製の細かい格子がはめてあり、丈夫な白い紙が貼ってある。外側に丸い鉄製の輪が取り付けてあり、これを柱に打った金具に掛けて、錠前で締りをする。窓も小さいのが一つか二つしかないので、部屋はいつも薄暗い。玄関というものはなく、扉の外は直接戸外で、せいぜい敷石がある程度である。台所の入り口には厚い板でできた両開き戸があり、外側には太い木製の閂《かんぬき》があって、これにも錠前がかかるようになっている。親しい客は直接居間に通すが、そうでない場合は台所の入り口に通すことが多い。

居間には簞笥が置かれ、その上にふとんが重ねて置いてある。日本人の感覚からすると奇妙だが、ふとんが一種の室内装飾になっているのである。上等のふとんは、絹の地に赤、緑などの原色の鮮やかな刺繡が施してあり、その部分を表に出してきれいにたたんで積み上げてある。いなかでも泥棒は多かったから、家の戸締りは厳重にする。あまり高価な物はないが、晴れ着や真鍮の食器などは貴重品であった。

朝鮮で最も普及した宗教はキリスト教と儒教であった。どんないなかの部落にも小さな教会や孔子廟があった。殷栗邑内には二つの大きな教会があり、日曜日の朝には鐘の音が響き渡り、近郷近在から、白や、うす緑や、水色や、ピンクや萌黄色など、明るい色のチョゴリ（上衣）とチマ（スカート）を身に纏った若い娘たちが、三々五々に教会へ向かって歩いて行く。一張羅の絹の衣裳を身に着けた娘たちは、普段は貧しい田舎娘であるが、この時ばかりは誰も彼もがすてきな美人に見えた。だから晴れ着は大事な財産なのだ。

仏教徒も多少はいて、寺もあったが、大概の寺は山奥にあり、料亭や宿屋のような役割を果たしていた。日本の寺よりも中国の寺に近く、山門の扉になまめかしい女性の姿が極彩色で描かれていたりして、驚かされたものであった。私も九月山の山麓の寺に何度か行ったことがあり、小学生の頃、三宅先生に連れられて、研修のために一泊したことがある。

オンドル部屋は、上に述べたように、密閉された構造になっており、とりわけ床は厚いから、火を焚いてから暖まるまでにかなりの時間がかかる。夕刻に焚くと、夜半にぽかぽか暖かくなり、明け方までずっと暖かい。朝焚けば、夕刻まで温かみが残る。オンドルをよく知らない日本人は、よく失敗をする。オンドル暖房の旅館に泊った時、なかなか暖まらないので、無理を言って余分に火を焚かせ、夜中になって、暑くて寝られなくなり、扉を開け放して一晩中起きていたなどという話をよく聞いたものである。なにしろ床が熱くなるのだから、始末が悪い。

私自身も経験している。上に述べた研修旅行のとき寺のオンドル部屋に泊ったが、三宅先生も他の多くの日本人小学生も官舎住まいでストーブやこたつを暖房にしていたので、オンドルの性質を知らなかったのだ。寺男が「これで十分だ」と言うのをきかず、ケチをしていると考えて、無理にもう一把、松の薪を焚かせ、その結果暑くて眠れない夜を過ごすはめになったのであった。オンドル住まいの私までが、そのことに気が付かなかったのだった。

オンドル部屋は密閉性が高いので、開放的な日本間と違って、火鉢やコンロなどを持ち込むのは禁物である。火鉢にがんがん炭火をおこして、熱燗の酒を酌み交わしているうちに、知らぬ間に、主人も客も一酸化炭素中毒で死んでしまっていたという話を聞いたことがある。

殷栗の中心街

一カ月ぶりで自由の身になった私たちは、殷栗の街に行って見た。大分今までと変わったことがあった。元の警察署の前に高いアーチ型の看板が掲げられ、その真っ赤な地色の上に白くロシア文字が書き並べて

岩下邸主要部概念図

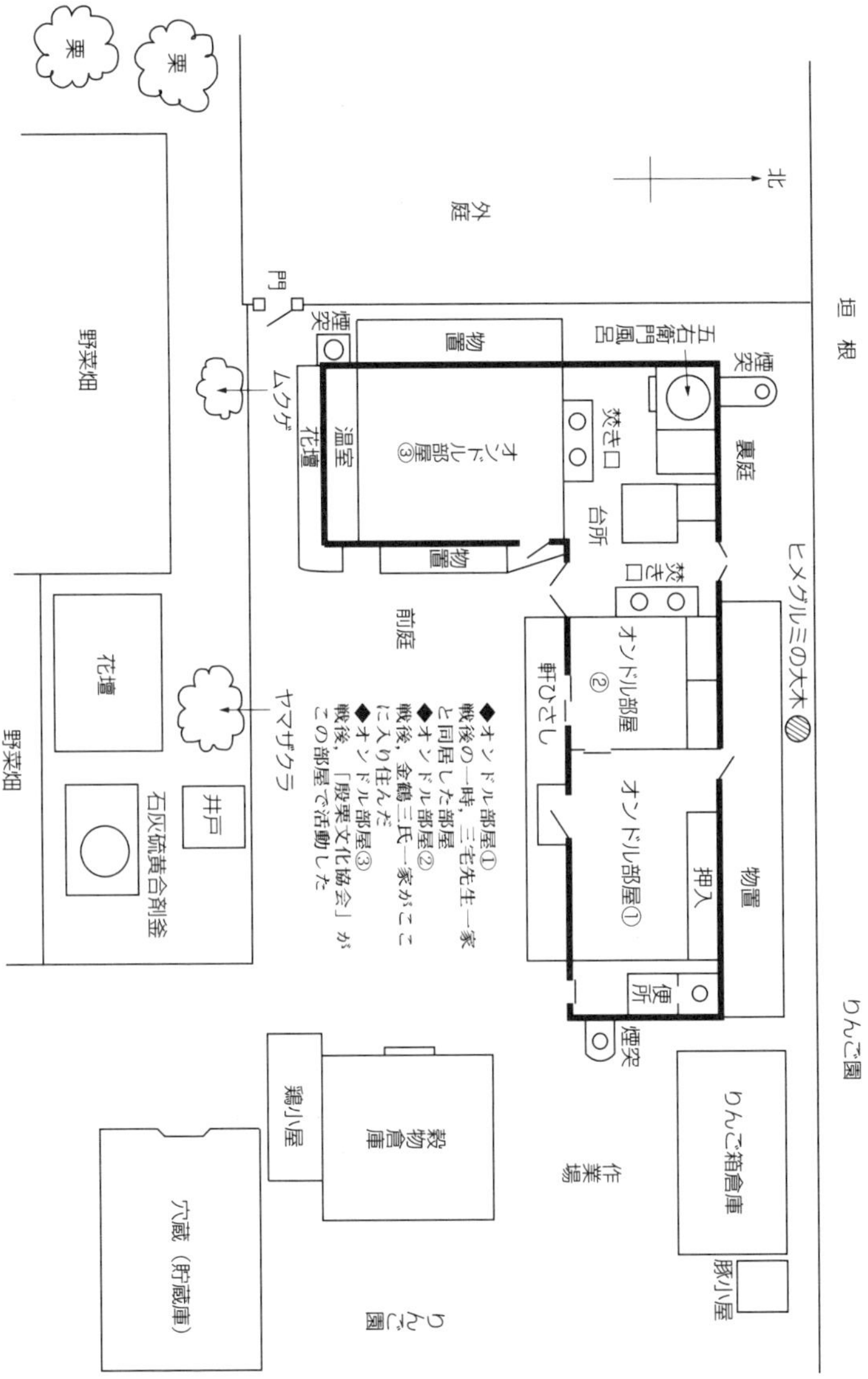
北
垣根
外庭
門
栗
栗
野菜畑
野菜畑
煙突
五右衛門風呂
物置
焚き口
裏庭
オンドル部屋③
温室
花壇
ムクゲ
台所
物置
焚き口
ヒメグルミの大木
前庭
オンドル部屋②
軒ひさし
オンドル部屋①
押入
物置
便所
煙突
りんご園
りんご箱倉庫
豚小屋
作業場
穀物倉庫
鶏小屋
穴蔵（貯蔵庫）
りんご園
花壇
井戸
石灰硫黄合剤釜
ヤマザクラ
◆オンドル部屋①
戦後の一時，三宅先生一家と同居した部屋
◆オンドル部屋②
戦後，金鶴三氏一家がここに入り住んだ
◆オンドル部屋③
戦後，「殷栗文化協会」がこの部屋で活動したあった。何と書いてあるのかわからなかったが、ローマ字に似た文字だけ拾い読みして、どうやらソ連軍司令部と書いてあるらしいと見当をつけた。この建物は欧風のしゃれた造りで、前庭には常緑樹の木立が茂り、石垣をめぐらして、道路より少し高い所に建っていた。私たちは、以前よく、この石垣のまわりで遊んだものであった。そして、自由になったこの頃、再び同じ石垣の前で友達と遊び廻った。

南北に延びる殷栗の中心街と、T字路をなして東に延びる街路との角に、警察署の建物はあった。建物は南向きで、裏手には署員の宿舎や留置所や倉庫などが続き、さらにその裏手は武道場の大きな建物に続いていた。後ろに行くほど街路より高くなり、武道場の北側には巨木に囲まれた広場を隔てて署長その他の官舎が並び、そのまた向こうには、殷栗で一番高い建物、もとの防空監視哨があった。この近くに消防署があり、火事の時にはけたたましくサイレンが鳴り響いた。いま警察署はソ連軍司令部と保安署の合同庁舎になり、裏手の奥の官舎群はソ連軍将校の官舎になっていた。上級将校は家族を連れて来たらしく、ロシア人女性たちがバレーボールを楽しんでいる姿が見られた。

中心街の街路を隔てて、司令部と反対側、すなわち西側には、元の朝鉄自動車部の車庫があり、木炭車のバスが並んでいた。廃車になった大型バスが、事務所の南側の道路わき、山縣商店との間のあたりに放置されていた。山縣商店は、今は戸を閉ざして、カーテンを引いたままになっていた。バスは運行を再開した様子だが、朝鮮人住民も郡外への旅行は保安署の許可を取らなければならないことになっていたので、何かの折には保安署の前に旅行許可を取ろうとする人々の行列ができた。

大通りを南に下ると、その西側には商店が多く並ぶ。その間にはさまれて共産党本部の建物があった。もとは何であったか思い出せない。とにかく、その建物が目立ったのは、上に大きな肖像画が並んでいたためであった。私たちは、その顔が、誰の顔かということで、議論を交わした。スターリンやレーニンの顔なら知っていた。だがそこには、そういったお馴染みの顔ではなく、誰だか知らない顔が並んでいた。アメリカのトルーマン大統領に似た顔があったが、共産党がアメリカの大統領の顔を掲げるはずはない。結局、わからずじまいであった。

さらに南に行くと、西村商店の二階建ての建物があり、「西村商店」という金文字が、今も輝いていた。ここには西村さんをはじめ、何世帯かの日本人家族が住んでいる。そのまた南には和信連鎖店がある。これは平屋建てだが、殷栗最大の百貨店である。「デパート」と呼ぶには貧弱であるが、一応、文房具、雑貨など、品揃えは一番多かった。現代の日本で言うならばコンビニエンスストアといった感じであった。その南側には東西に流れる川があり、通りには短い橋がかかっていた。この川を境にして、北側は紅門里《こうもんり》、南側は南川里《なんせんり》となっていた。川の両側にはやや細い道路があり、川の下流側、すなわち西側の道路に沿って、十日に一度、露天の市場が立った。魚市場にはブリやイワシやメンタイや、タラやアナゴやタチウオなどさまざまの魚類、イカ、タコ、アサリ、ハマグリ、マテガイ、ミルガイから生きたエビやカニなども並び、食品市場には粟で作った朝鮮飴の大きな塊や、山と積まれた松の実や、色とりどりの野菜や果物、天日製塩でできた漬物用の粗塩、白くさらしたトラジ（キキョウの根で、食用にする）など、日本では見られない珍しいものも多く並んでいた。織物市場には、けばけばしい原色の絹の反物が、百花繚乱と妍《けん》を競っていた。買い物客はごった返し、アカエイの尻尾をつかんで地面を引きずって行く人が妙に目立った。こうして地面をこすることによって、表面のぬめりを取るのである。

橋の北東の隅には、川の上に張り出すような形で小さな小屋があり、クル病の男が雑貨商を営んでいた。和信連鎖店を目の前にして商売が成り立つのが不思議であったが、もう戦前から長いこと、ここに巣食ったように店を開いている。体のハンディキャップを克服しようとしてか、非常に押しが強く、客が「高いから負けろ」などと言うと、食いつきそうな顔をして、わいわいと怒鳴り立てた。

川の南の西側には共和医院があり、朝鮮人医師の李先生がいた。この先生は私たちの学校の校医であったので、年に一回、検診を受けた。かなりの年配で、背は高くないが、がっしりとした体で、目の下が少したるんでいた。目は細く見えるが、時折、上目遣いにじろりと見上げる癖があり、脇役で渋い演技を見せるハリウッドの老優を思わせるような貫禄を示した。

大通りは、さらに南に行って、西に折れる。その突き当たりが、もう一人の医師の医院であった。屋根のついた豪華な門を構えた建物の主は保安署長の弟に当たる人で、私の家の主治医であった。私たち一家では、「張先生」と呼んでいたが、他の日本人たちは、「張医者」と呼んでいた。日本人のほとんどは李先生の所に行っていたようだが、私たち一家はずっと張先生のご厄介になっていた。この先生はまだ若く、とてもやさしい感じの人であった。

釜事件

ヒョンセビーは父の畑の小作人で、プンドンに住んでいた。私たちの家から東のほうに約二キロほど行ったところ、九月山の山麓に近く、大きな岩の洞窟があったが、その奥から風が吹き出して来ることからプンドン（風洞）と呼ばれ、殷栗名所の一つになっていた。その付近の部落一帯も、プンドンと呼ばれた。私も何度かプンドンに行ったことがあるが、ある時には、父と一緒にヒョンセビーの家を訪ねたこともあった。彼は喜んで私たちを家に招き入れ、歓待してくれた。この家も典型的なオンドル式の住居であった。

太田邸は、日本人が住んでいたため、多少は日本人向きに改造されていて、戸口が大きく、ガラス窓がついていたり、トイレが屋内に設置されていたりしたが、便所を屋内に設置するのは構造上面倒なので、屋外に小屋を建ててそこに便所を設けるのが一般的であった。冬の夜などは屋外はひどく寒いので、部屋の隅に尿瓶《しびん》を置いて用を足すのが普通だった。この尿瓶は球形を上下に少し押し縮めた形の陶製の容器で、外部にきれいな模様などがついていたから、何も知らない日本人が朝鮮の古物商でこれを買って帰り、花を生けて床の間に飾ったなどという笑い話を聞いたものであった。私は落語家の八代目文楽の「しびん」という噺を寄席の高座で聞くたびに、このことを思い出した。朝鮮人の農家などに泊まると、夜中に隣の部屋で、尿瓶を使う音が聞こえることがあった。ヒョンセビー家も、そういった典型的な農家だった。

父は、長年親しみ、世話になったヒョンセビーに、朝鮮釜を贈ろうと考えた。私の家で使っていたものだが、まだ長く使える上等の品で、我が家ではもう要らなくなった物であった。だが、何しろ大きな品物なので、昼間持ち運んでは人目につきやすい。そこで、太田邸の屋外に出しておき、夜が更けてから取りに来るよう、手筈を整えた。

日が暮れて、夕食が済み、くつろいでいるとき、誰か台所の戸口をたたく者があった。ヒョンセビーにしては早過ぎると、いぶかりながら母が台所に下りて行って戸を開けると、ぬっと入って来たのは、かつて父を殴った保安署員の「長連のチビさん」であった。私たちはびっくりすると同時に、不吉な予感におののいた。

チビさんはじろりと我々を睨み廻し、「表に出ているあの釜は、どうするのだ」と、問い詰めてきた。父もさすがに言葉につまり、「用がないから、外に出してあるだけだ」と白を切ったが、その程度で引き下がる相手ではなかった。

「そんないいかげんなことを言うんじゃないよ。こっちはジャントわかっているんだからネ」彼は、すごみをきかせて迫って来た。「ちゃんと」というところを「ジャント」と発音していた。父も母も、私たちも、三宅先生一家も、その場の空気までもが凍りついたように固くなった。

「誰に売る気なんだ？　そんなことをして、ただですむと思うか？　こっちへ出て来い！」

チビさんは、体格に似合わぬドスのきいた声で、どなった。父と母は、仕方なく、部屋から台所の土間に降りて行った。父も母も口をきかなかった。息詰まるような沈黙とにらみ合いがしばし続いた。チビさんは、今度は部屋の奥のほうに目をやって、じっと息を殺している私たちのほうをにらんだ。

「子供たち、出て来い！　ユウチジョウに入れてやる！」

私はここで泣き声を出したほうがよいだろうと考えて、泣き声を立てながら土間に下りて行った。私が泣き声を上げたので、弟も泣き声を上げて下りて来た。この時、チビさんが言ったそのままのことばも、留置場のことを「ユウチジョウ」と発音したことも、私が泣き声を上げたほうがよいと判断したことも、そして、こんな危急の場合そんな冷静な判断が思い浮かんだことに私自身奇妙な感じがしたことも、いまだにはっきりと覚えている。

その時、三宅先生夫人が突然立ち上がり、無言のまま台所の土間に下りて来た。そして、母に歩み寄って何事かその耳にささやき、今度はチビさんのほうに近づいて行った。夫人は、チビさんの腕をつかむような格好で、小声で何か話しかけた。一方、母は大急ぎで部屋に戻り、何かごそごそやっていたが、再び急いで土間に下りた。三宅先生夫人、長連のチビさん、そして私の母の三人が、相次いで戸外の闇に消えた。それからしばしの間、内容は聞き取れないが、ヒソヒソ話が戸外から漏れ聞こえて来た。

しばらくすると三宅先生夫人と母が台所に戻り、すぐそのあとからチビさんが入って来た。彼は再び父

や私たちのほうを睨みまわし、

「いいか、今度だけは許してやる。だがね、またこんなことをしたら、今度は絶対に許さないからね。わかったか！」

そう言い残して、外へ出て行った。三宅夫人はその後ろ姿を見送り、遠くへ過ぎ去ったのを見届けると、静かに台所の戸締りをした。

「『子供たち、出て来い』なんて、ほんとにひどいことを言うわね。留置場なんかに入れられるわけ、ないじゃないの。ほんとにいやらしい奴ね」

三宅先生夫人はしきりに憤慨していた。私たちはみな部屋に戻った。母は家から持ち出して隠し持っていた、金の鎖でできた羽織のひもと、宝石のついた帯留めを出して、チビさんに渡したのであった。母はかつて任元浩氏にお礼として金時計を贈呈したことがあるので、チビさんはそのことを知って、脅迫を思い立ったのかも知れなかった。あとでわかったことであるが、長連のチビさんは日本人だけでなく、朝鮮人からも金品を脅し取っていたのであった。彼は、父が長連の学校の校長をしていた時に教えた、洪淑《こうしゆく》如《じよ》という生徒の兄に当たる男であった。私がこうした過去の因縁を知ったのは、日本に引き揚げてからずっと後のことであった。父の口から聞いた話である。

三宅先生夫人は非常に機転のきく人であった。この時も第三者の冷徹な目で、長連のチビさんの心の底を見抜いたのであった。こういった次第で、問題の朝鮮釜は無事、ヒョンセビーの手に渡ったのであった。

ところで、ヒョンセビーという人の氏名を漢字で書くとどうなるのか、私はついに知ることがなかったので、ここでもヒョンセビーという通称を使っている。こういった呼び方は、日本語で言うならば、「何々ちゃん」というような親愛を込めた愛称なので、ここでは、「ヒョンセビーさん」とか、「ヒョンセビー氏」といった呼び方はしないことにした。

ヒョンセビーは中肉中背で、鼻の下にひげを貯え、極めて穏やかな顔をした人であった。私の家に来る時は黒のソフト帽をかぶり、白襟の黒い朝鮮服を身に纏っていた。話し方も、立ち居振る舞いも、すべて穏やかで、礼儀正しかった。日本語は全然話せないので、いつも朝鮮語で話していた。今、私の手許には、ただ一枚、彼の写真が残っている。父が苦心して持ち帰った写真の一枚である。その写真は、私の心に残る面影と、ぴたり一致している。この当時、四十代の後半か、五十歳くらいの年齢であっただろう。金萬億氏が父に預けていった、南朝鮮生まれの娘の嫁入り先を世話してくれたのも、このヒョンセビーであった。不幸にして彼女は生まれたばかりの子供と共に薄幸の生涯を閉じてしまったのであるが。しかし彼女が、僅かの間ではあったが、幸福な結婚生活を送れたことがせめてもの慰めである。

第14章　三樹ちゃんの手柄

日本人会

私は一九三一年八月生まれであるから、終戦当時、満十四歳であった。子供からややおとなに脱皮しかかる頃で、まるきり子供じみた面と、妙に大人ぶった面とが、不条理に混じり合った時期であった。弟は三五年二月の生まれで小学五年生、三宅迪子さんはさらに一つ年少で四年生、太田三樹ちゃんも同じく四年生であった。太田邸では私が餓鬼大将で、学校もないから、毎日みんなで遊び暮らしていた。遊びといっても、もう十月の半ばを過ぎて外は寒くなり、近所は家が建てこんでいて広い遊び場もない。そんなわけで、室内での遊びが多かった。

自分たちで作った双六やトランプなどいろいろあったが、中でも皆が面白がったのは、俳句とも川柳ともつかないような五、七、五調の句をめいめい勝手に作り、最初の五文字を縦に三つ折りにした紙の上部に書く。その部分を隠して、真中の部分を出して隣に渡し、自分は反対側の隣から来た紙の中央部に中の句の七文字を書き、それを隠して紙の最下部を上にしてまた隣に渡すのである。そして、反対側から廻って来た紙の最下部に、最後の五文字を書く。みんなが輪になって、書いて廻すと、人数分だけの奇妙な句が出来上がる。まるきり意味をなさないことが多いが、時には何か意味ありげなものや、はっきり意味のとれる「迷句」もできる。

子供時代というのは有難いもので、こんな他愛もないことをくり返していても、それほど退屈することなく時を過ごすことができる。一方、男の大人たちは稼ぎに出かけていた。仕事はいろいろあるが、ほとんどは単純労働で、保安署やソ連軍司令部、将校官舎などの薪割りや掃除、部屋の片付けや物資の運搬などが多かった。夫人たちは、毎日ではなかったが、年配の人々は、当番制で、官署の掃除やロシア人将校の家事手伝いなどをしていた。ロシア人将校はいつの間にか家族を呼び寄せて、日本人が使っていた官舎を改装して居住していた。

同じ太田邸に暮らしている大志茂さんは、三人の子供たちを抱えて、その世話に手一杯の様子だった。上の男の子が五歳くらい、次の女の子が三歳くらいで、いつも背中に負われている子はまだ一人歩きできないようだった。そんなわけで大志茂夫人はとかく背中の子にかかりきりであったから、他の二人の子供はよく我々の部屋に遊びに来た。この子たちを遊ばせたりからかったりするのも、我々四人組の楽しみの一つであった。

敗戦国民という憂き目に遭い、将来への希望も光も見えてこない日本人にとって、こうした複数家族の雑居生活には、とかく滅入りそうになる心の憂さを忘れさせてくれる作用もあったが、反面、互いの生活感覚の違いや、利害関係などから来る反目や軋轢も生じた。

煙草収納所に収容される前、私は長く殷栗に住んでいたけれども、殷栗在住の大人たちに直接接する機会は少なかった。日本人小学校の生徒はたかだか三十人程度だったから全校生徒をよく知っていたが、その両親たちとは年に何回かの会合、秋の運動会、春の学芸会、それに遠足やその他特別な行事の時くらいしか顔を合わせなかった。小学生の子供を持たない人の場合は、年に一回程度の、同友会の親睦会程度だった。「同友会」というのは殷栗在住の日本人の私的組織で、元来は転勤の際の餞別や、冠婚葬祭の祝儀、弔慰金などを皆でまとめて払うようにして、個々の交際のわずらわしさを省く目的で作られたものであった。

毛勝先生夫妻と私の両親とは二十年来親しんだ間柄で、私も子供の頃から「造山里のおじちゃん」、「造山里のおばちゃん」と呼び慣れていたが、直接顔を合わせたことはあまり多くはなく、言葉を交わした記憶もほとんどなかった。特に私が小学校の上級生になってからは、毛勝先生は道会議員の仕事で留守がちで、ほとんど会っていなかった。夫婦養子の一二三さん夫妻とはあまり面識もなく、その一人娘だけは、私の卒業間際に小学校に入って来たので、多少は知っている程度であった。

煙草収納所に収容されてからは、大分事情が変わった。いろいろな事件が起こり、そのたびに大人たちが鳩首会合し話し合ったから、私も否応なしにそうした会合での論議を耳にした。自然とその論議の中心になる人物が決まってくる。毛勝先生がその人であった。殷栗在住日本人の長老の格付け表といったものを作ったとすれば、その筆頭は疑いなく毛勝先生であり、その次は私の父であろう。それは、年齢と経歴と現況を加味したものである。ここまでは不動であるが、三位以下となるとはなはだ難しい。古参者、年齢という点では西村さん、山縣さんだが、二人ともあまり人前で演説をするようなタイプではない。貞廣さんは荒谷さんの事件の時は大いにまくし立てたが、それは興奮したためで、古参ではあるがまだ年齢的には若く発言力に乏しかった。新参組を入れれば、少しは弁の立ちそうな工藤署長さんはソ連軍に連行されていなくなり、河合校長や大西内務課長はおとなし過ぎた。

父は会合の席では口数の少ない人であったから、論議の際は、勢い毛勝先生の独壇場になる。延々と話し続ける声は、ほとんど毛勝先生のものだった。先生稼業で身についたものか、話し振りはやや説教じみていた。いつも耳についた話しグセは、「何々するなればですね」という一節であった。文法的にうるさいことを言えば、「なれば」は文語体であって、口語に直せば「なので」、「であるから」の意味だ。口語では「何々するならば」と言うのが正しい。こんなことを考えるようになったのも、毛勝先生のやや押し付けがましい態度に抵抗を感じたためであろう。

やがて「日本人会」が結成され、毛勝先生が会長になり、父が副会長になった。毛勝先生と父とは、およそ正反対と言っていいような性格であったという気がする。毛勝先生は常に進んで正面に立ち、自分が一人で会を支えているように振る舞った。父はそれには全く対抗せず、悠然として陰に控えていたようであった。あるいはこれは絶妙のコンビであったのかもしれない。同じような性格の人が並び立つと、とかく競い合って、仲間争いを起こしやすいものである。毛勝先生は政治的駆け引きには長けており、保安署や人民委員会などとの面倒な折衝には向いていたのではないかと思われる。一方父は、人に対しては自然体で裸でぶつかるほうであり、殷栗郡内の多数の朝鮮人たちとの間に太いパイプを持っていたから、むしろ裏面から支える力を発揮していた。

だがそれは、ずっと後になって冷静な目で眺めて言えることであって、当時としてはさまざまな人がさまざまな見方で眺め、それぞれに異なった批判をしていたであろう。父はあまり口には出さなかったが、それでもたまに、毛勝先生が卑屈な態度を取り過ぎるという意味のことを言ったことがあった。若い保安署員や人民委員などが「おい、毛勝」などと呼び捨てにすると、「はいはい」と答えて、いかにも従順な態度を示すのは、少しでも相手の御機嫌を取り結んで、日本人への風当たりを弱めようとする配慮に見えるが、毛勝先生のような海千山千の政治家が、心の底からその相手を敬っているとは決して思えない。その昔、豊臣秀頼の家臣、木村重成という人が茶坊主に殴られても全然抵抗しなかったという話がある。茶坊主が得意になってこの話を吹聴するので、誰かが重成に本心を糺すと、「あんな者は蝿のようなもので、相手にしても始まらない」と答えたという。毛勝先生が目に見えて卑屈な態度を取っていることは、「茶坊主」にとっては愉快なことかもしれないが、具眼の士がこれを見ればかえって不愉快に感じるかもしれなかった。

相手次第で色目を使う政治家根性は、毛勝先生にとっては得意の技であったかもしれないが、他の人にとっては不誠実に映ったかもしれない。誰にせよ、グループの中心に立って自己流の指導力を発揮すれば、それに対する不満や批判は必ず現われる。いつの間にか、私自身もそういった批判の急先鋒に立っていた。と言っても、まともに議論をする立場にはないから、やることは極めて子供じみたばかげたことであった。

大志茂さん一家

三宅先生夫人は、毛勝先生を厳しく批判していた。その根拠はおそらく、人柄に対する反感だったのではないかと私は思う。権力志向が強く、意外に小心で、嫉妬深いと見たのではないか。体制順応型で、戦時中は羽振りが良かったから、追従者が記念碑を建てたりしたが、結局、庶民の心をつかんでいたのではなかったので、戦後には反感を買って孤立した。一方、私の父は教え子や同僚や知人から戦後も相変わらず慕われたので、毛勝先生は妬ましく思い、父が長連のチビさんに殴られたのを見て溜飲を下げた——。それは全く私の憶測に過ぎない。しかし、当たらずといえども遠からずではないかと思う。

私は、毛勝先生に「ハゲチャビン」というはなはだ失礼なニックネームをつけた。そして、それを大志茂さんの幼い子供たちの前で盛んに言ったものだから、子供たちは、喜んで、「ハゲチャビン」、「ハゲチャビン」と、舌足らずの口調で真似してはしゃいでいた。

びっくりしたのは大志茂夫人で、私のところへやって来て、「子供にへんなことを教えないでください」と抗議した。私もすなおに「はい」と答えて、それきりやめてしまった。

大志茂さんは屈託のない人で、私もかなり気安く付き合っていたから、こんなことがあっても別にわだかまりなどは残らなかった。相変わらず子供たちは遊びに来たし、私たちも、いつものように、たわいのない遊びにふけっていた。十一月ともなると相当に寒くなり、霜が降りたり、氷が張ったりするようになった。

太田邸は十分寒さに耐えられるようにできていたが、燃料節約のために朝や昼にはオンドルを焚かなかったし、日本人向きに窓や戸口が大きく作られていたから、朝夕は結構寒かった。便所は共用で、屋内にあるとはいえ、部屋と直接通じていなかったし、もちろんオンドルではないから、室外とあまり気温は変わらず、不便であった。当時は、上水道も下水道もなく、水洗便所もなくて、すべて汲み取り式であった。生活廃水はどぶに垂れ流しで、そのどぶは一応はどこかの川に続いていたが、大部分は途中で地面に吸い込まれるか、蒸発してしまっていた。野菜くずや食べ残しは、豚の餌にするか牛小屋で堆肥にするか、そんな動物を飼っていなければ犬か猫に食わせるか、その辺に放り出して放し飼いの鶏や群をなすカラス共に勝手に食わせるか、自然に腐って土になるまで放置するかであった。とにかく、なんらかの形で自然が浄化してくれて、川の水はいつも澄んできれいだった。汚水を嫌うハヤやチョウセンザリガニも棲んでいたし、フナやドジョウ、メダカや小エビ、ポードルプンワ（チョウセンキンギョとも呼ばれた。ポードルプンワは、柳鮒の意味。和名は闘魚《とうぎょ》）が、小さな川にもうじゃうじゃといた。ミズスマシ、タガメ、ヤゴ、ゲンゴロウなどの水棲昆虫も多かった。

大志茂さんは度の強いメガネを掛けていたから、目が悪かったのであろう。多分近視だったのだと思う。少々そそっかしいところもあったようで、ある日、子供を背負ったまま便所に墜落した。と言っても、片足を踏み滑らしただけであったが、ちょっとした騒ぎになった。中が凍っていたためか、あまりひどいことにはならなかった。幸い大した怪我もなく、人騒がせだけで済んだ。私は例によって茶目っ気を出して、「大霜は便所の中にも降りにけり」という迷句をひねり出した。

何かの用事があって私が大志茂さんの部屋にいた時に、弟たちがきゃあきゃあ言って笑いながら、私の迷句を大声で読み上げているのが聞こえて来た。私もこれには参ったが、大志茂さんと顔を見合わせて笑った。部屋は厚い壁で仕切られているから、普段ならほとんど声は聞こえない。だから例の釜事件のことも、大志茂さんは知らなかったようである。しかしこの時は、戸口という戸口が開けっ放しになっていたから、筒抜けであった。大志茂さんも無邪気に笑っていたし、私も白を切ってへらへらと笑ってごまかした。

新発明の結末

この地方では、普通、十月のうちに一度くらいはちらほらと初雪が舞い、十二月始め頃には本格的な冬になる。曇った日や風の強い日には昼間も寒いので、火鉢にしがみつくようなことも珍しくなかった。オンドル部屋は密封状態だから、一酸化炭素中毒や酸欠には注意が必要である。火鉢には薪の燃え残りや、炭火などを深く灰の中に埋めておくのである。こうしておくと燃え方が遅いので、火が長持ちする。ちょっと考えると、酸素の補給が少ないから不完全燃焼で一酸化炭素が発生しそうに思えるが、実際にはそんなことはない。一酸化炭素は極めて不安定な化合物だし、炭素も酸素も活性の強い元素であるから、一酸化炭素はそう容易には発生しない。時には頭痛を起こすこともあるが、危険なことはない。

危険なのは、火鉢に多量の炭火を積み上げて勢いよく火を起こすことである。積み上げられた炭火の間から新しい空気がどんどん補給されるから、不完全燃焼など起こらないわけだが、一酸化炭素は不完全燃焼だけから生じるとは限らない。かっかと燃え上がる炭火は多量の二酸化炭素を発生するが、そのガスは熱膨張で軽くなり、上昇を続ける。その経路に高熱の炭素が積み上げられていると、この高温炭素に接触した二酸化炭素が、還元されて一酸化炭素になるのである。二酸化炭素から一個の酸素を奪った炭素原子は、それ自体も一酸化炭素になって、空中に発散する。これは、木炭自動車の原理の一部でもある。木炭自動車の場合は、上から水を掛けて、発生する水蒸気が高熱炭素で還元され、水素ガスと一酸化炭素に分解する。七輪などで多量の炭火をおこす場合は必ず屋外でやらねばならない。昔の人は理屈は知らなくても、自然の習慣として安全な方法を身につけていたのである。

炭は朝鮮にもあったが、入手困難であった。南浦や平壌は石炭の産地を控えていたから練炭や豆炭、手製のたどんなどを多く使っていて、いつもその燃えるにおいが街に充満していた。私はそれが南浦の街のにおいだと感じていた。しかし殷栗には石炭は産出せず、学校のストーブなどでは使っていたが、豊富に使える燃料ではなかった。石油はかつてランプ用に使っていたが、戦中戦後は石油やガソリンは貴重品であった。

ところが、思わぬ事情で、多量の炭が手に入ることになった。三宅先生が、他の何人かの人々と一緒に、乾燥りんご作りを始めたためであった。日本人会では、保安署やソ連軍や、人民委員会や、一般朝鮮人などの協力を得て、日雇い仕事の請負いを始めていた。方々から来る仕事の注文を受けて、それを日本人の大人たちに割り振るのは、もと郡庁に勤めていた白土《しらと》さんの仕事だった。もともと庶務主任をしていたので適役と見られたのであろう。三宅先生たちは、ソ連軍将校からの要請によって、乾燥りんごを作る仕事に従事したのであった。

私の家でも、少量ではあるが、干しりんごを作ったことはある。材料の品種は紅玉《こうぎょく》が最適である。乾燥すると甘味が強くなるので、酸味の強いりんごのほうが美味しい。紅玉は甘味も酸味も強いので好適である。日本の秋は雨が多いので、自然乾燥では腐ったりかびが生えたりしやすいが、殷栗では晩秋の空気が乾燥しているので、蔓で編んだ平たいザルに並べて、屋根の上に干しておけばよい。屋根の上は良い乾燥場で、方々の屋根に真っ赤な唐辛子が干してあるのは、この地方ではありふれた光景であった。

私たちは、干しりんごをおやつ代わりに食べたが、よく乾燥したものは歯ごたえがあり、嚙むうちに、甘酸っぱい味と、ちょっと日向くさい香りが、心地よく口の中に充満して来る。ところで、ソ連軍の将校の家では、乾燥りんごをお茶代わりにして飲むのであった。大量に飲むものとみえて、天日干しでは間に合わず、煙草の乾燥所を使って干しりんごを製造させたのである。殷栗は煙草の産地であったから、方々に煙草の乾燥所があった。外観は土蔵のように見えるが、煙突があり、一方に焚き口がある。ここで薪を焚いて空気を暖め、その乾いた暖気を棚に並べた煙草の葉に通して乾燥させるのである。

武道場の北側の広場は、東のほうに長く続いているが、その果てるあたりに二棟ばかりの煙草乾燥所が建っていた。そこからさらに東へ路地を行くと、登記所の角で大通りに出る。その向こう側は立派な瓦屋根の公会堂で、その脇道をさらに東に行くと、もとの日本人小学校や、我々が収容された煙草収納所がある。大通りを南に下がり、西に曲がる角のところから、南に向かって小路を行けば、間もなく太田邸の前に出る。だから、乾燥所と太田邸の間は、あまり遠くない。

三宅先生たちは、機械を使ってりんごを薄く輪切りにし、棚に並べて、焚き口で火を焚く。仕事の大半は火を焚くことであった。薪は豊富にあったから、火はがんがんとよく燃える。乾燥した冬の季節だからなおさらである。寒い初冬の仕事としてはまことに有難い。ところで、薪がどんどん燃えると、オキがたくさんたまる。次々に新しい薪をくべると、この真っ赤に焼けたオキが邪魔になる。これを掻き出して薪をくべるのだが、このオキの始末に困るし、灰にしてしまうのはもったいない。そこで、水を掛けて消し炭を作ったが、水を吸い込んだ消し炭は乾くまで使い物にならない。


三宅先生は、新発明をしたのであった。土に穴を掘って、掻き出したオキをその中に入れ、土をかけて埋めると、オキは空気を絶たれ、冷やされて、間もなく消し炭になる。この新発明のおかげで大量の消し炭が生産された。仕事の報酬は一日十円と決められているが、時には役得もある。ソ連兵の好意で乾燥りんごも少しはもらえたが、それは大量にとは言えないし、食糧の足しになるような物でもない。だが、消し炭は予定外の副産物なので、全部を分け合って持って帰ったのであった。三宅先生も消し炭を叺《かます》に入れて、担いで帰って来た。

消し炭はりんご箱に移しかえて物置に積み上げた。りんご箱は私の家の商売道具であった。製材所で松の板を規格の大きさに切ってもらって、大量に買い込み、自分の家で箱を組み立てたのである。樽に一杯の釘を買い、金槌を使って、私も箱作りの手伝いをしたことがある。高さ×幅×奥行の比は一×一×二で、二箱ずつ縦横に交互に並べて積み重ねられるようになっていた。

三宅先生は得意になって新発明の説明をしていた。消し炭は軟らかいから、火持ちは長くないが、火付きは良い。我々は大いに助かった。

太田三樹ちゃんは家族と離れ離れになって一人親戚の家に取り残されたので、時には淋しくなることもあった。私も中学生として南浦に移り、望郷の念にかられたこともある。だが、他人のことになると、それほど深刻に受け止めることはできない。時に三樹ちゃんが疎外感を感じてふさぎこむような時にも、思いやりよりも苛立ちを感じて、喧嘩になることもあった。

この夜も三樹ちゃんはふさぎの虫に取りつかれて、ぼんやりと座っていたが、急に妙なことをつぶやき始めた。私は最初、独り言を言っているのかと思った。

「誰？　誰かいるの？　叔父さん？　誰なの？　何をしているの？」

誰もいないはずの物置に向かってしきりにしゃべっているので、妙な感じがした。私の母も気がついて、「三樹ちゃん、どうしたの？」などと言いながら、出て来た。気がついてみると、物置のほうから何か物音が聞こえて来る。誰かが何か叩いているような音だった。母は裏庭に下りて、いきなり物置の戸を開いた。もう、何人かの顔がのぞき込んでいて、同時にアッと叫び声を上げた。もうもうと煙が吹き出し、真っ赤な炎が舌のようにあたりを舐め廻していた。りんご箱が火を吹き、壁の柱もめらめらと炎を上げて燃えていた。

「火事だ！」私たちは、みんな肝をつぶした。母はあわてて台所に走った。近所の井戸から汲んで来た水が、大きな甕に溜めてあった。戦時中の防火訓練のように、私たちはバケツリレーで水を渡して、ざぶざぶと火に振りかけた。幸いにして発見が早かったので、間もなく消し止めることができた。それでも物置の内部の柱には、かなりの範囲にわたって真っ黒な焼け焦げができた。

どうにか鎮火を確認して、私たちはほっと胸を撫でおろした。まさに三樹ちゃんの大手柄であった。もう少し時間がたっていたら、容易に消し止めることはできなかったであろう。消し止められたにしても、近所中が大騒ぎになったであろう。日本人が火事を出したとあっては、それこそ、ただごとではすまされなかったかもしれない。

三宅先生の「新発明」は、とんだ結果になってしまった。おそらく、その日に持って帰った消し炭が、完全に消えておらず、りんご箱の中でくすぶり続け、やがて燃え広がって、柱にまで燃え移ったものと思われる。この事件は、「釜騒動」と共に太田邸滞在中の大事件であったが、大志茂さんはこの時も気がつかなかったようだった。もちろん気がついても口に出すことはないに違いないが、大志茂さんは、三人の子供たちを抱えて、よその家庭の騒ぎを観察しているような余裕は全くなかったのである。

三樹ちゃんは、一同の賞賛を受けて、はにかみながら「物置の中で何か音がして、誰かが何かしているようなので、気味が悪くて仕方がなかった」と、事のいきさつを物語った。三宅先生もこの時ばかりは三樹ちゃんに頭が上がらなかった。

第15章　珍客万来

果樹園経営

我々が収容所を出て、太田邸に移ってから、いろいろな来客があるようになった。一般の朝鮮人は、日本人と接触してはならないという建前になっていたが、実際にはあまり守られてはいなかった。それでも遠慮して暗くなってから訪れることが多かった。もっとも、大人たちは昼の間仕事に出掛けているから、そういった事情もあったに違いない。

父は、朝鮮に来てから、谷山、長連、殷栗と、三カ所の校長を務めたが、谷山は遠いから別として、長連は同じ郡内であるから、当時の教え子たちは多く近辺に住んでいた。父が谷山の校長として赴任したのが一九二一年（大正十年）の末、殷栗で退職したのが一九二九年（昭和四年）の三月であるから、朝鮮での在職期間は約七年と四カ月であった。長連に転勤を命じられたのが一九二三年十月であったから、谷山在任期間は二年に満たなかった。殷栗に赴任したのは一九二五年四月であったから、長連も二年弱で、殷栗が満四年と、一番長かった。

いまここで話題にしている一九四五年の時点で考えると、それから二十年以上の歳月を経過しているから、長連や殷栗での教え子たちは、おおよそ三十代の年齢に達していたと考えられる。就学年齢は日本と同じ満六歳であったが、多少遅れた者も多かったと思われるので、四十代になっている者もいたであろう。同僚の教諭たちや当時の生徒たちの父兄、自治体の職員などは四十代から六十代になっていたであろう。こうした知人たちは相当の数にのぼり、戦後になっても父を訪ねて来たり、なんらかの関係を持った人たちは多かった。

父が土地を買った際に、売り主から受け継いだ小作人もかなりいた。実際、りんごを植えた畑以外にはすべて小作人がいて、中には途中で代替りした場合もあるが、とにかくそのまま終戦まで続いていたのであった。父は農家の出であったためか、農業が芯から好きであったようだ。だが、最初二ヘクタール、後に買い足して三・六ヘクタールほどになった農園を家族だけで経営するのは無理なので、忙しい時には近所の人々を日雇いで雇って、作業をしていた。そんなわけで知り合った近所の人々も大勢いた。

父の果樹園は殷栗の中心部から遠くなかったので果樹園内に家を建てたが、西村さんや貞廣さんは、もっと遠くのほうに果樹園を持ち、殷栗邑内に住んでいた。西村さんの果樹園は約一ヘクタール、貞廣さんは二ヘクタール余りであったが、毛勝先生は、最初八ヘクタールほどで始め、後に拡張して十二、三ヘクタールの大農園にした。

当時は、「えきとんど」と呼ばれる土地があった。これは日本政府の所有地で、日本人を対象に有償で貸し出したものである。貸し出しと言っても、十年間賦課金を払うと自分のものになる。農地であるから、小作人に貸しておけば収穫の半分は労せずして手に入るから、それを売れば賦課金を払っておつりが来る。ただで貰うようなものであった。日本政府が朝鮮に土地を持っていたわけではないから、もとはといえば朝鮮人から取り上げた土地である。だが、貸し出しには制約があったらしく、誰でも自由に借りられるというものではなかったようである。

西村さんなどは、こうして土地を手に入れたそうであるが、父の場合は、朝鮮人同士と同じ通常の取引きによるものであった。売り手は、もっと多く売りたがったが、父には全部買うだけの金がなかったので、部分的に買い取ったのであった。

ミョングは我が家の裏手に住んでいたので、忙しい季節には毎日のようにやって来て仕事を請け負った。私たちが収容所に入れられた時には、年老いた父親と共に荷物運びを手伝ってくれたことは、すでに述べた。このミョングより前に果樹園の仕事の助っ人に来ていたのは、キョンネーという人であった。彼はミョングに劣らぬ力持ちで、仕事の早さは目を見張るばかりであった。だが気の毒なことに、腸チフスにかかって死んでしまった。彼の双子の弟のキョンブーは若い頃、ある日本人の世話で岐阜の傘屋の職人になり、帰国後、野菜作りをしていたが、戦後にも時々私たちのところにやって来て、野菜を置いて行った。

金鶴三氏

私たちは、収容所から出られたが、もとの家に戻ることはできなかった。しかし、殷栗を遠く離れない限りは、自由に出歩くことができたから、我が家に行ってみることはできた。太田邸には風呂がなかったので、時折、もとの我が家に行って風呂を焚いて入ることがあった。我が家はロシア兵に荒らされ、それを見た近所の人々がロシア兵に盗られるよりは……とばかり、競っていろいろな物を持ち出していった。そんなわけで、持ち出せるようなものはほとんど持ち出されてしまっていたが、果樹園にはまだ、かなりの量のりんごが残っており、家屋もこのまま放置したのでは傷んでしまうので、父は、誰か信用できる者を管理者として入居させようと考えた。日本人の財産はまだそのままになっていたが、朝鮮人に売ることはできず、おそらくいずれは没収されてしまうに違いないと思われたが、それにしても目の前で朽ち果てるのを見るには忍びなかったし、まだ、一時的に我が家に戻れるという可能性は残されていた。

父は、かつての教え子である金鶴三《きんかくさん》という人を呼んだ。彼はずっと以前から親しく我が家に出入りしており、理髪店を開くのに金が必要だというので、父から金を借りていた。りんご園の収益が上がるようになって多少金にゆとりができたので、父は乞われるままに金を貸したことが何度もあった。金貸しの商売をする気はなかったから、無利子、無期限、無催促で、結局、返してくれたのは金萬億氏だけだったと、後になって父は語っている。金鶴三氏以前にもやはり教え子であった李泰善《りたいぜん》という人が、理髪店を開業するというので資金を貸したことがあった。私も何度かその店で髪の毛を刈ってもらった記憶がある。ところがこの店主は、ある時、酒に酔って誰かと喧嘩をして、その相手を蹴飛ばしたところ、死んでしまったので、捕まって裁判にかけられ、殺人か過失致死かは知らないが、刑務所送りになってしまった。そんなわけで、父は、貸した金を返してもらえなかった。

朝鮮人は足で物を蹴るのが上手で、サッカーなどは得意であった。誰だか名前は忘れたが、ある人が、この殺人事件に言及して、喧嘩の極意について、父に話していたのを覚えている。その極意というのは、次のようなものであった。喧嘩の場合、大抵相手は蹴りに来ると考えねばならないが、もし蹴り合いになって蹴られた場合、一番危険な急所は脇腹だという。他の場所は痛くはあっても、命にかかわることは少ない。そこで、両腕で脇腹を抱えるようにして防御を固めながら、相手の脇腹をねらって蹴るのが極意だというのである。

だからといって、朝鮮人は、喧嘩になるとすぐに、蹴ったり殴ったりするわけではない。ほとんどの場合は口喧嘩である。日本人はあまり理屈をこねて言い合いをするのを好まないが、彼らは何でもよいからあらゆる理屈をこねて言い合いをするのである。時には何時間もやっている。最後まで忍耐強くしゃべり通したほうが勝ちなのである。チノギさんなどは大いに弁の立つ方で、ある時、誰かと口喧嘩をしている場面に出会ったが、どうやらチノギさんの粘り勝ちのように見えた。

ところで、金鶴三氏は理髪店を開業していたが、住居が殷栗邑内の店から遠く離れているので、近くに住む家を探していた。そこで父は我が家の一室を彼に提供し、留守番をしてくれるように頼んだのであった。彼にとってもそれは非常に好都合であったので、彼は直ちに同意し、妾と小さな子供を一人連れて住み込んだ。父が長連にいた当時、朝鮮人には早婚が多く、子供のうちに結婚する例も少なくなかったという。もちろん、親同士がきめるわけで、後になって、第二夫人を囲うようになることも多かったらしい。金鶴三氏の場合、どうだったかは、私は知らない。とにかく、こうして留守番はきまった。

ミョング一家、林永昌氏など

ミョング夫人のオンジョナーも、時折、食物などを持って訪ねて来た。ミョングとの間に男の子が生まれたので、幸せそうだった。ミョングも彼女も日本語は全然話せなかったから、会話はすべて朝鮮語であった。私はそばで話を聞いているだけだったが、何の話をしているかぐらいはわかった。彼女は大柄で、端正な丸顔をしていた。別の男との間にできた十七、八の娘がいるから、少なくとも三十代の後半ではあるはずだが、顔に小皺も見えず、若々しかった。父は非常な苦心をして朝鮮時代の写真をかなりの枚数持ち帰ったので、それらの写真はいま、私の手許にあり、チノギさんやその妻のエンソン、任元浩氏や、ミヨング夫妻などの当時の面影を偲ぶことができる。写真とは有難いものである。

オンジョナーは、チョゴリを着て、チマをはいていたが、そのチマをよく見ると、お尻のあたりに白っぽい模様が見えた。墨で塗りつぶしてあるが、なんとそれは蔦の紋で、我が家から持ち出した紋付きを改造して仕立てたものに違いなかった。しかし彼女は、そんなことは全く意に介する様子はなく、平然として話をしていた。

ミョングは我が家の箪笥を持って行ったらしい。ある日、母がミョングの家を訪ねたことがあった。その時、見ると、母の羽織や着物をふとんの表に使っていたという。しかし別に隠そうともせず、まるきり気にも留めていない様子だったそうだ。これはおそらく、日本人との感覚の違いであろう。隣近所で、いろいろな道具などを共用したり、互いに都合しあったりするのは、当たり前のことである。他人のものを盗んだなどと考えることはない。いまさら、羽織、袴や紋付などを着る必要もなく、日本に持ち帰ることもできず、置き去りにしたものだから、それを頂戴するのは罪悪ではないのである。

だが、物をもらえばお返しをするということは、彼らも当然と心得ている。だから、こうして、再々訪ねて来て、あれやこれやと役立ちそうな物資を持って来てくれるのである。ミョングの家の向こう側の家に住んでいたおばあさんは、以前、私の家に粟を借りに来たことがあった。戦時中は、穀類の供出が厳しくて、食糧に困ることもしばしばあったのである。このおばあさんも、太田邸にいた私たちを訪ねて来て、米を返してくれた。貸したのは粟であったが、新米がとれたからと言って、米にして返してくれたのであった。このおばあさんの息子も、ミョングと同様に、タルグチ（牛車）を牽く仕事をしており、必要があればいつでもお役に立つからと言っていた。

鄭鎮格《ていちんかく》という人も、たびたび父を訪ねて来た。この人も父の昔の教え子だったということだが、父の小作人であったともいう。私には、この人が農作業をしているとは思えなかった。北部面という少し離れたところに住んでいたが、いつもきちんとした洋服を着て、日本語も流暢であったし、いかにもインテリという感じであった。どういうわけか私は、この人は登記所の書記をしているのだと思っていた。本当にそうだったかどうかはわからないが、とにかく、そんな感じがしたのは事実であった。

あまり頻繁ではなかったが、重要な訪問者は林永昌さんであった。彼は、父の長連時代の教え子で、卒業後、平壌の大きな電気店に勤めた。社長に認められて店員の筆頭になり、私の家に来る時は、電化製品などをいろいろ持って来てくれたものであった。私たち家族の者が平壌に行くたびにお世話になった。戦後も平壌で電気店の仕事を続けていたが、戦時中に殷栗郡内にりんご園を買い、そこに家を建てたので、平壌と殷栗の両方に住居を持って、忙しく往来しながら働いていた様子であった。りんご園を買うときは、父も相談に乗って、いろいろ世話を焼いたようである。戦後も彼は同様の生活をしていたので、殷栗に来たときは、大概、父に会いに訪ねて来た。平壌にいると最新の情報が入るし、電気店だから当然ラジオもあるから、私たちはいろいろな情報を耳にすることができた。そういった意味で貴重な存在であった。

林永昌さんとはまるで親戚のような親密な関係が長く続いていたので、思い出はたくさんある。戦時中のことであるが、朝鮮人の姓氏を日本流の名字に変えさせる命令が出たとき、彼はどうしたらよいか相談に来た。一番当惑したのは本人に違いないが、私たちも当惑した。私は、日本に林（はやし）という名字があるから、林（りん）を「はやし」と読むことにすれば、そのままでよいではないかと提案した。だが、それでは受け付けてもらえない可能性が強かったのであろう。結局、彼自身の判断で、「林川（はやしかわ）」と名乗ることにした。他の林さんたちも、山林（やまばやし）などの名字を付けたようである。もとの姓氏に山や川をつけるのが圧倒的に多かったようである。中には、黄（こう）さんという人が、漢字を二つに分解して、共田《ともだ》とした例がある。よく考えたものだと父は感心していた。間もなく日本の敗戦で、誰もが元の姓氏に戻ったのは、言うまでもない。

酔客某氏

さまざまな訪問客があった中で、特筆に値するのは前述の長連のチビさんであったが、もう一人、珍客があった。この人の名前はわからない。父によると、「李泰啓《りたいけい》の兄」ということであったが、どういう関係の人かは私にはわからない。父も当時は本人の名前を知っていたと思うが、引き揚げ後には忘れてしまったのであろう。

ある晩、その「某氏」が、大分酔っ払った様子で、ふらふらしながら、太田邸に現われた。彼は「先生、酒飲もうよ」と父に呼びかけた。父はちょっと当惑したような様子であったが、酒などないと答えた。とにかく、その場の様子から判断すると、父とは旧知の間柄と思われた。三宅先生や夫人も我々と一緒にいたが、ちょっと迷惑そうな顔をしていた。

「酒がない？　ああそうか。じゃ、持って来る。ちょっと待ってくれよ」

そう言って、彼はどこかへ行ってしまった。しばらく戻らなかったので、それきりどこかへ行ってしまったのかと思っていたら、再び台所の戸を叩く音が聞こえて来た。今度は一人ではないらしく、何か外で話をしている様子であった。しばらくすると彼は、また少しよろめきながら入って来た。見ると、見知らぬ若い男があとについて入って来る様子だった。

「酒持って来たよ、そら……」

なんと、大きなバケツに二杯の酒を持ち込んだのであった。ついて来た男は酒屋の小僧さんでもあったのだろう。すぐに消えていなくなった。朝鮮にもいろいろな酒がある。日本酒もあったし、どぶろくもあった。その時の酒が何であったかよく覚えていないが、多分、どぶろくを漉して、上澄みを取ったものであったろう。やや黄味を帯びて、見掛けは日本酒に似ている。

「某氏」は、部屋の入り口に腰を掛けて、茶碗酒をあおりながら、勝手なおしゃべりを始めた。父も酒は好きなほうであったから、適当に相槌を打ちながら、一緒に飲み始めた。三宅先生は後に日本に帰ってから酒屋をやったくらいだから、飲めないほうではなかったと思うが、この時はあまり気が進まない様子であった。「某氏」はまとまりのないことをしゃべり続けながら、三宅先生や夫人にもしきりに酒をすすめた。父はやんわりと牽制しながら、適当に話題を変えていた。私たちは、一体どういう成り行きになるかと、息を殺して眺めていた。

そうこうするうちに、彼は大分酔いが廻ったらしく、何かわけのわからぬことを言いながら、出て行ってしまった。バケツの酒をそのままにして。結局、それきり戻って来なかった。みんな、ちょっと気抜けがした。そして、一緒に笑い出した。さて、酒の始末をどうしたものか、名案も浮かばなかった。捨ててしまうのはもったいないが、とても全部飲めるものではなかった。放っておけばそのうち酸っぱくなってしまうであろう。バケツは多分酒屋のものだろうから、明日になったら酒屋の小僧が取りに来るかもしれない。その時に酒も返せばよいだろう。

だが、酒屋の小僧さんが来たかどうか、私はおぼえていない。残った酒をどう処分したかもおぼえていない。

幻灯会

冬でも、日の良く当たる日は、それほど寒さは感じない。私たちは、外に出た。他の日本人たちの住んでいるところも遠くはないので、時々、遊びに行った。一番近いのは、貞廣さんの所である。それからわずかばかり行って、保安署の前を通り越せば、正面に山縣館（やまがたやかた）がある。ここに、日本人の大多数が住んでいる。大通りに面した、もと山縣商店の建物には、家主である山縣さん一家が住んでいる。山縣さんは、三代にわたる大所帯で、山縣さん夫婦、養女の光子さん、その夫の哲也さんはソ連軍に連れて行かれていないが、男ばかり三人の子供たち、それに親戚から預かったといわれる愛甲さんという娘さんがいた。もとの山縣旅館は平屋建てで、長屋のような感じの細長い客室棟が何軒も並んでいた。これらの建物は、狭いけれども前庭があって、木々の植え込みがあり、なかなか優雅なものであった。いまはそれが、まるで炭坑住宅のように多数の家族をつめこんで、日本人の小部落を形成していた。

貞廣さんの家と、西村さんの家だけが二階建てであった。貞廣さんの家は手作りと言われるだけに、二階は小さかった。一方、西村さんの所は四角な建物で、大通りの中ほどにあり、真正面から見ると、まるで鉄筋建てででもあるかのように、縦長の長方形で、二階の窓の上には西村商店という金文字が飾られていた。しかし、この豪華さは見せかけで、普通の二階家の三方を壁で囲っただけであった。一階部分は、もとは菓子や雑貨、食料品などを売っていた商店と、かつてアイスキャンディーを製造していた部屋などが占めている。二階はもと西村さん一家が居住していた部分で、建物全体としてはかなり大きなものであった。

西村さんの所には、家主の西村さん一家のほかに、永田さんの一家も住んでいた。永田さん夫妻には女性ばかり四人の子があった。私と一緒に鎮南浦に行っていた芳江さんは次女で、その下に京子ちゃん、綾子ちゃんという二人の妹があり、共に小学生であった。長女は、永田さんが殷栗に来た当時、すでに小学校は終えていたとみえて、戦後になるまで私は知らなかった。彼女は丸顔で、眼鏡を掛けていた。そういえば、面長なのは次女の芳江さんだけで、他の三人はみな丸顔だった。三女の京子ちゃんは、肥っていたが、なかなか活発だった。

私は、古くからの親友だった貞廣君のところへ、よく遊びに行った。他の子供たちもよく集まるので、にぎやかだった。私は、時折、幻灯をやって見せた。手作りの簡単なものだったが、結構よく写った、と私は思っていた。ボール紙で作った暗箱の中に電球をさし込み、一方に虫眼鏡のレンズを取り付けた。フィルムなどはなかったので、りんごの包み紙に自分で絵を描いた。りんご園でりんごを箱詰めにするとき、籾殻を敷いてりんごを詰めるが、さらに、りんごを一個一個、薄い紙で包むのである。私の家にはこの紙が大量にあった。薄いトレーシングペーパーのような紙で半透明なので、これに墨や絵具で絵を描いてフィルム代わりにすると、壁や障子などに拡大された像が映るのである。紙を細長く切ってつなぎ合わせ、それにいくつも絵を描き並べて、巻き取りながら映して行くと、ちょうど紙芝居のようになるのである。娯楽に乏しい折りであったから、こんなものでも子供たちには喜ばれた。私は小学生の頃から科学読み物が好きで、トムソンの『科学大系』を子供向けに翻訳したものを読んでいたし、少年少女向けの科学冒険小説もよく読んでいたから、自分で科学冒険ものを創作して、幻灯紙芝居の題材にしていた。今考えれば、まことに幼稚なものだが、当時の私は、得意になっていた。

戦時中に私たちがよく読んだのは、講談社の『少年倶楽部』、『幼年倶楽部』、『講談社の絵本』、小学館の『小学〇年生』といった雑誌、それに『毎日小学生新聞』などであった。時にはおとなの雑誌ものぞいてみた。『キング』や、『主婦の友』など。マンガの拾い読みが多かったけれど。

当時の少年少女向け雑誌には、今考えると、意外な人がよく書いていた。菊池寛、室生犀星、佐藤春夫、獅子文六、井伏鱒二、西条八十、サトウ・ハチロー……、西条八十やサトウ・ハチローは、詩も当然書いていたが、何と、冒険小説をしばしば連載していたと私は記憶している。

だが、科学冒険小説といえば、何と言っても海野十三である。『毎日小学生新聞』(毎小)に連載された「火星兵団」は、代表作となったが、その後、戦争が激しくなって、多くの作家が次々と筆を折っていく中で、海野十三だけはいつまでも書き続けた。報道班員となって前線に行き、病気で送還されて、しばらくは休んでいたが、やがて復帰し、『毎小』に「黒人島」を連載した。この作品、最後には例によって科学物になるが、前半には南方での経験に基づくと思われる南の島での生活描写が多く、異色ある作品であった。どうしたわけか、三一書房の全集には全く触れられていない。次の「火山島要塞」は、抄録が収められている。多分同じ頃、朝鮮で発行されていた日本語新聞『京城日報』にも連載小説を書いていた。内容はほとんど忘れたが、アメリカの宇宙ロケットが、宇宙に発射される場面が、最初の方にあったように思う。

私の幻灯紙芝居は自作、自画、自演だったが、海野十三の科学小説を真似たような、宇宙冒険ものであった。私はひとりで得意になっていたのだが、はたして見物人たちが喜んだかどうかはわからない。ただ、海野十三は、戦時中、非常な人気作家で、男の子はよく読んでいたから、私のつたない作品も、多少は受けたのかもしれない。おそらくは、日頃の退屈と物珍しさで眺めていたというのが穏当なところであろうけれど。

第16章　我が家に戻る

我が家の状況

収容所を出る時、私たちは、いったんは我が家に戻れるという話だったが、結局流れて、太田邸に引き移った。だが、保安署長の張先生や、郡の人民委員会の要職にあった高さんは、ひそかに、私の父を自分の家に帰らせようと努力していたらしい。ただ、彼らの立場上、表立って動くことは難しく、情勢も必ずしも楽観を許さなかったと思われる。我々もしばらく太田邸で暮していたが、やがて年末も近づいて来た。その頃、急に、我が家に移り住んでよいという許可が出たのであった。せめて正月くらいは自分の家で迎えられるようにしてやろうという厚意が実ったものと考えられる。日本人会に通知があり、正式に引っ越しが決まると、保安署員の任元浩氏も、喜んで駆けつけてくれた。

十二月に入り、雪も降り出していたが、我々は喜び勇んでいた。引っ越しして太田邸を去るのは、私たち一家と三宅先生一家で、大志茂さんはそのまま太田邸に残った。我々の出たあとには、竹浪さんの一家が移って来ることになった。こうして、日本人全体としても、住居に多少のゆとりができたというわけであるから、喜ばしいことであった。

殷栗市街地・周辺概念図

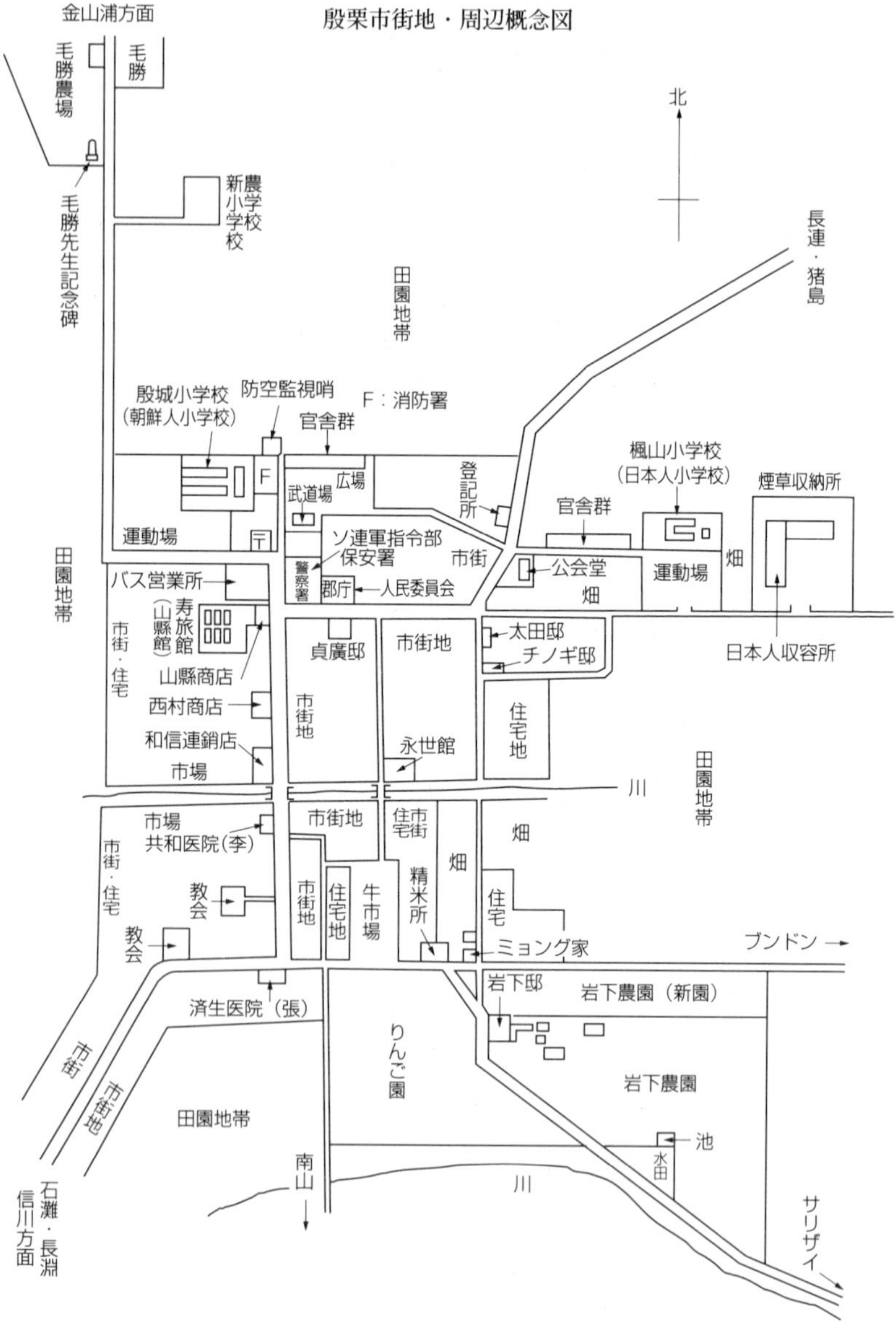
金山浦方面
毛勝農場
毛勝
毛勝先生記念碑
新農小学校
北
長連・猪島
田園地帯
殷城小学校
(朝鮮人小学校)
防空監視哨
F：消防署
官舎群
F
武道場
広場
登記所
楓山小学校
(日本人小学校)
煙草収納所
官舎群
運動場
ソ連軍指令部
保安署
警察署
市街
公会堂
運動場
畑
畑
郡庁
人民委員会
田園地帯
バス営業所
寿旅館
(山縣館)
市街・住宅
太田邸
チノギ邸
貞廣邸
市街地
日本人収容所
山縣商店
西村商店
市街地
住宅地
和信連鎖店
永世館
市場
川
田園地帯
市場
共和医院(李)
市街地
住宅市街
畑
市街・住宅
畑
教会
市街地
住宅地
牛市場
精米所
住宅
教会
ミョング家
ブンドン
岩下邸
岩下農園（新園）
済生医院（張）
りんご園
市街
岩下農園
市街地
田園地帯
池
水田
南山
川
サリザイ
石灘・長淵
信川方面

竹浪さん一家には、竹浪さんと夫人、息子の常利くんのほかに、おばあさん、すなわち竹浪さんの実の母親がいた。たまたま朝鮮に来たまま帰れなくなり、実に気の毒なことであった。何歳であったか正確にはわからないが、竹浪さん自身が六十歳に近い年齢であったと思われるから、母親は、多分、八十前後の年齢であったに違いない。煙草収納所での生活もさぞかし身にこたえたであろう。

もっと後の話であるが、この不運な人は、生きて再び祖国の地を踏むことなく、太田邸がその終焉の地となってしまったのであった。ただ、何としても行ってみたいという念願がかなってやって来た息子の任地で、その息子に看取られながら世を去ったのが、せめてもの慰めであった。葬儀などもせず、ごく内輪に取り計らわれたとみえて、私など、いつそのようなことが起こったか知らず、後になって人づてに聞いただけであった。もちろん、保安署や人民委員会など、関係各所に届けないわけにはいかなかっただろうし、日本人会としても、なんらかのお世話はしたであろう。遺体の処置の問題もあったはずだ。朝鮮人の場合ほとんどが土葬であったが、火葬場もあったから火葬にしたのではないかと思われる。だが遺骨にしても、日本に持ち帰るのは容易なことではない。

ところで、我々の引っ越しは簡単であった。家財道具などほとんどなく、夜具類や、台所用品、衣類などが多少の荷物になっただけで、距離も近かったから、まだ明るいうちに新居に落ち着くことができた。新居と言っても、ここが元来は私たちの家であった。だが、いまはいろいろと状況が変わっていた。留守番に頼んだ金鶴三氏も、私たちの入る部屋をきれいにして迎えてくれたが、いまさら彼に出て行けと言うわけにもいかないから、彼の一家もそのまま住み続けていた。それに、いつの間に入ったのか知らないが、「殷栗文化協会」と称する団体が、もう一つの部屋を占拠していたのであった。

我が家は、前に述べたように、オンドル暖房の平屋建て住居で、建物全体はL字型になっていた。その角の部分にかなり大きな台所があった。台所から東の方向に二つの部屋があり、南の方向に一つの部屋があった。したがって、台所には東向きと南向きの二つのオンドルの焚き口があり、それぞれにかまどが付随していた。台所の北西の隅には風呂場があり、北向きの、かまどのない焚き口があった。風呂は大きな五右衛門風呂で、親子三人が一緒に入れるほどのものであった。釜はセメントで固めてあり、洗い場と風呂釜とが一室を成していた。コンクリートの煙道と煙突とが建物の北側の裏庭に突き出ていた。便所は東側の二つのオンドル部屋の東の端にあり、オンドルの煙道は、便所の入り口の下を抜けて、建物の東の果ての煙突に通じていた。南側の部屋の南西の端にもオンドルの煙突が立っていた。

台所には、南側に両開きの大きな木製の扉があった。太い木製の閂《かんぬき》のついた開き戸で、これは当時の朝鮮家屋の象徴のようなものであった。この扉を開けると、二段ほどの段差があって、台所の土間に下りられる。中央には大きなテーブルが備え付けになっていて、ここで簡単な食事をすることもでき、時には来客をもてなすこともできた。

東側の二つのオンドル部屋のうち、台所に近いほうは、居住空間が、日本流にいえば四畳半ぐらいの大きさの部屋で、部屋の北側に、作りつけの戸棚と押入れがついていた。ここは、我々一家が寝室に使っていた部屋で、私の幼時体験に深く染み付いている部屋であった。まだ電灯がついていなかった頃は、冬の夜など、私と弟だけで淋しく寝ていると、西側の壁に取り付けられた神棚の上の灯明が、細い芯からオレンジ色の小さな炎と黒い油煙を立ち昇らせて、天井の一部を真っ黒に染めていた。この薄暗い唯一の照明の火が時折不思議にゆらめく中で、天井の絵模様を見上げていると、その規則的な絵模様が段階的に小さくなって、だんだんと目のすぐ近くまで近寄って来る。天井を指差しながら手を上げていくと、指はその絵模様を越えて、上に抜けていく。これは目の錯覚であるが、幼時の私には非常に不思議な現象だった。

屏風に貼られた婦人雑誌の口絵の中で、婦人と並んでいる白い犬が、いつもキツネのように思われた。私は本当のキツネを見たことはないのだが、当時の朝鮮には、実際にキツネやタヌキやヤマネコが棲んでいた。昼間は決して現われないが、夜には時折出没して、私の家でも何度か鶏を食われたことがある。イノシシも多く住んでいたし、ヌクテー（チョウセンオオカミ）もいた。私の家でも、ヌクテーに豚を殺《や》られたことがあった。殷栗の普通学校で飼っていた羊が、一晩に二頭も食い殺されたこともあった。ヌクテーは食い残した獲物は再び取りに来るというので、羊の屍骸に硫酸ストリキニーネを塗っておいたところ、翌朝、そこに、二匹のヌクテーの死体が転がっていたということである。

私は、熱病で寝ているときなどに、突然、一個の柱時計を見ることがある。その時計の針は、きまって正十二時を指している。それは盤面の四角な時計で、明らかに、この寝室の戸棚と押入れの中間の柱に下がっていた振り子時計である。戦後、任元浩氏が自分の家には時計がないので余分にあったら譲って欲しいと語り、収容所に入る時にこの時計は彼に進呈された。


この部屋には金鶴三一家が住み込んだ。私たち一家と三宅先生一家は、その隣の部屋に入った。この部屋の居住空間は約十畳くらいで、北側には、広い押入れがあった。南側の壁面には、やや大きいガラス窓があった。最初は純朝鮮式の小さい窓であったが、部屋が暗すぎるので、改造したものである。その時、南側の屋根下に二メートルばかりのひさしを取り付けたので、雨や雪が吹き込むのが避けられた。窓の外に木製の台を置いて植木鉢などを並べてあったが、いまはそういったものはなくなっていた。窓の西隣には朝鮮式の開き戸があり、その外にコンクリートの土台があって、簡単な玄関口を形成していた。北側壁面の東半分は押入れで、西の端には裏に抜ける小さな戸口があった。この裏は、物置になっていた。隣の部屋とを隔てる西側の壁面には、南の端に小さな引き戸があって隣室に通じていたが、いまでは金鶴三氏が私たちを訪ねて来る時以外は締め切りになって、私たちは常に南側の扉から出入りした。

もう一つの部屋は台所から南に伸びていて、十畳くらいの大きさであるが、その南端に二畳程度の床面積の温室が付いていた。床はコンクリートで固められ、南面は全面ガラスになっていて、日当たりがよかった。父は園芸も好きで、この温室の棚に、毎冬、シクラメン、シネラリアなどの鉢を並べて、見事な花を咲かせていた。他に、ゼラニウム、サボテン類、オモトなど、さまざまの植物が目を楽しませてくれたものだった。この部屋は夏は暑すぎるので、私の一家では、もっぱら冬の居室として使っていた。その間、東の部屋はりんご箱の倉庫代わりに使っていた。温室は、夜間に冷えるのを防ぐために、ガラス部分に、外側から厚手の帆布でできた防水カーテンがかかるようになっていた。普通、カーテンは部屋の内側に引くが、防寒という意味からすれば、内側では効果が薄く、外側のほうがはるかに効果的なのである。

いま、植木などは全くなくなり、この部屋には、「殷栗文化協会」のメンバーがたむろしていた。

状況は変わっても我が家は我が家で、私たちは懐かしく楽しい思いでいっぱいだった。毎日、りんご園も見える。庭先には四囲を四角なオンドル石で囲まれた井戸があり、その向こうに雪で白くなった南山が見える。前庭の東側には別棟の穀物倉庫があり、その脇に鶏のいない鶏小屋がある。その南側は穴蔵である。いつもの年なら、ここにりんご箱が山と積まれていたものだ。穴蔵は少し離れた所にもう一つあったが、いずれも半地下室で、地上部は土手で囲まれ、厚い藁屋根で覆われていた。これらの穴蔵に、毎年数千個のりんご箱が収容されていたのであった。

この年は、りんごの収穫期に留守にしていたので、ほとんど取って行かれてしまった。例年でも、アカシアの垣根をくぐって盗んでいく者が絶えなかったくらいだから、あるじのいなくなったりんご園には大勢の人々が勝手に出入りして、てんでに取って行ってしまったのであろう。しかしそれでも、かなりの数のりんごが木に残っていた。私の家のりんご園には十二種類のりんごが植えてあったが、最も多数を占めるのは紅玉と国光であった。他にスターキング、ゴールデンデリシャス、インドなどの高級種、倭錦《やまとにしき》、新倭錦などの大型種があり、その他の品種はごく少数しか植えてなかった。

紅玉はやや収穫期が早く、十月頃には熟したが、木に残しておけばかなりおそくまで残っており、養分が集中して完熟するので、普通ではとても味わえない強烈な味になった。国光は晩生種で、収穫期は十二月に入るので、雪の中で収穫作業をすることも多かった。我々は木に残っているりんごを取った。なんと、全部でりんご箱に二十五箱分も取れた。一箱に百個以上も入るから、相当なものである。一応、穴蔵に運び込んで保存したが、殷栗文化協会の連中がびっくりして、「少しほしい」と言うので、時折分けてやった。

朝鮮でも黄海道は、特に良質のりんごが取れる地域として有名であった。「朝鮮りんご」が、あまり日本に知られていなかったのは、歴史の浅いせいもあるが、輸出先が主に旧満州や中国であったためであろう。当時の交通事情では日本への船便輸送は時間がかかり、新鮮な状態での輸出が難しかったのであろう。その点、鉄道一本で送れる中国は好都合だったと思われる。父は果樹同業組合を作るなどしてりんごの品質向上に努めたが、その一環として、北海道大学からりんご研究の権威者であった島善鄰博士を招いたことがあった。島教授は殷栗のりんご園を視察して、「君、これは、人がりんごを成らせるんじゃなくて、りんごが勝手になるんだよ」と言ったそうである。剪定がヘタクソでも、施肥や消毒がいい加減でも、りんごがどんどん成熟する。気候風土がりんごに最適で、青森県などではとてもそんな具合にはいかないということであった。

私はりんご園で生まれ、りんご園で育ったので、りんごに対する思い入れは深い。また殷栗という町も、りんごを抜きにしては語り得ない。

金鶴三氏の一家

私は金鶴三氏を前から知っていたが、その家族と会うのは初めてであった。家族といっても、お妾さんと、五歳ぐらいになる息子だけである。他に本妻もいるはずだが、どこでどうして暮らしているのか、私は知らなかった。お妾さんは日本語が話せず、私たちと話すことはほとんどなかった。三十代くらいの年齢で、やや小柄、無愛想というほどでもないが、あまり愛想の良いほうでもないという感じだった。夫の金鶴三氏は昼間はほとんど留守にしていた。多分、店のほうに行っていたのであろう。失礼ながら、彼はお世辞にも美男子とは言えなかった。四十がらみの、がっしりとした体格で、背はあまり高くなく、眼がぎょろっとしていて、口が全体に突き出ていた。もし、ニックネームをつけるとしたら、「犬」にちなんだ名前をつけたいような感じであった。とにかく、彼の顔つきを見ると、何となく犬を連想してしまうのだ。しかし彼は決して無愛想ではなかった。ずっと以前から私の家にはよく出入りして、親しくしていたから、父も信用して金を貸したり留守番を頼んだりしたのであった。いつも黒っぽい無地の布でできた朝鮮服を着て、朝鮮靴をはいていた。朝鮮靴はゴム製で、カヌーを小さくしたような形をしており、先端が上に向かって尖っている。

五歳になる男の子は、父親に似て、ぐりぐりとした大きな眼をしていたが、そこは子供で、かわいらしく、愛嬌があった。いつも庭先で遊んでいるので、私たちは、この子をつかまえて、片言の朝鮮語で話をして楽しんだ。話すと言っても、相手もまだ十分にことばのしゃべれる年齢ではないから、「君は何歳か」とか、「これを食べるか」といった程度の会話で、私の朝鮮語のレベルからすれば、ちょうど手頃の相手だった。驚いたことに、この子は煙草を吸うのだった。私たちはあきれたが、親は知らないのだろうか、知っていても平気なのだろうかと、いぶかった。とにかく、誰かの吸いさしらしい紙巻煙草を持って来て、かまどの焚き口から持ち出した炭火で火をつけ、時には煙にむせびながら、吸って見せるのである。私たちが驚きあきれているのを見て、ますます得意になり、しきりに吹かしていた。

母は、朝晩に煮炊きをするので、金鶴三氏の二号夫人とは、毎日顔を合わせていたようである。母は、東向きのかまどを使い、彼女は南向きのかまどを使っていたが、毎日のように、彼女は母のところへ「サンジンケ、チュシヨ（サンジンケを下さい）」と言ってやって来たということであった。母は、「サンジンケ」の意味がわからなかったが、適当にうなずくと何か持って行ったが、ほとんど毎日同じことをくり返していたという。結局、最後まで「サンジンケ」の意味がわからなかったと母は語っているが、私にも何だかわからない。毎回燃やしてしまったらしいということから推察すると、火を焚くために使う棒のことかもしれない。剪定で切り落とされたりんごの枝には、かなり太くて長い枝が含まれていたからである。こうした枯れ枝は家から数十メートル離れたりんご園内に山のように積まれてあり、盗まれることもなかったから、我が家に居る限り、燃料には事欠かなかった。金鶴三家では松葉とか粟殻などを燃やしていたと思われる。当時としてはそれが普通の燃料だったからである。

我が家に戻って一番良かったことは、いつでも風呂に入れることであった。風呂は母が管理していたが、金鶴三一家も時には入れてくれと頼みに来たり、殷栗文化協会の連中も入れてくれと言って来ることがあった。彼らは日本人ほどには頻繁に風呂に入らない。実際、空気が乾燥していて、普段あまり汗をかくことがなかったから、蒸し風呂屋に行くことも多かったようである。私の家の近くにも蒸し風呂屋があり、夕方になると、ポー、ポーとほら貝を吹くような音がして、開業を知らせていた。私は行ったことがないのでよくわからないが、聞くところによると、地面に大きな穴を掘り、その中で焚火をして土を暖め、そこにござなどを敷いて暖まるらしい。たっぷりと汗をかいた後、冷水で汗を拭き取るということだ。

殷栗文化協会

殷栗文化協会という団体の性格がどんなものなのか、私たちにはわからなかった。公的なものか、私的な集団か、誰が主催者で、何を目的にしているのか。若い男女が主体のようで、夜遅くまでわいわいがやがやと騒いでいることが多かった。時には互いにふざけ合っているようなこともあり、大声で喧嘩しているかと思うと、女の泣き声が聞こえたりもした。

派手な色の衣裳を着て、厚化粧をした女性が部屋から出て来たこともあり、その様子では、演劇でもやっているように感じられた。また、時には、みんなで歌を合唱していることもあった。歌の練習をしているのか、コンパのあとで楽しんで歌っているだけなのかはわからなかったが、歌っている歌は朝鮮民謡だろうと思われた。それはどの歌も、メロディーが似ていて、哀調を帯びていたからである。同じ歌をくり返して歌っていることもあり、そんな時には、その歌のメロディーの一部が、私の脳裏に焼きついた。

朝鮮民謡は、私はあまり多くは知らなかったし、歌詞を聞いてもわからなかったが、とかく哀調を帯びたメロディーが多い気がする。そういえば日本民謡にも哀調を帯びたものが多いようだ。ひえつき節や五木の子守唄など、メロディーが哀愁を含んでいるだけでなく、歌詞も悲しい。ところで、日本によく知られた「アリラン」などは、日本の歌になってしまった感じがするが、「アリラン、アリラン、アラリヨ。アリラン、コゲロ、ノモカンダ」の後の二節は、元来、自分勝手に歌詞を作って歌うのだそうである。「トラジ」も、日本で知られているが、トラジというのは、キキョウの根のことで、これをよく水にさらしてアクを抜き、油炒めなどにして、食用にするのである。市場でよく売っていて、私も幼少の頃からよく食べたものであった。「ウンユル・クンサンポ、ペットラジ」という歌詞があり、殷栗郡金山浦（ウンユル・クンサンポ）はその名産地であった。

日本人に知られていない朝鮮民謡はたくさんあり、哀愁に満ちた歌の数が多いのは、民族性や歴史と深い関係があるのかもしれない。朝鮮半島は、中国と日本にはさまれて侵略を受けることが多く、全体が安定して統一・独立していた期間は少なかった。現在もまだ統一されていない。

終戦の年の暮れの我が家は、こんな具合で、奇妙な寄り合い世帯になっていた。それでも、古巣に帰った気安さで、私たちは、戦後の朝鮮での生活の中では、一番のびやかな気持で過ごせた期間であったかもしれない。だが私たちにも、日本人全体にも、焦燥の気持は高まって来ていた。ついに抑留のまま年を越そうとしており、しかも、日本帰還の見通しは、全然立っていないのである。朝鮮の南北統一も望み薄という情報が流れて、我々は一層憂鬱になった。街角にはいろいろなビラが貼られていたが、それを見ると、南朝鮮（韓国）側に対する過激な中傷ばかりであった。共産党、新民党などの党派の活動が活発となり、じわじわと政治を動かす力になりつつあった。ソ連駐留軍、人民委員会、保安署、共産党、その他の政党などの動きや、それらの間の微妙な関係のはざまで、一般朝鮮人民衆も不安をつのらせているように思われた。

殷栗文化協会は私の眼には、若者たちの自由奔放な活動の場のようにも見え、また退廃的な享楽の場のようにも見えて、何とも得体の知れない存在であった。

第17章　ミョングの死

タルグチ

既に述べたように、ミョングは、タルグチ牽きの仕事をしていた。私たちが日本に帰るときには、荷物を運んでやると言っていた。タルグチ牽きが、どの程度の収入になったのか私は知らないが、結構良いアルバイトになったであろうことは推察できる。タルグチの車体と牛とは借りるのであるから、当然、借り賃は払わねばならないであろう。運搬を依頼した荷主から運送賃を取り、タルグチの借り賃を払った差額が収入になるはずである。タルグチは、当時の輸送手段のかなり大きな部分を担っていた。トラックは極めて少数しかない上に、戦時中にはガソリンが不足して、あまり動かすことができなかった。木炭車に改造されたものもあったが、動力が不足して坂道が登れなかったり、頻繁に故障を起こしたりして、あまり使い物にならなかった。しかも主用幹線道路を除いては道幅が狭く、もちろん舗装されていなかったから、トラックの入れない道路も多かった。かくて、タルグチが重要な輸送機関となっていたのである。

タルグチの車体は、二個の車輪と荷物台、それに牛をつなぐための牽引棒とから成っていた。車輪は木製で、かなり大きく、車輪の外周に鉄製の輪がはめてあった。荷物台は前後に細長く、幅は一メートル余りあったであろう。二人の人間が並んで腰を下ろすには十分の広さがあったが、横向きに寝転ぶには狭すぎた。車輪が大きいので、荷台の最後部に腰掛けて脚を下に垂らしても、地面には全く届かなかった。牽引棒の先は牛の肩のあたりに掛けられ、外れることのないよう、しっかりと牛の体に固定された。タルグチの車体は規格化されていて、どの車体も大きさ、形状が同じに見えた。車幅が同じだから、道路には深くわだちの跡が刻まれ、どの車も同じ轍を踏んで進んだ。

タルグチ牽きは、一人で一台のタルグチを操作して、長い道のりを牛と共に歩んだ。牛を歩き出させる時や、なんらかの状況で牛が立ち止まってしまった時は、片手で牛の鼻輪を取り、片手で鞭を使って、「イリャ！　イリャ！」と掛け声をかける。牛が普通に歩いている間は、「チョッ、チョッ、チョッ、チョッ、……」と、舌打ちを絶えずくり返す。牛を止めたい時は、「ワァ、ワァ」とか、「ワァ、ワァ、ワァ、ワァ、ワァッ！」と、大声で掛け声をかける。

それだけなら簡単そうだが、実際には容易なものではない。冬の季節には根雪が道に凍りつき、滑りやすいし、わだちの跡が深く刻まれているので、別のタルグチと行き交う場合には苦労する。道はでこぼこしているし、登り降りもかなりきつい。大雨のあとや春の雪どけ頃には道がどろどろになって、時には車輪が地面にはまりこんで動けなくなることもある。そんな時は、大勢の人に助太刀を求めるか、どこかで別の牛を借りて来て綱をつけて一緒に引っ張らせるか、さもなくば荷物を一旦下ろして抜け出すしか方法はない。

十二月ともなると殷栗地方には雪が降り、少し積もればそのまま根雪となって、翌年三月頃までは消えない。ただし、あまり多く雪が降ることはなく、平均すれば三十センチ以上積もることは稀である。「平均すれば」と断ったのは、降る雪がほとんど粉雪で、強風にあおられた夜などは、まるでダイヤモンドダストのように月光にきらめき、ある場所では吹き飛ばされて地面が現われ、ある場所では吹き溜まりになって山のように積みあがったり、溝や窪地を埋め尽くしたりするからである。

積荷にはさまざまなものがあった。殻栗は米、粟、高粱《コーリヤン》などの穀類や、大豆、アズキ、緑豆《ろくとう》、胡麻、綿、唐辛子、にんにく、真桑瓜《まくわうり》、大根、白菜、たばこなどの農産物に恵まれていた。胡麻はもっぱら油の原料、にんにく、唐辛子は重要な香辛料で、大量に消費される。真桑瓜は特産品、白菜、大根は朝鮮漬けの主要原料である。

りんごも重要産物であるが、箱詰めにして大量に遠方まで運ぶので、トラックを使った。我が家の屋敷の西側には広場があり、ここにトラックが乗り入れた。この広場は道路より少し盛り上がっており、屋敷の門の外になっていたので、近所の子供たちの格好の遊び場になっていた。秋の収穫期には脱穀作業に使われた。稲の脱穀には、脚踏みの脱穀機が使われたが、大豆やアズキなどの豆類は、地面に莚を敷きつめ、刈り取って乾かした豆の木をその上に並べ、長い木製の柄の先に、並べて固定された二本の棒を鉄製の軸で自由に回転できるように取り付けた器具を使って、柄を振り上げて、豆の木を叩く。豆は莢《さや》から叩き出されるので、枝を取り除いた後、送風機と篩《ふるい》を組み合わせた機械で、ごみと豆を選別する。この作業は、「マタンジリ」と呼ばれていた。収穫は大きな秤で目方を計り、折半して、その半分を小作人が持ち帰る。その荷物を積んで行くのは、大抵タルグチである。タルグチの用途は実に広かった。

魔の瞬間

冬の積荷は、薪が多い。薪を最も多く必要とする季節である。この地方は松の木が多かったので、松の枝が多く使われた。枯れた松葉や枝は、やにを多く含んでいるから、よく燃える。ある程度枯れるまで野積みにされた薪の束は、かなり圧縮されて、容積の割に重くなる。請負い仕事では、一回の積荷の量を多くするほど運搬の効率は良くなるから、できるだけ積荷の量を多くしようとする。積荷の高さが高くなり、安定性が悪くなる。

ミョングは、力には自信があった。りんご園での耕耘でも、施肥でも、仕事が普通の人よりもずっと速かった。タルグチ牽きもある程度、場数を踏んで、自信が出ていたのであろう。その自信が、過信となって、裏目に出たのではないかと思われる。その瞬間を目撃した者がいるわけではないので詳しい状況はわからないが、あえて推測すれば、大体、次のような成り行きではなかったかと考えられる。

道路にでこぼこが多いから、片方の車輪が少しめり込んで、牛が難儀をすることがある。そんな時、タルグチ牽きは、めり込んだほうの車輪に手を掛けて、前方に回転するように力まかせに車輪を回そうとしながら、「イリャ、イリャ」と牛を激しく叱咤する。牛もそれに応えて、必死になって脚を踏ん張り、前進を試みる。タルグチ牽きが牛のそばを離れて荷台のわきに来る場合としては、こういった場合が最も確率が高いであろう。そのような時、タルグチ牽きの関心はもっぱら前進させることに集中し、積荷の状況への注意はおろそかになりがちであろう。

以上は私の想像にすぎないが、それはとにかく、現実に、タルグチは積荷と共に横転し、ミョングはその下敷きとなって倒れた。おそらく、一瞬の間の出来事だったに違いない。運命の女神は冷酷であった。打ち所が悪かったと見えて、彼はその場で死んでしまった。

思いもよらぬ突発的な事故であった。タルグチによる遭難事故というのは、私も他に聞いたためしがない。悲報を受けて、彼の妻、オンジョナーは、狂わんばかりに泣き叫び、地に伏し、転げまわって悲しんだ。朝鮮人は人前で泣くのを厭わない。周囲の人々も気がすむまで泣かせておく。

私たちも、この事件を直ちに知って、呆然とした。言うべきことばもなかった。我々が収容所に入れられたとき、最もよく働いて助けてくれたミョング、長年にわたって果樹園や畑仕事を力いっぱいにこなしてくれたミョング。そのミョングが、四十代の働き盛りで、忽然と消えた。とても信じられない不運であった。赤ん坊が生まれて幸福の絶頂にあった家族を、一瞬にして地獄の悲しみに陥れた不幸であった。妻のオンジョナーの嘆きもさることながら、ミョングの老いた父親の落胆は、いかばかりであったろうか。

僅か数カ月前、黙々として私たちの荷物を収容所に運んでくれた老人の姿が眼に浮かんだ。

私はまだ子供であったから、その後の葬式のことまでは関知しなかった。おそらく、通常の朝鮮式の葬式が行なわれ、遺体は土葬に付せられたのであろう。どこの墓地に葬られたかも知らない。金持ちの家ならば各自の墓所を持っているが、一般の人々は共同墓地に埋葬される。共同墓地は南山の東の山麓斜面にある。そこには無数の土饅頭が並んでいる。土饅頭はやがて、芝生に覆われ、時にはオキナグサの花が咲いていた。我が家の果樹園の前の道は南東の方角に向かい、その先に共同墓地があったから、時折、葬式の行列が通ることがあった。私は気がつかなかったが、ことによると、ミョングの遺骸もこの道を通ったかもしれない。

私は、一度だけ、朝鮮式の葬式に参列したことがある。それは、洪淳幹《こうじゅんかん》という殷栗屈指の大金持ちの人の葬式であった。その邸宅は、洋風二階建ての、御殿のような豪華な建物だった。千人にも及ぶ大勢の参列者があり、葬儀の行列は延々長蛇の列を作った。

葬儀の行列の先導は太鼓である。太鼓を吊り下げた男がドーン、ドーンと打ち鳴らして、行列の前触れをする。鉦を鳴らす男がそれに続く。その後には、親類縁者や、雇われた「泣き男」、「泣き女」たちが、声も涸れんばかりに泣き叫びながら、ゆるゆると進み、棺を載せた架台が大勢の男たちによって担がれて後を追い、担いでいる人々や、そのあとに続く参列者たちが、声をそろえて弔いの歌を歌う。柩の上には幕が張られ、その周囲には、飾りつけられた色とりどりの絹布が、ひらひらと風に舞っている。

もちろん、これはかなり裕福な家族の葬儀であって、ミョングの遺族たちがそんな華やかな葬式をしたとは考えられない。しかし、死者を悼む気持は、どんな葬儀でも、変わりはない。

伝染病の恐怖

冬には、カラスの大群が舞った。何百羽という大群が、球形の集団を形成して、野から山へ、山から林へ、林から里へと移動する。どのカラスが中心ということはない。一羽一羽が全く勝手に仲間の周辺にまといつく。「烏合の衆」ということばが、まさに適切だ。そうした無作為の集団行動が、統計的結果として、球状集団を作り上げるのである。この集団の形状はたえず揺れ動いて変化し、その重心は不規則に動き回る。時折、何物かに取り憑かれたように、急速に移動する。轟然たる羽音はまるで爆音のようで、不気味さを越えて恐怖感をそそりさえする。

カラスが縁起の悪い鳥だというのは人間の勝手な思い込みで、カラスから見れば、人間が縁起の悪い動物に見えるかもしれない。黒が闇を連想させ、無秩序な集団行動が不気味さを感じさせるのであろうか。「カラスの濡れ羽色」ということばがあるが、鳥の羽毛は水をはじくから、濡れることはない。これは想像上の色であろう。朝鮮にはカササギが多いが、カササギはあまり群を作らない。カササギはよくりんご園にやって来て、りんごを食い荒らす。カササギの羽色は白と黒であるが、その黒の羽毛は、ルリ色の光沢があって、実に美しい。

カラスとは逆に、縁起の良い鳥とされる丹頂鶴が、冬の殷栗の野原に、大挙して飛来する。保護鳥になっていたから、狩猟の対象となることはなく、安心して餌をあさっていたが、戦後には、ソ連兵が鶴を撃って食用にしたようである。丹頂鶴は整然と列をなして飛ぶ。用心深い鳥で、人間が近づくとすぐに飛び立つが、体重があるから、激しい羽音を立てて、おもむろに浮上する。地上で餌をついばむ姿を遠くから見ると、まるで人間が落穂拾いでもしているように見える。

冬には、畑の作物が刈り取られ、雪で白一色に塗り替えられるから、鳥の姿がよく目立つ。こうした鳥たちに混じって、ミョングの魂も、空をさまよっていたのかもしれない。鳥たちが寝静まった深夜にも、北西風の唸りの中で、満たされない心を抱きながら、ミョングの魂は空を漂っていたような気がする。

話は前後することになるが、ミョング一家にかかわることなので、ここで続けて述べることにしよう。それは、年が明けてからのことである。

ある日、ミョング未亡人のオンジョナーが、幼い息子を抱いて我が家を訪れた。父や三宅先生は仕事に出かけて留守で、母が応対した。オンジョナーは、胸のあたりに抱いた子を見せながら、母に向かって、「オクサン、ポシヨ」と言った。「奥さん、見て下さい」という意味である。言われるままに、母がのぞいて見ると幼児は、ひどく赤い顔をしていた。そして、顔や手などに赤い発疹があるのが見えた。母がさわってみると、かなりの高熱があるらしく、異常に熱気を帯びていた。母に医学の心得があるわけではないから、何の病気かわかるはずもなかったが、オンジョナーは心配そうに母の表情をうかがって、一体どうしたのだろうかと問いかけた。

当時、人類はまだ、さまざまな伝染病に悩まされていた。結核は不治の病とされており、私の叔母や、従兄の一人も結核で死んだ。殷栗の警察に勤務していた山田巡査も結核で亡くなり、私たちの学校に通っていた三人の娘の一人も、同じ病で死んだ。残された傷心の母子は、日本に引き揚げて行った。それは戦争中のことであった。父も腸チフスで死にかけたし、鎮南浦の小堀先生の長男も腸チフスに罹って、朝鮮と中国にチフス菌を振り撒いた。彼自身は助かったが、チフスをうつされた小堀先生の末娘と、彼の妻となって中国に住んでいた私の従姉が死亡した。

とにかく、そんな時代であった。母は、オンジョナーに抱かれた子供を見て、水疱瘡《みずぼうそう》を思い浮かべたのだった。母が実際に見たことのある病気で、発疹のある病気といえば、はしかと水疱瘡くらいのものであった。私も小学生時代に水疱瘡にかかったことがある。体中に水膨れのような疱疹ができ、大きいものは親指の頭ぐらいになった。死ぬようなことはほとんどなく、一度罹れば生涯にわたって免疫ができる。

母はしかし、朝鮮語で水疱瘡を何と言うか、知らなかった。だから、自分の息子もかかったことがあるなどといろいろ話して、とにかく安静にして寝かしておいたほうがよいから、抱いて歩いたりしないで、家に帰って寝かしなさいと言った。それ以上、どうすることもできなかった。医者に往診を頼むなどということは、一般の朝鮮人農民にできることではなかった。

オンジョナーは、母の言葉に従って、子供を抱いたまま家に戻った。しかし、どうにも心配で、いても立ってもいられない心境であったようだ。夜になってから、今度は自分一人で私の家を訪ねて来て、「オクサン、オラグヨ」と、おろおろしながら言うのであった。母に来てくれと言うのである。母は連れ立って今は亡きミョングの家に行った。

しばらくして、母は戻って来たが、結局、同じことであった。何とかして助けてやりたいが、どうすることもできなかった。ただ、幼児の生命力に期待するほかなかった。

だが、事態は非常に悪かった。やがてわかったことであるが、子供の病気は天然痘であったのだ。終戦前までは、強制的に種痘が行なわれていた。当時は、腕にワクチンを植え付けるので、大概はそこが腫れて、膿を持つようになり、時にはかなり長期間、腫瘍ができたままになっていることがあった。そんなわけで、成長してからも、腕にいくつかの痕跡が残り、天然痘の予防接種の証明のようになっていたものだった。

その時まで、私は、誰かが天然痘に罹ったという話を聞いたためしはなかった。実際、ほとんど完全に根絶していたのであろう。ただ、かなりの年配の朝鮮人の中にはひどいあばたの残っている人があり、その人の若い頃には、種痘が行われていなかったらしいと、想像した程度であった。だが、終戦後、経済的な変化が起こっていた。自給できる物資は豊かになり、輸入していた物資は欠乏した。流通機構が停滞してしまったからである。戦時中は食糧が不足した。殷栗は穀倉地帯であり、農産物は豊かであったが、日本政府は供出を強要し、大量の食糧が強制的に取り上げられた。だが、日本の敗戦によって供出はなくなり、この年には自然災害もほとんどなかったから、食糧事情は好転していた。だが、他から供給を受けていた工業製品、電球や電気器具、機械類や化学製品、文房具、医薬品などは供給が絶えて、急激に値上がりした。マッチなども貴重品になった。

戦後の混乱期に、中国や、旧満州（中国東北地区）から流れて来た人々がかなりあり、天然痘の病原菌も、そうした人々の間から伝わったのかもしれなかった。あとになってわかったことだが、予防接種を受けたことのない老人や幼児に患者が現われ、冬に向かって蔓延する傾向が見え始めたのであった。一月になって急激に流行し、多数の犠牲者を出す事態に至ったのである。ワクチンの補給がままならなかったから、手の打ちようがなかったのであろう。

ミョングがこよなく愛した一粒種の幼児は、こうして、あまりにもあっけなく、短い生涯を終えてしまった。天空をさまようミョングの魂にさそわれて、昇天してしまったかのように思われた。我々は再び、狂乱したオンジョナーの叫び声を聞かなければならなかった。

ソ連兵たちと話す

話をもとに戻そう。十二月に入っても、我々が日本に帰れそうな、明るい見通しは、全然見当たらなかった。日本国内の状況もほとんどわからなかったし、朝鮮半島全体としての動きも、全くわからなかった。その点では、一般朝鮮人民衆にしても、同様であったようだ。ソ連軍司令部では、司令官をはじめ上級将校は家族を本国から呼び寄せて暮らしており、ソ連軍の軍政もそう簡単には終わりそうもなかった。ソ連の軍票が発行され、これも流通していたが、日本人はもちろんのこと、朝鮮人もこの軍票をあまり歓迎していなかったようだ。いずれソ連の軍政が終われば通用しなくなると考えたからであろう。私も軍票を手にしたことがあるが、赤や青などの原色を多く使った紙幣で、黒を基調として重々しい図柄の日本銀行券や、朝鮮銀行券と比べると、何か薄っぺらな感じがしたことを覚えている。いまだに残念なことは、この軍票を何枚か持って帰ろうということを思いつかなかったことである。今持っていれば、極めて珍品のコレクションになったであろう。父は、以前に手に入れた、旧満州国の紙幣を何枚か持ち帰った。

ソ連軍の司令部の中に一人だけ日本語を話せる将校がいた。金髪碧眼で、痩せ型で、見るからに優しそうな顔をしていた。文法的にやや怪しいところはあったが、わりに流暢に日本語をしゃべっていた。私は直接話したことはなかったが、ある時、荒谷君、貞廣君と一緒に歩いていたときに、偶然、この将校と出会ったことがあった。私たちは立ち止まって、その将校のほうを眺めていた。彼はにこにこ笑いながら我々に近づいて来て、「ナニヲシテイルンダ、カ?」と言った。ちょっと変な日本語だななどと思いながら、私たちは何と答えたらよいかわからず、互いに顔を見合わせていた。将校は笑いながら行ってしまった。ただそれだけであった。

日本人の大人たちは、日雇い仕事でいろいろな所に出かけていたが、ソ連軍司令部や将校の宿舎などにも行くことが多かったので、何人かのソ連兵と親しくなっていた。ソ連兵の中にもいろいろな性格の人物がいて、中には非常に人なつこい感じの人もいた。ミハイルという名の男は特に人気があった。彼は金髪のロシア人で、故郷にいる家族のことなどを、片言のロシア語や身振り手振りで話した。日本人が片言のロシア語しか理解できないので、彼もまた片言のロシア語をしゃべるようになるのであった。考えてみればロシア本国は遠い。しかもナチスドイツとの戦いで国内が戦場となり、親兄弟や親戚などを失った者も少なくないのだ。自分の親族が死んだという話を、何人かのソ連兵が語っていた。

私たちは家にばかり引っ込んでいたのでは退屈なので、よく殷栗の中心街に遊びに行った。山縣、西村、貞廣の三家が、互いにほぼ同じ距離で、正三角形に近い形に散在していたから、子供たちも、その近傍で遊んでいることが多かった。ソ連軍司令部は、山縣館のすぐ前のあたりにあったから、ソ連兵と出会うことは珍しくなかった。彼らも子供たちに懐かしさを感じることがあったらしく、近寄って来て話して行くこともあった。もちろんことばが通じないから、片言のロシア語と手まね身振りだけであった。時には、彼らから黒いロシアパンや缶詰などをもらうこともあった。

司令部の脇には、よく軍用トラックが駐車していた。緑がかったカーキ色一色に塗られた、角ばった車体構造が珍しかったので、私たちはそのまわりを廻りながら眺めていた。運転台の近くで、ソ連兵と保安署員が話しあっていた。やはり片言のロシア語と身振りなので、単純な会話しかできない。いろいろな物を指差して、これはどこの国の製品か、とソ連兵が尋ねているのであった。日本製なら「ヤポンスキー」、朝鮮製なら「カレースキー」と答えるのである。ところが、ソ連兵が指差すどの製品もみな「ヤポンスキー」なので、保安署員は少し気を悪くしていた。最後に今度は保安署員がトラックを指差して、ソ連兵のほうを見た。私は、当然ロシア製、すなわち「ロスキー」だと思っていたが、案に相違して、ソ連兵は首をひねり肩をすくめて、「わからない」という身振りをした。私たちはトラックの各部を念入りに調べた。すると、一色に塗りつぶされている車体の一部に刻みつけられた「いすず」のマークが目についた。これには私も驚いた。日本軍からの分捕り品であったのだ。私たちにはすぐわかったが、ソ連兵だけはわからず、「どこの製品か」と目顔で尋ねていた。保安署員はまた渋い顔をして、「ヤポンスキー」と答えた。当時、朝鮮で使われていた工業製品はほとんど日本製であった。殷栗にたった二台しかないタクシーだけがアメリカ製であった。バスは、私の幼い頃、幌付きのフォードが走っていたことをかすかに覚えているが、終戦当時にはすべてトヨタなどの日本製であった。

ソ連兵からもらった缶詰を改めてよく調べてみたら、「ぎょだんやさい」というひらがなの文字が刻まれていた。これも日本軍からの分捕り品だったのである。中身は、魚のすり身を丸めて団子にしたものと、大豆などの野菜を煮て、味付けしたものであった。それでも当時の私たちにとっては、すばらしいご馳走だった。

第18章　日本人文化協会

子供たちの学芸会

日本人は、一応自由の身になったとはいえ、このままでは、将来に何の希望も持てない。日本に帰れるのか帰れないのか、それさえはっきりしなかった。誰もが、いつかは帰れるのだと思いながらも、確信は持てなかった。そうして何カ月もの月日が空しく過ぎて、やがて年も暮れようとしている。考えれば考えるほど焦燥感にかられるので、なるべく考えないようにしてもやはり思い出して、ため息が出てくるのであった。人民委員会、保安署、ソ連軍司令部からも、なんら情報は得られない。彼ら自身、わからないのだ。なぜこのような状態が続いているのか、鍵を握っているのは一体何者なのか、それも全然わからなかった。スターリンであろうか、ソ連の東洋方面軍の司令官だろうか、それとも新しい朝鮮共和国の首脳部であろうか。

私はここ殷栗が生まれ故郷であったが、だからといって、こんな状況でここに留まっていたいとは、決して思っていなかった。小学三年生のとき、夏休みに一カ月ほど家族連れで日本に旅行したことがあるだけで、私にとって日本は未知の国に等しかったが、それでも、日本に帰りたいという思いは皆と同じであった。

学校が閉鎖になって、子供たちは、ただ遊ぶだけの毎日だった。学校が休みだというと喜ぶ子供たちであっても、こう長くなり、いつまで続くかもわからなくては、だんだん退屈してくる。ただ、大人たちほどには深刻に物を考えないだけである。

ある日、私は、子供たちを集めて、学芸会のようなことをやってみようと思い立った。どうして、何がきっかけで、こんなことを考えたか、今は全く思い出せない。とにかく、小学校時代に、毎年、学芸会が行なわれていたことは、よく覚えている。三宅先生夫人はなかなか多能多芸の人で、娘の油子さんに琴を教えたり、舞踊、遊戯の指導や、衣裳の振付けまでやって、学芸会のプログラムを華やかにした。演劇、狂言、朗読、合唱など、多彩な出し物で賑わったものであった。ある年などは殷城小学校（朝鮮人学校）の大教室を借りて大掛りにやった。日本人の親たちばかりでなく、朝鮮人の生徒や親たちも大勢見物に来た。私は狂言の殿様の役を与えられ、終わったあとで、役者一同が並んだところで、「礼！」と号令をかけて客席にお辞儀をしたが、その時、かぶっていた烏帽子がぽとんと床に落ちたので、満場爆笑となった。羞かしかったけれど、これがご愛嬌になって、場内は湧き立った。後日、私が家の近くを歩いていると、近所の朝鮮人の子供たちが、お辞儀して帽子を落とす真似をして笑っていた。見物に来ていたらしい。

私は羞かしがり屋だったけれど、もう中学生で生意気盛りになっていたから、思い立つと早速実行に移した。当時小学生だった子供たちのほとんど全員が集まった。場所は貞廣さんの家であった。山縣館（やまがたやかた）はほとんど満員状態になっていたが、貞廣、西村両家は比較的空いていたのであった。一階の広い部屋を二つほど使って、客席と舞台を作ることができた。貞廣君と荒谷君は中学生なので参加しなかったが、貞廣君の弟の正見ちゃんと、妹の秋子ちゃんは参加した。荒谷君の二人の弟、進《すすむ》くんと勝《まさる》くんが参加した。私の家からは、弟の隆二と、三宅迪子ちゃん、太田三樹ちゃんが参加した。西村兄妹、私の弟と同級生で親友の山縣正浩くん、竹浪常利くん、河合哲ちゃん、永田京子・綾子姉妹、内務主任の大西さんの娘さん、警察署長の娘工藤政子ちゃん、穀物検査員の木村朝子ちゃん、毛勝先生の孫娘、等々で、総勢は約二十人に達した。

私は、大勢集まったので、気を良くして、大いに張り切った。毎日、貞廣邸に通って、練習、指導に熱中したのであった。私が主催者となり、すべての計画は、私一人でやった。それだけに、極めて独断的な催しになった。今考えてみると、ずいぶん無謀な企てであったけれど、当時の私は、一向に抵抗を感じていなかった。

プログラムの詳細は覚えていないが、私が経験した学芸会を下敷きにしたものであったことは確かである。小学一年生から六年生までの男女がいたから、いくつかの組に分けて歌を歌うだけでも、かなりの時間を埋めることができた。それに、対話劇や、朗読や、演劇。演劇は、私が台本を作り演出もした。よく知られた物語に題材を取ったものもあったが、私のオリジナルもあった。それは前に述べたような科学冒険もので、国籍不明の架空の物語であった。私自身は出演しなかったが、得意の幻灯を使って紙芝居をやったりした。

照明装置などはないから、ただ、電灯をつけたり消したりするだけであった。楽器といえるものはオカリナぐらいしかなかった。音響効果もほとんど考えつかなかった。学芸会では、あまり音響効果は使わなかったからである。舞台も特に作るわけにいかないから、客席と同じレベルであった。カーテンを使って幕にし、楽屋はないから、廊下を伝って幕の中に入り、出番を待つ間は客席で待機した。特別に衣裳をあつらえることもできなかったから、ありあわせの衣服で間に合わせた。したがって、ほとんど普段着のままだから、舞台に上がる準備も極めて簡単なものであった。演劇にも大道具は一切使わず、手製の小道具か、ありあわせのものを使った程度であった。それでも、プログラムを組んでその通りに実行するには、かなりの練習期間が必要であった。多分、二週間以上かけたであろう。

子供たちも退屈していたので、この私の企画には喜んで乗ってきたようだった。私自身としては、本番の公演よりも、毎日の練習のほうが楽しかった。大勢の子供たちが私の命令のままに動くのは愉快であったし、得意でもあった。出し物には歌が多かったが、私は元来、音楽は不得手で、学校の音楽の成績はいつも良くなかった。歌を歌わせられると上がってしまって、調子が狂ってしまうのであった。音痴だったわけではない。家で一人で歌う時は、とにかく人並みには歌えるのである。人前で歌うというのが、どうしても苦手だったのだ。私は、学校では、二番目に歌が下手だと思っていた。二番目というのは、もう一人、私より下手がいたからである。それは荒谷君の弟の進ちゃんで、彼は全く音程が変わらないのである。喉か鼻に病気があったのかもしれない。

私も、しかし、中学校で上級生にいじめられて、多少は度胸がついたようである。また、相手がすべて年少の子供たちばかりだったということもあったかもしれない。自分で歌ってみせて、教えることができるようになった。歌う歌は、誰でも知っている童謡や、小学唱歌のようなものであった。ほとんどが小学校で習った歌であった。戦時中には、学校で軍歌、すなわち軍国歌謡なども教えられたが、この公演では一切取り上げなかった。軍歌など歌える雰囲気ではなかったし、私も歌いたくなかった。

私も、終戦以来、初めて充実した気分になれた。公演が成功するかどうかということは、それほど問題ではなかった。私にとっては、創造的な活動をしている過程が、何よりも楽しく、何よりも大切であった。

子供たちは不思議なほど従順だった。私の身勝手な注文や要求にも、一生懸命に応えてくれた。こうして練習は順調に仕上がり、やがて公演の日を迎えた。

この公演には、特に名称はつけなかったと記憶している。私自身は、「殷栗文化協会」の向こうを張って、「日本人（ヤポンスキー）文化協会」などと言っていたが、そうした名前は表面に出さなかった。とにかく、口コミで話は伝わって、当日は貞廣邸にぞろぞろと人がつめかけて来た。男の大人たちは仕事に出なければならないので来なかったから、集まったのはほとんどが女性客であった。出演する子供の母親や兄姉などはもちろん、小学生の子供のいない母親、独身の婦人などまでやって来て、客席に当てられた部屋はいっぱいになった。

私も、こんなに盛況になろうとは、予想していなかった。終戦以来、何かとうっとうしいことばかりで、娯楽らしい娯楽は何もなかったし、毎日仕事に出ている男たちと違って家にこもりがちな婦人たちは、日々の生活にうんざりしていたのであろう。そういった状況のもとで、私の企画は図に乗ったというわけである。私も張り切ったし、出演の子供たちも真剣になって出番を待っている様子がうかがえた。

二度の公演

本番は、大成功であった。——手前味噌かもしれないが、私はそう感じていた。もし、これを普通の学芸会と比較したら、演目も貧弱で、子供たちの演技も未熟であったに違いない。それに、華やかな舞台も衣裳もなかった。だが、私の自己流のプログラムや演出も、物珍しさでカバーされ、二時間近い時間を、とにかく持たせることができたのであろう。

一番受けたのは、上級生グループの合唱であった。「故郷」と題する歌、

兎追ひしかの山、小鮒釣りしかの川、
夢はなほもめぐりて、忘れがたきふるさと。

そして、

志《こころざし》を果たして、いつの日にか帰らむ、
山は青きふるさと、水は清きふるさと。

古めかしい歌詞であるが、この頃の唱歌には、文語調のものが非常に多かった。二番目の歌詞の、「いつの日にか帰らん」という所が、帰国を待ち望む人々の感傷に訴えて、涙を浮かべる人が多かった。全演目が終わって、お客が帰る段になると、「ありがとうございました」という言葉が私に集中して、私は嬉しかったけれど面はゆく、戸惑いを感じていた。

その日は満ち足りた気分で家に帰ったが、終わってしまうと、あとが淋しい。それは子供たちにしても同様であったろう。しばらく日が経ってから、私はまた、第二回の公演をやろうと決心した。そして再び練習を始めた。だが二回目というのは、いろいろと難しい点がある。前回と同じでは飽きられるからプログラムを一新しなければならないが、そう目新しいアイディアが湧くわけでもないから、出し物を変える程度で、二番煎じの域を出ない。だがそれにもかかわらず、再度公演をやろうとしたのは、本番の首尾、不首尾よりも、練習をやっている過程に意義を見出していたからに他ならない。

冬の寒さをものともせず、私は、また続けて貞廣邸に通った。幸いなことに、私の一家も、三宅先生一家も、その他の家族や子供たちも、風邪をひいて寝込むようなことがなく、健康状態は悪くなかった。食糧事情は良いとは言えなかったが、日雇い仕事の稼ぎがあって、当面の食いつなぎは何とかなった。一日

分の日当は十円であったが、時には割りの良い仕事もあり、そうした臨時収入は個人が懐にしないで平等に振り分け、働き手のない家庭には婦人向きの仕事を優先的に廻したり、特別な援助をしたりしていた。こういった庶務、会計の仕事は、もと庶務主任の白土さんと、同じく郡庁に勤めていた若手の西さんが中心になって担当し、元小学校教員の若生《わかお》先生や、登記所長の高野さんなどが手伝っていた。

当時の私にとっては、そうした大人の世界のことは遠い彼方の問題で、子供たちは子供たちで独自の世界を構成していたのである。

初めての公演に成功した私は、さらに大胆になって、私好みの出し物や、構成に力を注ぐことになった。だが、子供たちも、同じような練習が毎日くり返されると、少しずつ飽きて来て、不活発になったり、気乗り薄になったりする傾向も現われて来たので、私も、活気を入れるために、引き締めにかからなければならなかった。子供たちの気分を集中させるために、正座の訓練を試みたりした。一方では、私の個人色が強まり、他方では、子供たちの熱意がさめていったように思う。だがそれでも、私は毎日が楽しかったし、子供たちも練習をやめようとはしなかった。狭い社会だから、一人だけ抜けるわけにはいかないという事情もあったであろう。こうして、前回から半月ほどの間で、第二回の公演が行なわれた。

「柳の下にどじょうはいない」と言うが、二回目の公演は、一回目に比べて、大分入りが悪かった。それでもかなりの見物客は入ったが、最初の時のような熱気と期待感は感じられなかった。それはやむを得ないことと、私は最初から観念していた。客が少なかろうと、評判がどうであろうと、自分流の演出を実行できれば私には悔いはなかった。

とにかく、無事に第二回公演は終わり、人々は帰って行った。第一回のような感動はなくても、手頃な暇つぶしにはなったであろう。私もほっとしていた。ほとんどの客が帰ってしまったあとに、「三人娘」が残っていた。「三人娘」とは、元警部補鋲賀《びょうが》さんの娘と、郵便局長永田さんの長女と、近在で農業を営んでいた合原《ごうはら》さんの娘であった。年齢がほとんど同じ――多分、十八歳前後――で、気が合ったのか、いつも三人でかたまっていた。鋲賀さんはこの中では中心人物で、最も活発であった。背丈も一番高く、丸顔で眼の大きな美人で、頬や額が光るほどに、皮膚の色艶がよかった。ややグラマーな体形で、十分大人に負けない色気が感じられた。永田さんはやや小柄で、やはり丸顔であったが、眼鏡を掛けていたので、おとなしい感じがした。整った顔立ちではあったが、輝くような美人とは言えなかった。しかし、しっとりとした落ち着きを感じさせた。合原さんは、良い意味で、田舎育ちの素朴さを持っていた。万事控え目で目立たなかったが、やや面長で、陽に焼けた顔は、逞しそうな体格と共に、野性的なイメージを与えた。

三人娘の先頭を切って歩いて来た鋲賀さんは、私を見ると、いきなり、「チャンチャラおかしいわ」と言った。私は鋲賀さんとそれまで一度も話したことはなく、顔は知っていたものの、まるで別世界の人間のように感じていた。突然、こんなことを言われても、火星人に話しかけられたようなもので、ただ唖然として眺めていた。彼女も、言うだけ言うと、さっさとどこかへ行ってしまった。すると、永田さんと合原さんの二人が急いで戻って来た。

「ひどいわね、あんな言い方って、ないんじゃない?」

「失礼だわよ。みんな一生懸命やっていたのに……」

二人は、口々にそう言って、私を慰めてくれた。私がショックを受けたと思っている様子であった。実は、私はその時になって初めて気が付いて、そう言えばなるほど失礼な批評だったんだな、と思っただけであった。私は自己満足していて、他人がどう受け取ったかということは、ほとんど考えていなかったのであった。だが、二人の女性がそう言ってくれたことは、嬉しかった。

このこととは関係なしに、私はもう学芸会ごっこはやめるつもりでいた。私自身、十分に楽しんだし、子供たちも、三度目をやるほどの熱意は持っていないに違いないと考えたからである。こうしてヤポンスキー文化協会は幕を閉じたが、我が家の一角に居を構えている「殷栗文化協会」のほうは、その後も毎日練習を重ねて、興行の準備をしていたらしい。

さまざまな男女関係

私たちは収容所を出てから太田邸に移り、さらに我が家に戻ったが、いずれにしても殷栗の中心街から少し離れていたので、山縣館で起こっていた事件は、人々の口から聞いただけであった。それでも、狭い日本人社会の中であるから、微に入り細を穿った話が各方面から伝わって来た。山縣館には日本人会長の毛勝先生もおり、日本人全体の大部分が住んでいたから、ソ連軍や保安署などとの関係も勢い深くならざるを得なかった。

我々が収容所に入れられていた頃に悩まされた、ソ連軍の女狩りはいまだに続いていた。旧満州から流れて来た二人の女性が、そのたびに出かけて行った。この二人も山縣館に住んでいたのである。ソ連軍将校も、昼間、しらふのときは取り澄ましているが、時折、宴会のあるときにははめをはずすこともあったようだ。本国から家族を連れて来た者はそうでもなかったであろうが、独り身で暮している者は慰めを求めていたらしい。しかし収容所の頃と違って、彼ら自身が女性を求めて日本人の棲み家にやってくることはなかったようだ。何人かの朝鮮人たちが、「使者」としてやって来るのが常であった。

この「使者」たちが、どういう立場の人間であったか、私にはわからなかった。ソ連軍人のそば近くにいる人物に違いないから、勝手に寄って来た一般の人々ということはあり得ない。やはり、人民委員会、保安署、共産党などの関係者の他は考えられない。こうした所の上層部がソ連軍将校の宴会に呼ばれることもないとは言えないが、上層部の人間なら「使い走り」の役を演じるはずはない。おそらく彼らは、宴会の世話役のような立場の者であろう。人民委員や保安署員はそれぞれに職務があって忙しいし、ソ連軍の宴会の世話をするにふさわしい立場とは言い難いから、一番可能性の高いのは共産党員であろう。彼らの立場は「民間人」であるし、当時としては、ソヴィエト連邦は共産主義の盟主国であるから、彼らが、ソ連軍首脳に近づこうとするのも理にかなっている。宴会の世話ぐらいは喜んでやるであろう。もちろん、これは私の推測にすぎない。だが、その後に起こった事件を通じて考えれば、可能性は高いと思われる。

このような状況下にあったから、山縣館に住む若い女性たちは、できるだけ目立たないように心がけていたし、万一の場合に備えて用意もしていた。山縣さんの所に来ていた親戚の愛甲さんを隠すために、山縣さんの所では床下に秘密の隠れ家を作っていた。いざという時は、畳を上げてその下に入り、元通りに畳を敷いておくのである。家捜しをされてもわからないようにという用心であった。本田さんの娘は極端に髪の毛を短く刈って、男の子のような服装をしていた。

ところで、一方、これとは別な男女関係が生じていた。

保安署員の中に、「国本《くにもと》」と呼ばれている男がいた。もちろん、この名は日本式の名字であるから、本来の姓名は別にあるわけだが、日本人たちはみんな「国本さん」と呼んでいて、私はついに本名を知り得なかった。彼は二十代と思われる若い署員で、背が高く、すんなりとして、いくぶん、やさ男といった感じではあったが、なかなかの美男子であった。いつ頃からかは知らないが、彼は山縣館の鋲賀さんのところに頻繁に出入りしていた。大勢の日本人家族が住んでいる山縣館のことだから、「国本と鋲賀さんの娘ができている」というウわさは、誰知らぬ者もなかった。当人たちも秘密にしようとは思っていなかったようである。だが周囲の人々は好奇の目をもって眺め、「どうやって互いに近づいたか」、「出会った二人は何をしているか」、「どこまで関係は進んでいるか」、などと詮索の網をめぐらしていた。

ずっと後になってからであるが、毛勝先生が私の父に、声をひそめて、この件についての情報を伝えていたことがある。私は父のそばにいて一緒に聞いていた。毛勝先生がある日トイレに入ろうとしたら、ちょうどそのトイレから鋲賀さんの娘が出て来たところであった。山縣館のトイレは各棟ごとにあったが、男女共用で、汲み取り式であった。当時は旅館の客用トイレでも水洗式はほとんどなかった。毛勝先生がトイレに入って下を覗くと、白い大きな綿のかたまりのようなものが見えた。どこから取って来たか知らないが、先生は長い棒を持って来てその白い塊を突っついて、中の方を調べて見たのであった。すると、べっとりとした血の色が現われ、血に染まったかたまりの内部をさらにつつくと、そこに何か小さな、奇妙なものがあるのが見えたというのである。毛勝先生は、「それは、まだ小さな、胎児であった」と、ほのめかしている様子であった。毛勝先生もなかなかの助平爺さんで、野次馬根性も大したものだった。

だが、先生の得意げな、思わせぶりな話も、何かあいまいで、核心がぼけていた。私の想像では、仮に妊娠したとしても、そう簡単に堕胎できるはずはなく、あるいは流産したにしても、ちょいとトイレに捨てて来る、というほど安易なわけにはいくまいと思う。先生の「特ダネ」が事実だったとしても、これは、単なる生理にすぎなかったのではあるまいか。

それはとにかく、二人が好き合っていたことは確かであろう。それはプライベートな問題であって、他人がとやかく言うべき問題ではない。だが、この時点の状況を考えれば、互いに愛し合っていたとしても、結婚することは非常に困難であろう。まわりが騒ぐほどのこともなく、単なる火遊びに過ぎなかったのかもしれない。保安署員がついているということは、一種の安全保障につながる面もある。父親の鋲賀警部補はソ連軍に連行されて、いまはいない。母親と年老いた祖父とは、どんな気持で娘の行動を見守っていたのであろうか。

もう一組のカップルがあった。永田さんの長女である。その相手はやはり保安署員で、あの「長連のチビさん」であった。永田さん一家は西村さんの家の二階に住んでいた。鋲賀さんほどには注目をあびていなかったが、うわさは全体に広がっていた。

誰かは知らないが、本田さんの娘に近づこうとした男もあった。父親の医師は死んで母娘二人暮らしであったが、母親は断固として拒絶したという。

「どうしてもと言うなら、私が娘の身代わりになる。私が相手をしてやろう」

「そんなばあさんでは、だめだ」

「私の眼の黒いうちは、どんなことがあっても、娘に指一本触れさせるわけにはいかない。私を殺すなり何なり、好きなようにしろ」

この剣幕に押されて、相手はしぶしぶ引き下がったそうである。

第19章　大晦日の怪談

朝鮮漬けご飯

ついに年の暮がやってきた。世界大戦、原爆、無条件降服、二千年の日本歴史にも例のない出来事が重なった年、一九四五年の大晦日、我々はまだ朝鮮に留まっていた。大晦日も正月も、普段と変わりはなかった。餅もつかず、門松も立てず、今までで一番わびしい年の暮であった。年賀状も来ない。それどころか、どことも文通も連絡もできない。我々は孤立していた。長連や金山浦の日本人たちとも、全く連絡はなかった。おそらく、北朝鮮に散在する各地の日本人たちも同様であったに違いない。

その大晦日の夜に、金鶴三氏が、朝鮮漬けご飯をご馳走すると言ってきた。私たちは喜んでご馳走になることにした。朝鮮漬けは、一般には「キムチ」と呼ばれるが、殷栗地方ではキムチとは呼ばず、「チェンジ」と呼んでいた。朝鮮の冬は雪に覆われ、土地も凍って、野菜ができないので、漬物は冬の間の大切な保存食であった。秋も末になると、どこの家でも、朝鮮漬け作りに忙しくなる。その作り方は、地方や時代により変化があるであろうが、当時の殷栗での方法について簡単に述べておこう。

収穫した白菜の外側の枯れた葉を取り除き、水洗いして、泥を落とす。これを丸のまま、大きな甕に入れて塩漬けにする。これが下漬けである。塩は大同江河口付近の塩田でできた天日塩で、粒の大きな粗い結晶で、多少泥も混じっているから、水洗いして泥を除く。食塩は水に対する溶解度が低いから、この作業は容易にできる。塩の量は控え目にして、薄味に漬ける。朝鮮では気温が低いから、薄塩でも腐ったりかびたりする心配はない。

塩が浸みこんで、水が上がったら、いよいよ本漬けの作業にかかる。まず、「具」を作らねばならない。大量に大根を用意し、昔の洗濯板ほどもある大きな板の中央に、大根突き用の金具を取り付けた道具を使う。その金具には小さな穴が多数あけてあり、その縁が刃のように磨いてある。大根を板に押し付けるようにして、前方に滑らせると、千切りになった大根が、板の下側にザッ、ザッ、と落ちて来る。この千切り大根に、唐辛子と、刻んだニンニクと、アミの塩辛を大量に混ぜる。アミの塩辛は市場で大量に売っている。さらに、豚肉のスープだとか、牡蠣だとか、いろいろなものを混ぜるが、この辺のレシピは各家庭の家伝の秘法で、昔の日本の味噌のようにそれぞれの家の味があった。

具ができたら、漬けた白菜を取り出し、軽く水洗いして、葉と葉の間に、具を少しずつはさみ込む。漬けあがった白菜は少し細くなっているが、具を詰め込むと最初と同じぐらいに太くなる。白菜はやはり丸のままである。これをまた大きな甕に、底のほうからていねいに積み上げて漬ける。口まで一杯になったら、ハトロン紙のような丈夫な紙で蓋をして、麻ひもでしっかりとくくる。甕の大きさは大人の人間がすっぽり入ってしまえるほど大きい。私の家などではひと甕で十分であったが、朝鮮人はよくたべるので二つも三つも漬ける。金持ちの家ともなると何十甕も作るから大変で、大勢の女性たちを雇って一気に漬け上げる。金持ちだからといって、個人が漬物を大量に食べるわけではない。いろいろな機会に大勢のお客を呼ぶことがあるからである。使用人がいれば、その分も作らねばならない。

漬けあがった甕は、口だけ出して、地下に埋める。私の家では台所に埋めたが、金持ちの家には専用の場所があるであろう。埋めておけば、ほとんど温度が変わらない。おそらく、零度近い温度に保たれるであろう。時には表面が凍ることもあるが、全体が凍ることはない。白菜に味がよく浸みるまでには、かなりの日数がかかるが、十二月のうちには食べられるようになる。しかし三月になると気温が上がり、乳酸発酵が起こり、炭酸ガスが発生するので、漬物を口に含むとピリリとした刺激を舌に感じる。こうなると「味が出た」と言う。その後はだんだん酸っぱくなるので、私の家では、切り刻んで油いためにして、炊き上がりのご飯に混ぜてたべた。しかし朝鮮流の朝鮮漬けご飯「チェンジパビ」は、炊き込み御飯である。朝鮮漬けを刻んで、米に混ぜて、最初から炊くのである。炊き上がりに、ごま油をまぜて、よくかき回す。なかなかおいしいものである。

夕方には、金鶴三家ご自慢のチェンジパビが、たくさん部屋に運ばれてきたので、私たちも三宅先生一家も腹いっぱいたべた。食事が済んだ頃、金鶴三氏が現われて、「いかがでしたか」と尋ねた。我々がとてもおいしかったと答えると、彼も大いに満足そうで、それから、じっくり腰を落ち着けて話し始めた。金鶴三氏は普段は留守がちであったから、それまであまりゆっくりと話す機会がなかった。彼は日本語に堪能だから日本語で話したが、どうした風の吹き回しか、怪談話に花が咲いたのであった。その夜、金鶴三氏が語った怪談は面白かった。その中から、二つの話を記しておこう。

海辺の妖怪

冬の夜、朝鮮そば屋に大勢の客が集まっていた。みな、近所の人々であった。客たちは、アンペラ（ござ）の上に輪になって、片膝を立てて座り、そばのできるのを待っていた。客間の脇の土間にしつらえた大きなかまどには、太くて長い薪がどんどんくべられて、勢いよく燃え上がっていた。その上の巨大な朝鮮釜には、湯がぐらぐらと沸き立っている。そば職人は、そば粉を水で練ってこしらえた大きなかたまりを、太い木の幹を円筒形にくりぬいて作った丈夫な容器のなかに押し込む。容器はがっちりと固定され、天井から下がった丸太の先が、容器の円筒形の穴にはめこまれる。丸太には長くて頑丈な棒が取り付けられていて、梃子の原理で、丸太を容器の内部に押し込むようになっている。棒は斜めに傾いて、一端は固定され、他の端は天井にとどくかと思うほどに高くのびている。そば職人は、はずみをつけて、機械体操の選手のように高い棒の端に飛びつき、全体重をかけて棒を押し下げていく。容器の底には小さい穴がいくつもあけてあり、そこから、トコロテンを突き出すように、細長いそばが押し出される。その直下が釜になっているから、そばは直ちに煮え湯の中に落ちて、茹でられる。職人は茹であがったそばをザルですくい揚げ、冷たい水の中に放り込む。

よく冷えたそばを丼に盛り分けると、その上に、薄切りの豚肉を煮たものを何枚も載せ、さらにその上に、朝鮮漬けを盛り上げる。それに冷たいタレをかけてから、真っ赤な唐辛子粉と、味の素を振りかける。これで出来上がりだ。冬の寒い日でも部屋はむんむんする熱気に包まれ汗がにじむほどだから、よく冷えたそばは心地よい。辛党は、さらにもっと唐辛子をかけ、顔中から玉の汗を流して、そばを食う。この時だけは割箸を使っている。「味の素」は、当時すでにアジア各地に広まって、重宝がられていた。

客はみな顔見知りだから、話もはずむ。一種の社交場でもあった。話題はそれからそれへと移り変わり、近頃評判の妖怪の話になった。情報通が語るところによれば、最近、今ト（コンブキ）の海岸に近い荒れ野原に、夜な夜な奇怪な化け物が出没するのだという。夜遅く人が通るような場所ではないのだが、時には、よんどころない用事で、通りかかる者もいる。月のない暗い晩、どこからともなく妖怪が現われて、人を見つけると、寄って来て、取っ組み合いを挑むのだと言う。人間とあまり変わらない大きさだが、なかなか力が強く、ねちねちとしつこく付きまとうので、出会った人は肝をつぶし、必死にもがきながら、どうにか相手の手を逃れ、くたくたになって帰ってくるが、大抵は、家に着くなり腰を抜かして、しばらくの間寝込んでしまう。

どこの誰とかがやられたとか、何某が出会って逃げ帰ったとか、いろいろな風説が流され、そば屋の店はこの話でもちきりになった。すると、一人の男が立ち上がり、「おれが退治してやる」と宣言した。「よせ、よせ」と言う者と、「やれ、やれ」と、けしかける者とがあったが、男は、どうしても行くと、頑張った。体が大きく、力自慢の男であったが、妖怪相手では、多少不安もあったであろう。だが、言い出した手前、後には引けない。一緒に行こうと言うものは誰もいないから、一人で行くしかなかった。彼は、こっそり懐に短刀を忍ばせて、万一に備えた。

月のない暗い晩、彼は一人、問題の荒地にたたずんだ。小一時間も待ったが、何者も現われない。遠く海鳴りが聞こえる他に、何の音もなく、あたりは完全な闇であった。「ただのうわさ話だったのか」と思い、引き返そうかどうしようかと迷っているとき、突然、何者かが、音もなく彼に襲いかかった。暗闇で姿は全く見えないが、背の高さは彼よりも少し低いくらい、ねっとりとまつわりついて、相手を組み敷こうとする。予想外に力持ちだが、一体、手足があるのかないのかもわからない奇妙な感じであった。これは妖怪に違いないと、彼は思った。闇夜にしか現われないから、誰も姿を見た者はいなかった。

男は渾身の力を振り絞って、ついに相手を組み伏せた。力まかせに押し付け、締め付け、もう大丈夫と思って手をゆるめると、相手はすぐに起き上がって、組み付いてきた。男はまたも相手を組み伏せて、今度はさらに強く押さえつけ、力の限り締め上げた。息の根を止めたつもりで立ち上がると、相手はまたもや起き上がり、相変わらず組み付いてくる。

これには男も辟易し、少なからず焦りを感じた。こんなことをくり返していては、こちらが参ってしまう。彼は、三度、力を振り絞って相手を組み伏せ、今度は、懐の短刀を取り出すと、相手の胸元に柄も通れとばかり突き刺した。さすがに妖怪もこれには参ったらしく、動きを止めて、もう二度と起き上がらなかった。男は疲れ切っていたが、満足して立ち上がった。後日の証拠のために、短刀はそのままにして、勝ち誇って彼は引き返した。

妖怪を退治したという知らせに、仲間たちは湧きあがった。とにかく、どんな怪物か行ってみようというので、翌朝、明るくなると、一同はぞろぞろと連れ立って、その荒地に向かった。荒地には、確かに格闘を物語るように、草を踏みにじった跡があった。一同がさらに進むと、そこに、大きな箒草《ほうきぐさ》があり、それが根元から折れて倒れているのが見えた。そして、その箒草の真中に、一本の短刀が突き刺さっていた。

箒草は、元来、園芸植物であったが、野生化し、この地方では人間の背丈ほどに大きくなることもあった。枯れた箒草は、葉を落として縄で束ね、庭ぼうきとして使うこともできた。

ミョングの霊魂を呼ぶ

これは、最近の実話である。夫のミョングの急死に遭って、傷心のオンジョナーは、冥界からミョングの魂を呼び寄せてもらおうと、交霊術師を自宅に呼んだ。この夜、近所の人々も呼ばれて、交霊会に参加した。電灯を消し、薄暗い灯火の下で、交霊術師の女は、しばらくの間、奇妙な呪文のようなものをつぶやいていたが、やがて神懸りの状態に陥った。

どこからか、人の呼び声が聞こえてきた。ミョングの魂があの世から戻って来たのだ。と言っても、もちろんそれは交霊術師の口から出たもので、ミョングの霊が彼女の口を借りて話しているというわけである。霊界からの声は最初ははっきりしなかったが、何度かくり返されるうちに、だんだんとはっきりしてきた。

——わたしは、思いがけない事故に遭って、いとしい人々と、突然別れねばならなくなった。とても悲しい。とても悲しくて、いまもここに、こうしてさまよい続けている。

——いとしい人よ、わたしはまだ、心が静まらない。まだ、さまよっている。

——お願いがある。一つだけ、お願いがある。その願いさえかなえば、わたしも安心できる。

何のお願いであろうか。人々は、固唾を飲んだ。オンジョナーも物問いたげに見上げた。

——そこに、箪笥がある。その箪笥の一番下の引出しを開けて見せてくれ。

オンジョナーは、何を思ったか、それを聞くと、いやだ、いやだ、と口走った。

——お願いだ、そこの箪笥の一番下の引出しを開けてくれ、一番下の引出しだ。

いやだ、いやだ、だめだ、だめだ、と、オンジョナーはかたくなに拒絶する。

——後生だから、わたしの願いを聞いてくれ、お願いだ、箪笥の下の引出しを……

押し問答は、なおも続き、ミョングの魂は、執拗に箪笥の引出しを開けさせようとするが、オンジョナーは、なぜか言うことを聞かず、それだけはいやだと言いながら、ついには泣き出して、箪笥の一番下の引出しにかじりつき、誰かが無理に開けようとするのを必死になって食い止めようとするかのように、泣きわめきながら、箪笥にしがみついていた。

嘆くミョングの霊、身を震わせて慟哭するオンジョナー。人々は、緊張に固くなり、霊媒は、疲労困憊していた。

——お前が、それほどまでにいやならば、仕方がない。

ミョングの霊の最後の声は、力がなかった。うちひしがれたような声で、仕方がないとつぶやきながら、ミョングの魂は、去った。交霊術師は、ぐったりとなり、それきり、何も言わなかった。近所の人々は、泣きじゃくるオンジョナーを残して、三々五々、ミョングの家を去った。

金鶴三氏は、その場にいたわけではなく、近所の人から聞いた話であった。私は、殷栗に交霊術をやる人がいるという話は、それまで一度も聞いたことがなかった。だが金鶴三氏によると、ずっと以前からいたのだということであった。私たちはミョングが私たちの家の箪笥を自分の家に持って行ったことを知っていたから、その箪笥は、ことによると、私たちの家から持って行ったものではないか、などと話し合った。だが仮にそうだとしても、ミョングがなぜその引出しを開けさせようとしたか、オンジョナーが、なぜそれをかたくなに拒んだか、何の理由も思いつかなかった。霊媒を通じて死者と話ができるとは、私は信じていない。しかしオンジョナーは信じていたに違いない。そうだとすれば、彼女がミョングの願いを断ったのには、なんらかの理由があるはずだ。だが、それを知る者は、彼女以外には、いないであろう。

その晩は、話がはずんだ。ほかにも、いろいろな話が出た。予言者がいたという話、大きな木には木霊《こだま》があるという話、どこの国にも怪談はあるものだ。この晩に出た話ではないが、私の印象に残る話を一つだけ、追加しておこう。

三、四年前、私が小学生だった頃、学校に弁当箱を置き忘れて、取りに戻った時、数人の女生徒たちが家庭科の授業で居残って、先生を中心に裁縫をしていた。私は彼女らのおしゃべりを、聞くともなく聞いていた。六年生の山田さんがしきりに話していた。彼女の父親、山田巡査は結核で亡くなり、母親と三人の娘が殷栗に住みついていた。この日の山田さんは長女で、次女は結核で長期欠席をしていた。一家は永世館というもと中華料理屋の一部に間借りしていた。この料理屋は大きな屋敷で、南向きの正面には楼門があり、周囲は屋根つきの高い土塀で囲まれていた。門を入ると広い庭があり、その奥に料亭の広い建物があった。山田さんたちが住んでいたのはその建物の西の端の一部で、西側の路地に面して通用口があった。昼間は、この路地で、朝鮮人の子供たちが遊んでいたが、夜になると、しんとして、人通りも絶える。

ところが、夜更け、もう寝ようとする頃に、通用口の扉を、がたがたと激しく叩く音がする。何か急用でもあって人が来たのかと思って駆けつけて見ると、扉の外には、誰もいない。引き返して、しばらくすると、またしても激しく戸をたたく音がする。行ってみると、やはり、誰もいない。またある時は、瓦屋根の上に石が落ちる音がして、その石がからからと音を立ててころがり落ちる。この深夜に誰がそんないたずらをするのかと、外へ出てみるが、あたりには、人っ子一人見当たらない。

「それは、気のせいよ」と、先生は言っていた。しかし、山田さんは、真剣な表情で、本当にそうなのだと、主張していた。やがて次女が結核で死に、一家は日本に引き揚げた。私たちは、生徒全員で、タクシーに乗って去る山田さん一家を見送ったのであった。

謎の訪問客

　夜は更けたが、話につられて、みんな起きていた。時のたつのを忘れて話している最中に、表の戸をたたく音が、かすかに聞こえた。誰だろうと、みんな一時話をやめて、戸を開いた。そこへぬっと入って来たのは、思いもよらず、「長連のチビさん」であった。彼は、挨拶のつもりか、何かつぶやいたようであったが、誰にもはっきりとは聞こえなかった。ほとんど無言のまま、戸口の脇に座り、何かうつろな目で部屋を見まわしながら、やはり黙っていた。金鶴三氏がいるのを見て、ちょっと出端をくじかれたようにも見えた。私たちは太田邸での釜事件のことを思い出して、今度は一体何を企んでいるのかと、不安な気持になった。

　しかし金鶴三氏は、ちょっと話を中断しただけで、またそれまでと変わらずに、話を続けた。私たちは話を聞きながら、チビさんのほうを時折横目で眺めたが、彼はいつもと違って、あまり元気がなさそうであった。一人だけ、完全に仲間外れになって、黙って座っていた。

　しばらくすると、またも扉の外で声がした。今度は、しかし、威勢のよい声であった。扉を開けて入って来たのは、任元浩氏であった。彼は、父や私たちに、元気よく挨拶して、部屋に入って来た。金鶴三氏とチビさんとにじろりと眼をやったが、目で挨拶した程度であった。

　新来の任元浩氏が、陽気に話し始めると、金鶴三氏は、腰を浮かせて、立ち上がった。

「では、私はこれで……、おやすみなさい」

　私たちも、おやすみなさいと言って、金鶴三氏を送り出した。そうしているうちに長連のチビさんは、挨拶もせずにこそこそと出て行ってしまった。私たちはそれに気がついて、一体どうしたんだろうと、話し合った。

「あいつはもう、おしまいですよ」

任元浩氏が、そう言った。「免職になったんです」。

任元浩氏の話によれば、彼は、保安署員としての権力を利用していろいろと不正を働き、それが発覚して免職処分にされたのだということであった。だとすれば、元気がなかったのも当然である。任元浩氏は、「先生も、自分の家で正月が迎えられてよかったですね」と父にお祝いを言い、しばらくあれやこれや世間話をした。もう遅いからと彼も腰を上げたが、その時、私の父に向かって、一段と声をひそめて言った。

「金鶴三は、悪い奴です。気をつけたほうがいいですよ」

任元浩氏は帰り、みんな、もう眠くなっていたので、急いで寝支度をした。明日はとにかく正月である。何とか希望の持てる年であってほしい。それはみんなの願いであった。だがそれはそれとして、私は、任元浩氏が帰りがけに言った言葉が、妙に気になった。

この夜は、謎めいたことが重なった。

ミョングとオンジョナーの霊問答。

長連のチビさんは、何の目的で、我が家を訪れたのか。

霊界の交信については、推理のしようもない。だが、長連のチビさんの件については、みんなが、いろいろな推測を話し合った。

最後のチャンスにもう一度、脅しをかけようとしたか？　あり得ないことではないが、それにしては元気がなかった。罷免された身でそんなことをやれば、余計に不利な立場に立たされるであろう。任元浩氏や金萬昌氏が私の父と親しくしていることや、保安署長の張先生も父に好意を示していることも、保安署員である彼が知らなかったとは思えない。

あるいは、そういった縁故を利用して、自分の立場を弁護してもらおうと考えたか？　それは、あり得ない。いかに親しい間柄とはいえ、日本人の立場で、余計な口出しができるものではない。

謝りに来たのだろうか？　彼が本心から謝りに来たとは考えられないが、脅迫をした相手に謝罪をしろと命令されたとすれば、それはあり得ることだ。命令に背けば、処罰を受ける可能性もある。形だけでも謝罪に行かねばなるまい。気の進まぬままにやって来たが、先客がいたために何も言い出せず帰ってしまったとしても、来たことだけは確かで、任元浩氏もそれは見届けているから、何とかごまかしはきくであろう。

いずれにせよ、真相は確かめられないが、この日を最後に、「長連のチビさん」は私たちの前から姿を消し、二度と現われることはなかった。それだけは確かであった。

さまざまな怪談を残して、年は暮れた。新しい年に我々はどうなることか。何の見通しも立たないままに、我々は新年を迎えたのであった。

第20章　ヒロ子さん暴れる

植民地支配への怨恨

私たちが、太田邸や我が家と、中心街からやや離れた所で生活している間に、日本人の大多数が住み、ソ連軍司令部、保安署とは目と鼻の先にある山縣館（やまがたやかた）では、いろいろな事件が起こっていた。そうした話は、私たちのところにも、早速伝わって来た。大勢の人々が語る詳細を極めた情報には、多少の食い違いやニュアンスの違いはあったが、それらを総合し、関係者の人柄を思い浮かべれば、かなり正確な状況が再現できた。

前に述べたように、ソ連軍首脳部が、宴会を催すときにはきまって、日本人のところへ女性を求めに来た。使いに来るのは数人の朝鮮人たちで、メンバーは大体きまっていたが、その身分については、日本人には、よくわからなかった。いつも、山縣館にやって来るので、日本人会長の毛勝先生は、そのつど対応に煩わされねばならなかった。旧満州から来たという二人の女性が出て行ったが、そのうちの一人、ヒロ子さんは毛勝先生とも親しかったのか、毛勝先生はよく「ヒロ子大明神」などと呼んで、救世主のようにあがめ奉っていた。

月に一、二回の宴席に、毎回、日本人女性がはべる習慣ができたことは、他の日本人女性の受難を防ぐ防波堤になったのか、あるいは逆に、他の日本人女性を求める欲求の呼び水になったのか、その功罪のほどはわからない。最初から、断固として拒み続けることが可能であったのかどうか、それも結果論だけで、何とも判断のしようがない。

二人の女性は、ソ連軍将校の間で人気者になった。彼らの間には、一人の女性をめぐって、取り合いの争いも起こった。彼女らは心得ていて、特定の将校と特に親しくなるようなことはなかったが、将校たちはしばしば争った。そうなれば、分のよい者と、分の悪い者とができるのは、やむを得ない。分の悪い者は、外に女はいないのかと、騒ぎ出す。世話役を承る朝鮮人たちは、それではもう一人か二人くらいは連れて来ようと言って、御機嫌を取り結ぶ。

彼らは山縣館に押しかけて、別に女を出せと要求した。拒絶すれば、お前らはソ連軍の不興を買い、永久に日本に帰ることができなくなるぞと脅迫した。日本人たちは一計を案じ、年配の女性たちに、他人から借りた赤ん坊を背負わせて、出してやった。ソ連軍将校たちはあきれて、こんな女はいらないと突き返した。そんなこともあって、どうにか切り抜けて来たが、使い走りをした朝鮮人たちは面白くなかった。彼らは腹いせに男たちを呼び出し、山縣館の裏庭に一列に並ばせて、片っ端からビンタを食らわせた。

「われわれは、四十年の間、日本の植民地支配を受け、何でも日本人の言うなりにされて来たのだ。日本が戦争に負けた今になっても、われわれの言うことが、何もきけないというのか。われわれは、四十年間、無理やりに言うことをきかされて来たのだ。今度は、お前たちがわれわれの言うことをきく番ではないか」

要約すればそういったことで、彼らは酒に酔っていたし、また、そう叫ぶことで、さらに怨念を掻き立てる結果になるから、気がすむまで、怒鳴り続け、ビンタを張り続けた。山縣館の男たちは、災難であったが、じっと我慢していた。逆らえば、ますます状況が悪くなることは、目に見えていたからである。彼らとていつまでもここに留まっているわけにはいかないから、日本人たちは、嵐の去るのを待つ心地で、耐え忍んでいたのであった。

もともと、相手を並ばせておいてビンタを食らわすやり方は、日本の軍隊が始めたものだ。朝鮮人も兵役年齢に達すると徴兵検査を受けさせられ、合格者は軍隊に編入させられた。不合格者やまだ兵役年齢に達していない若者は、戦時中には、「徴用」として、日本に送られて仕事をさせられたり、地元で青年団の組織に組み込まれて、防火訓練や軍事教練を教え込まれたのであった。日本軍隊の教練のマニュアルは一種のマインド・コントロールに近く、体を酷使して思考力を鈍らせ、一定の信条を叩き込むやり方であった。

戦時中、朝鮮人学校の若い日本人教師は、子供たちだけでなく、青年たちにも教練を施し、彼らを日本の国策に従って行動するように仕向けて行った。だが、そうした教練も軍隊ほどには徹底せず、戦況が不利になってからの泥縄的な処置であったから、日本政府や軍部や朝鮮総督府が期待したような成果は上げられなかった。同化主義的な、やや穏健な植民地政策が根付き始めていた矢先に、突然、高圧的な教練が始まると、朝鮮人の反発も強まり、教える教師のほうもかなりてこずったであろう。若い日本人教師たちは、強引に力づくでも教え込まねばならないはめに陥ったであろうことは、容易に想像できる。

こうした立場で活発に働いた教師たちは、当然憎まれた。一道面で校長をしていた城先生、殷栗で訓導をしていた若生先生の二人が、それに該当した。城先生は地方にいたので、襲われて殷栗に逃げ込んだが、若生先生は襲撃されるようなことはなかった。恨みを持った青年たちは大勢いても、やがて殷栗の治安は、朝鮮人有力者たちの手によって回復され、勝手に日本人に対して暴行を加えられるという状況ではなくなった。ソ連進駐軍は、人民共和国の上に立つものではなかったが、現実に武力を持っていたから、当然、強力な実質的権限を握っていた。そのソ連将校の権威を借りて乗り込むことは、憎らしい日本人に対する恨みを晴らすのに、打ってつけの好機会であったに違いない。

ねらわれた若生夫人

年が明けた一月のある夜、ソ連軍将校たちの宴会が開かれた。それは、いつもより規模の大きなものであったらしく、二人の女だけでは物足りないから、もう一人くらい連れて来いという声があがったものと思われる。世話役たちは、以前の失敗に懲りていたのと、年来の恨みを晴らしたいという欲求にかられていたことから、名指しで女を呼び出す作戦を考え出したのであった。

城先生は独身である。そこで、若生先生の夫人が狙われた。若生先生は、三十そこそこの若さで、やや背は低かったが、がっちりとした体つきをしていた。多少角ばった顔は精悍な感じで、苦み走った好男子であった。夫人はまだ二十代半ばを過ぎたばかりであっただろう。長身で体格が良く、やや面長で、和服がよく似合いそうな、なかなかの美人であった。夫妻の間には、まだ、子供はなかった。

その夜、いつもより多くの世話役たちが山縣館を訪れて、男たちを呼び出した。一同を並ばせて、四十年間の植民地支配の恨みを述べ立てた。そこまでは、いつものきまったパターンであった。だが、それからが違っていた。

「おい、若生」と、一人が言った。「きさま、戦争中に何をやった？　言ってみろ！」。

おれたちに対して、何と言ったか、もう一度言ってみろ、と食い下がり、若生先生がたじろいでいると、「お前が言ったことについて、どう思うか」と、さらに突っ込んで来た。若生先生が、申し訳ないと言った意味のことを言うと、それならば、そのことを実際に誠意で示せと、詰め寄った。若生先生が、一体どうすればよいのかと、尋ねた。

「お前の嫁さんを出せ」と、相手は言った。「いや、他の女ではだめだ、お前の嫁さんだ」。

若生先生は、驚き、「それは、勘弁してくれ」と言ったが、相手はやにわに近づいて、若生先生を張り倒した。立ち上がろうとするところを、数人が寄ってたかって打ちのめした。

「それが、お前の誠意か！」

そうしている間に、別の数人が、暗闇の中を、山縣館の中に向かって走り込んだ。彼らは、迷うことなく、若生先生の住居に向かい、若生夫人をつかまえた。予想もしていなかったから、不意を突かれた夫人は、隠れることも、逃げることもできなかった。男たちに両脇から腕をつかまれ、夫人は外へ引き出された。悲鳴を上げたが、男たちは皆、外に呼び出されていたから、誰も、どうすることもできなかった。若生夫人は、必死になってもがいていたが、屈強の男たちに取り巻かれては、いかなる抵抗も無駄であった。

泣きわめきながら、引き立てられて行く若生夫人を見て、居並ぶ男たちは、愕然とした。中でも、若生先生は、必死の思いで前へ出ようとしたが、相手の男たちは、立ちふさがって鉄拳を振るい、動くことを許さなかった。他の日本人男性たちも、動けなかった。ここで動き出せば乱闘騒ぎになり、事態がさらに悪化するのは目に見えている。みな、歯を食いしばり、体を震わせながら、耐えているしかなかった。絶望的に身悶えしながら、若生夫人は、その目の前を引きずられて行った。

突然、若生先生が、叫んだ。

「おい、聞いてくれ！　妻が連れて行かれるのは、仕方がない。だが、一度だけ、話がしたい。頼むから、行く前に、少しだけ、会わせてくれ！」

「いいだろう」と、一人が言った。「女を連れて来い。だが、ちょっとだけだぞ」。

若生夫妻は、抱き合った。しかし、それは僅かの間だった。夫妻は、手を握り合ったまま、互いに顔を見合わせた。若生先生は、悲痛な声で言った。

「みんな、おれのせいだ。おれのために、お前をこんなことにしてしまって、申し訳ない。だが、おれのために、お前の体が汚されては、おれの立場がない。おれは死ぬ、死んでお前にお詫びをする。許してくれ、こんな情けないおれを、許してくれ！」

「私も死にます。汚れた体で生き恥をさらしたくはありません。あなただけを死なせるわけにはいきません。私も一緒に死にます！」

二人は、手を取り合ったまま、泣いた。

「死ぬ、死ぬ、と言って、そう簡単に死ねるものじゃあない。さあ、早くしろ！」

相手も少し、鼻白んだ感じで、せきたてた。再び数人の男が二人の間に割り込んで、夫人を連れて行こうとした。

その時、闇の中から、誰かの声がした。見ると、いつの間に来ていたのか、数人のソ連軍将校の姿があった。世話役たちが出払ってなかなか戻って来ないので、不審に思ってやって来たらしい。一人の将校が、「やめろ」という意味のことを言った。ロシア語であるが、彼らの間では、ある程度通じるようになっていた様子である。世話役は渋い顔をしたが、ソ連兵にそう言われては仕方がなかった。彼らは、てんでに捨てぜりふを残して、帰って行った。

日本人たちはしばらく立ち尽くしていたが、彼らが行ってしまうと、若生先生夫妻をいたわるように取り囲みながら、山縣館の闇の中に消えて行った。

メロドラマめいた結末になったが、これは現実である。ここで、私の見解を付け加えておけば、もしこのとき、ソ連軍将校が出て来なかったとしても、若生夫人は無傷で帰って来たのではないかと思う。最初に進駐して来た当時のソ連兵と違って、この頃のソ連軍将校は、酒に酔っていたにしても、いやがる相手を手籠めにするようなことはしなかったであろうと思うからである。

ヒロ子さん大暴れ

人々は、寝静まった。ほっと安堵の息を漏らしたことであろう。だが、事はそれで終わりにはならなかった。夜が更けた頃、表の通りで、異常な騒ぎが起こったのである。女の叫び声が聞こえ、しかも、日本語で叫ぶのが聞こえたから、山縣館の人々は、またしても、いやな予感に胸を騒がせながら、起き出して来たのであった。夜の空気は冷え切って、凍った雪が、大通りを覆っていた。そうした中に、十人ばかりかと見える、黒い人影がうごめいていた。どうやら、その人影は、何者かを遠巻きに取り囲んで、互いにひしめき合っているように見えた。何人かのソ連軍将校、宿直の保安署員、それに、先刻の世話人たちの姿もあった。彼らの視線を浴びて、雪明りの中で、狂ったように喚いている一人の女があった。この酷寒の中で、彼女は身に一糸もまとっていなかった。見ると、それは、ヒロ子さんであった。

氷雪で固まった街路の上に横たわり、身悶えしながら、ヒロ子さんは声を嗄らして怒鳴っていた。その声は、きんきんと、あたりにこだましていた。

「何言ってんだい、ロスケの鼻息ばかり気にしゃあがって……。あたしたちに御機嫌取り結んでもらわなきゃあ、独立もできないんかい! いばるんじゃあないよ、あんたがた……。ええ? 文句あるかい? 何言ってやんだい、いくじなし……」

相当に酔っているらしかった。日本人の男たちも出て来たが、この状況を見て、仰天した。誰も手が出せないのである。うっかり取り押さえようとすれば、噛み付かれたり、顔をひっかかれたりする危険があるからである。だからと言って、放っておくわけにもいかない。みな、困りきっていた。身を切るような冬の夜であるから、誰もががたがた体を震わせていた。

その時、無言で飛び出して来たのは、城先生であった。いきなり駈け寄って、彼女の白い腕をつかんだ。さすが柔道の心得があるだけに、ヒロ子さんの抵抗を巧みにかわして、自分の小脇に抱え込んだ。すかさず、誰かが走り寄って、彼女の体に外套をかぶせた。ほうっと言うようなため息が、一同の口から漏れた。毛勝先生は、眉間に深くしわを寄せて、腕を組んでいたが、

「どうしましょうか?」と、尋ねた。

「家に連れて行って下さい」と、保安署員が答えた。

人々は、散って行き、ヒロ子さんは、城先生に抱えられながら、山縣館に入って行った。数人の女性も起きて来て、ヒロ子さんをなだめながら、彼女の部屋に送り込み、着物を着せて、寝つかせた。ヒロ子さんも、徐々に興奮が醒めて、おとなしくなり、疲れ果てた様子で、眠ってしまった。こうして、どうにか、一件落着したのであった。騒々しく、あわただしい一夜であった。

翌朝になって、保安署から呼び出しがかかった。毛勝先生に付き添われて、ヒロ子さんは、保安署に出頭した。毛勝先生もさぞかし気が重かったことであろう。ヒロ子さんも昨夜とは打って変わって、神妙な顔つきをしていた。

保安署内の一室に通されて、毛勝先生も、ヒロ子さんも、かしこまって座っていた。しばらく待たされてから、ドアが開いて、係官が姿を現わした。係官は部屋に入り、ヒロ子さんと向き合うような形で席についた。彼はヒロ子さんの顔を眺め、しばらく無言であった。何か言うことを考えているような様子であった。やがて係官は、口を開いた。

「おねえちゃん」

それが、係官の言った最初の言葉であった。

「あんた、ゆうべ、相当に暴れたそうだね……」

ヒロ子さんは、神妙な態度でお辞儀をした。

「ええ、あたし、酔っ払ってて、全然おぼえてないけど、皆さんにご迷惑おかけしたんですってね？ごめんなさいね。これからもう、こんなことはしないから、勘弁してちょうだいね」

「ああ」と、係官は答えた。「そう、そうして下さい」。

ヒロ子さんは、あっさりと放免になった。毛勝先生もほっとすると同時に、拍子抜けしたであろう。この話も日本人たちの間にたちまち広まった。上記の対話は、その時の話をほとんどそのままに綴ったものである。ヒロ子さんの天真爛漫さに、係官もシャッポを脱いだ形である。だが保安署では、最初から、この事件をあまり問題にしていなかったように思われる。ヒロ子さんを呼び付けて、「説諭」したのも、形式上のことにすぎなかったのではなかろうか。

私たちは、当時気がつかなかったが、保安署と共産党との間には、少しずつ、不協和音が響くようになっていたらしい。時代は水面下で変動していた。

農地改革

山縣館での出来事は、父や三宅先生からも聞いたし、山縣館の住人たちからも直接に聞いた。しばらくはこの話でもちきりであった。ヒロ子さんはちょっとした英雄になった。だが当人は、一体、どんな気持でいたのであろうか。私はある日、山縣館の中を歩いていて、偶然、ヒロ子さんの住んでいる部屋の前に出た。正面がガラス戸で、中がよく見えた。ちょうどそこに、ヒロ子さんが立っていた。真正面に私のほうを向いて立っていた。ガラス戸を隔てて、私と向き合う形になった。しかし、彼女の眼は、私を見ていなかった。遥か彼方の、高いところを見つめているように見えた。いや、何を見ているのでもなく、何か考えているのではないかと思えた。その顔には、強く、厳しい表情が浮かんでいた。私は、無言で通り過ぎた。彼女は少しも動かず、視線を反らしもしなかった。

激動の流れの中で、人それぞれに思いがあった。日本人だけでなく、朝鮮人たちも、激動にさらされていた。一月の末頃になって、農地改革が始まった。自作農家もあったが、多くの農民は小作農であったから、広大な田畑が解放されることになったであろう。大地主たちは、恐慌を来したに違いない。大筋の決定は、中央政府でなされたのであろうが、地方の実態はさまざまであるから、問題も多く発生したであろう。こうした政策の陰では、おそらく、共産党の力が大きく作用していたと考えられる。

農民たちは、喜んで、毎日のように、お祭り騒ぎを始めた。だが、農地解放には条件があった。第一は、小作人が実際にその土地を耕作していることである。第二には、その小作人が小作地と同じ面内（村内）に居住していることであった。大多数の小作農民たちは自分の小作地の近所に住んでいたであろうが、小作地から離れて別の面内に住み、通いで仕事をしていた者は、恩典に浴すことができなかった。そうした場合、その小作地は、一体、誰の所有になるのか？　日本人地主の小作をしていた場合は一般と同じであるが、私の父のりんご園のように小作人を置かず、日本人が自分で作っていた場合はどうなるか？　そうした点は、まだ、はっきりとしていなかった。

だが、とにかく、大勢の農民たちが、踊り狂った。普通なら、こんな寒い季節にお祭り騒ぎなどやらないものだが、この時ばかりは別だった。ただ、お祭り騒ぎそのものは、いつもと同じスタイルであった。普段ならば、忙しい農作業の終わった時などに、大勢集まって、飲んだり食ったり、踊ったりして気勢をあげ、街中を練り歩いたりする。それと同様であった。ドラム、シンバル、それにクラリネットが主体で、ドンチャカ、ピーヒョロと、景気をつけて、勝手気ままに踊りながら、行列をなす。時には、獅子が現われた。獅子というのは、もちろん、作り物で、日本の獅子舞いに多少似ているが、顔はまん丸で、真っ赤に塗られていて、黒い目玉と、突き出た鼻のある、ちょっと天狗に似たお面である。体は丈夫な布に、細長く切った白い紙を一面に張り付けて、獅子の毛を模している。中に二人の人間が入って、体をくねくねとくねらしながら行進する。

父は、その音楽のリズムが、「ソンヌスル、ソンヌスル、ソン、ソン、ソンヌスル」と聞こえると言っていた。聞きようによっていろいろに聞こえるが、彼ら自身は「ケン、ケン、ケンマジョッタ」と表現していた。

日本人の財産はいずれ没収されるものと、日本人も覚悟していたし、朝鮮人たちもそう思っていたが、しかしはっきりとした決定はまだ何もなされていなかった。多くの朝鮮人にとっては、日本人のことなどより、自分自身のことのほうが気がかりだったに違いない。我が家の裏手のほうに、洪章埴《こうしょうしょく》という、もと面長（村長）をしていた人の兄が住んでいた。この人自身の名前は私は知らない。この人はモルヒネ中毒で、いつも黒眼鏡をかけて鳥打帽をかぶって歩いていたが、別に奇矯な行動をすることはなかった。薬を買うために金が要るので、父の所へよくやって来て、いろいろな物を売りつけようとしたり、そうかと思うと、我が家に訪ねて来て、珍しいものがあるとしきりに欲しがって、売ってくれとせがんだりしていた。戦後、我々が収容所に入れられている間に、彼は我が家から、当時は貴重品であった長靴や電気アイロン等の電化製品など、いろいろなものを持って行ったという、近所の人々のもっぱらのうわさであった。家に戻ってから、父は、この人に出会ったので、

「あなたは、私の家の物をいろいろ預かってくれているという話だが、日本に帰るときに持って帰るわけにもいかないから、それは全部、あんたに上げるけれども、うちでは食糧が不足して困っているから、少し分けてもらえないかね」と言ったという。彼は、「よろしい」と答えて、米をどっさりと持って来てくれた。この人などは、その後、一体、どういうことになったのであろうか？

第21章　火　事

二度の引っ越し

少しやっかいなことが起こった。ある日の夕刻、我が家にたむろしている殷栗文化協会の団員と、三宅先生夫人との間に、言い争いが始まったのである。何がきっかけで、どんな言い合いになったのかわからないが、三宅先生夫人も気が強いから、双方譲らず、声高に議論がたたかわせられた。誰かが三宅先生を呼びに来て、先生もそちらに行き、何か騒々しくなった。父も心配して出かけて行った。結局、どういう結末になったのかわからないが、とにかくその場は収まって、みな、戻って来た。私は部屋にいたので、口論の内容はよく聞きとれなかったし、遠慮して事の顚末を尋ねもしなかったから、この時のいきさつは、これ以上、何も語れない。

推論は差し控えるが、三宅夫人としては、文化協会の連中が、毎晩おそくまで騒いでうるさいことや、ここを自分の領分と心得て、傍若無人に振る舞っていることに不快感を持っていたように思えるし、文化協会の団員たちは、日本人が余計な口出しをするのはけしからんと思ったであろうと考えられる。いずれにせよ、一応議論は収まって、その後またぶり返すようなことはなかったが、同じ家にいて、毎日顔を合わせるわけだから、何か気まずい雰囲気がただようようになったことは否めない。

我が家に戻った当初は私は嬉しかったが、その後の状況の中では、だんだん気が重くなってきた。そういった状態で、一月も末になった頃、任元浩氏が訪ねて来て、少し気落ちしたような表情で、「先生も、この家を出なければなりませんねえ」と言った。この家が、保安署員の宿舎になるのだと言う。私たちはまたしても引っ越しをしなければならなくなったが、もうそれほどに未練は感じなかった。二カ月足らずでもここで過ごせたことで満足であった。

戦後の混乱期を立てなおすべく、新しい組織が作られたとき、その中心になった人々は、中堅のインテリ階級であった。彼らは心の奥底では日本の植民地支配に反発していたであろうが、表面には表わさず、日本の支配体制の下で、自らの力を貯えてきた。力とは、財力と、一般庶民との信頼関係である。日本軍事政権の無謀な戦争が敗戦に終わるであろうことは、第三者的な目から見れば容易に推察できたであろう。戦後に朝鮮は独立することになるであろうと、彼らは考えていたであろう。彼らは、朝鮮総督府の政策に逆らいはしなかったが、進んで協力したり、接近したりすることは、意識的に避けて来た。

先に述べたモルヒネ中毒の男の弟の洪章埴という人は、若い頃、日本に在住していて、関東大震災に遭遇した。この時、朝鮮人や社会主義者が反乱を起こすというデマが飛んで、全国で六千人を越す朝鮮人が虐殺されたという事件は有名であるが、彼もこの事件の渦中に巻き込まれ、辛うじて災難を免れたのであった。彼は、このようなことが二度と起こってはならないと肝に銘じ、終戦直後、朝鮮人が日本人に危害を加えることのないよう、配慮したという。「日本政府を憎んでも、日本人を憎んではならぬ」という度量を示したのであった。

これらのインテリ階層は、穏健で、現実的で、賢明であったが、彼らにとって、唯一、予想外だったことは、ソ連の支配下に入ったことであった。日本が二週間、いや、十日間でも早くポツダム宣言を受諾していたら、原爆投下もソ連の参戦もなかったであろう。

戦後、共産党、新民党などいくつかの政党が結成されたが、やがて共産党の勢力がじわじわと浸透していった。年が改まってから、上層部に人事の異動が相次いだ。保安署長の張先生も勇退し、人民委員会の高さんも、野に下った。我々も、こうした動きの影響を蒙ったのであった。

私たち一家と、三宅先生一家は、西村さんの家の二階に住居を移すことになった。私たちは、また、家財道具をまとめて、新居に運び込んだ。父は西村さんに、今度こちらに越して来ることになったのでよろしくお願いしますと、挨拶をした。西村さんはあからさまに不機嫌な態度を示した。迷惑至極といった感じであったが、日本人会で決められたことであるから、断るわけにはいかない。とにかく、私たちは西村家の二階の一室に入った。私は西村商店の建物を外からは何回となく見ていたが、店以外のところに立ち入ることは初めてであった。

入ってみて驚いたのは、電灯がつかないことであった。夜はろうそくの明かりに頼らなければならない。二階に昇る階段などは暗くて、とても危険であった。なぜ電灯がつかないのか詳しい事情はわからなかったが、なんでも西村さんと電灯会社の間でいざこざがあり、電源を切られてしまったのだという。いつ頃からそうなったのかは知らないが、不便この上ない。西村さんも頑固者だから、後に引かないらしかった。

そんなわけで、西村商店での生活は、極めて不自由で、気詰まりなものであった。裏庭にかまどを据えるにしても、どこにしたらよいか、しばらくごたついた。かまどと言ってもブリキ缶を切って作った簡単なものである。永田さん一家もいるし、確かに手狭で、人間がごった返し、西村さんが渋い顔をするのも、わからないではなかった。

ところが、そうやって何とか生活が始まったと思う間もなく、この建物が接収され、共産党の本部になるという、突然のお達しがあった。そのために私たちはわずか一週間いただけで、また引っ越しをしなければならなくなった。今度の行き先は、山縣商店の店先であった。西村さんも追い出されて、今度は、貞廣さんの家に厄介になる身となった。永田さんも貞廣さんの家に移ることになった。実にあわただしいことであった。

山縣さんの自宅は、旅館とは別棟になっていた。表通りに面した商店と住居とが一体になった建物であった。商店は大通りに面して東向きに建っており、すぐ前がT字路で、交差点を隔てて左側の角が保安署とソ連軍司令部の建物になっていた。商店の内部は広いコンクリートの土間になっていて、かつてはそこに、駄菓子を入れたガラス製の容器や、醬油や酒の入った樽や、びんづめ、缶詰などの食料品、石鹼、たわしからほうき、バケツ、蠅取り紙に至るまで、家庭用雑貨などが所狭しと並んでいたものであった。今は、商品は何一つ見当たらず、いくつかのガラス容器や空き樽が散在している程度で、がらんとして、空虚な空間をさらけ出していた。表通りに面したガラス戸はぴったりと閉じて鍵が掛けられ、全面に黒いカーテンを張って、表からは全然見えないようになっていた。

私たちと三宅先生一家が住むことになったのは、番台の部分である。番台といっても、細長くて、かなりの面積があり、全員が寝るのに不自由はなかった。中央付近に切り炬燵《ごたつ》があり、昔はここに店番の人が座って、算盤《そろばん》をはじいたり、通《かよ》い帳を整理したりしていた場所で、全体に畳が敷いてあり、土間よりはかなり高くなっていた。つい半年ばかり以前、商店が営業していた頃には、駄菓子やキャラメルを買う時は別として、生活用品を買う時は、通い帳という帳面を持って行くと、それに筆で日付や品目や、値段を書き付けてくれ、重いものなどはあとで店員が届けてくれたものであった。月末になると、総額を計算して、支払いを済ますようになっていた。

私たちが住み込んでからは、部屋が暗いので、昼間でも電灯をつけたままであった。部屋が広くて寒いので、いつも炬燵に炭火を入れて、厚い布団を掛けていた。表通りと反対の側は、引き戸一枚で、山縣さん一家の部屋と続いていた。山縣さんは、前述の通り、若い頃、世界各地を放浪した人で、殷栗に流れ着いてからは、五円の元手で飴玉売りを始め、ついには、食料雑貨店、旅館、果樹園を経営するまでになった苦労人である。狩猟もなかなかの腕前だったし、手作りの菓子も作るなど、多才の人であった。苦労人だけに、腰が低くて人当たりもよく、誠実で、飾り気のない人だったから、人々の評判も良かった。西村さんの所を出てここに来て、私たちも、ほっとした気分になった。

山縣家の人々

山縣商店は、殷栗の街の心臓部にあり、商店や旅館の仕事がらみで、山縣さんの付き合いの範囲は広かった。だから、時には、変人・奇人と言われるような人とも付き合わねばならなかった。「殷栗奇人伝」のナンバーワンは、初代郵便局長の小池さんであろう。元軍人で、真っ白なひげを生やしたおじいさんであった。ある日、山縣さんが、某家にお歳暮を届けるように、店員に命じた。その店員は、聞き間違いをして、それを小池局長さんの所に届けたが、あとで間違いに気づき、「届け先を間違えましたので……」と言って、その届け物を返してもらい、正しい届け先に届けた。店員は、気をきかしたつもりで、自分の一存でそうしたのだが、小池さんは腹を立てた。早速、何か歳暮の品を用意して、郵便局員に、それを山縣さんに届けさせた。それからしばらくして、また、局員を山縣さんの所に使いに出し、「先ほどのお歳暮は間違いでしたので、お返し下さい」と取り返して来させたということである。

「やることが子供じみて、変わっていたが、決して悪い人ではなかった」と、私の父は語っていた。この小池局長さんは、旅行先で、階段を上りかけて、脳溢血で倒れ、急死した。二代目局長の森さんは、この人の娘婿であったが、ある晩、道庁から来た役人たちと山縣旅館の座敷で宴会をして、家に戻ったとたんに気分が悪くなり、やはり脳溢血で急死した。早速、山縣さんのところに電話があったが、山縣さんも、しばらくは、趣味の悪い冗談だと思って、本気にしなかったそうである。三代目局長の永田さんが赴任して来た当時、この話が出て、「殷栗の郵便局は縁起が悪い」と誰かが言ったそうであるが、永田さんは元警察署長を勤めた人で、死人とは日常茶飯のように付き合っていたから全然気にならないと答えたそうである。永田さんは、終戦の日まで、無事に郵便局長を勤め終わった。神経の太い一面があったようだ。

山縣さんの養女、光子さんは、親戚の家から、子供の頃に連れて来られ、殷栗で小学校を終えたが、当時、まだ日本人学校がなく、普通学校で朝鮮人と一緒に学んだ。ちょうど、父が校長をしていた頃だったので、父の教え子だったわけである。後に婿入りして来た哲也さんとの間に、三人の男の子ができた。長男の正浩君は当時小学五年生で、私の弟と同級で親友でもあった。その下の二人は少し年が離れていて、次男の千洲《ちしま》ちゃんは五歳ぐらい、三男の浩海《ひろみ》ちゃんは三歳ぐらいであった。私たちが越して来ると、この二人が毎日のように飛び込んで来た。千洲ちゃんは体が大きく、やや肥っていたが、気の毒なことに、顔や頭などに次々と吹き出物が現われ、いろいろ治療を試みたが、どうしても治らないのであった。眼の周囲などにもできたから、目が赤く腫れて、しょぼしょぼとした目付きになったり、膿が固まってかさぶたとなり、髪の毛が一緒に取れて薄くなっている部分もあった。かわいそうだったが、悪性の病気ではなかったらしく、体はいたって丈夫で元気であった。一方、浩海ちゃんはやや小柄で、とても愛嬌があり、炬燵の上に立ち上がってにわとりの真似をして、「コケコッコー」などと鳴いてみせるから、大変な人気者であった。山縣館には大勢の人がいるので、いつもみんなからかわいがられ、女の子たちには、特に人気があった。

千洲ちゃんは、見た目が気持悪いので、浩海ちゃんのように、遊んでもらえない様子だった。私は二人に差別をつけてはよくないと思い、千洲ちゃんとも平等に遊んでやった。すると、私によくなついて来て、肩の上によじ登ったりした。かなり重たかった。それでも、一緒になって遊んでいると、大喜びで、私も吹き出物など気にならなくなった。千洲ちゃんが部屋に飛び込んでくる時のきまり文句は、「ケンケンケンマジョッタ、やらんか」であった。ちょうど、農地改革で、農民の踊りが盛んな時期だったからであろう。

時に、母親の光子さんがやって来て、「千洲とよく遊んでいただいて、ありがとうございます」などと言っていた。私としては、ほんの気まぐれにすぎなかった。だが、とにかく、私たちと山縣さん一家とは親しかったので、非常に気持よく過ごすことができた。

土間でストーブを焚けば部屋は暖かくなるが、燃料の節約のため、あまり焚くわけにはいかなかった。だが、大勢人がいるので、人体からも水蒸気が発散して湿度が高まるから、やや過ごしやすかった。ガラスに水滴がついて曇り、それが凍るときに、氷の結晶が天然の芸術を作る。まるで誰かが絵を描いたように、熱帯の密林の風景を思わせるような模様が、ガラス戸一面に出来上がる。子供の頃から見なれてはいたが、何度見ても不思議な感じに打たれた。

夜の火事

夜、九時頃でもあっただろうか。突如としてサイレンの音が響き渡った。しばらく聞いたことのない音であった。戦時中は、空襲警報で、盛んに鳴ったもので、殷栗は爆撃は受けなかったが、白い飛行機雲を引いて飛ぶボーイングB29爆撃機の不気味な姿を仰ぎ見た思い出が、よみがえった。だが、もう、空襲があるはずはない。サイレンの音は、何度も、何度も、けたたましく唸り、方々にこだまして、気味悪く響きわたった。人々の騒ぐ声が方々から聞こえてきた。駈け出して行く足音も聞える。

火事だ。それも、かなり近く、大きな火事に違いなかった。私も、寒さをしのぐ支度をして、急いで外の大通りに出た。保安署の前から東に向かうT字路の彼方が、真っ赤に燃え、火の粉が天を突くように立ちのぼっている。もう、大通りには、大勢の消防署員や、野次馬が群がり、異様な雰囲気に包まれていた。夜の火事は、実際以上に近く見えるものである。私も、駈け出して、貞廣さんの家の前あたりで眺めていると、もといた太田邸の近くではないかという感じがした。

日本人の男たちも、続々と出て来た。そして、火事場に向かって、走って行った。間もなく、人々の叫ぶ声がして、「煙草収納所だ！」という情報が飛んで来た。ああ、煙草収納所――我々がかつて、一カ月の間収容されていたあの建物が――。何か、奇妙な感じに襲われた。呪わしい建物であるが、過ぎ去ってしまえば懐かしくもあり、小学校時代に毎日のように眺めていた建物でもあった。火炎は無数の大蛇の舌のように、目まぐるしくゆらめきながら立ち昇っていた。容易に鎮火しそうにはなかった。それまで風はあまりなかったが、火事が起こると自然に風が発生するものである。

この夜、日本人の男たちは、大活躍をした。煙草収納所から、大量の煙草の葉をかつぎ出したのである。スレート張りの建物であったが、木骨建てであるから、建物は燃え落ちてしまった。しかし火元は私たちが収容されていた部分で、煙草の葉を収納している部分に燃え移るには、多少の時間がかかった。人海戦術で急いで煙草の葉を運び出し、被害を最小限に食い止めることができたのであった。日本人たちは、消防関係者や保安署などから感謝された。約一時間くらいで、作業も終わり、火事も収まって、人々はぞろぞろと帰って来た。

誰もいないはずの建物が、どうして火事になったのか、私は不思議に思ったが、やがて原因がわかってきた。なんと、この晩、あの「殷栗文化協会」が公演をしていたのであった。私たちが収容されていた部屋が空き部屋になっていたので、文化協会は、そこを借りて興行をやったらしい。どのような出し物を演じたのか、どんな舞台を作り、どのように観客席を整えたかは、わからない。とにかく、原因は煙草の火の不始末であった。部屋の端の方に、叺《かます》がたくさん積んであって、誰かが捨てた煙草の火が、その叺に燃え広がったのである。公演が終わって、みんなが帰ってしまったあとのことであろう。殷栗文化協会も、とんだ失態を演じたものであった。彼らの責任がどのように追及されたかは知らないが、最後の後始末をきちんとするのは主催者の責任であろう。

煙草の運び出しに活躍した日本人たちは、お礼にと、たばこの葉をどっさり貰って帰った。乾燥したままの葉の束であるから、刻み煙草にするか、葉巻にするかであるが、葉巻煙草にするのは難しいので、ハサミなどを使って、刻み煙草をこしらえた。これを適当な紙で巻いて紙巻煙草も作ったが、不細工なものができたり、ひどく紙の臭いがしたりしたので、一番重宝がられたのはパイプであった。思わぬ事件で煙草が大量に手に入ったので、今まで煙草を吸わなかった人々までが、吸うようになった。私の父などもその一人であった。

私は、パイプ作りを請け負った。うまい方法を考案したのである。りんごの木の枝を利用するのである。やや太めの枝から、少し細い枝が、斜めに出ているのを見つけ、太い枝を短く切り、細い枝を長く切る。細い枝の部分が吸い口で、太い枝の部分がパイプの本体である。長い鉄の火箸の先端を炭火で真赤に熱し、枝の中心に突き刺すと、ぶすぶすと煙が上がって、枝の中に穴があく。これを何度も繰り返しているうちに、穴が太い枝の部分にまで達する。上手にやらないと横っ腹に抜けてしまうから、慎重に作業を進める。太い枝のほうには、やはり、焼け火箸を使って、大きな穴をあけ、枝にあけた穴に通じさせる。十分に刻みタバコを詰められる大きさの穴があいたら出来上がりで、枝の皮をむいて、きれいに磨き上げれば、なかなか上等のパイプが完成するのである。私は、得意になって、何本もパイプをこしらえた。以後、父も三宅先生も、このパイプを愛用していた。

城先生

山縣商店に移ってからしばらくして、同じ部屋に、もう一人入れてもらえないかという話があった。狭いのはお互いさまであるから、断る理由もない。その一人というのは、城《じょう》先生であった。なぜ、居場所がなくなったのか、その理由は知らなかった。遠慮して聞かなかったのであろうと思う。股栗の奇人を一人あげるとすれば、それはこの城先生であろう。だが、私は、顔と名前を知っていただけで、この人と直接話したことはなかったから、人柄については、見当がつかなかった。柔道何段とかいうことと、何か宗教を信じていて、時計療法をするということ、それに、先日、裸のヒロ子さんを取り押さえたということぐらいしか知らなかった。

　私たちが住居にしている番台の南側の端を一部、カーテンで区切って、そこに入ってもらうことにした。番台の部分は南北に細長くなっていたからである。城先生は、ほとんど荷物は持っていなかったが、入居した翌朝から、奇妙なことが始まった。カーテンで仕切ってあっても、土間に下りてのぞけば、中は丸見えである。念仏のような、妙な声がし始めたので、私たちは土間に下りて、おそるおそる城先生の区画をのぞいて見ると、そこには、黙想するような形で、城先生が正座をしていた。私たちは、それを真正面から見るような具合になったけれど、相手は眼を閉じているらしいので、私たちはその様子を不思議そうに眺めていた。

　背後には、古めかしい掛け軸が一幅、掛けてあった。それには、大きな字で、墨黒々と、「天照皇大神」と書いてあった。多分、「あまてらすすめらおおみかみ」と読むのであろう。城先生は、正座して、眼を閉じ、両手の指を自分の鼻の両側に軽く突きつけるような格好をして、しきりに呪文のようなことを唱えているのであった。

「ア、マ、テ、ラ、ス、オ、オ、ミ、カ、ミ、……
　ア、マ、テ、ラ、ス、オ、オ、ミ、カ、ミ、……」
　全く同じことばのくり返しであった。何回くり返すとか、きまりがあるのであろうか？　私たちは、無言で顔を見合わせ、だまって自分たちの領分に戻って来た。この行事は、全く同様に、毎朝毎朝くり返されていた。

　なるほど、これは変人だと、私は思った。一体この人は、何を考えているのであろう。頭の中は、一体どうなっているのであろうか。天照大神といえば、日本の国家神道の主神であり、戦時中の日本軍の守護神であった。かつてキリシタンたちが、徳川幕府の弾圧にもかかわらず、島原の乱の後にも、隠れキリシタンとなって信仰を守り抜き、幕府が倒れた後もなお続いていたように、宗教の信者というものは容易に信仰を捨てないものだが、城先生も、そういった頑固な信者の一人なのであろうか？　ひと口に神道と言っても、いろいろな流派があり、こんな奇妙な儀式をやったり、「時計療法」で病気を治すなどというのは、神道の主流ではあるまい。

「何々教」とかいった名前があるのかもしれないが、私は知らなかった。とにかく、こういった人だから、戦時中に、朝鮮人の若者たちにどんな教育を施したか、ある程度は見当がつくような気がした。朝鮮人たちに憎まれるのも当然と思われる。だが、敗戦国民となっても、信仰を貫き通しているのは、天晴れと言うべきであろうか？　あるいは、単なる意地、単なる見栄に過ぎないのであろうか？

同じ部屋に住むようになっても、城先生と私たちとは、全然会話をしなかった。城先生にとっては、ここは、単に「修行」と、寝るだけの場所であるらしかった。

一方、山縣館には、河合先生一家が住んでいたので、河合夫人が頻繁に姿を現わすようになった。河合夫人と三宅夫人とは以前から仲が良く、格好のおしゃべり相手だったからである。時には、盛んに議論を交わすこともあった。ある時、河合夫人は、「毛勝先生の奥さんは、実に立派な人だ」と主張した。「私は、毛勝先生は好かないけれど、あの奥さんは別よ。あの人は、貞女の鑑だわ。毛勝先生がどんなことを言っても、はい、はい、と従順に従う。とても真似のできないことよ」と言うと、三宅夫人は、これに真っ向から反論する。

「あなた、物事は、表面だけを見ていたのではだめよ。人には、表があれば、裏もあるものなのよ。お嫁さんから話をきいてごらんなさいよ」

第22章　深夜の殺人

最後の受難

山縣館の住人にとって、最も厄介な問題は、ソ連軍将校たちの宴会があるたびに、世話人たちがやって来て、二人の女性を連れて行くだけでなく、もっと別の女を出せと言って、断ると、男たちを庭に呼び出して痛めつけることであった。彼らの目的は、戦時中に威張っていた日本人に対して、仕返しをすることであるように思われた。

山縣商店に越してきてしばらくたったある夜、父や三宅先生も、他の男性たちと共に呼び出されて、ビンタを食らうはめになった。結局、ヒロ子さんたち、二人の女性以外は、誰も連れて行かれることはなしに済んだが、男たちはさんざん痛い目にあった。帰って来た父の横顔を見ると、頬の中ほどに、紫色のあざが浮かんでいたが、父は、「馬鹿らしくて、腹も立たなかった」と、強がりを言っていた。だが、誰もが同じ程度に殴られたのではなかった。この夜、一番の標的にされたのは、城先生であった。父が語ったところによれば、平手打ちだけではなく、革帯で力いっぱい殴られ、さらに、足で散々に蹴られたということであった。「アマテラスをやってみろ」などと怒鳴られ、徹底的に痛めつけられているのを見て、父は、「よく我慢することができたと、感心した」と、語っていた。若生先生も、同様にひどくやられたということであった。

相手を痛めつければ痛めつけるほど、さらに感情が激してきて、ますます憎しみが強まり、果てしなくエスカレートしていくという傾向が、人にはあるものである。この夜の状況は、かなり異常であったようだ。さすが、「何事も我慢」ということをモットーにしている毛勝先生も、見るに見かねて、相手をなだめようとしたらしい。だが、それは無駄であった。「余計なことを言うな」とばかり、一人の男に股間を蹴り上げられ、毛勝先生は、痛さに耐えかねて、額に脂汗を流しながら、うずくまってしまった。

世話人の中にも、これは少しやり過ぎだと思った者があったのかも知れない。誰かが知らせたものと見えて、ソ連軍の将校がやって来て、止めにかかった。今回は、普段と違って、上級将校も出て来た。あとでわかったことだが、ソ連軍の司令官の耳にも達したのであった。将校たちの宴会には、もちろん、司令官をはじめ上級将校も参加するが、彼らは、本国から家族を呼び寄せているので、適当なところで切り上げて帰宅するのが普通であったようだ。あとに残った独身の下級将校たちが、二次会、三次会と、次第にメートルを上げるのは、日本の宴会と同様であったらしい。世話人たちが活動を開始するのも、その頃であったと思われる。

ソ連軍司令官は、あまり背は高くなかったが、比較的若く、精悍な感じのする男であった。階級がどの位に当たるかはわからなかったが、旧日本軍の階級制に当てはめれば、多分、佐官級、大佐か中佐といったところであろう。彼には六歳くらいの男の子がいて、母親と一緒に官舎に住んでいた。副司令官はかなりの年配で、背は高かったが痩せ型で、もうじき退役するのではないかといった感じであった。

翌朝、日本語の話せる将校を含めて、数名のソ連軍上級将校が山縣館を訪ね、日本人会長の毛勝先生をはじめ、昨夜被害に遭った日本人男性に対して、事情聴取を行なった。毛勝先生も、この時ばかりは腹に据えかねたとみえて、詳細に状況を説明して、実情を訴えていたということであった。将校たちは、詳しく様子を聞いて帰った。その後、日本人会に対して特別な知らせはなかったが、世話人たちの暴力沙汰は起こらなくなった。

二人の逃亡者

一月の末から二月の始めにかけては、最も寒い季節である。それでも、よく晴れた日の日中には、多少暖かくなり、屋根の雪が溶け落ちるが、午後冷えて来ると、たちまち凍ってツララになる。子供たちが、それを叩き落として、かじったりする。

そうした日常的な光景の中に、突然、奇妙な人物が現われた。坊主頭で、顔は真っ黒、汚れてぼろぼろになった中国服を着て、まるで乞食坊主のような男が二人、山縣商店の前の路上に立っていた。一人は背の高い大男、もう一人はずっと小柄であった。変な連中がいる、というので、山縣館から何人かの人たちが出て来た。私も外に出て見た。しばらくは様子がわからなかったが、間もなく、みんなが騒ぎ始めた。その大男は、元、金山浦刑務所の看守長をしていた人で、もう一人も看守をしていた人であった。

突然のことに、みんな、びっくりした。彼らが手短に話したところによれば、ソ連軍に連れられて、シベリア方面に向かう途中、脱走して、逃げ帰って来たのだという。私は面識がなかったが、山縣光子さんなどは旧知の間柄であったようだ。哲也さんの消息がわかるかもしれないという、期待と不安に、胸がいっぱいになっている様子が、ありありと窺えた。夫をソ連軍に連行された人々は、次々に飛び出して来た。

他の人々も集まって、周りを取り囲んだ。だが、ゆっくり話をしているわけにはいかなかった。とにかく、保安署に出頭しなければならなかった。

二人が保安署に行っている間に、女性たちは、いろいろと用意を始めた。今夜は殷栗に泊まらなければならないであろうから、さし当たって寝る場所を確保すること、風呂に入れるよう準備をすること、食事の用意をすること、などであった。みんなで食料を出し合い、早速、米のご飯を炊いたり、塩魚を焼いたり、野菜の煮物を作ったり、手分けで作業が始まった。私の母はりんごを持って来た。

二人は、なかなか保安署から戻って来なかった。みんな心配して、やきもきしていたが、やがて、事情聴取を終えて、二人が帰って来た。二人とも、すっきりした明るい表情をしていた。待っていた人々も安心して、胸を撫で下ろしたが、まずは、風呂に入ってもらうことにした。体格に合いそうな着物を用意して、着替えてもらった。尋ねたいことは山ほどあるが、先に腹ごしらえをしてもらわねばならないであろう。風呂にいる間に、食事の支度が整えられた。

二人は、「ありがとうございます」と、何度も何度も礼を言った。心づくしの食事を前にして、「ああ、やっと人間らしい食事ができます」と、二人は感無量といった面持ちであった。

やがて、二人の脱走者は、今までのことを逐一話し始めた。その概略は、次のようなことであった。各地から連行されてきた日本人たちは、刑務所関係、警察関係、軍人関係などのグループに分けられて、まず、平壌に連れて行かれたのであった。これからどうなるのか、どこへ連れて行かれるのか、全く知らされないので、皆が不安に駆られていた。それから、かなりの日数をかけて、北へ、北へと、移動が続いた。やがて、彼らのグループは、中国に入って行った。多分、旧満州のあたりであろう。このまま行くと、シベリアまで送られるかも知れない。シベリアと言えば、かつて囚人が送られた土地として知られている。

だんだんと遠くへ連れて行かれ、これでは祖国に戻ることも絶望的ではないかと思われた。そこで、仲間たちと、ひそかに連絡を取り、計画を練って、ついに、監視の目をくぐって脱走に成功したのであった。一行は十一人であった。そこは中国で、誰一人、知った人はいない。とにかく必死の思いで脱走し、たまたま出会った中国人に中国服を譲ってもらい、ソ連軍の目をごまかすことにしたのであった。だが、中国語が話せるわけでもなく、筆談で何とか意思が通じる程度であったから、昼間出歩くことは危険であった。そこで、昼間はひっそりと目立たない所に身をひそめ、夜の間だけ行動した。家に入れてもらえるとは限らないので、野宿をすることも多かったという。全く乞食同様で、人の捨てたものを拾ってたべたり、畑の野菜をかじったりして飢えを凌いだが、地図もなく、磁石もなく、どこへ向かって歩いているのかもわからないことが多く、はたして朝鮮にたどりつけるのかどうかもおぼつかない有様であった。太陽の方向を目指して、南へ、南へと、進むしかなかった。しかも冬が近づき、中国大陸の冬は朝鮮以上に厳しい寒さであったから、栄養失調になったり病気になったりして、動けなくなる者が続出した。何とかしてやりたいが、自分一人歩くだけでも精一杯であったから、どうすることもできなかった。十一人いた仲間は、一人また一人と、次々に落伍していき、無念のうちに息を引き取った。こうして最後には、たった二人になってしまったが、こうしてたどり着くことができたのは、全く奇跡としか思えないということであった。それでも、時には親切な人にも出会い、殷栗に来る時にはバスに乗せてもらったのだという。

集まった人々は、夢中になって話を聞いていた。だが、一番知りたいことは、殷栗から連れ去られた人々が、どうなったかということであった。脱走した十一人というのは、彼らと同じグループの人々であるから、多分、刑務所関係の人で、殷栗には刑務所はなかったから、その中には殷栗在住の人は一人も含まれていなかった。山縣光子さんは、目にいっぱい涙を浮かべて聞いていた。奇跡的に生きて帰れた二人に対する祝福と、夫哲也さんに対する切ない思いが、胸をつまらせたのであろう。だが、ソ連軍に連行された人々は大勢で、いくつものグループに分かれたから、他のグループの人々についての詳しいことはわからなかった。

ただ、彼らは、平壌にいた時、川上さんに出会ったということであった。川上さんというのは、山縣光子さんの義理の弟に当たり、警察官をしていた人であった。そこで、この人から、警察署関係の人々に関する情報を得ることができたのであった。川上さんの話によると、殷栗警察署長の工藤さんと、もと殷栗署の巡査部長だった太田さん、すなわち、私たちが一時住んでいた太田邸のあるじだった人の二人は、平壌に送られる途中で病気になり、平壌の病院に収容されたが、不幸にして、二人とも亡くなられたということであった。

この話は、居合わせた人々に、大きなショックを与えた。太田巡査は転勤していたので家族は殷栗にいなかったが、工藤夫人はこの山縣館に住んでいた。だが、この話が出た時、工藤夫人は座を外していた。というより、看守長さんは、工藤夫人のいない時を見計らって話したのであろうと思われる。一同は、このことは工藤夫人には内緒にしておこうと、話し合った。

工藤夫人に与える衝撃が、あまりに大きすぎるのではないか——いつ日本に帰れるか、希望も持てず、それだけでも気が滅入るというのに、二人の子供を抱えた夫人がどんな絶望感に襲われるか、それを考えると、誰もこの話を打ち明ける気にはなれなかった。それに、この話は又聞きであるから、万が一、間違いということもないとは言えない。

しかし、川上さんという、信頼のおける人の話であるし、このような重大な話を、確たる裏付けなしに話すとも思えない。気の毒だが、真実と見るのが妥当であろう。それにしても、工藤さんも太田さんも、元気で丈夫そうな人たちであった。一同は意外な感じに打たれた。ことによると衛生状態が悪く、悪性の伝染病、たとえば腸チフスなどにやられたのではあるまいか。だが詳しいことは、何もわからなかった。

そのうちに、工藤夫人が戻って来た。人々は、話題を変えて、話を続けていたが、工藤夫人は敏感に異常な雰囲気を感じ取った様子であった。

「何か、あったんですか？」と、夫人は尋ねた。

看守長さんは、改めて、大体、次のように話した。

「私たちが平壌にいた時、警察の川上さんに会いました。その時聞いた話ですが、平壌で、工藤署長さんと、太田巡査部長さんとが、体調を崩して平壌の病院に入院したということでした。どんな病状だったかはわかりません。その後、私たちは北へ送られてしまったので、その後のことについては、何もわかりません」

翌日、この二人の逃亡者は、金山浦に向かって去った。保安署では、かなり長時間にわたって調べを受けたが、別にとがめだては受けなかったようである。晴れて帰途に就く彼らの足取りは軽かったが、殷栗の人々の心は重かった。

彼らが、どの辺りで脱走し、どのような経路を経て殷栗にたどり着いたかはわからないが、中国との国境の町新義州《しんぎしゅう》までは、道路、鉄道に沿って、約五百キロある。国境には、鴨緑江《おうりょっこう》という大きな河があり、その源流は、朝鮮最高峰の白頭山の頂上付近に達している。どうやって国境を越えたのであろうか。そうした細々としたことを語る余裕もなく、二人は、殷栗を後にした。十一人の脱走者たちは、それぞれ、北朝鮮のどこかの町をめざして逃避行を続けたのであろうが、九人までが脱落し、おそらく、異郷の地に朽ち果てたのであろう。脱走がはたして賢明の策であったかどうか、それは誰にもわからない。奇跡的に生還した二人としても、安らかな気分でいることはできないであろう。

殺人事件

二月になっても、まだ、一向に春の気配は感じられなかった。山縣商店の前は、殷栗の中心街であったが、夜半ともなれば、全く人通りも絶え、天の一角で、北西の季節風が、悪魔の笛のような不気味な唸りを立てる以外、何の物音も聞えなかった。森羅万象ことごとく凍りついて、冬将軍の旗下に眠っている。深い暗闇に包まれた屋根の下で、人もみな眠っている。私たちも眠っていた。しばしの安らぎの床の中にいた。

いわゆる丑三刻《うしみつどき》であろうか、夜半をしばらく過ぎた頃と思われる。突然、異様な叫び声が聞こえ、私ははっと眼を覚ました。他の人々も目を覚ました様子であった。何者かが、狂気のように、けたたましく、甲高い叫びを上げながら、雪の大通りを駈けて来る様子であった。南の方角からだんだん近づいて、我々のいる山県商店の前を通り抜けた。外は暗闇だし、カーテンがかかっているから、何も見えない。だが、それが女の泣き叫ぶ声であることはわかった。乱れた足音は、時折、滑ったり転んだりしていることを物語っていた。

多分、保安署から、誰か出て来たのであろう。何人かの男たちの声が、泣き喚く女の声に混じって聞こえた。やがて、全体が、建物の中に消えて行った様子だったが、今度はまた、男たちが前の通りを走り抜けて行く気配がした。私たちはみんな、夢を破られ、「一体、何だろう」などと小声でささやき合ったりしたものの、この深夜の寒空に起き出して見るほどの野次馬根性は持ち合わせていなかった。それに騒ぎも一応収まったので、誰も皆、再び眠りに落ちて行ったのであった。

翌朝、夜間の騒ぎも、夢うつつのように忘れかけて起きあがり、朝の支度をしている最中に、どこから伝わって来たのか、思いもよらぬニュースが耳に入り、私たちは、非常なショックを受けたのであった。

「任元浩が、金鶴三を撃ち殺した！」

私は、耳を疑った。「まさか！　どうして？」何かの間違いではないか？　いや、間違いであってほしい、と願った。大部分の日本人たちにとっては、全く関係のない話であったろうが、殷栗のような小さな町で殺人事件が起こったというのは非常に稀なことで、日本人の間でも盛んに話題になった。金鶴三氏はともかく、任元浩氏は保安署員という職業柄、日本人にも、ある程度、名前は知られていたであろう。どこから、どのようにして洩れて来るのかわからないが、かなり詳しい情報が伝わって来た。それらの情報をまとめると、大体、次のような経過で、事件は進行したと見られる。

任元浩氏は、酒に酔っていた。夜半過ぎに、ソ連兵の小銃を持って、金鶴三氏のところに出かけた。保安署員は、サーベルは持っていたが、ピストルや銃は持っていなかった。しかし、保安署とソ連軍司令部が同居していたから、ソ連兵の銃を持ち出すことは、容易にできたものと思われる。私たちの住んでいた家は保安署員の宿舎になるということで、我々は立ち退いたのであるが、金鶴三氏は今まで通りそこに住んでいた。任元浩氏に呼び起こされ、金鶴三氏は、部屋から庭に出て来た。二人は、そこで言い合いになった。任元浩氏は金鶴三氏に銃口を向けて脅したので、金鶴三氏は、庭をぐるっと廻る形で、井戸の向こう側に行った。任元浩氏はちょうど家を背にした位置に立ち、井戸をはさんで金鶴三氏と向き合う態勢になった。

そこで、どのような議論がたたかわせられたかは、わからない。だが、最終的には、次のようなことになったのではないだろうか。

「お前のような奴は、殺してやる！」と、任元浩氏。

「撃てるものなら、撃ってみろ！」と、金鶴三氏。

これは、私の想像上の対話である。だが、次に起こったことは、事実であった。銃口は火を吹き、弾丸は、真正面から、金鶴三氏の顔面を貫いた。

おそらく、即死であったろう。金鶴三氏のお妾さんは、銃声を聞いて、あわてて部屋を飛び出し、倒れた夫の元に走り寄った。無惨な死にざまを見て、彼女は、気も狂わんばかりに逆上し、保安署に向かって、駈け出した。「ウリ（私）の金鶴三を返せ！」そう泣き叫びながら、酷寒の夜道をものともせず、転びながら、必死に駆け抜けて、保安署に飛び込んだ。宿直の保安署員も、かなりてこずったということである。

一方、任元浩氏は、いつ戻ったか、保安署の一室にこもって、呆然自失の状態でいたということである。もちろん、逮捕されたであろう。金鶴三氏の遺体は収容され、やがて検屍が行なわれたが、担当した検屍官は、「私は今まで、大勢の死体を見て来たが、こんな恐ろしい死に顔を見たのは初めてだ」と、語ったという。金鶴三氏は普段でも少し怖いような顔をしていたから、その顔を射貫かれては、さぞ凄惨な状態になっていたであろう。

私たちが、よく出会い、話し、親しくしていた二人が、殺人者と被害者になってしまったことは、何とも悲しい出来事であった。父は、保安署から呼び出しがあって、出かけて行った。父は間もなく帰って来たが、保安署で何を聞かれたか、私は、父に尋ねた記憶がない。後になって、父に尋ねたが、父は、「忘れた」と言った。「忘れたくらいだから、大したことではなかったのだろう」とも言った。確かにそうかも知れない。父自身は、この事件には、直接関係ないことは確かだし、何が原因でこんなことになったか、父にもわからなかった。ただ、事件の起きたのが、我々の家の前であったし、父は、加害者、被害者、双方を知っていたから、一応、形通りの質問がなされたのであろう。もちろん、係官が部内の情報を漏らすはずもないから、父は、ただ質問に答えただけで帰って来たのだと思われる。

事件の原因が何であったかということは、他の日本人たちにとっては、あまり関心のないことであったと思うが、私たちにとっては、かなり深い関心事であった。父や母が下した結論は、「りんご園の奪い合い」が原因ということであった。私も、それが最も確からしいと思うが、しかし、状況は、そう単純ではないという気がするのである。

任元浩氏は、親の代から、父の小作人であった。一方、金鶴三氏は、父の教え子で、我が家にはよく出入りしていたが、小作人ではなかった。この二人の間に、以前から何か特別の関係があったとは考えにくい。互いに顔見知りであった可能性はないとは言えないが、何か、我々の知らないことで、「殺し合いをするほどに」憎み合っていたとしたら、選りに選って、その金鶴三氏を留守番に頼んだというのは、あまりにも偶然にすぎる。だから、金鶴三氏が我が家に住み込んだ時から、問題が起こったと見るほうが妥当であろう。

任元浩氏は、父の小作人であったから、その畑は、農地解放で、当然、彼のものになったであろう。その上にりんご園まで望むとは欲が深すぎるという気もするが、りんご園と普通の畑とでは値打ちが違う。父のりんご園には家屋敷もあり、りんごの木は今が盛りで、優良農園との評判が高かったから、誰でも欲しがって当然であろう。任元浩氏は、終戦以来、我々に非常に親切にしてくれた。しかし、日本人にはもはや何の権力もないから、りんご園を勝手に誰かに譲ることなどできない。保安署員として、その程度の状況を知らなかったはずはない。日本人の所有する不動産はいずれ没収されるであろうが、それを誰の手に渡すか？　その権限を握るのは、保安署や人民委員会など、殷栗郡の地方自治の権限を握る上層部の人脈であろう。任元浩氏が父の果樹園を狙うとすれば、その人々に取り入るしかなかったであろう。彼が父に対して並々ならぬ好意を示したのは、その上層部の意図を汲んだものであったとすれば、説明がつきやすい。

一方、金鶴三氏は、思わぬ拾い物をした。彼はりんご園の中に住み付くことができた。そこに住んでいるということは、何と言っても、大きな利点である。だが、それは、父に留守番を頼まれただけのことであり、彼が果樹園の仕事をやっていたという実績もない。それだけで果樹園が自分の物になると思ったとしたら、あまりにも甘すぎる。金鶴三氏もインテリであるから、その程度のことがわからなかったはずはない。もし彼が野心を抱いたとすれば、やはり政界の実力者に接近を図ったであろう。保安署や人民委員会の内部で権力闘争があったことは当然考えられるから、立ち遅れた金鶴三氏が頼ったのは、任元浩氏の人脈とは対立関係にある人脈であったと見るのが妥当であろう。

あの大晦日の晩、任元浩氏が、「金鶴三は悪い奴です」と、ささやいたのが思い出される。私の父の好意を受けながら、父に好意的な人脈と敵対する連中に近づいている、とすれば裏切り行為であるということになる。だが、それだけでは殺人の理由としては弱い。

酒に酔っていたとはいえ、わざわざ銃を持ち出して、無抵抗の相手を射殺するとは、ただ事ではない。任元浩氏は、追い詰められた状況にあったのではないか。彼の行動は、飲酒を含めて、自暴自棄と見るほかはないからである。

第23章　日雇い仕事

仕事の割り当て

殺人事件に関する私の推理が当たっているかどうか、今となっては、知る術もない。もし、当たっていたとすれば、父が、金鶴三氏に留守番を頼んだのは、思わぬ不幸の始まりであった。しかし、仮にそうだとしても、誰にも予想できることではなかったであろう。

私は、我が家を出て以来、二度と戻ることはなかった。戻って見る気もなかった。だから、殷栗文化協会の連中がどうなったか、金鶴三氏亡きあとの家族たちがどうなったか、本当に保安署員の宿舎になったのかどうか、全く知らない。

三月になると、多少は寒さが緩んできた。私は満十四歳であったが、昔流の数え年で言うと、この年、十五歳になったわけである。いつまでも遊んでいるのは体裁が悪いということもあって、三月から、大人たちに混じって、日雇い仕事に出ることになった。貞廣君と荒谷君も働きに出ることになった。それは、一面では、退屈しのぎになったし、いろいろと見聞を広めるのに役立ったと言える。

朝、一同は山縣さんの座敷に集まる。主として男性であるが、手の空いた婦人もいる。部屋の一隅の机の前に、でんと腰を据えているのは、恰幅の良い白土さんであった。割り振り帳を作って、誰と誰はどこ、というように仕事の割り当てを発表する。面白いもので、人々の座る場所が自然にきまってくる。白土さんの助手格の西さんは、当然、白土さんのすぐ前に、向き合って座る。この人は小柄で、二十歳そこそこの若さに見えた。兵隊にとられなかったことからすれば、終戦の時点でまだ兵役年齢に達していなかったのであろう。時折、子供っぽくはしゃいでいる様子は、どっしりと構えた白土さんと、極めて対照的であった。この二人を取り巻く位置に、若生先生、城先生、高野さんなどがいた。これが側近グループである。毛勝先生は、さすがに貫禄を見せて、一方の隅に腰を落ちつけ、超然としていた。

三宅先生は、私の恩師で、小学校ではいつもまじめな顔をしていたが、ここではもうそんな仮面は脱いで、今まで私の知らなかった一面を見せてくれた。ユニークなジョークを言ったり、学のあるところを見せたり、なかなか面白かった。

ある日、きれいにひげを剃った三宅先生は、たまたまそばにいた工藤夫人に向かって、

「どうです、いい男になったでしょう。工藤さんのところに行こうか」

「あら、私は、髭を生やしている人のほうがいいわ」

確かに、工藤署長さんは、頬から顎にかけて、見事な黒ひげを生やしていた。

また、ある日、何かの折に、こんな話をした。

「共産主義、共産主義と言いますけどね、聖徳太子の大化の改新というのは、あれは共産主義だったんですよ。日本では二千年も前からあったんだ」

当時の人々は、そういうことは、あまり知らなかったようである。

「我々は、ソ連軍の司令部をしょっちゅう掃除してるんだから」と、誰かが言い出した。「ソ連軍から感

謝状くらい出してくれてもいいんじゃないかねえ」

「そのうちに来ますよ」と、三宅先生が言った。

「右の者、長年にわたり、ソ連軍司令部の掃除に尽くした功により、感謝状を授与する。――ミハイル・スターリン」

「ああ、スターリンの名前は、ミハイルというんですか？」

「知りません」

ミハイルというのは、日本人とよくおしゃべりをするロシア兵の名前であった。

私たちは、新参者なので、部屋の隅のほうで、小さくなっていた。

私の初仕事は、元の郡庁、今は殷栗郡人民委員会の事務所の大掃除であった。毛勝先生自身も仕事に来ていて、私が神妙に掃除をしているのを見て、「我が意を得たり」という顔をしていた。朝鮮人に対して常に誠意ある態度を示し、日本人に好意を持たせようというのが、先生の変らぬ主張であったから、若い私が下働きをしているのを、とても嬉しそうに眺めて、時に寄って来ては、「しっかりやりましょうね」などと声を掛けたりして、一緒に仕事をしていた。

薪割り

一番多い仕事は、薪割りであった。保安署や、ソ連軍司令部や、その他、いろいろなところで薪割りの仕事をやった。保安署では、夜も署員がいて、一日中ストーブを焚いていたから、薪が大量に必要であった。薪は大体、雑木の長い棒で、これを適当な長さに切って、割るのである。鋸には、普通に使われている両刃のものもあったが、私たちが主に使ったのは、当地の大工などが使う二人挽きのものであった。これは、かなり長い片刃の鋸の両端に長い柄が垂直に取りつけてあり、その両方の柄の真中あたりに、刃と平行に丈夫な棒がはめ込んである。両方の柄の上端は丈夫な紐を渡して、強く張ってある。この張力によって反対側の鋸刃も強い張力を受け、曲がったり揺れたりしないようになっている。材木などに腰掛けた状態で、二人の者が向き合い、両側の柄を握って、一方が押せば他方が引き、他方が押せば一方が引く。薪に適当な圧力を加えながら、二人が調子を合わせて押し引きすれば、しゃり、しゃりと、気持良く薪は切断される。鋸の刃は極めてよく目立てされていて切れ味がよく、実に能率が良かった。

薪はかなり太いので、適当な太さになるように、薪割りで割る。割り方には二通りあって、薪を立てておいて、真っ向から割るのと、別な薪を横たえて枕にし、薪を寝かせ、寝かせた薪の手前の端を足で押さえておいて、他端の切り口を打ち割るのとである。どちらが良いかは、一長一短である。その薪の状態によって判断する。枝が多くて節だらけの薪は割りにくい。

単純な仕事で、誰にでもできるが、慣れるとコツを覚えて、能率が良くなる。割った薪は指定された場所に運ぶが、その場所が遠い場合は、チゲという背負子に載せて、背中に背負って運ぶ。薪割りは、いろいろな仕事の中で、最も需要の多い仕事であったが、単調で退屈で、疲れやすい仕事であったから、あまり人気がなかった。ソ連軍将校の宿舎などでは、夫人が出て来てお茶を入れてくれたり、時にはパンやご飯やかんづめなどをくれたりしたので、そちらの方面は人気があった。人気のある仕事や不人気の仕事があったから、不平不満が出ないように、振り分け係の白土さんたちは気を使っていたようだ。

私たちは、年齢が同じくらいなので、私と、貞廣君、荒谷君の三人が、同じ仕事に廻されることが圧倒的に多かった。そして、保安署の薪割りなどのような、最も不人気な仕事を割り当てられることが多いような気がした。誰しも、他人のほうが割が良いように感じやすいものであるから、実際にはそうでもなかったのかもしれないが、私たちは三人寄って不平不満を言い合うこともあった。作業は、小人数の場合は、二人とか四人とか、偶数のほうがやりやすい場合が多い。そんなとき、私たち三人とよく組み合わされたのは、横山先生であった。前述のように、この先生は、殷栗郡西部面の朝鮮人小学校で大串校長の下で教諭をしていたが、終戦の年の三月限りで免職になり、失業したまま終戦を迎えたのであった。当時、日本人教員は、四十歳までには校長になり、五十歳近くまで勤めて退職するのが、一般的であった。横山先生の年齢はわからないが、多分、四十歳近かったであろう。平教員のまま免職になったのはどういう事情だったかはわからないが、あまりにもおとなしすぎて、元気がない感じであった。そんなわけで、私たちのような、「半分子供」の仲間に入れられたものらしかった。

ある日のこと、例によって、私たちと横山さんの四人組で薪割り仕事をやっていた。貞廣君は、どこか調子でも悪かったものか、しきりに「いやになった」と言ってぼやいていたが、そのうちに、「ぼくは、今日は、もう、帰るよ」と言って、帰って行った。私と荒谷君とは、「そうか」と言って、仕事を続けていたが、貞廣君が行ってしまったあとで、突然、横山先生が立ち上がった。そして、顔を真赤にして怒鳴った。

「勝手に仕事をやめてよいか！　貞廣君を、連れて来い！」

私と荒谷君は、びっくりして、横山先生を見上げた。この先生が、こんな骨のあるところを見せるとは、思いもよらなかったのである。荒谷君が立ち上がって、貞廣君を呼びに出かけて行った。残された私と横山先生とは、互いに無言のまま、仕事を続けていた。

しばらくすると、荒谷君が現われ、そのあとから、貞廣君ではなく、彼の長兄の貞廣常夫さんがやって来た。常夫さんは、まだ兵役前だったから、十九歳か二十歳くらいであったろう。だが、ほぼ同年齢の西さんに比べると、体も大きく、大人らしい貫禄もあった。

「どういうことなんですか？　弟について、何か？」

常夫さんは、横山先生に向かって、そう尋ねた。詰問するような調子はなかったが、横山先生は、とたんに、へらへらと愛想笑いをしたのであった。

「あは、あは、いや、その、別に、何でもありません……」

「弟は、少し体の調子が悪いんです。すみませんが、今日は、休ませて下さい」

「はあ、はあ、わかりました――。どうも、どうも……」

横山先生は、見るも気の毒なように、しどろもどろになっていた。荒谷君が、陰でくすくす笑っていた。横山先生はすっかり面目を失ってしまった。

さらにもっと後のことであるが、横山先生と荒谷君が和信連鎖店に仕事に行ったことがある。これは殷栗第一の百貨店で、作業内容が何であったか知らないが、多分、商品の整理のような仕事であったのだろう。私と貞廣君は別な所に行っていたから詳しい状況はわからないが、横山先生と荒谷君の二人は、商品の石鹸をこっそり持ち帰ろうとして、見つかったというのである。日本人の信用を傷つける不祥事であった。こういう話を聞くと、私の父が果樹同業組合の職員に雇ってくれという横山先生の頼みを断ったのも無理ないという気がする。しかし、横山先生という人も、容易に理解し難い変人・奇人の部類に属しそうだ。

ソ連軍司令官の官舎

私は、ソ連軍司令部や、将校の官舎に仕事に行ったこともある。ソ連軍司令官の部屋は、もとの警察署長室であった。日本統治時代、警察署長は二年くらいで異動することが多く、私の小学校在学中にも何人も入れ替わったから、警察署長の子供と親しくなったことは珍しくないが、署長室に入った記憶は全くなかった。そして、生まれてはじめて入った署長室は司令官室になっていて、最初に目を奪われたのは、等身大というより、実物よりはるかに大きいと思われる、スターリンの肖像画であった。その襟には襟章のようなものを付けていたが、そこには星が一つだけ付いていた。これは日本なら二等兵ではないか、などと考えて眺めていた。

ソ連軍将校の官舎では、壁紙の張り替えなどの仕事をした。日本人が住んでいた頃とはすっかり模様替えがしてあって、畳が剝がされて板床になっていたのは当然であるが、カーテンや飾り物などに赤や緑などの原色を多く使っているのが目立った。だが、朝鮮人や中国人の好むような明るい色ではなく、くすんだ感じの落ち着いた色調であった。夫人たちがやって来て、いろいろと注文をつけることもあったが、お茶や食事を出してくれることもよくあった。我々にとっては、そうした役得が、魅力だったのである。

お茶と言っても、三宅先生たちが作った乾燥りんごをやかんに入れて、水を注いだだけのものであった。ほのかにりんごの香りと甘味が感じられる程度で、お世辞にもお茶と言えるようなものではなかった。熱湯でも注げばよいのにと思ったが、彼らにとってはこれでよいのであろう。ソ連兵の普通の食事は、黒パンと、「油ご飯」だったようである。黒パンは、ライ麦を主体にしたもので、粒状のライ麦が入っており、重くてぼそぼそとしていた。酸味がかなり強く、日本人の好みにはあまり合わなかったようであるが、私たちは空腹を抱えていたし、私自身はこのロシアパンが、わりに気に入っていたので、喜んで食べた。多くもらった時には、持ち帰って、他の子供たちにやったりした。

「油ご飯」と私が名づけたのは黄色い色の米飯であったが、大きな釜で飯を炊き、炊き上がりにたっぷりと油を混ぜてかき回すのである。何の油かわからないが、べとべととして、黄色いご飯が出来上がる。ひどく油こいので、ほとんどの日本人はあまり食べられなかった。最初のうちは、チャーハンに似ておいしく感じるが、そのうちにくどくなって、食欲が湧かなくなるのである。私は脂っこいものが好きだったので、結構よく食べた。多少、肉のようなものが入っていた。あるいは、最初、肉と脂を混ぜたものが、私たちに食べさせる頃には肉がなくなって、油ばかりになっていたのかもしれないと思ったりした。だが、そうではないらしく、その肉片のようなものは脂肉を熱して溶かした時にできたカスであったらしい。

そんな詮索はともかくとして、台所の裏に廻って見ると、時折、丹頂鶴の頭が転がっていたりしたので、ソ連兵が鶴を撃ち殺したのは確かで、丹頂鶴にとっては日本の敗戦は不幸な結果を招いたようだ。私は以前、一度だけ丹頂鶴の肉をたべたことがある。密猟ではない。不運な鶴が、高圧線の鉄塔に衝突して、事故死したのである。その鶴は剥製にされて、長いこと私たちの小学校の教室に飾られていた。鶴の肉がどんな味であったか、覚えていない。多分、「丹頂鶴の肉だ」と言われなければわからない程度に、普通の鶏肉に似た味だったのであろう。私もあるいは、ソ連軍将校の家で鶴の肉を、それと知らずに食べたかもしれないのである。将校の家では、白いパンや、野菜がいろいろ入ったリゾット風のものを食べた記憶がある。

司令官をはじめ、高級将校は、立派な官舎に住み、国から家族を呼び寄せて、兵士たちよりも上等のものを食べていた。私は、共産主義というのは、誰も彼も平等なのかと思っていたが、こうして将校と兵士たちの暮し振りを見ていると、はっきりとした差別があり、今までの日本と何も変わりはないではないかと、不思議な感じがした。と同時に、やはり人間というものはそう変わりはないのだと、安心感のようなものも感じたのであった。

だが、気候風土によって人間は変わるものだという感じを持ったこともあった。ソ連軍将校の家にいると、一般の兵士たちもよく出入りする。彼らは青みがかった色の厚い綿入れの上下の服を着ており、その上に毛皮の外套を着てベルトを締め、頭には毛皮の大きな帽子をかぶり、足には厚いソックスをはいて、まるで登山靴のような大きな防寒靴をはいていた。彼らが靴を脱ぎ、ソックスを脱いで、素足を現わした時に驚きを感じたのは、まるで赤ん坊の肌のようにすべすべして、ふっくらとしたピンク色の素肌であった。いかにも皮下脂肪がたっぷりと詰まっていますといった感じであった。絶えず脂を分泌し続けているかのような、ぬるりとした光沢を感じる肌であった。

さらに驚いたことは、彼らが軍服の下に着ている、分厚い綿入れの上下の服の下には、何の下着もないということであった。彼らは、皮下脂肪という、立派な下着を生まれつき身に着けているのだ。もちろん夏には別の服装をするであろうし、将校はこんな質素な服装ではあるまいと思った。だが、将校たちは人前で服を脱いだりはしない。

司令官には一人の息子がいた。まだ五、六歳であろうが、なかなかのやんちゃ坊主であった。とても元気で、将校と同じような毛皮の外套を着て、毛皮の帽子をかぶり、自転車の輪回しをして、付近の広場や道路などを、風のように駈け回っていた。近所の朝鮮人の子供たちが、珍しがって周りを取り巻いたり、後を追いかけたり、執拗にからみついていた。私はこの様子を見て、ふと、私が我が家で自転車の練習をしていた頃のことを思い出した。

かつて我が家では、誰一人、自転車に乗れる者がいなかったので、父が、私のために、日本から中古品の小型自転車を送ってもらったのであった。小型とは言っても、それほど小さいものではなかったので、私はなかなか乗ることができず、よく子供たちがやっていたように、横から足を突っ込んで滑走する、「横乗り」をしばらくやっていた。ところがある日、突然、普通に乗れるようになったのである。私は嬉しくなって、果樹園の中だけでなく、外に出て、遠乗りしたくなった。外の道に出ると、近所の朝鮮人の子供たちが、珍しがって大勢寄って来た。自転車そのものは別に珍しくはないが、こんな小型の自転車が珍しかったのである。この自転車で出るたびに、「チョコマン・チャジョンゴ（小さな自転車）」と、口々に叫びながら、子供たちが追って来る。時には競走をすることもあった。別にいたずらをするわけではないから構わないのだが、少々閉口したことを覚えている。

初めてロシア人の子供を見て、好奇心旺盛な近所の子供たちが追い回したが、ロシア人は、元気に何か叫び声を上げて、真っ先立って輪回ししながら走った。誰かが、故意にか、誤ってか知らないが、その輪をどこかへやってしまった。子供は、さすがに泣きべそをかいてしまった。

ある日、私が司令官の官舎で仕事をしていた時、この子供は、木でできた飛行機か何かのおもちゃを持って遊んでいた。ところが、そのおもちゃがこわれてしまったので、付き添いの兵士二人が、それを直そうと、苦心していた。だが、なかなかうまく行かず、いくら直しても、子供は、「それではだめだ、それではだめだ」と、我を張ってきかなかった。そこへ、突然、司令官が入って来た。彼は兵士たちにあちらへ行けと命じ、いきなり、そのおもちゃを力一杯、蹴飛ばした。おもちゃは完全に壊れ散り、子供はわっと泣き出したが、司令官は大声で子供を叱りつけ、さっさと部屋に入って行ってしまった。私は、なかなか厳しいんだなと思いながら、眺めていた。二人の兵士が戻って来て、泣きじゃくる子供をなだめていた。

私の母も、時折、ソ連軍将校の官舎や、保安署などの掃除に行っていた。将校の夫人が、アルバムを持って来て見せて、手真似で説明してくれたりしたと言う。これは国にいる自分の母親で、今、八十歳なのだと、手や指を使って説明した。夫人たちも、遠く故国を離れて淋しかったのであろう。日本人の婦人相手に、上等のパンなどをご馳走しながら、対話によって寂しさをまぎらせていたのだと思われる。

いろいろな仕事

いろいろ変わった仕事もあった。ある日、私たちは、トラックで、大量の叺を運ぶ仕事をした。叺は、藁で編んだ袋のようなもので、籾や雑穀などを入れるのにごく普通に使われていた。この時は、郊外にある大きな倉庫に積んであった、空の叺を別の場所に運ぶ仕事であった。当時、トラックは珍しくて、毎年何回か、我が家にりんごの積み出しのためにトラックが来ると、近所の子供たちが珍しがって大勢集まって来るほどであった。当時のトラックは、一トン半から二トン半積みが普通で、まだ背の低かった私にとっては、二トン半積みのトラックが、びっくりするほど大きく見えたものであった。

トラックの荷台に乗って走るなどということは、私にとって、生まれて初めての経験であったから、楽しくて仕方がなかった。また、大きな倉庫の中には、私の背丈の何倍もの高さに叺が積んであり、それを投げ下ろしたり、高いところから飛び降りたりするのは、非常に面白かった。そんなふうに、トラックで何回も往復しながら作業するのを楽しんでいたので、この仕事中の私の姿を眺めていたお婆さんがいたことなど、全く気がつかなかった。

そのお婆さんは、私の家の裏のほう、ミョングの家の北側の家にすむ人で、戦時中に私の家に粟を借りに来たお婆さんであった。数日後、そのお婆さんは、わざわざ私の母を訪ねて来たそうである。「キョウジャン（校長）の息子がトラックに乗って仕事をしているのを見て、かわいそうで仕方がなかった。どうか、これを食べさせてやってください」と、朝鮮語で言って、持って来た野菜や米などを渡し、ぽろぽろと涙をこぼしていたということであった。

こうした人々にとっては、日本による植民地化も、人民共和国の独立も、別世界の出来事にすぎず、日常の生活だけがすべてであったのであろう。世の中はさまざまであった。

私たちはまた、変わった仕事の手伝いをしたことがあった。そこは、富裕な朝鮮人の屋敷の一部だったところで、四方を土塀で囲まれ、周囲から隔絶した空間を成していた。本田さんの娘や、例の三人娘などが働いていた。仕事は、教科書作りであった。と言っても、簡単な製本の作業である。大きな紙にベタに印刷されたものを裁断して、正しいページ順に折り重ねて綴じるのである。私は、その教科書の内容に興味を引かれて、ところどころ拾い読みをして見た。小学校の上級生に使わせる教科書だと思われたが、すべて日本語で書かれているので、容易に読むことができた。

戦時中には、朝鮮人学校では、すべて日本語で教えていたのである。朝鮮人生徒はもちろん、家では朝鮮語を使っていたから朝鮮語を話すことはできたが、ハングル文字を一切習わなかったから、朝鮮語で書かれたものを読むことができなかったのである。

この教科書は、歴史の教科書のようであった。私の関心をそそった内容の一つは、豊臣秀吉が朝鮮を侵略しようとして軍隊を送り、朝鮮人たちが協力して侵略軍を撃退したという一節であった。なるほど、立場を変えればそうなるのだと興味を覚えたが、それがまた日本語で記述されていることが、また奇妙に感じられたのであった。

第24章　曙　光

日本人の労働条件

日雇い仕事の労働賃金は一日十円と決められていたが、行き先によって仕事の内容が違うから、楽なこともあれば、骨の折れることもあった。また、ソ連軍将校のところのように、パンや缶詰などを貰える、役得のある仕事場もあった。仕事の割り振りは、単に公平というだけでなく、その人の力量や技能などの関係する面もあったから、なかなか難しかった。仕事の注文も、毎日同じというわけではなく、いろいろと変化があったから、人数の振り分けも、それに応じて考えねばならなかった。だから、その日その日の分担をきめる白土さんの苦労も、並大抵ではなかったであろう。誰もが昔の肩書きを失い、平等の人間になってしまったから、互いの遠慮も乏しくなり、不平不満も多くなっていた。

特殊技能を必要とする仕事は別であるが、大抵の仕事は、薪割りや掃除のような、誰にでもできる仕事であったから、役得の多い、ソ連軍関係の仕事への希望が圧倒的に多かった。白土さんの側近グループ、すなわち、西さん、若生先生、城先生、高野さんなどがソ連軍関係の仕事に出る割合が多いという非難が、あちこちでささやかれていた。私たちもそんな感じを抱いたが、誰しも身びいき身勝手があるから、統計をとってみないことには正確なことはわからない。仮に多少の不平等があったとしても、その折々の事情もあるから、一概に不当を責めるわけにもいかない。そんなわけで、誰も表立って口にする者はいなかった。

ところが、ある日、白土さんの受難の時がやってきたのであった。攻撃の主は、河合先生夫人であった。あの収容所で金萬昌氏にさんざん痛めつけられながら、最後まで頑張り通した女丈夫の意気込みは並々ならぬものがあった。河合夫人は、今までの白土さんの人員振り分けにおける不公平の例を一つ一つ克明に取り上げ、片っ端から追及して、「あなたのやり方は悪い」と、きめつけた。河合夫人の論旨は、徹底的に理詰めで、少しの隙も与えなかった。白土さんも、郡庁の庶務主任を務めたほどの人だから、弁が立たないわけではなかったが、この時ばかりは反論の糸口をつかむこともできなかった。後になって、父も、「あそこまでやらなくてもよいのに……」と白土さんに同情していたが、その時は、誰一人、白土さんを弁護することができず、白土さんは一言も返答ができずに、立ち往生したままであった。河合夫人はすっかり溜飲を下げた様子であったが、一座は完全に白け返ってしまった。

こうして表面に出たケースは多くないが、日本人同士の対立感情は、いろいろあったと思われる。日雇い仕事に出られる人が少なければ、その家族の暮らしは、当然苦しくなる。だから、賃金は、一旦、日本人会でプールして各家族に分配するが、完全に平等に分配すれば、今度は、働き手を多く出している家から不満が出る。仕事の良くできる人もいれば、さっぱりできない人もいる。誰も彼も満足なようにするのは不可能であろう。各家族の経済は一応独立であったから、日雇い仕事による収入以外については自由であった。もちろん、別途に商売をすることはできないから、他に収入はないはずであるが、旧知の朝鮮人から物をもらったり、物々交換をしたりすることは、それぞれにあったであろう。収容所を出てからは、それほど厳しく監視されていたわけではないので、目立った取引でなければ可能であった。一般栗には、かなりの数の中国人が住んでいた。彼らは、中華料理屋を営業したり、野菜作りをしたりしていた。彼らは非常に勤勉で、非常に品質の良い野菜を作っていた。日本と中国が戦闘状態にあった期間中も、彼らは自由に生活し、自由に働くことができた。そこで彼らは、戦後にも、日本人に好意的で、よく野菜などを届けてくれた。

一日の日当が十円というのは、どのような根拠によるものか不明であるが、多分、その程度が一般的な相場だったのであろう。戦時中に物価が上昇し、貨幣価値はかなり落ちていたが、戦後の日本におけるインフレほどにはひどくなかった。当時の十円がどの程度の価値であったか正確なことはわからないが、一応、米五合に相当するとされていた。米七合で約一キログラムであるから、現在、上質米十キログラムが五千円としても、五合当たりは三百六十円くらいにしかならない。一日の日当としてはずいぶん安いが、当時はまだ食糧難の時代で、とりわけ米は贅沢品であったから、一般の物価に対してはかなり高かったと思われる。現在（二〇〇〇年）の物価水準に照らして、日当千円程度と見るべきではなかろうか。それでもずいぶん安いけれども、当時の賃金水準は非常に低かったから、まあまあのところだったのであろう。

魚や野菜などは安かったが、家族が十分な栄養をとるには、一日十円の収入ではとても足りなかったのは確かである。終戦直後に、みんな大急ぎで預貯金を下ろしたから、お金はかなり持っていたはずである。だが、日本に帰ることを予期して、大部分は日本銀行券に換えていた。当時通用していたのは、朝鮮銀行券と、ソ連の軍票であった。日本銀行券では買い物はできなかった。いずれは新しい通貨体系に切り替わるであろうが、暫定的に、朝鮮銀行券がそのまま使用されていたのである。経済的な混乱を避けるためであった。当時は、ほとんど自給自足に近い状況であったから、あまり問題は起こらなかった。現代のような市場経済下だったら大混乱が起きたであろうが。

日本人全体としては、かなりの額の朝鮮銀行券を持っていた。日本銀行券の入手が困難だったからで、結果的には、そのことが役に立ったわけである。日雇い収入と、こうした貯えの取り崩しによって、日本人は辛うじて生計を保って来た。だが、貯えは減る一方であるから、こうした生活に限度があることは目に見えていた。誰がどの程度の貯えを持っているかはわからなかったが、中には、もう貯えが底をついた人々もいたようである。

朝鮮人の中にも、いろいろと心配してくれる人は少なくなかった。私たちは、ある時、「カラムシの皮むき作業」に呼ばれたことがあった。私、貞廣君、荒谷君も一緒だったが、他にもかなりの人々が参加した。カラムシというのは、人間の背丈くらいの高さまで伸びる植物で、その茎は木のような感じになり、茎の皮をむいてほぐすと、繊維がとれる。これで布を織れば、木綿に似たような布ができるのである。私たちの仕事は、カラムシの茎の皮をむく仕事で、あまり骨の折れない単純な労働であった。

カラムシは、大量にあったので、いくつかの部屋に別れて作業をしていたが、私と貞廣君と荒谷君と、三人だけで一部屋で仕事をしていた。三人とも中学生のいたずら盛りで、大人たちが煙草収納所の火事で大量に手にいれた煙草を盛んに吸っていたのに刺激され、こっそりと煙草を吸っていた。大人たちも公認していたような傾向があって、私はある時、永田さんに煙草に火をつけてくれと頼まれ、炭火に押し付けて苦心をしていると、永田さんが自分で吸えば良いのだと言ったので、つい何気なく吸い込んだところ、ひどくむせて咳き込んでしまったことがあった。

この日、三人だけの気安さで、仕事の合間に、そろって煙草をくわえてぷかぷかやっていると、そこへ突然、仕事の雇い主が入って来た。私たちはあわてて煙草をかくし、仕事を続けている振りをしたが、何となくバツが悪く、互いに顔を見合わせた。雇い主は私たちの様子を見て、「どうしたのかな？」というように三人を見回したが、別に気にとめる様子はなく、優しい笑みを浮かべていた。「国民服」などと呼ばれていたカーキ色の詰襟の服を着て、鼻の下に少しひげを生やし、五十がらみのその雇い主は、私たちに穏やかに話しかけた。

「どうだ、みんな元気かね？　日本に帰るまでに、体を丈夫にしておかなけりゃならないからね。しっかり、がんばってくれよ」

私たちは、ちょっとどぎまぎして、ことばが出ず、笑いながら、うなずいた。相手も、笑顔を返しながら、部屋を出て行った。

「煙草吸っていたの、わかったかな？」私たちは、きまり悪そうにつぶやき合った。この雇い主は、元保安署長の張先生であった。私も名前は知っていたが、直接面と向かったのは初めてであった。昼食時になると、みな食堂に集まり、真っ白なご飯をどっさりと食べた。朝鮮漬けや肉や野菜など、栄養たっぷりのご馳走を腹いっぱい食べることができた。この仕事はかなりの日数続いたが、毎日、腹一杯の食事ができて、みんな幸せそうだった。

りんごの剪定

十二月の末から翌年三月の末頃までは、りんご園の剪定の季節であった。りんごの剪定は、非常に高度の技術を要する仕事であった。殷栗郡内にはりんご園が非常に多かったから、方々から剪定をしてほしいという注文が殺到した。父は長年にわたって殷栗郡の果樹同業組合を実質的に切り盛りしていたから、千五百人もいる組合員には親しい人々が多く、そうした人々から、我勝ちにと、申し入れが押し寄せたのであった。優れた剪定師に切ってもらえば、五年、十年にもわたってりんごの収穫が増えるから、果樹園の持ち主が要求したのも当然であった。

だが、本当に腕の良い剪定師になるには相当の年季が必要で、また不断の努力と才能も必要であったから、殷栗郡内にも、すぐれた剪定師と言える人は、極めて少数であった。竹浪さんは日本一の剪定師としての折り紙付きで、その実績も広く認められていた。父も、その竹浪さんに長年師事して、一流の剪定師としての腕を評価されていた。貞廣さんも、共に、長年、りんご園の経営をしていて、一流の剪定師であった。西村さんはりんご園を持ってはいたが商店の経営の方が主体で剪定の腕はなく、山縣さんも器用な人ではあったが、小さな果樹園を持っていただけで、商店や旅館や狩猟など、他の仕事が多かったから、剪定には自信がなかったようだ。毛勝先生はある程度の腕はあったと思われるが、近年は道会議員の仕事などが忙しく、婿養子に任せきりであったから、腕が鈍っていたかもしれないし、日本人会長という立場から、あまり仕事に出られないと考えていたようでもある。婿養子の一二三さんは、ソ連軍に連行されて行ってしまった。

結局、剪定師として仕事ができるのは、竹浪さんと、貞廣さんと、私の父の三人だけであった。そのため、この三人は剪定の仕事にかかりきりで、父の話によると、他の仕事では、ソ連軍のところに行って米を三升もらって来たことを覚えている程度で、薪割りには一度も行ったことがなかったということであった。車などはないから、歩いて仕事に行くので、近場ならば日帰りができたが、遠くなると泊まり込みで行かなければならなかった。大きな果樹園は数十ヘクタールもあったから、全部剪定を終えるのに一週間くらいかかることもあった。

西部面の面長さんの果樹園は約十ヘクタールあり、一週間の泊まり込みをした。北部面の李顕求《りけんきゅう》という人のりんご園でも一週間程度泊まりがけだったが、その間に、鶏を二十羽も殺してご馳走をしてくれ、さしみなども毎日出してくれたということである。その他、一道面、長連面など、各方面から呼ばれて、三月末頃までの三カ月間は、ほとんど半分くらいは外泊したことになる。注文が錯綜するので、時には連絡ミスなどがあり、夜、保安署員が調べに来たこともあった。父が留守なので、どこへ行ったのかと尋ねられ、母が事情を説明して納得してもらった。

私たちの日当は、米五合相当であったが、剪定師の場合は、白米ならば一日当たり二升五合、粟またはアズキならば一日当たり四升が相場であった。一般の五倍であった。しかし、日本人の食料は不足気味であったから、それらの収入は全部白土さんに渡し、公平に分配することにした。そういった事情を知っていて、「これは、給料とは別ですから」と言って、別途に米を五升くらい渡してくれる雇い主もあったということである。

剪定師たちが、こうして優遇されるのを羨む人はもちろん多かったが、長年同業者と協力してきた実績と、剪定の腕前によるものであるから、誰にも文句は言えなかった。だが、剪定の仕事は、決して楽な仕事ではなかった。寒い季節に一日中、果樹園に出ていなければならないから、焚火などをするとしても、結構寒い。そこで、みな、昔の兵隊みたいに、厚手のズボンの上にゲートルを巻いていた。こうすると、寒さが防げる上に、動きやすくなる。相当に太い枝を多数切るので、鋸を使ったり、丈夫な剪定鋏を使ったり、切った枝を片付けたりしなければならない。そういった仕事はかなりの重労働であったから、三人の他に、若くて体力のある人を一人か二人連れて行く必要があった。

この「助っ人」は、特別の技能は必要としなかったが、ある程度、慣れることは必要であった。太い枝を切る時など、下手に切ると木を傷めてしまうからである。若くて体力があり、仕事のできる人となると、多くの人々がソ連軍に連れ去られてしまっていたから、適任者はそれほど多くはなかった。一番多く出かけたのは、三宅先生であった。父の推挙もあったのであろう。しかし、仕事の割り振りをするのは白土さんの役割であるから、白土さんが決めなければならない。だが、このように、希望者の多い仕事となると、割り当てを受けなかった人々は不平を言うに違いないから、白土さんとしても、自分の一存では決めにくく、剪定師の人たちの意向を承る必要もあったであろう。

そんなわけで、父のところに頼みに来る人もいた。もと登記所長の高野さんもその一人だった。この人は、瘦せてひょろ高く、常日頃、胃の調子が悪くて、長いこと悩んでいた。ところが、戦後、日雇い労働で毎日働いているうちに、すっかり元気になり、人よりもたくさん食べるほどになった。敗戦のおかげで健康になったのであった。そこで高野さんも、何度か、この割の良い仕事にありつくことができた。横山さんも希望していたが自分で頼む勇気がなく、夫人が、うちの人も連れて行ってくれと頼みに来たが、結局だめだった。横山さんの仕事ぶりでは、足手まといになりそうだったからである。若生先生や城先生も候補者ではあったのだが、この人々はいわゆる白土側近グループで、ソ連軍関係の仕事をよく手がけていたから、河合夫人の攻撃の的になりそうで、白土さんも差し控えていたように思われる。

日本に帰れるか?

三月になって、林永昌さんが訪ねて来た。彼は西部面にりんご園を持っていて、平壌の電気店との間を時々往復して、その折によく父を訪ねて来たのであるが、今回の訪問はりんご園の剪定の話ではなく、新しい情報を伝えるためであった。そして、その情報こそ、我々が渇望していたもののように思われた。北朝鮮在住の日本人に、動きが見え始めたというのである。だがそれは、手放しで楽観できるようなものではなかった。北朝鮮と韓国との統一はほとんど望みが持てなかったし、ソヴィエトとアメリカの対立は、むしろ深まるばかりであった。だが、北朝鮮に残されている日本人の処置については、朝鮮共和国の首脳もソ連駐留軍も、頭を痛めている様子であった。だが、南北の対話は一向に進まず、日本と北朝鮮、日本とソヴィエトの外交関係もなくては、正規の手段で日本人を送り返す方法はなかった。そこで、正規の手段は一切踏まず、日本人が移動するのを黙認する形で、動かしている模様だというのであった。

全くの非公認であるから、詳しい状況は知ることができない。言わば、「逃げたければ勝手に逃げればよい」ということであるが、北緯三十八度線は依然として緊張状態が続いているから、北朝鮮にしてもソ連にしても、「どうぞ、自由にお通り下さい」と言うわけにはいかない。普段と同様に、厳重な見張りを続けて、越境者を取り締っているに違いないのである。現実の問題として、日本人だけ取り締りを緩めるということはできないであろう。しかも、韓国側と話を通じることもできないから、南側に越境して入ったとしても、どんな取り扱いを受けるか全くわからない。そういった状況を考慮すると、前途ははなはだ多難ではあるが、我々としては、藁をもつかみたい気持であった。ほんの少しでも曙光が見えたからには、何とかして行動に移さねばならなかった。

日本人会では、保安署や人民委員会など、関係方面に打診を始めた。確かな手応えとはいえなかったが、何か少し変わり始めたという感触は得られた。私たちは色めき立った。その後も、林永昌さんからの情報が入り、いくらかの地域で日本人が帰国を目指して移動し始めたということが、ほぼ確実と見られるようになった。陸路を通って三十八度線を越える場合と、船を雇って海上を脱走する場合とがあるらしいということもわかってきた。

だが、殷栗ではまだ具体的な話は出ず、我々は相変わらず日雇い仕事を続けていた。父たち剪定師組は、三月も半ばになって、長連に泊りがけで仕事に行った。その時、父は、戦後初めて、長連在住の日本人たちと出会った。父の話によると、長連の日本人たちは全財産をすべて朝鮮人に預けてしまって、朝鮮人から食物などをもらいながら暮していたのだという。そこで日本人同士が食物の取り合いで互いに仲が悪くなっていたということだった。長連の日本人の中では一番のボスであった片岡さんという人の母親がいて、七十歳ほどになっていたが、父に向かって、心細そうに、「私は、生きて日本に帰れるのでしょうか」と尋ねたという。父は「大丈夫ですよ」と力づけ、殷栗で仕入れた情報を話して、早ければ三月末頃には帰れることになるかもしれないという見通しを語った。これは多少楽観的にすぎたが、長連の人々は大いに元気づけられたことであろう。

若生先生は、剪定の枝運びの仕事に行かなかったが、不平不満を表わすことはなかった。非常に生真面目な人で、朝鮮人に憎まれたのも、日本の政策を真面目に実行したためであった。その点では気の毒であった。一方、城先生は、得体の知れない面を持っていた。剪定の仕事に行った人たちが非常に厚遇されたことに、不満を持っていたように思われた。そして口には出さないが、私の父に対しても敵意に近いものを抱いていたように思われる。父は、彼がひどく殴られたり、蹴られたりしても、じっと我慢しているのを見て、「感心した」と言っていた。戦争に負けても天照大神を信奉していたことは、彼の気骨を示すようにも見えた。しかし、あの時計療法というのは、うさん臭かった。私はただ、何か、この人の心身に生臭いものを感じていただけであったが、今にして思えば、一部の新興宗教の教祖などに見られる、唯我独尊的な、一種の奢りではなかったかという気がする。

ある日、偶然、薪割りの仕事で、私は城先生とペアを組んだことがあった。例の二人挽きの鋸を使ったのである。前に説明したように、この鋸を使うと、非常に楽に薪を切ることができる。ところが、城先生を相棒にして切っていると、さっぱり鋸が動かないのであった。城先生は、私が力がなくて、へたくそだから切れないのだと言って、馬鹿にして笑うのである。しかし、私はこれまでいろいろな人を相手にこの仕事をしてきたが、こんなことは一度もなかった。相手の手つきを見れば、わざと切りにくいように邪魔をして、私をいじめようとしていることは、一目瞭然であった。腹を立てた私は、城先生を相手にするのをやめてしまった。そして、今度は、薪運びをしていると、城先生はわざわざ私のそばに寄って来た。私は、チゲを使って薪を背負っていたが、重いので、多少あぶなかしい足取りをしていた。それを見て、城先生は、これぐらいの荷物でふらふらするなんてだらしがないと、小声で罵っていた。それは、非力な若者を叱咤激励する親心とは全く別なもので、単なるいやがらせ、いじめ以外の何物でもないと、私は直感した。私は相手を睨みつけ、以後、全く相手にしないようにしたが、このとき城先生という人の正体を知ったという気がした。子供相手に意趣晴らしをする俗物にすぎなかったのだと――。

三月も末になると、さすがに春の訪れが感じられるようになる。桜が咲くのは、普通、四月の末である。それに先だって咲くのは、レンギョウである。黄色の花が一面に咲き誇るのは、春の到来を告げる、輝かしい光景であった。雪が解け、至る所がどろんこ道になる。黒い土が現われて、小さなフキノトウや、赤紫色をしたナズナの葉も顔を出す。やがて、真っ白いナズナの花や、黄色い粟粒のようなイヌナズナの花が、微風に揺れながら、雪解けの地面を一面に覆うようになるのだ。私たちは、一度だけ、何かの仕事のために、殷栗の街を離れて、九月山の麓の辺りまで行ったことがあった。そのすぐ奥の谷間に、停轂寺《ていこくじ》という寺があり、その近くには、龍淵滝《りゅうえんだき》という滝があった。かつてよく遠足に行った場所であった。こうした懐かしい場所をもう一度訪れることができたのは、幸せであった。

やがて、保安署を通じて、日本人会に通知があった。日本人は日本に帰ってよいと言うのである。それは、待ちに待った知らせであった。しかし、すぐにというわけにはいかなかった。いくつかの交換条件があった。また、正式に帰国を許可するのではなく、「移動することを黙認してやる」という、あくまでも非公式の話だった。要するに、邪魔はしないから、勝手に出て行けということである。ソ連軍も同じ方針だということであった。実に心許ない話ではあるが、この機を逸したらいつ帰れるかわからない。当時、正確な情報は得られなかったものの、南北朝鮮統一を画策した金九氏は北朝鮮側からは「強盗、放火、殺人犯人」などと攻撃され、米ソの朝鮮半島をめぐる話し合いも暗礁に乗り上げ、南では李承晩《りしょうばん》(イスンマン)氏が南朝鮮独自の政権を作ろうと動き出しており、北では金日成《きんにちせい》(キムイルスン)将軍が人民共和国の建設に向けて活動を開始していた。

歴史を振り返れば、二年後の一九四八年には韓国の李承晩大統領と朝鮮民主主義人民共和国の金日成首相が誕生し、さらに二年後、一九五〇年六月には朝鮮戦争が勃発するのである。

第25章　帰国への途

石灰・硫黄合剤作り

日本人が帰国するのを黙認する見返りとして提示された条件の主要なものは、石灰・硫黄合剤を千貫作って寄贈するということであった。千貫は三・七五トンに相当する。かなり大量であるが、無理な注文ではなかった。これはりんごの木の消毒に使う薬剤であって、早春の頃、木の芽が出る前に散布するのである。終戦以来、化学薬品の輸入が困難となり、さし当たって必要な石灰・硫黄合剤の入手が、殷栗のりんご産業にとって、重大な問題になっていたのである。

果樹には、さまざまな害虫や病気があり、時には壊滅的な被害を受けることもあった。ヨーロッパのワイン用のぶどうが、フィロキセラにより壊滅的な打撃を受けたのは有名な話である。この場合は、フィロキセラの虫害に強いアメリカ種のぶどうを台木にして、それにヨーロッパ系のワイン用ぶどうを接木することで、防止することができた。りんごの苗木も、台木として、別の木を使う。りんごの実の種子を蒔いて、実生の苗を作ると、他の品種との交配や、それぞれの親木に含まれていた遺伝子のために、もとのりんごの実とは別のりんごができてしまう。新品種を作るためには、こうしたことも行なわれるが、確実な品種の苗木を作るためには、台木が少し伸びたところで、その上に望みの品種のりんごの木の枝を接木するるのである。りんごはバラ科の植物であるから、台木としては他のバラ科の植物、たとえば、ミツバカイドウなどを使う。これに紅玉の枝を接げば、紅玉の苗木になる。こういったわけで、木が成長した後にも、木の根元から新しい枝が伸び出すことがあるが、それはりんごとは全く違う葉をつけている。これは台木と同じものであるから、全部刈り取ってしまう。

この原理を応用すれば、一本の木に、いくつもの品種のりんごを成らせることもできる。ある枝に別の品種の枝を接木すれば、そこから先は接いだほうの品種が成るわけである。万事に器用な山縣さんは、実際にこんな実験をしていたが、ただ珍しいというだけで特に利点があるわけではないから、そういったことを実行する人は他にはほとんどいなかった。

日本のりんご栽培が危機を迎えたのは、綿虫による被害であった。この虫が着くと白い綿のようなものが出てくるので、綿虫の名前がある。木の枝や幹に吸着して、木の勢力を著しく阻害するので、果実は貧弱になり、収穫も激減し、枯れてしまうこともある。薬剤等による駆除が困難なので、綿虫の付いた木を切り倒して焼いてしまう外なかった。これを救ったのは、天敵の輸入であった。綿虫に寄生する非常に小さな蜂の一種で、寄生蜂と呼ばれる昆虫であった。この導入によって綿虫の害は激減した。綿虫が絶滅すれば寄生蜂も絶滅してしまうから、どちらも絶滅することなく、自然のバランスを保つのであるが、綿虫が大量発生することはなくなり、その害はほとんど問題がなくなった。

殷栗地方は、冬の寒気が強いので、害虫は非常に少ないが、それでも消毒をしないわけにはいかなかった。石灰・硫黄合剤は、普通の薬剤ではききにくいカイガラムシなどの駆除に有効で、また、あらゆる種類の病原菌に強い効果があるので、欠くことのできない薬剤であった。発芽前に石灰・硫黄合剤を散布し、その後の消毒には、ボルドー液が使われた。これは硫酸銅溶液と石灰を混合したもので、かび類やバクテリア、藻菌類などに予防効果がある。殺虫用の毒物としては、硫酸ニコチンと砒酸鉛が使われていた。

石灰・硫黄合剤は直ちに使用できる既製品もあるが、経費節約のために、私の家では自家製を使っていた。原料は、生石灰と硫黄華《いおうか》である。硫黄華というのは、非常に細かい粉末状の硫黄である。密封されたブリキ缶に封入された生石灰を取り出し、別の容器に移して、水を加えると、急激に反応して、熱を発生し、ぼこぼこと音を立てて沸騰状態になる。酸化カルシウムが、水と反応して、水酸化カルシウムに変化するのである。これと硫黄華とを混合して、大きな朝鮮釜に入れ、下から火を焚いて、長時間加熱を続けるのである。最初は消石灰の白と硫黄の黄色で黄色っぽいどろどろしたものであるが、だんだん赤褐色を帯びた液体に変わっていく。これが石灰・硫黄合剤である。

日本人たちは、全員が総がかりで、石灰・硫黄合剤作りに取りかかった。父をはじめ、りんご園経営者が指導に当たり、みながそれぞれ分担で仕事を始めた。原料は在庫品があったが、厄介なことは、硫黄が、粉末状の硫黄華ではなくて、ごろごろした石のような塊状だったことだ。このままの状態では合剤を作ることができないので、細かく砕いて、粉状にしなければならない。ところが硫黄は、刺激性が強いから、目や鼻や喉に入ると粘膜をひどく痛めてしまう。そこで、手拭いやタオルで鼻や口を覆ったり、眼鏡をかけたりして、防護しながら、槌やら棍棒などで固い硫黄のかたまりを叩き壊さねばならなかった。それでも涙が出たり、くしゃみや鼻水や咳が出たりして、みんな大変な苦労をさせられた。

この作業が一番大変だったので、ほとんどの人々が参加して、人海戦術で、仕事をこなしていった。こうした作業が、毎日、毎日続いた。大きな朝鮮釜が、何個も並べて据えられ、大量の薪で盛んに火が焚かれた。出来上がった石灰・硫黄合剤の液体は、一斗（十八リットル）入りのブリキ缶に封入された。缶の蓋を密封しなければならないが、その銀蠟着けは、かつて鍛冶屋をしていた西村さんの独壇場であった。昔取った杵柄で、どんどん完成品が積み上げられた。

大量に積み上げられていた材料の山がだんだん低くなり、完成品の山が高くなっていった。それを見るたびに、帰国する日が近づいて来る思いで、みんな精を出した。やがて、ほとんど完成した。千貫という予定であったが、それには少し足りなかった。しかし、もう材料がなくなり、我々は作業を終わり、一応、約束を果たしたことになったのであった。

脱出計画

もう、四月の半ばになっていた。そうなると、日本人会としても、具体的な出発の準備を始めなければならなかった。殷栗は海に近いので、船をチャーターして北から南に脱走するのが、一番好都合だと考えられた。陸路を行くとすれば歩いて行くしかなく、国境線まで数百キロを歩かなければならないであろう。また、陸路で国境を越えるのは、かなりの危険を冒さねばならないであろう。百数十人の人々が国境を越えて脱出するのは、相当に困難が予想される。

金山浦在住の日本人たちは、船の手配をしているということであった。殷栗や長連在住の人々も、金山浦まで歩いて行って、そこから船で出発できるという目途が立った。朝鮮人側も協力的で、話は割に順調に進んで行った。こうして、海路で南に脱出するという方針は、大して議論をする余地もなく、決定した。金山浦在住の日本人たちは、すぐ手近に港もあり、船もあったから、日本に向けて移動ができるという話が出た当初から、船で行くことを考えたに違いない。一番の問題は、船頭を雇えるかということであったが、その点も大丈夫という見通しがつき、殷栗にも電話連絡が入ったから、殷栗側でも、この機を逃す手はないと、評議一決したわけである。長連の日本人たちとも連絡をとり、同時に金山浦に集結することになった。こうした連絡に関しても、保安署や人民委員会は協力的であったから、事は早急に進んだ。金山浦では、殷栗よりも交渉が一歩先んじていたから、我々を待たず、一足先に出発するということになった。

話は、とんとん拍子に進み、すべては順調に進むかに見えた。だが、そう安心するわけにはいかなかった。船頭との交渉がどうなるかは、行ってみなければわからないし、南朝鮮の状況がどうなっているかについても、ほとんどわかっていなかった。一応、韓国の首都京城《けいじょう》(ソウル)の付近までは、船で行ける。だが、それからどうなるかはわからない。

朝鮮半島は、北緯三十八度線を境にして、北側がソヴィエト軍、南側が米国を中心とする連合軍の支配下に入った。「急場しのぎ」であったかもしれないが、地図上の緯度の線で勢力圏を仕切ることは、砂漠やツンドラ地帯ならばいざ知らず、朝鮮半島のような複雑な地形の場所では、非常な不都合を生じていた。山や川や町などのあらゆる地理的条件を無視して、単純に幾何学的に境界線が引かれてしまったからである。

もし、日本が、北緯三十八度線で南北に区切られたとすると、その境界線は、佐渡島のほぼ中央を横断し、新潟市や米沢市の少し北側を通り、白石市を横切ることになる。朝鮮半島は北側のほうが多少面積が大きくなるが、ほぼ等分される形になる。おおまかに見ると、朝鮮半島は、北から南に伸びた半島が、日本海側から黄海側に向かって、弓なりに曲げられたような形をしている。その西側、すなわち黄海側では、中央よりやや北寄りの黄海道の部分が、西の海側に出っ張っている。殷栗はその出っ張り部分の北の端の近くにある。黄海道西部地域は朝鮮半島から枝分かれして、西に伸びる半島状をしているのである。その西端に突き出た岬は、長山串《ちょうざんかん》といって、航海の難所とされている。黄海道の南側は、西寄りの部分が南に伸びているため、三十八度線の南に入る。この一帯は島も多いが、境界の北に入る島と南に入る島とが、複雑に入り乱れている。黄海道の首都である海州のあたりの海岸はやや北に寄っているので、海州の街は辛うじて北側に入るが、その西方の、南に張り出した陸地は線の南側に入り込んでおり、「陸の孤島」になっている。すなわち、陸路を通って南朝鮮に行くことができないのである。

我々の予想する航路は、この西側の出っ張り部分をぐるりと廻って、海上で三十八度線を越え、さらに南下して、江華島《こうかとう》付近から、漢江の河口に入り、川を遡って、ソウルの近辺に着くというもので、おおまかに距離を測ると三百五十キロ程度になる。だが、雇う船は、かつて殷栗鉱山の鉄鉱石運搬用に使われていた帆船で、動力はついていないから、航行は風任せである。航路も、実際には、島や岬を廻ったり、浅瀬を避けたり、食料の調達のために港に寄ったりしなければならないから、地図上で単純な曲線で測ったよりもかなり長くなると思わねばならない。

朝鮮半島と中国とにはさまれた黄海は、潮の満ち干の差の大きいことで知られている。一般に、内海や浅い海は潮の満ち干の差が大きい傾向があり、日本でも、瀬戸内海や有明海の潮差の大きいことが知られている。黄海は、最も深い所でも百メートルに充たず、陸地に囲まれているので、特に朝鮮半島西岸は、イギリスの西岸や、アラスカ、カナダの太平洋岸と共に、世界でも最も潮差の大きい場所として知られている。最大の潮差は八メートルを越すので、遠浅の海岸では数十キロメートルにわたって干潟ができることもある。したがって航海に際しては、海の深さと、潮の満ち干の状況を十分に知っておく必要があるのである。動力のない帆船の場合は、風向きだけでなく、潮流にも十分に注意を払わなければならない。海路を行けば、歩く必要はないが、もし船が沈没でもすれば、全員が遭難することになる。四月の海は、まだ、泳ぐのに適した水温にはほど遠い。また、春は気候の変わり目で、天気も変わりやすく、嵐に見舞われる危険も多い。確実性には乏しいが、もと殷栗にいたある人の乗った船が沈没したなどという、いやなうわさ話も伝わっていた。うわさ話といえば、南朝鮮の実情も全くわからず、釜山（プサン）では、全員裸にして調べるとか、レントゲンで所持品検査をするとか、前に行った人の着物を脱がせて、その次の人にそれと着替えさせ、順々に着物を替えさせていくなどという話も伝わっていた。日本国内の状況についてもさっぱりわからなかった。いろいろな情報は伝わって来ても、どれが本当でどれが嘘か、見分けようがなかったのである。

父が剪定の仕事で泊まりがけで行った家の家族の中に、終戦直前に日本から帰って来たという人物があり、この人からはかなり正確で信頼性のある情報が得られた。この人は三月十日の東京大空襲に出会っていて、その状況を詳しく話してくれたということであった。我々もこの空襲を知らなかったわけではない。しかし、「我が方の損害軽微なり」といった大本営発表の決まり文句では、とうてい想像ができなかったのである。実はこの空襲のあとで、東京の親戚から体験談を記した手紙が届き、母がそれを読んだが、その直後、警察官が来て、その手紙を渡してほしいと言って持って行ってしまったことがあった。おそらく、検閲があって、没収する予定になっていたが、殷栗の警察官の計らいで、名宛人の母にだけは読ませてくれたのであろう。

この手紙だけでも、かなりひどい打撃を受けたらしいということがわかったが、父は思わぬ所で実地体験者に直接出会い、東京が壊滅的な打撃を受けたことをはっきりと知ったのであった。そして、「本土決戦」、「敵を懐に入れて壊滅させる」などという軍部の声明が、いかに空虚なものであったかを思い知ったのだった。

広島、長崎の被爆については、「特殊爆弾」というだけで、原子爆弾ということばとは結びつかなかったが、容易ならぬ破壊力を持った兵器が出現したということは、大本営の発表も隠し通すことはできず、我々も漠然とながら異常な事態が起きたと感じてはいた。「原子爆弾」ということばは、全く聞いたことがなかったわけではなかった。あとで思い出したことであるが、戦時中の『毎日小学生新聞』に連載されたSF小説「潜水艦銀龍号」(南洋一郎作?)の中で、追いつめられた日本人が、相手に対して、「これは『原子爆弾』だぞ」と言って、脅して難を逃れるという場面があった。ただし、それはただの乾電池で、その炭素棒を抜く振りをして脅かしたという、子供だましのような設定であったが——。これは多分、H・G・ウエルズの小説からの借り物であろう。当時の私たちは、「原子爆弾」ということばを聞いても、その実態は全然わからなかった。

出発準備

いよいよ我々の予定が決まった。保安署、人民委員会、ソ連軍司令部も暗黙の了解をして、非公式ながら、日程は決まった。出発は四月十九日、金山浦まで徒歩で行き、その晩、十一時に出帆する、というものであった。それに先だって、いろいろなことがあった。

保安署と人民委員会の代表者が訪ねて来て、日本人が朝鮮に残していく不動産について、その接収を承諾する書類が作られた。私の父の場合は、果樹園と家屋、小作人に作らせていた田畑が該当する。それらの地目と、面積等、財産目録のようなものを書き並べ、「右、接収す」と記されたあとに、同意の署名をするわけである。強制的であるが、不動産を持ち帰るわけにはいかず、売ることもできないから、全くやむを得ない。同じ書類は二通作られて、一通は日本人に渡された。これは帰国後、日本政府が引き揚げ者の在外資産について補償をすることになった場合、証拠となるであろうと考えられた。

ところで、これらの資産は、その後どう処分されたであろうか。小作地に関しては、それぞれの小作人に与えられたに違いない。父が関心を持ったのは、りんご園の行方であった。もちろん当局者は、そういった事後処理を日本人に報告する義務も理由も持っていない。しかし、多くの情報網を持っていた父は、間もなく、確実な情報を手に入れた。父の果樹園と、多分、家屋を含めて手中に収めた人物の名前を、父は私たちに話して聞かせた。だが、その名前を私は覚えていないし、父も記録に残していない。けれども、それは大して問題ではないであろう。もちろん、任元浩氏や金鶴三氏とは全く関係のない人物である。しかし、父とよく知り合った人物であったことは間違いない。多分、人民委員会などに顔のきく、町の有力者だったであろう。

いよいよ出発ということになったので、多くの人々が、食料などを持って、私たちの所を訪ねて来た。もと果樹同業組合に勤めていて、戦後、人民委員会でも活躍した高さんは、「先生、船で行っても、そうやすやすとは着けないと思いますから、食料は十分持って行った方がいいですよ」と言って、米を五升ほど持って来てくれた。私たち一家がお世話になった医者の張先生も、やはり米を五升ほど持って来てくれた。こうしたことを記せば、際限がない。多くの人々からもらった米は、私たち一家と三宅先生一家とを合わせると、約一俵に達した。一俵は四斗に当たるから、七合を一キログラムとすると、約六十キログラムになる。

荷物の運搬は、タルグチを雇ってよいということになったが、もし、ミョングが生きていたら、彼が真っ先に駆けつけて来たであろう。だが、その代わり、ミョングの家の裏手の家に住むおばあさんの息子が、タルグチを牽いて行くと言って、やって来た。それは、ずっと以前からの約束であった。

出発が迫ると、我々は非常に忙しくなった。それまで日本人は、物を買うことはできても、物を売ることは、表向き禁じられていた。多少の違反はあったかもしれないが、大体は守られていたようである。だが、出発を前にして、解禁になった。余分になった品物は自由に売ってよいという許可が出たのである。もう、あまり売る物もなくなってはいたが、この話を聞きつけて、近郷近在から大勢の買い手が集まり、日本人の宿舎は、時ならぬ市場になって、人々でごった返した。天気が崩れて、しょぼしょぼとした雨降りになったが、それでも大勢の人々が押しかけて来て賑わった。夜具類だけは保安署員の宿舎に寄付することになり、車に積んで、まとめて持って行った。

我々は、自分たちが持って行く荷物の準備もしなければならなかった。荷物と言っても、船から降りてからのことを考えると、各自が持てる程度の物しか運べないであろう。朝鮮木綿の丈夫な布でリュックサックを作り、それに全財産を入れることにした。日本銀行券や郵便貯金通帳、預金証書、保険証書など、金目のものはリュックの紐の中などに縫い込んだ。着物の襟や帯などに縫い込む人も多かったが、上等の衣類などは取られてしまう恐れがあるので、できる限り、みすぼらしい、ぼろやがらくたのような物の中に、重要なものを隠した。こうした作業はずっと前からやっていたから、出発間際にあわてることはなかった。要するに、知恵比べであって、こういう時に、要領の良い人と悪い人との差が現われた。

人間の価値観の違いも現われたと思う。父は、アルバムの写真をはがして、大事に包んで持ち出した。

私は、屋根の上で写生した、南山や九月山の絵を持ち出した。母は、高麗青磁の花瓶を屑紙で覆って、水筒代わりにして持ち出した。また父は、何枚かの書画を丸めて、反物の芯のように見せかけて持ち出した。それらの書画は、父の知り合いの朝鮮人が書いたものであった。こうした物は、他人にとっては何の値打ちもないが、我々にとってはかけがえのない貴重品であった。多くの日本人たちは、終戦の時、写真を焼いてしまったようである。何か不利な証拠にされるとでも思ったのであろうか。焼かなかった人でも、わざわざ日本に持ち帰ることまでは考えなかったようである。写真を持ち帰ったのは、私の知る限り、私たちと三宅先生だけであった。毛勝先生は日本人会長として忙しく飛びまわった。先生は殷栗の日本人の中では、一番の資産家であったが、多分、持ち帰った物は少ないほうではなかったであろうか。いさぎよく捨て去ることのほうに価値を認めたのではないかと思う。一面、細かいことにも気を使った。日本人の若い女性たちの防波堤になってくれたヒロ子さんたち二人の女性たちに、感謝のしるしにと、皆からお金を集めてお礼をしたのである。

船旅では、ご飯を炊くことができない場合もあると考えられるので、非常食の用意もした。鉄板の上で米を焦がして、煎り米を作った。このままでは固くてたべにくいので、石臼で挽いて粉にした。これならば、いつでもたべることができる。あまり美味とは言えないが。それから、朝鮮飴を多量に買って、その粉の中に混ぜた。朝鮮飴は、粟を原料にした飴で、固い板状にして売っている。これを金槌や木槌などで叩き壊してなめるのである。この飴を細かく砕いて米の粉に入れておくと、互いに粘り付くことがない。長い間には、米粉が、飴の中に浸入して妙な駄菓子みたいなものになる。

我々は、ついに来るべき時が来たと狂喜していたが、前途を考えると、決して喜んでばかりはいられなかった。正規の帰還ではなく、脱出行であるから、途中の安全は何も保証されていないのだ。南浦に基地を置く警備船や、途中の島々に配置された警備隊などに捕まった場合は、完全に一網打尽に捕われてしまうし、その場合に通行証となるようなものは、何もない。帆船では、動力付きの警備艇から逃れる術はないと思わねばならない。三百キロを越える行程で、はたして、何者にも発見されずに済むものだろうか。だが、もう、そういったことを考えても、仕方がなかった。行ってみるしかないのである。何もかも、わからないことばかりだからである。そしてこの機会を逃したら、いつ帰れるか、見当もつかないからである。すべてを賭けて実行に移す以外、方法はない。我々は規定方針を突っ走ることにした。

残りの品の投げ売りやら、出発の準備やら、小雨の中であわただしく動きまわった一日も、終わりに近づいた。明日、四月十九日は、出発である。ところが、そのぎりぎりになって、厄介な問題が出て来た。数日前にお産をした婦人があったのだ。普通ならばおめでたと言う場合だが、時期が悪い。当人は、長い船旅に自信が持てず、自分だけ残ろうかと、長いこと苦悶した。人々は、何とか面倒を見てあげるから一緒に行こうと、懸命に力づけた。一人残っても、帰国できる保証もなければ、安全に過ごせる保証もない。とにかく行こうと、話は決まった。

宵闇が迫り、殷栗最後の夜は、更けて行った。

第Ⅲ部 脱　出

第26章　遅れる出帆

第一日（四月十九日）

金山浦

明けて四月十九日は、良く晴れて、穏やかな春の日であった。だが、まだ新芽も見えず、戸外に立っていると、寒さが身にしみる感じがした。午前中は準備に追われて、午後になってから、日本人は、三々五々、出発した。私たちは、ミョングの裏の家の息子がタルグチを牽いて来てくれたので、三宅先生一家ともどっていた。タルグチに荷物を積んで行くことが許可されていたので、何家族か共同でタルグチを雇も荷物をそれに載せ、あとに続いて歩いた。金山浦《きんざんぽ》（クンサンポ）までは約八キロの道のりである。道はほとんど真っ直ぐに北に向かっている。まだ芽吹いていないポプラの、ひょろ高い並木の間を、木の輪を鳴らしながら、タルグチが進む。われわれは、オーバーや外套など、着られる限りのものを着て、軽い荷物を持って、それに続いた。

殷栗《いんりつ》（ウンユル）の町も、もう見納めである。そう思うと感傷的な気分になるが、ゆっくりと感傷に浸る暇はなかった。殷城小学校の運動場の角を曲がってからは、一直線に北に進む。昔の日本人の官舎、今

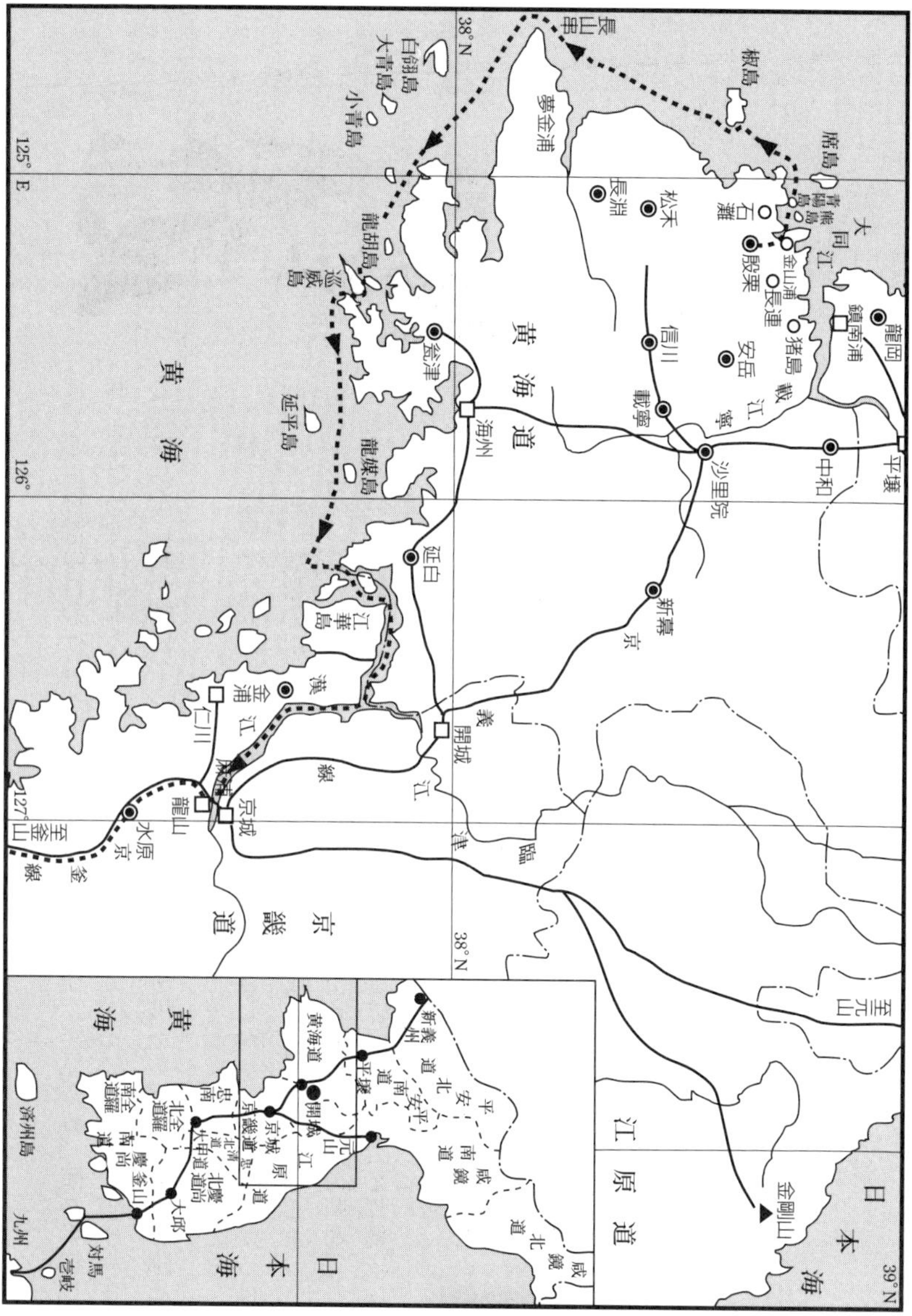
長山串
白翎島
大青島
小青島
椒島
席島
夢金浦
大同江
石灘
松禾
長淵
殷栗
金山浦
長連
猪島
安岳
鎮南浦
龍岡
平壌
中和
沙里院
載寧江
載寧
信川
黄海道
海州
甕津
龍胡島
巡威島
延平島
龍媒島
黄海
延白
新幕
京義線
江華島
漢江
金浦
仁川
開城
臨津江
京城
龍山
水原
京釜線
至釜山
京畿道
江原道
至元山
金剛山
日本海
38°N
39°N
125°E
126°
127°
済州島
九州
対馬
壱岐
大邱
釜山

はソ連軍将校の官舎になっている建物が遠くに並んで見える。僅か半年しか過ごさなかった日本人学校の新校舎が右手に望まれ、左手には、もとの毛勝農場のりんご園が続いている。道端で朝鮮人の子供たちが珍しそうに眺めていた。

やがて緩やかな坂道にかかり、低い丘の上にさしかかった。ここからは、南のほうに、殷栗の町が一望できる。その向こうには、南山《なんざん》（ナンサン）の全景が広がっている。低い坂だが、ここを越えたらもう、殷栗の町を見ることはできないであろう。私は、後ろ髪を引かれる思いで、南山を背景にした殷栗の町を眺めた。後続の人々やタルグチが、まるでアリか何かのように、ポツポツと道に並んで見える。遠くから見ると、歩いているのかいないのか、わからないほどにゆっくりと動いている。左に目をやると、九月山《くげつさん》（クォールサン）が見える。いつも見ている姿とは少し形が変わっているが、相変わらず、我々を見送っているように思われる。いつまでも見とれているわけにはいかない。名残に、もう一度だけ振り返って、もうかなり先に行ったタルグチを追いかけた。

道の両側は平坦で、広大な田や畑が連なっている。田んぼは、一毛作だから、いまは何の植物もなく、びょうびょうと水を湛えた沼沢地になっている。やがて金山浦に近づくと、左手に大きな建物が見えて来た。それは刑務所であった。ここに収監されていた囚人たちは、今はどうなっているのだろうか。日は西に傾き、赤煉瓦の建物をさらに赤く照り輝かせていた。

私たちは、午後四時頃に、金山浦に着いた。海につながる運河には、多くの帆船が繋がれていた。どの船に乗るのだろうかなどと考えながら、あたりをうろうろしていた。めいめい勝手に殷栗を出て来たので、まだ到着していない人々もかなりいる様子であった。そこへ金山浦保安署の人がやって来て、「今晩は、ここで一泊せよ」という知らせがあった。まだ、船の用意も、よく整っていないらしかった。我々は、当てが外れて少しがっかりしたが、とにかく宿舎に当てられた建物に引き返した。

宿舎は、お粗末な長屋のような建物で、道路からは見上げるような高いところにあった。そこには金山浦在住の日本人約百五十人が泊まっていて、三日前、すなわち十六日に出帆したのだということであった。一棟の長屋に四つか五つのオンドル部屋があり、そういった長屋が何軒か並んでいた。部屋の中には全く何もなく、紙張りの小さな窓があるだけで、実に殺風景なものであった。電気は来ているのだが、電球がないので、何の役にも立たなかった。我々はタルグチから荷物を下ろし、衣類を詰め込んだ荷物やら、用意してきた食糧、薪などを持ち上げた。長連《ちょうれん》在住の日本人たち約二十人は、もう三日前から来ていて、我々が荷物を運び上げるのを手伝ってくれた。こうして我々は、紙張りの小さな窓と古ぼけた戸があるばかりの、薄暗い陰気な部屋に入り込んだ。

夕方になると、冷えてくる。まだ到着しない人もかなりあった。先に来てしまって、まだ到着しない母親を不安そうに待ちわびながら、寒さにふるえて立っている気の毒な子供もいた。あたりはだんだん暗くなり、いかにも心細そうであった。かと思えば、元気一杯に駆け回っている子供たちもいた。近所に大きな土の山があるので、競争で駆け登っているのである。やがて、長屋の部屋部屋から、細いろうそくの光が洩れてきた。どうやら遅れた人々もみな到着した様子であった。子供たちもみな部屋に呼び戻され、それぞれに用意して持って来た握り飯で夕飯にしたのであった。

日本人会の首脳部は、金山浦の保安署や、人民委員会、共産党本部など、あちこちに出向いて交渉したが、なかなか色よい返事がなかった。殷栗ではすべてが順調に行っていたのに、こちらへ来てみると、話が十分に通じていないような感じなのである。殷栗の保安署からも何人かの署員が我々と一緒に来ていた。いろいろ話し合った結果、金山浦の役所にも少し寄付をしたほうがよいということになり、何千円かの金を集めて、寄付をしたところ、明日の午前十時に出帆してよいということになった。

私は、交渉が長引いているので心配だったが、とにかく、暗い部屋の中で、ごろごろと横になって寝転んでいた。この日は、朝からよい天気で、ツグミの鳴き声もそこここに聞こえ、幸先のよい感じであったが、夕方から少し風が吹き始めた。我々が乗る予定の船は殷栗鉄山の鉄鉱石を積むための船で、六十トンと八十トンの二隻の船に分乗することになっていた。小さな帆船なので嵐が心配だし、南浦港を基地とする警備船の警戒も不安の種であった。やがて父が戻って来て、明日出発という話を聞いたので、少しほっとした。

その夜の空はきれいに澄んで、星がきらきらとまたたいていた。時々、遠い人家のほうから犬の遠吠えが聞こえてきたが、それがすぐ耳元で聞こえるような錯覚に陥った。みんなの寝息が、はっきりと聞きとれた。私は横になったまま、破れた窓の穴から星の光を眺めていた。時々、外の方からコツコツという靴の音がするのは、警備隊員や保安署員の巡視なのであろう。いつの間にか、私も眠りに落ちて行った。

第二日（四月二十日）

出帆待ち

いつしか夜が明けた。黒い服、黒いズボン、黒い外套に、赤い星のついた黒い帽子をかぶった保安署員が、サーベルを鳴らして歩いていた。「今日は、荷物の検査がある」という話がどこからか伝わって来ていたが、実際に検査が始まった。表向きは、武器の検査をするということだったが、武器など持っているはずもなく、何か金目の物を巻き上げようという下心が見え見えだった。日本人を外に出しておいて、一家族ずつ呼んで荷物を調べる。欲しいものを見つけると、何かと理屈をつけて、もらい受けようとするのであった。

私たちの番になると、三宅先生夫人も一緒に入って行った。保安署員は、私たちの荷物や三宅先生の荷物を開けて見ていたが、三宅夫人の帯に目をつけた様子であった。夫人は、急いで署員に近づいて、そっとささやいた。

「あんたねぇ、ここでごたごたやってると目立つからね、この奥さんも、それからあの奥さんも一緒にして、風呂敷に包んでおいてあげるわよ。重くなるから、あとで取りにいらっしゃいよ。まとめて用意しておいてあげるから」

夫人は、私の母と、後から入って来た河合夫人を指差して言った。署員は、うなずいて、「ありがとうございます」と言って、次に行ってしまった。実は、この帯にはたくさんの紙幣が縫い込んであったのである。それから、三宅夫人と河合夫人と私の母とが、急いで適当なものをかき集めて風呂敷包みを作った。三宅夫人は、「この帯は目をつけられたから……」と、帯に縫い込んであったものを急いで取り出して別のものに隠し、大急ぎで帯を縫い直して風呂敷に詰めた。例の保安署員は、あとになってそれを取りに来て、喜んで持って行ったということである。

荷物検査が終わると、今度は、現金の検査が始まった。一人三百円以上は持たせないというのであった。

「それだけか？　もっとあるんだろう」

「もう、これだけです」

「あとで見つかったら困りますよ。わし、承知しませんからね」

そんなやりとりがあって、検査が済み、いよいよ船の用意が始まった。一隻の船には、まだ、屋根の天幕が張ってなかったのである。鉱石運搬用の船で、我々が乗るのは鉱石を積む部分だったから、船の中央部に当たり、床は張ってあったが屋根には梁があるだけで、天幕が張ってなかったのである。船の前部と後部には小さな船室があるが、それは船頭たちのもので、我々は荷物扱いであった。むしろの代わりに、叺《かます》を並べて床に敷く作業も残っていた。十時頃に満潮になるので、出発する予定だったが、こんなことをしているうちに満潮の時間が迫ってきた。長屋に残って待っていた人々も、だんだん心配になってきて、一体どうなるのだろうと、いらいらしながら船のほうばかり眺めていた。

やがて、荷物を運べという声がかかった。待ってましたとばかり、一同は荷物を抱えて船に向かった。宿舎の下の道まで急な斜面を降り、そこから船まではかなり離れていたので、汗を流して荷物を運んだ。船は運河の縁に横付けになっていたが、乗り移るには細長い板の橋を渡らねばならなかった。船までの道のりは約三百メートル、右手にはなだらかな丘が続き、左手には、運河を越えて、遠く水田が見える。丘の上にいた朝鮮人の子供たちが、「サヨナラー」、「ヨクイケヨー」と、口々に叫んでいた。彼らも日本人との別れを惜しんでいてくれたのだ。

細長い板橋は、渡る人と荷物の重さで、ペコペコと上下に揺れた。間違って落ちようものなら、下の泥水の中にのめり込んでしまう。橋を渡ると後甲板であるが、甲板とはいっても、帆柱が立っていて、舵がとれるだけの狭い場所であった。我々が入るのは、その甲板から一段と低くなった船底である。甲板とすれすれの高さに天幕が張ってあり、座っていないと頭がつかえてしまう。天幕はつぎはぎだらけで、穴や継ぎ目から空が見えるのであった。中も狭く、約一メートル四方くらいの叺一枚の上に、荷物と一緒に人間二人が入るという割合だった。とても真っ直ぐに寝られる状況ではなく、いわしの缶詰のように、重なり合って寝なければならない。それでも、日本に帰るためには、仕方がなかった。

八十トンの船には、私たち山縣館の住人が乗り込み、六十トンの船には、貞廣家その他の住人が乗り込むことになった。午後には、すっかり荷物を積み込んで、出帆を待つばかりになった。飲料水は、各自が水筒や一升びんなどに入れて持ち込んだ外に、船に備え付けの水槽と、四斗樽に一ぱい積み込んだ。困るのは便所で、甲板に石油缶を一個置いて便器にすることにした。まわりを隠すものなど何もない。

船の前甲板と後甲板の間は、船べりを通って行き来するしかなかった。船べりの幅はせいぜい十五センチくらいで、うっかりすると、海に落ちるか天幕の上に転落することになる。だが私たちは、少しも怖がらずに、平気で往来していた。

そのうちに、潮が満ちて来た。今まで泥の上に座っていた二隻の船は、少し浮き上がってきたらしく、岸との間にかけられた板橋の傾きが変わっているのがわかった。今、大潮の時期なので、運河の水位は十分に高くなり、船は海に出られるのだが、ここ二、三日のうちに出帆しないと、満潮になっても船は海に出られなくなってしまう。そうなったら出帆は、五月の始め頃まで待たなければならない。食糧は不足するし、どんな事態が起きて出帆できなくならないとも限らない。そう思うと気が気ではないが、我々が雇った船頭たちはのんきに煙草をふかして休んでいるばかりで、一向に動き出そうとはしなかった。

それでも、遊び好きの子供たちは、大人たちの心配をよそに、トロッコ遊びに熱中していた。ここは鉄鉱石の荷積み場であるから、運河べりの道路の反対側には鉄鉱石が山のように積み並べられており、トロッコの線路が敷かれていて、その線路は運河の上に突き出したいくつもの桟橋に続いていた。何台かのトロッコが放置されていたので、子供たちは、大人たちに「あぶないぞ」と何度も叱られながら、トロッコに乗ったり、押したりして遊んでいた。

私は陸に上がって、鉄鉱石の山の上に登ってみた。遠くの干潟にだんだんと潮の満ちてくる様子がよく見えた。白いカモメの群れが、水面すれすれに飛び交っていた。もうじき潮が満ちてくる。私たちは、待ち焦がれて、船に乗ったり降りたりして、時の来るのを待望していた。やがて潮が満ちて、船は完全に浮き上がり、人が乗り降りすると、ゆらゆらと不規則に振動した。だが、船頭たちは動こうとしない。天候の具合が良くないと言い、さらに、扇子だとか傘などを持っている者がいると雨や嵐に遭うから集めて出して欲しいと言う。そんなことは迷信にきまっているが、船頭の機嫌を損ねてはまずいので、持っている人はみなそれを出して、船頭に手渡した。だが、そんなことをしているうちに、潮が引き始め、運河の水はどんどん減って、水底の泥が見え出してきた。いまいましい思いで眺めている我々の目の前で、海水はチョロチョロと音をたてて流れ、だんだん細く縮んでいった。

子供たちも遊びに飽きて、船に戻って来た。やがて日が暮れ、薄雲のかかった空に、月がぼんやりと光っていた。鉱石船は、元来、大同江の河に沿って上下するので、外海に出ることはほとんどない。船頭も経験が浅く、簡単な海図と磁石と風だけが頼りで、しかも波の荒い外海に出て南朝鮮まで突っ走るのだから、不安がつのるのも無理はない。だが、そうした危険は我々も船頭たちも、承知の上である。日本人会では、船頭や、金山浦の保安署や共産党などの主要人物に、総額五万円程度の現金を渡した。当時としては相当の金額である。しかも、この金額は謝礼金として表向きに渡された金額で、おそらくは、その外に、個々人に心づけとして渡された裏金もあったに相違ない。大部分の金額は船頭たちに渡ったはずであるが、保安署や共産党も間に入っているので、実際にどれほどの金額が船頭たちに渡されたかはわからない。我々は三十八度線を越えて南朝鮮にたどり着けば、あとはどうにかなるのではないかという漠然とした期待を持っていたが、船頭たちは逆に、南朝鮮から無事に戻れるかという不安を抱えていた。

我々は、船の中で夜を迎えた。視界に頼る航海なので、夜間の出帆は無理だから、明日の昼間を期待するしかない。船室に細々とした灯がともされ、人々は、不安を抱えながら、眠りについたのであった。

第三日（四月二十一日）

船が出ない――焦燥の日

明けて二十一日、今日こそはと、望みをかけて待機していたが、船頭は一向に腰を上げない。天気が悪くなりそうだというのである。日本人の首脳部も、心配がつのって焦り気味であった。保安署が邪魔をしているのではないか、共産党に企みがあるのではないかなどと、疑心暗鬼の状態で、全く手詰まりになってしまった。子供たちは、相変わらず元気で、鉄鉱石の山やトロッコなどで遊んでいたが、そのうちに潮が満ちて、また引いて行ってしまった。私も、子供たちと一緒に遊んで気をまぎらせていたが、心配はつのるばかりであった。

夕方近くなると、空一面にうろこ雲が広がり、やがて暗い曇り空になり、今にも雨が降り出しそうな空模様になってきた。みんな甲板で空を見上げていた。潮を含んだなまぬるい風が吹いて行く。雲は静かに南から北に動いている。南に向かおうとする我々にとっては逆風である。日本人会側の首脳者たちと船頭たちとの間で議論がたたかわされていた。早く船を出したほうがよいという意見と、それは危険だという意見とが対立していた。船頭の主張では、長年の経験から、雨は疑いないということだった。穴だらけの天幕しかない船室では、雨が降ったら、人も荷物もずぶぬれになってしまうであろう。北朝鮮は、まだ早春である。寒さが心配になる。

そこへ共産党本部から人が来て、今夜は一応陸に上がって泊まれと、我々に勧めた。せっかく船に乗り込んだのにまた降りるのはいやだったが、雨に降られても大変なので、言われる通り陸に上がって泊まるしかないということになった。長連在住の日本人たちは、六十トンの船のほうに乗り込んでいたが、早速陸に上がって宿所に入ってしまった。我々殷栗在住者は取り残された形だったが、とにかく行ってみようと宿舎に当てられた場所に出かけて、部屋の掃除を始めた。ここは、もと日本人が住んでいた屋敷だということであった。今はすっかり荒れはてて見る影もないあばら家と化していたが、非常に広大な屋敷で、大きな木立のある立派な庭や池などもあり、戦前の栄華の跡が偲ばれた。かつては知事なども泊まったということで、誰の家だったのかは知らないが、殷栗では見たこともない豪邸である。金山浦には、かつて富田儀作氏のような財閥が住んでいたので、こんな屋敷が残されたのであろう。

共産党から、床に敷く叺を貸すから取りに来るようにという申し出があり、私たちは、そろって叺を取りに行った。坂道を登ったり、林の間を抜けたりして行く道すがら、みんな空ばかり気にしていた。はっきりしない空模様で、晴れ間が消えたり現われたりしていた。船頭の予報通りに雨が降るのかどうか、我々は半信半疑であった。

その頃、宿舎のほうでは一騒動持ち上がっていた。

当時の北朝鮮は、まだ共産党の一党独裁体制にはなっていなかった。共産党の勢力は徐々に増大しつつあったが、民間団体の一つにすぎず、保安署のように公的な責任を負っているわけではなかった。保安署側は、共産党の出過ぎた動きに不快の念を深めたのであった。勝手に宿舎の世話をするなど、越権行為だと言って、抗議した。共産党員は「大丈夫ですよ、私のほうから保安署には何とかとりなしておきますから」と平然として言ったが、我々としてはそんな争いに巻き込まれるのは迷惑至極なので、仕方なく、もう一度船に戻って寝ることにした。すでに引き潮で、運河の水はちょろちょろと淋しい音を立てながら流れ下っていた。船は泥の上に座ったまま、動こうにも動けなかった。

ところが、長連在住の人々は宿舎に入ってしまっていた。保安署員たちは機嫌を損ねた。殷栗の保安署からも、日本人たちの移動を見届けるために、何人かの署員が金山浦に来ていた。その中には、ひげ面の金萬昌氏もいた。共産党も、保安署員の顔を立てて、改めて了承を願い出たらしい。保安署としても、日本人を宿舎に入れることに異存があったわけではないので、「陸へ上がれ」という指令を出したが、保安署の承諾なしにいち早く宿舎に入った長連在住日本人の代表者は、呼び出されて叱責を受けた。

この人は、片岡さんと言って、商店を経営していた人だが、私の父が長連の校長をしていた当時から、長連在住日本人のボス的存在であったらしい。父の話によると、道庁や朝鮮総督府などから役人が来て歓迎会などがあると、真っ先に立って演説をぶつのがきまってこの人だったという。他にも二人、似たような人がいて、この三人の演説が終わらないと先へ進めないというのが慣例だったそうだ。郡の中心が殷栗に移り、長連在住の日本人の数は減ったが、依然として片岡さんが長連のボスとして君臨していたものと思われる。自己顕示欲の強い人にありがちな傲慢さから、朝鮮人を蔑視するような態度をとることがあったらしい。金萬昌氏は、父の長連時代の教え子であるから、長連の出身で、片岡さんのこともよく知っていたに違いない。

片岡さんは、もうかなりの年配であったと思われるが、金萬昌氏ら保安署員に囲まれ、丸太を並べた上に正座させられて、背中を殴られるという残酷な仕打ちを受けたのであった。これもまた、年来の鬱憤晴らしであったのかもしれない。

船に戻って寝ていた私は、疲れが出て、いつの間にかうとうとと夢路をたどっていた。そこへ保安署からの知らせが入り、「陸に上がって寝てよい」ということになった。もう、すっかり暗くなっていた。食事の用意に必要な物だけを持って、他の荷物は船室中央の棟木代用の板の下に積み並べ、上から叺を掛けて雨に備えた。立って歩くことのできない低い布天井の下での作業なので、大混雑であった。

「お母さん！」「姉さん！」「忘れ物はないか？」

互いに呼び交わす声が乱れ飛んだ。外へ出るには、低い船室から甲板に這い上がって、危ない板橋を渡って岸壁に出なければならない。空は曇っている様子で、月も星も全く見えなかった。やっと氷が融けたばかりの季節で、夜風は肌に冷たかった。先ほど掃除をした宿舎に着いてみると、がらんとした広い部屋に、ぽつんと暗い電灯が一つ点《つ》いているだけで、一枚の畳も一つの家具もなく、障子は無惨に破られていた。一同は、座敷といわず玄関といわず、廊下にまでいっぱいに陣取って、一枚のせんべいぶとんを二人も三人もで着て寝た。夜遅くなっても寝静まらず、便所に立つ人が頭を蹴ったと言って騒ぐかと思えば、突然火のついたように泣き出す赤ん坊、いつまでもあまえて泣き止まない子供など、とても安眠できる雰囲気ではなかった。これでは、これから先の航海が思いやられる。それに、明日の天気のことも気になって、容易に眠れなかった。

そこへまた、とんでもない話が舞いこんで来た。殷栗からソ連軍の司令副官がやって来て、ぐずぐずしているなら日本人は殷栗に戻れと言っているという話だ。また戻るなど思いもよらないことだ。ソ連軍も、「早く出て行け」と暗示しているのだと、一同は考えた。彼らも公式に日本人の帰還を認めるわけにはいかないので、我々がこんなところでいつまでももたついていては困るのであろう。だが、我々にしても、船を前にして、こんなに時間を浪費しようとは夢にも思っていなかった。

その時、私の父も毛勝先生もいなかった。私も気がつかなかったし、ほとんどの人も気がついていなかったであろう。気がついても、多分、どこかに交渉に行っているのだろうと思ったであろう。実はその頃、父と毛勝先生と三宅先生の三人は、金萬昌氏に呼ばれて行っていたのである。金萬昌氏は、別の場所に酒と食事の用意をして、三人を迎え入れたのであった。

「先生たちとも、いよいよこれでお別れですね」と、金萬昌氏は言った。「明日は大丈夫ですよ。ただ、船頭たちに多少心づけをしてやって下さい。共産党の連中に唆かされて、船頭たちは天気が悪いの何のとごねているんです。早く船を出してしまわないといけません」

いつになっても、雨の降る様子はなかった。ようやくあたりは静まり、百数十人の人々の寝息が、すやすやと耳元でささやくように聞こえて来た。時折、思い出したように泣き出す子供の声と、「よし、よし」とそれをなだめる母親の声、それも静まると、私もいつかぐっすりと寝込んでしまった。父が戻って来たのにも気がつかなかった。

第27章　黄海への船出

第四日（四月二十二日）

身体検査

翌朝、目をさました時には、もう、半分くらいの人々は部屋にいなかった。庭に出たり、顔を洗ったりしていたのだ。雨はとうとう降らなかった。昨夜から我々をさんざん心配させた雲の群は、風に吹きちぎられて、青空を逃げまどっている。ひょうたん型をした池の周囲では、幾人もの子供たちが、まわりを駆けまわったり、水に棒を突っ込んだりして遊んでいた。荒らされた広い日本庭園は、子供たちのかっこうの遊び場になっていた。庭の木に登ったり石に抱きついたりする子、トロッコに乗って叱られる子、みんな心配事など知らぬげに、元気に飛びまわっている。

父や毛勝先生や三宅先生は、昨夜のことは誰にも話さなかったらしい。私も後になって聞いた話で、当時は全く知らなかった。今日は出帆できるという話がどこからともなく洩れては来たが、誰も確信が持てず、不安な気持であった。我々は船に戻っていた。満潮の時刻は日に日に少しずつ遅くなり、今日は昼頃になる。

船の近くに風見が立っていた。長い竿の先に付いている矢は、南東から西までの間をふらふらと揺れ動いていた。ほぼ南西の風である。我々が目指しているのは京城《けいじょう》（現在のソウル）で、航路は最初、南西の方向に向かい、淑島《しゅくとう》（スクト）のあたりから南に向かうことになる。現在の風は向かい風、帆船にとっては不吉である。四月下旬は季節の変り目で、南風が吹いては、北風が吹き返し、また南風が吹き返すという季節である。我々はみな北風が吹けばよいと願っていたが、降りそうだった雨は降らず、依然として南風が吹いていた。早く出なければ次の大潮まで待たなければならないというので、気が気ではなかった。早ければまる四日で着くという話であったが、そう都合よく追い風が吹くとは限るまい。しかも船が出帆しなくては話にならない。

我々がいらいらとして待機している間、どこか別の場所で、日本人会首脳部と船頭たちの交渉が行なわれていたのであった。さんざんに待たされて、焦燥の色が濃くなっていた人々に、「いよいよ出帆」の朗報がもたらされたのは、もう昼近くなってからだった。一同は湧き立った。空はきれいに晴れて、祝福を送っているように見える。握り飯をたくさんこしらえたり、さらに買い込んだ米や、新しい水を積み込んだりして、忙しさにも張り合いが出てきた。今までの不自由と不安とから解放される時がきたと思うと、長い間の暗闇の生活に、ようやく曙の光がさし込んでくるような気持であった。

いよいよ潮の流れが運河に満ちて来た。間もなく満潮になる、と思っているところへ、金山浦保安署の署員たちがやって来て、もう一度検査をすると言い出した。本当に保安署の命令なのかどうかわからないが、とにかく従わないわけにはいかなかった。

我々は、一応船から陸に上がり、保安署員が、船の中の荷物を検査した。次に所持品の検査が始まった。

「果樹園を持っていた人は、こっちに並びなさい」

果樹園を持っていた者は、特に金持ちだと思っているのか、厳重に調べられた。この時、私は、妙な物を持っていた。この「脱出行」の一部始終を克明に記録しておこうと思い立ち、小型の手帳をこしらえた。ノートの紙を小さく切って、綴じあわせ、かなり分厚い手帳を作った。表紙には、厚紙と、山縣商店の前の通りに残骸をさらしていた古いバスの内装のセルロイド板をはがして貼り合わせた物を使った。そんな細工が好きだった私は、事のついでに、もう一冊手帳を作った。これは別に何の目的もなかったが、表紙に白い紙を貼り、色鉛筆や絵具を使ってきれいな模様をつけた。我ながらきれいにできたので、それを何重にも紙で包んだ。宝石や貴重品のように、ていねいに包み重ねていくうちに、ずいぶん大きくなって、もとの手帳の何倍もの大きさになってしまった。こうなると愛着がわき、捨て難い気持になり、ポケットに大事にしまって持っていた。

私たち一家では、私が最初に検査を受けた。保安署員は、私のポケットの中の手帳の包みを見つけて、「これは何だ」と、私に尋ねた。私は、正直に「それは手帳です」と答えたが、相手は全く信用しなかった。そして、包んだ紙を一枚、一枚とはがしていった。保安署員は何を思ったか、一枚ずつていねいにはがしていくので、ずいぶん手間がかかった。私はもどかしくなって、自分で一気に引き裂いて、中身を早く見せてやろうと思い、その包みを受け取ろうとした。ところが、保安署員は「渡してなるものか」というように私の手を払いのけ、相変わらず自分で包みをはがし続けた。私が中身を見られるのを恐れて取り戻そうとしたと、勘違いしたのであった。「こんな手帳があるものか」と、保安署員は、なおも包みをはがし続けた。そして、最後に出て来た極彩色の表紙の手帳を見て、唖然としてしまった。ぺらぺらと手帳のページをめくると、すべてそれは白紙であった。あっけにとられた保安署員は、完全に意欲を失ってしまい、私たち一家の検査はそこそこに切り上げてしまった。

これは全くのハプニングであった。私もこんなことを予想して手帳を作ったわけではなかった。とにかく、私たちは無事検査を終えて、板橋を渡って船に乗り込んだ。だが、中には不運な人もあった。西村さん一家は果樹園組であったが、ゲートルの間にはさんだ紙幣を発見され、女性の帯まで解かされて、着物の裏まで調べられた。

いざ出帆

いよいよ出発の時が来た。ひたひたと潮が寄せてきて、船が浮き上がった。船頭たちも、もう躊躇してはいなかった。板橋がはずされた。北朝鮮の陸地とも、もうお別れである。働き手の男たちは、船の引き綱を手に握り、運河の両岸を歩きながら船を曳いた。静かに船は動いて行った。とうとう運河が尽きて、岬の突端に出ると、船から板橋が渡され、全員船に乗り移った。

ロープがしまわれ、板橋が積み込まれると、カラカラ、キリキリと音を立てて、帆が上がっていく。岸を歩いている保安署員の姿がだんだん遠く、小さくなり、豆粒のようになった。両岸の山々も遠くの峰も、我々を見送りながら遠ざかって行った。

一同は、警備船に発見されるといけないので、船室に引っ込んだ。風向きは都合悪く向かい風であったが、船頭はなかなか熟練したもので、巧みに帆を操って前進する。帆柱が時々、ギチギチと音を立てる。帆の向きが変わると同時に、バサバサッと頭の上の天幕をはたいて帆綱が通り過ぎる。

いつの間にか、船尾に近い後甲板の上がり口の天幕の隙間のところに幾人かの子供たちが出て来て、背伸びをして外を眺めていた。大人たちに叱られながらも、一生懸命に行く手を眺めているのであった。ガラガラと大きな音を立てて、帆綱が勢いよく頭の上をかすめて行くと、船の向きがぐうっと変わる。子供

たちは、帆綱に頭をたたかれたり、幕天井の棟木になっている板の上で足をすくわれてころんだりして、大人たちに叱られていた。大人たちも今は、誰彼の別なく、遠慮なく叱っている。

　船は、右に左に蛇行して、曲がりくねったコースを進んで行った。我々の乗った八十トンの船と、もう一隻の六十トンの船とは、互いに近づいたり、遠ざかったりしながら進んで行く。帆は風をいっぱいにはらんで、パタパタとはためいている。私も、船室の後のほうで、背伸びをして、外の景色を眺めていた。どっちを向いても、海の向こうは陸地の山々であった。まだやっと港口を出たばかりなのだ。それでも、金山浦の山々はだんだん遠くかすんで行った。そして、反対側の方には、青陽島《せいようとう》、熊島《くましま》、席島《せきとう》（ソクト）などの島々が、遠く近く並んでいるのが見えた。これらの島々は、殷栗の南山の頂上に登ると、いつでもよく眺められた。その意味では古なじみの島々であるが、船に乗って近づくのはこれが初めてであった。

　そのうちに、外海に出て来たためか船が揺れ始めた。甲板には冷たい風が吹きつけて来た。私は、船内のむっとする人いきれの中を這うようにして、自分の場所に入って行った。天井の穴から漏れる日の光の下で握り飯を食べた。周囲を見まわすと、船に酔った人が多い様子で、寝たまま、うらやましそうにこちらを見ている人もあった。私は船に酔ったことがないのだ。食べ終わって、私も一休みしようとせんべいぶとんにもぐりこんだが、狭くてうっかり手も足も出せない。下手をすると、誰かの頭を突き飛ばしそうな気がした。みんな、半分座ったような、半分寝転んだような、中途半端な格好で、縮まって寝ている。

左側には父の大きな体があり、右側には小学生の工藤政子ちゃんの小さな体があって、押しくらまんじゅうをしているような具合であった。そんなきゅうくつな所でも、いつしか眠りにさそわれて、ぐっすりと寝入ってしまった。

青陽島

ガラガラガラガラ……と音がして、私ははっと眼をさました。あたりを見まわすと、船はもう揺れていない。甲板で、しきりに人の声がする。「酒はないかね」などと言っているのが聞こえる。ガタガタと甲板を踏み鳴らす音も聞こえて来た。船が青陽島に着いたのであった。

寝床を這い出して、船尾の甲板に立って見ると、思いもよらぬ見事な景色が展開していた。波打ち際から約十五メートルほど隔たって、二隻の船は並んで投錨していた。目の前の青陽島は、深緑の松の間に、目もさめるばかりのツツジの花が、まるでルビーを散らしたように美しく咲き乱れているのだった。その山麓には五、六軒の民家が並んで建ち、苔の生えた岩がごろごろと庭石のようにころがっている。家々の間には、まさにほころびようとする桜の木々が立ち並んでいた。殷栗の街の桜は終戦直後に切り倒されてしまったが、ここでは無事に花を咲かせようとしている。右を見ると、底知れぬ緑を湛えた海峡を隔てて、濃緑色の松が茂る、どっしりとした山容の熊島が厳然としてそびえている。さらにその彼方には、うす紫色にかすんだ席島の山々が、長く続いていた。左のほうを眺めると、ずっと遠くのほうに、石灘《せきたん》（地名）の海岸と思われる陸地が、低くなだらかに水平線上に浮かんでいた。

後を振り返って、今来たほうを見ると、一本の帆柱、一軒の家も見えず、煙のようにかすんだ山々だけが、何か話でもしたそうに、けれども霞にさえぎられて、ぼんやりと続いているばかりだった。青陽島は

陸地から八キロほど離れた小島であるが、騒然とした世の中とは全く縁を切って、実に平和な別天地だった。革命の嵐も乱世の汚塵も怒号も、二里の海にさえぎられて、この島の空気は清らかに澄みわたっていた。島の人々は、漁業によって、ささやかな暮しを立てているものと思われた。

身のまわり品は少なくて不自由であっても、我々の心は、開放された喜びでいっぱいだった。長い間の陰鬱な生活から、初めて明るみに出たような気持だった。こんな開放感を味わったのは、終戦以来初めてであった。大人たちは、島の家から酒を買って来て、船の上で宴会を始めた。まだ船は出たばかりである。前途を思えば、浮かれている場合ではなかったかもしれない。しかし八カ月の間、胸につかえていたものを一気に吐き出さずにはいられなかったのである。

質素ではあったが、大人たちも、舞えや歌えの大饗宴に酔いしれて、時のたつのを忘れていた。潮がだんだん引いて行くと、海岸と船の甲板との間に板橋がかけられ、私たちは、夢の国のように美しい緑の島に上陸した。もう、酔った人々の歌声もやみ、船の中で寝ている人もほとんどいなくなった。女の子たちは、おとぎの国のように見える島の山に登って、手に一杯のツツジの花を取って来た。このツツジは「チョウセンヤマツツジ」と呼ばれるツツジの一種であろう。殷栗周辺の山のツツジはこの一種類だけであるが、華やかなピンク色で、特に紫外線の強いこの地域では、色が濃く、鮮明であった。朝鮮人の子供たちは、よく、この花をたべたものである。酸味があるらしい。アカシアの花もよくたべたが、こちらは少し生臭く、蜜の味がして甘い。

男の子たちは、遠くまで潮の引いた浜辺で、カニやエビなどをつかまえていた。大人たちも童心に返って、今しがた水の底から現われたばかりの岩からカキを採って、生のままたべている人もいる。採りたてのカキに、島で摘んだ野草を入れて、新鮮な味噌汁ができた。ご飯も島の家のかまどを借りて炊くことができた。二、三家族ずつ、自由に夕食をこしらえて食べた。思い思いに、船の甲板や海岸の岩の上などで、それぞれに集まって、食事を楽しんだのであった。

船の甲板から見ると、遠い石灘の海岸には、大型の船の間に、ちらちらと白帆が浮かんで見える。そのずっと手前の海の中に、垣根のようなものがずらりと並んでいる。これは、萩の木で作ったヤナである。この辺では萩の木が二メートル以上にも伸びるので、これで海中に長い柵を作る。満潮のときは海水に完全にかくれてしまうが、干潮のときには、この柵に沿って泳いで沖に向かった魚類が、柵で囲われた池の中に閉じ込められてしまうのである。威勢のいいタチウオや、ご飯粒のようなものが詰まっているイイダコなど、さまざまの獲物がとれる。島の人々が、そういった生きの良い獲物を売ってくれた。

潮の干満の差が大きいので、引き潮になると八キロも離れた対岸との間は干潟になって、一面の泥田になってしまった。その気になれば歩いて来ることもできたのに……という気持さえする。しかし今は、無駄に過ごした数日のことなど忘れ去っていた。季節外れの潮干狩りに、ずいぶん遠くのほうにまで出かけて行った人々もいた。隣の熊島との間だけは水深が深く、五、六メートルほどしか潮は引かず、エメラルドのような深緑の水を湛えている。五千トンくらいの船ならいつでも入れると言われ、日本人が引き揚げる時、ここまで大きな船が来るのではないかなどと、うわさされたこともあった。熊島は青陽島より少し大きいが、無人島であった。松とツツジの織りなす錦のような青陽島に対して、あくまでもどっしりと構えた緑一色のこの島は、いかにも熊島の名にふさわしかった。

私も、ツツジの花にさそわれて、青陽島の山に登ってみた。島全体が山のようなものだが、それほど大きな山ではなかった。道は、尾根に沿って、一筋に走っている。日当たりや土質の違いのためか、ツツジの色は濃紫色から薄桃色までさまざまのものがあった。私も子供たちのように夢中になって、ツツジの花束をこしらえた。こうして誰も彼も開放感に浮かされて、夕方暗くなるまで島や浜辺で遊び過ごした。

次第に暗い幕が降りて、荘厳に静まり返った熊島も、華やかな青陽島も、遠くかすんだ陸地の山々も、すっかり闇に閉じ込められ、やがて静かな夜が来た。高く、高く澄み渡った空に輝く月が、この夜はまるで天国の月のように思われた。天幕の隙間からさしこむ月の光は不思議に青く、船室の人々の寝顔を染めていた。船室には薄暗い油の灯がただ一つ、細々と光っていた。金山浦で買って来た黒い油が燃えているのだった。その灯もやがて二、三度揺れて、すうっと消えてしまった。油を注ぐ人もなく、あとは暗がりに月の光だけが残っていた。

第五日（四月二十三日）

風雨の中

夜が明けた。実は前夜、夜の満潮の時に、闇にまぎれて出帆するという話だったのだが、とうとう出帆しなかった。南浦港を基地にした警備船がこの先の淑島の近くまで出て来るというので、暗いうちに警備圏外に脱出しようという計画だったが、船頭は、夜ではあぶないとか、このところ警備船がよく出るとか言って、船を出さなかったのである。我々が開放感に酔ったのとは対照的に、船頭たちは、外海を前にして、臆病風に吹かれたらしい。船頭たちの態度は煮え切らず、いつまた出帆するのかさえはっきりしない有様であった。

甲板に出ると、二つの島は、昨日と変わらぬ姿で並んでいる。朝の空気はすがすがしい。私は浜辺に降りて、新鮮な空気を胸いっぱいに吸い込んだ。新鮮な空気は何よりのご馳走である。島々の荘厳な姿は神々しい感じさえする。昔の人々の自然崇拝の気持もよくわかるように思った。この島山や緑の海を眺めるのは、たまらなく愉快で、一人で眺めているのは惜しいような気がした。船に戻って朝食をすませると、もう日が昇っていた。

まだ、昨日の続きのように、子供たちは磯の小岩を動かしてカニをつかまえようとしていた。カニはすばしこくて容易につかまらない。泥の浜辺には、大小無数の穴があいていて、大きな穴は三、四センチくらいもあったが、小さいのはクモの子ぐらいのカニの穴かと思われるほど小さかった。穴ばかりでカニがいないので、掘ってみたが、深くてとてもだめだった。時々、石の下から逃げ遅れたカニがつかまった。水溜りにはハサミを持ったエビがいた。ザリガニに似ているが、川にいるチョウセンザリガニよりずっと小さくて色が白かった。

私は、学芸会の真似事などをやったおかげで、年下の子供たちと非常に親しくなり、よく絵を描いてくれとせがまれた。この日も青陽島と熊島のスケッチをしたが、この圧倒的な美しさにはとても力が及ばなかった。そのうちに潮がさして来た。私は幾人かの子供たちと島の山に登りかけていたが、急に船のほうから「おーい」、「おーい」と、呼ぶ声がした。船から人々が口々に叫んでいた。船が出るらしい。ツツジの山に名残を惜しむひまもない。おおあわてでかけつけると、もう板橋の際まで水が押し寄せていた。

船頭たちは、またまた千円余りの現金をつかまされて、ようやく決心をしたので

あった。ところが、話が急だったので、のんきに遊びに出た人たちが何人かまだ帰って来ないと大騒ぎになった。人々の叫び声が山々に反響したが、なかなか全員集まらなかった。

「ボートに乗って行ったのと……、それから、まだ誰か山のほうに残っとるか？」

「今日でかけることは、わかっとろうに。のんきな人たちやなあ……」

「来ないのは勝手だから、置いて行ってしまえばいいんだ」

一同はだんだんいら立って、口が悪くなった。しかし、無事全員集まって、間もなく出帆の準備が始まった。ガラガラガラガラと錨を巻き上げる音、カラカラと帆を揚げる音に続いて、船は小刻みに揺れながら、静かに動き出した。

さようなら、緑の島、ツツジの山、夢の国、青陽島。警備船の警戒のため、外に出て眺めることはできない。まる一日の楽園のようだった青陽島も、知らぬ間に波の彼方に姿を消して行った。考えてみれば、これまで何回ともなく南山に登り、そのたびに眺めていた青陽島に、朝鮮を去る最後の機会に生まれて初めて立ち寄るとは、実に奇妙な因縁である。父に連れられて石灘の海岸に行った時にも、この島を眺めた。遠浅の海にはトビハゼ（ムツゴローと同じような魚）が無数に飛び跳ねていた。

時折、船尾の出入り口から外をのぞいて見ると、青陽島と熊島が遠く後のほうに並び、席島が近くに見える。左舷の彼方には松禾《しょうか》（ソンファ）郡の山々がかすんで見えた。青陽島も霞んで、もう美しい島の面影もなかった。

一同は警戒して、大小便以外には外に出ないようにしていた。便器は、甲板に置かれたブリキ缶一つだけで、老若男女を問わず、一人ずつ外に出て用を足すしかなかった。ふなべりにつかまって海の中に放出する方法もあるが、海に転落する危険を冒さなければならなかった。子供たちは、景色を見たがって、こっそりと甲板に出る者があり、そのつど叱られて連れ戻された。みんな非常に神経質になり、ポンポン蒸気の音でもすると、たちまち静まり返って、咳一つする者もなかった。ポンポン蒸気といっても蒸気船ではなく小型の焼玉エンジンの船であるが、ポンポンといった音がするのでそのように呼ばれていた。

そのうちに、いくぶん風が強くなって、空模様が怪しくなってきた。二隻の船は、最初は一緒に走っていたが、そのうちにだんだん離れてきた。天候はますます悪くなる一方であった。船はぐらぐらと揺れて、そのたびにギチギチと、気味の悪い音が聞こえる。カラカラカラ、ズズズーッと帆の向きの変わる音、パタパタパタと帆のはためく音、それにつれて屋根の天幕も風になびき、湿気の多い空気が吹き込んで来る。夕闇が迫ってあたりは暗く、船室ではお互いの顔もはっきりとは見えない。船が揺れて灯油の皿がひっくり返り、明かりを点けることもできなかった。

半分以上の人々は、船酔いのため、頭も上がらなかった。船は悪天候を冒してジグザグと、みみずのような航路をとって進んでいた。我々の乗っている八十トンの船は、もう一隻の六十トンの船を遥かに抜いて進んでいる。風はやや向かい風で、激しく吹きつけて来る。もう青陽島で遊んだ時ののんきな気分は吹き飛んでしまった。船頭も一生懸命で、帆と舵を操っている。船は右手に淑島を望む地点までやって来た。

風はますます激しく、波はいっそう荒くなった。もう一隻の船は、どこへ行ったか、影も形も見当たらなかった。我々の船は、行けるところまで行こうと、淑島を離れて沖にさしかかった。だが沖の風波はさらに烈しくて、これ以上進むことは危険と判断せざるを得なくなった。残念ながら、このあたりは海が深く、錨を下ろすことができない。やむを得ず、船は後退を始めた。真っ暗闇の中を、淑島の北東岸まで後戻りである。風は追い風になるが、有難くない追い風である。岩礁などに衝突しないよう、船頭たちも必

死であった。どうにか淑島沖まで逆航して投錨することができたが、金山浦出航以来、恵まれない風向きばかりで、行く先が案じられた。

風は吹きつのり、雲は空いっぱいに広がって、ついに一番恐れていた雨が降り出した。パラパラッと天幕をたたく雨音がした。隙間だらけ穴だらけの天幕だから、雨漏りは覚悟しなければならない。金山浦を出る時、傘と扇は船には禁物だと言われて、取られてしまった。扇はともかくとして、傘があれば多少はましだったのにという気がしてきた。

雨は通り魔のように、ざあーっと降っては過ぎて行った。荷物は中央の棟木の下に集めて積み重ね、叺をかぶせた。ところどころで、ろうそくの火が光るほかは、全くの暗闇である。風が吹き込んで、その火も消えようとする。ゴロゴロゴロと低く雷鳴がとどろくと、雨がざーっと降りしきり、天幕の屋根からはいっせいに雨漏りが始まる。洗面器やブリキ缶などが総動員されたが、どれもすぐいっぱいになってしまった。我々はめいめい、雨の漏るところを避けて、小さくなっていたが、穴は方々にあるので、綿や布切れを詰めこむのに一生懸命だった。雨漏りの水が船底にたまり、叺をじっとりと濡らし、それが我々の着物にしみ込んで、腰から下は水に浸ったように濡れてしまった。ただでさえ狭い船室の中で、押し合いながら、しゃがんだままの姿勢で夜を明かさなければならなかった。

やがて風が天幕をバタバタと鳴らして去ると、雨は小降りになる。やれやれと思う間もなく、帆や天幕をたたいて、またもや雨が襲って来る。悪戦苦闘の連続であった。

夜の十一時頃かと思う時分になって、どうやら雨は遠のいた感じとなった。風もいくぶん静まって、船の揺れもやや穏やかになってきた。体中がじくじくと濡れてとても気持が悪かったが、気の緩みと共に睡魔に襲われて、うとうとと眠ってしまった。さしもの大騒動も今は静まり、すやすやという寝息ばかりになった。気分も悪く、姿勢も良くないので、眠りは浅く、時折目が醒めたが、疲れが出て、またうとうととする。夜半になって雨も風もおさまった。一体明日はどうなるのだろう。心配をしながら、うたた寝のうちに一晩が過ぎて行った。

第28章　北緯三十八度線

第六日（四月二十四日）

追い風

出航第三日目の朝が訪れた。昨夜の嵐も、忘れたように静まり、きれぎれになった雲の飛んでいる空は、いま、明け方の日の光を受けて、黄金色に輝いている。ここは沖合なので、潮の満ち干に関係なく、いつでも出航できる。船頭たちは、帆を揚げようとしていた。後甲板に出て見ると、あまり遠くない淑島には、小さな部落が見える。大きな船らしいものや倉庫らしいものもある。淑島は、青陽島や熊島よりも大きいだけあって、さすがに高い山もある。手前に見える松山の向こう側には、もっと多くの人家があるのではあるまいか。山の木はほとんどすべて松である。これは、北朝鮮の特徴で、杉や檜は一本もない。花崗岩質の砂地に、背の低い松や柏の生えているところが多いのである。

やがて朝風をはらんで、船が走り出した。追い風である。昨夜の雨で、風の向きが変わったのだ。出航以来、初めての順風である。一同の顔つきも明るくなった。今日はどこまで行けるだろう？　みんなでいろいろと予想を立て始めた。夢金浦《むきんぽ》までか？　それとも、長山串《ちょうざんかん》（チャンサンゴ）までか？　夢金浦は、黄海道長淵《ちょうえん》（チャンヨン）郡の海岸で、朝鮮でも有数の名所であった。私は行ったことがなかったが、とても景色の良いところとして知られていた。長淵在住の日本人はここの港から出航したといううわさもあった。長山串は黄海道甕津《おうしん》（オンジン）郡の岬の突端である。そこは、ちょうど、瀬戸内海と太平洋の間のように、潮の満ち干のとき、大きな渦が巻いて危険な所であった。また近くには暗礁もあって、ここを航海する船が一番難儀をする場所であった。ここ淑島の沖から長山串までは約二十海里くらいある様子である。帆船なので、今日はせいぜい夢金浦までだろうという観測が大勢を占めていた。

私は、もう南浦港の警備船も来ないだろうと思い、船べりを伝って前甲板に出た。そこにはすでに数人の人々がいて、景色を眺めていた。右手に淑島の山々、左には遥かに遠く松禾郡の海岸が見える。その時だった。かすみの中に連なる山々の間に、ひときわ高く聳え立つ山が見えたのだ。九月山だ！　もう見ることはできないと思っていたその山は、まだ我々を見送っていてくれたのだ。これがおそらく、最後に見る殷栗であろう。多くの特徴的な峰を持つこの山脈は、高さこそ九百五十三メートルと、千メートルに満たないが、総延長百キロにも及ぶ大山脈で、谷山《こくさん》（コクサン）郡、遂安《すいあん》（スアン）郡の二郡を除けば、黄海道で最も高い山である。

濡れた体もようやく乾き、悪夢のような昨夜とは打って変わって、実に快適な航海であった。次々に展開される右舷の淑島の光景は、うっとりとするような美しさであった。小さな砂浜が見え、谷も見えたが、大部分は切り立った崖や縦横に断裂した岩であった。風は北東の順風で、いよいよ強く吹きつのり、船は山のような波をかきわけて白波を蹴立てて前進する。この船は昨夜嵐を避けて後退したので、もう一隻の船のほうがずっと先を走っている。船の進行方向がしばしば変化した。風は右から強く吹いて来る。

淑島の海岸にこわれかかった長い家のようなものが見えるが、それが何かは遠くてよくわからない。手に持った手帳の紙が、強風にピラピラとはためく。後ろの方になおも九月山の姿が見えた。船足は速く、船尾に白い航跡を引いている。全速力で走る自転車よりも速いだろう。寒いけれども気持がよかった。だが、船は大きく揺れているので、船室では船酔いの人が多いのではないかと思われた。こんなすばらしい景色を見ることもなく暗い船内に寝転んでいるのはもったいないが、船酔いの人はそれどころではないだろう。

淑島がぐんと近くなって、海岸のところどころに洞穴があるのがよくわかった。島の沖合に一隻の帆船が停泊していたが、それもたちまち遠ざかり、遥か後方に小さくなって行った。淑島に入り江があり、その中にいくつかの小さな島があった。青い松、白い海岸、まるで絵葉書で見たような光景である。黒い水鳥がぱっと飛び立った。この島の山々も松と柏が多いようだ。再び岩っぽい海岸になって、奇妙な形の岩が海岸に突出しているのが見える。断崖絶壁が連なり、荒涼とした海岸である。朝のうちは断雲が飛んでいたが、今は姿を消して、空には絹雲が多くなっていた。

海の色は深いエメラルド色である。黄海の水は少し濁っていて、浅いところではクリーム色に見えるが、深くなると、美しい緑色を呈するようになるのである。

カラカラカラカラと音がして、二本ある帆柱の前の方の帆が少し降ろされた。風が強過ぎるからであろうか。船の速力は少し鈍った。今度は後の帆も少し降ろされた。それから船頭たちは忙しく帆を揚げたり降ろしたりし始めた。後ろを振り向くと、九月山は半分ほど島陰にかくれてしまっていた。松禾郡の山々が左舷後方にかすんでいる。

本船には小舟がつながれている。伝馬船である。これで近くの島へ水や薪などをとりに行くのである。そこへ船頭がやって来て、錨の巻揚機から錨の鉄鎖を外し始めた。何をするかと見ていると、帆柱にぶらさげてある滑車をうまく利用して、伝馬船を甲板に引き揚げてしまった。その伝馬船の中に、一匹のイイダコが入っていた。見物人が集まり珍しそうに眺めていたが、そのうちの誰かがいきなりタコをつかみ上げて、床にたたきつけてしまった。タコは黒い墨を吹いてもがいた。そして近くにあった鉄の鎖にしっかりと吸い付いた。

船頭は、帆の向きを変え、舵を動かした。ぐぐぐぐーっと船は左に向きを変えた。もう一隻の六十トンの船はまだずっと前のほうを進んでいる。そのうちに、島かげを抜けたためか、船足はものすごく速くなった。追い風である。二隻の船はくの字なりの線を描いて進んで行く。風は北西に移った。近くの岩から鵜が一羽飛び立った。見とれているうちに、船はぐんぐん淑島を離れ、沖へ沖へと進んで行った。淑島は見る見る遠ざかって、小さくくすぶって行く。私も一休みしたくなって、みんなが静かに寝ている船室を、頭を踏まないように気をつけながら、抜き足差し足で自分の場所に戻った。

海の難所・長山串

はっとして、目がさめた。いつの間にか眠っていたのだった。船はどこまで来ただろうと、甲板に這い上がってみると、あたりの様子は前とすっかり変わっていた。ここはもう、夢金浦の沖だ！　淑島はずっと後ろのほうで、ぼんやりとかすんでいる。何と気持の良い航海だろう。こんな日ばかり続いたら、たちまち京城に着けるに違いない。

夢金浦は左に少しかすんで見える。正面から左舷を通って後方に至る地平線には、松禾、長淵の山々が続き、夢金浦のあたりには白い砂浜が見える。いま、船は高速度でしぶきを上げ、前方の長山串に向かってまっしぐらに進んでいるのである。右のほうは、前方から後方まで、ただ一筋の線で空と海とが接している。その線の果てはずっと後方で淑島に続いている。我々の船は前方のもう一隻に大分追いすがって来た。暗緑色の海は寒天のように透き通って見えた。船は左右に大きく揺れていた。

長山串はもう目の前である。左のほうにはうす紫を煙らせたような色の山々が続き、山と海とは白い細い線で区切られている。砂浜である。その一部分で砂の大きく盛り上がったように見えるあたりが夢金浦であろう。左後方には、もうお別れかと思った九月山がまだ名残惜しげに首を伸ばしていた。こんな遠くからも見えるのかと、ちょっと驚いた。

長山串はいよいよ近づいて来た。左に続く山々の果てるところがそれである。岬の付近は切り立った絶壁と大岩が突き立っている様子で、特に海岸は荒々しい様相を見せている。岬の突端には少し離れて巨大な岩が突き出ている。あのあたりには渦が巻いて、近づくものをすべてひと飲みにしようと待ち構えているに違いない。船はそれをよけて、ずっと沖のほうへ出て行く。もう一隻の船は右前のほうで速度を緩めている。潮待ちをしているのであろう。

航路の中で最大の難関と言われる長山串は、今や、目の前に迫っている。長山串の遥か向こうに、淡くかすんだ山々が見え出した。島であろうか、陸地であろうか。連れの船は近づいて来た。波がいっそう高くなり、船は激しく揺れ出した。

長山串！　その突端は絶壁であった。船の蹴立てる波は、山のように高くなり、ぐっと寄せては絶壁を作り、白波になっては砕け散る。そのたびごとに、船は前後左右に不規則に揺れる。太陽がななめ右前でかんかんと照り、その真下には、六十トンの連れの船がぐっと近づいて波に揉まれている。

ついに長山串の突端近くまで来た。ものすごい岩と絶壁――だが、その下には、大波も渦も見えなかった。これが名だたる大難関か？　と思うほどの静けさであった。連れの船はさらに近づいて、甲板にいる人が見えるほどになった。ずいぶん揺れている様子で、ともが上がってへさきが沈んだり、へさきが浮いてともが沈んだりしている。我々の船はぐんぐんと追いすがって、とうとう追いついた。三、四メートルぐらい右手に連れの船が来て、互いに顔も見分けがつくようになった。「おーい」、「おーい」と互いに呼び返すうちに、我々の船が五、六メートル先に出た。船は長山串の突端の先まで来ている。波がますます荒くなって、船は大きく揺れ動く。眼前に迫る絶壁の下だけが異様に波静かなのだ。だが、それは先端の一部だけで、続く岸壁には白波が砕け散っている。そして岩壁のすぐ脇には、見るも無惨な難破船が打ちつけられていた。船体に大穴があいて、真赤に錆びている。やはりここは難所なのだという事実を見せつけているかのようだ。

長山串の先を廻ると、急に波が静かになった。さっきまでの大揺れが、まるで嘘のように、実に穏やかな航海になった。ついに難関長山串を突破できたのだ。ほっとして、体中の筋肉の緊張が緩んだ感じだった。長山串の向こう側に見えていた山々は、島であることがわかった。白翎島《はくれいとう》(ペンニョンド)である。まだ遠くに長くかすんで見えるが、あの島を北緯三十八度線が通っているのだ。空は晴れているが、絹雲や絹積雲が地平線近くにかかっている。

三十八度線

航路中の難関長山串は無事突破したが、次の難関は、南北朝鮮を分ける北緯三十八度線である。長山串は後ろに廻り、船の行く手に向かって眺めると、右に白翎島、左に長山串、その間に月乃島《つきのしま》が並んでいる。もう、九月山も淑島も見えない。このあたり、海の深さに変化があるのか、海の色がときどき変化して見える。陽のさし具合にもよるのであろう。緑がかった暗いカーキ色から暗緑色へと急激に変化する。ひと続きの海原でありながら、一線を境に色が変っているのである。船の速度はますます速く、追い風を受けて疾走する。白翎島がぐんぐんと近づいて、船の右手に並ぶほどの感じに迫って来た。

水平線上は島の行列である。前に小さく月乃島、その向こうに、大青島《たいせいとう》（テチョンド）、小青島などの島々が見える。左の陸地は五瀉里《ごしゃり》方面の海岸だという。「今日は大青島に着けよう」などと、船頭の話しているのが聞こえた。船の碇泊場所は普通なら五瀉里だが、今日は風向きが良いので、一気に三十八度線を越えて大青島に着けるという話であった。

ことによると、先に出航した金山浦在住者の船に追いつけるかもしれないという気までしてきた。船首の甲板では、船頭たちが、酒や御飯をお供えして、拝んでいた。無事に長山串を越せたお礼なのであろう。船の速度は十ノットくらいかと思う速さであった。船頭がまた少し帆を高く上げた。船は右に航路を曲げた。六十トンの船は右手にかなり遠ざかって見える。白翎島は右手に見え、左に遠くかすんで連なる陸地は、甕津《おうしん》郡の山々かと思われる。風は順風で、船は長い航跡を引きながら、南東に向かって走り続ける。

右手後方から日が照りつけて、海はちかちかと、まぶしく光っている。空はきれいに晴れ渡り、地平線の近くだけが白くぼやけている。もう午後五時を過ぎたであろう。海の色は暗い黄緑色を呈している。連れの船が右前方に出て来て、前方に見えるのは甕津郡の山々、その右に大青島、小青島、さらに右に白翎島がうす藍色にかすんで並ぶ。左のほうに見えていた月乃島がどんどん近づいて来て、青い畑や海岸の崖が手に取るようにはっきりと見え出した。日没の近づいた海を海藻が流れて行った。船は南東に向かって、なおもぐんぐんと走って行く。

貧弱なこの帆船には、航海具と呼べるようなものは何もなかった。大同江に沿って、金山浦と兼二浦《けんじほ》の間を上下していた鉱石船であるから、船頭は外洋の航路に出たのは初めてで、たった一つの磁石を頼りに、海図も持たずに出航したのである。何とも乱暴な話であった。現在、船頭が持っている海図は、日本人の持っていた陸地測量部の地図を借りたもので、正式の海図ではなかった。そんなわけだから、船頭にも島の名がはっきりわからず、地図と首っ引きで調べたり、行き合う他の船に尋ねたりしている始末であった。だが、「案ずるより生むが易し」と言うべきか、見事難関を乗り切って、今は甲板に出て歌を歌うほどの余裕が出てきた。日本人たちも加わって、夕闇の迫る波の上を歌声が静かに流れて行った。

長山串は、もう遥かに後方に去った。どこからか、ポンポン船の音が聞こえて来た。見ると、二艘の小舟がロープを繋いで走っていた。二艘とも帆を揚げていたが、前の船にはエンジンがあって、後の舟を曳いているのであった。小舟は我々の舟の前を横切って、小青島と大青島の間のあたりを走って行く。右手に小青島、そして大青島はそれより後方にある。船は予定の大青島を過ぎて、前方に広がる瓮津の沖に投錨した。

この一日は、実に気持の良い航海であった。三十八度線も、知らぬ間に越えてしまった。地図上の線であるから、どこが三十八度線か、景色を眺めていてもわからない。順風に乗って、一路三十海里以上を走ったのである。

もう日が暮れて、西の空がかすかに黄色く光っていた。前方には、黒々と連なる瓮津郡の山々、後方には、白翎、大青、小青の島々が、遥かに遠く並んでいる。船は波のまにまに揺れている。もう南浦港の警備区域を抜け出したが、この先には黄海道海州《かいしゅう》（ヘジュ）の警備船が出没するとも言われていたので、油断はできなかった。海州は北朝鮮側である。この辺の島々は南側に入るが、南側にも途中の島々に関門があると予想される。その晩もポンポン船が一隻近所を通過して、一同肝を冷やしたのであった。

第七日（四月二十五日）

ついに発見される！

四月二十五日、船は、朝暗いうちに出帆した。一眠りして甲板に出ると、今昇ったばかりの朝日が真赤に輝き、海面は黄金色に、朱に、緋色に、紅に光り輝く。まるで溶けた黄金の海を行くようだ。甲板には、大勢の人々が集まっていた。

その時、誰からともなく、一同の間にざわめきが起こった。

「シャチだ！」

「イルカだ、イルカ！」

「いや、アザラシだよ！」

見ると、小波の海上に、ぽっかり、ぽっかり、相当大きな海獣らしいものの背中が浮かび上がっていた。ぷかぷかと時々浮き上がりながら、船の周囲をのんきに泳ぎ廻っている。結局、その正体が何であるか、結論は出なかった。とにかく、こんなことに大騒ぎをしているとは、平和なものである。ところが、それからしばらくして、かなり大きな船が来るのに出会った。漁船らしかったが、その船から六十トンの船の人々に警告がもたらされた模様であった。

「おーい」と、六十トンの船のほうから声がかかった。「金山浦組の船は、龍胡島《りゅうことう》でつかまっているらしいから、外へ出ないようにしてくれ！」

先ほどののんびりした気分は一気に吹き飛んで、ピーンと緊張した空気が張りつめた。甲板に出ていた人々は大あわてで船室に飛び込んで行った。幹部たちもいらいらして、ぐずぐずしている子供たちを叱りつけたり、天幕の屋根に干してあった色とりどりの洗濯物を取り込ませたりしていた。毛勝先生をはじめ、首脳者の一部だけが甲板に出て様子を見張り、それ以外の日本人たちは薄暗い船室でじっと息を殺して静まり返っていた。波はおだやかで風も弱く、船はあまり揺れていなかった。

「ポンポン船が来たぞ」と、甲板から小声で叫ぶのが聞こえた。赤ん坊や小さい子供をかかえた母親は、泣く子をなだめるのに一生懸命であった。息詰まる沈黙が続いた。しばらくしてポンポン船の音は遠ざかって行った。いま、龍胡島のそばを通り抜けている様子で、甲板で監視している人から、刻々情報が伝えられて来た。

「家が見える」「あ、漁業組合だ」「帆船も二、三隻いる」

そんな何でもない情報でも、我々は、全身を耳にして、息苦しい思いで聞いていた。船の中は蒸し暑く、もやもやした気分であった。食糧の握り飯が腐ってしまった。そのうちに、またしてもポンポン船の音が後方から聞こえて来た。煙のにおいが船室まで漂って来た。かなり近くに来ているらしい。やがて音は遠ざかって行ったが、船のエンジンの音は我々の神経をすり減らした。ポンポン船が行ってしまったかと思うと、今度はあちこちで子供の泣き声が起こった。誰かが泣き出すと、つられて別の子も泣き出すのだ。母親たちはやっきになってなだめている。

甲板で船頭たちの話し声がして、どうやら大丈夫らしいという空気が伝わって来た。だが、不安な落ち着かない気分は、依然として晴れない。船はほとんど揺れず、天幕の破れ目からは日がさし込んで来た。空は晴れているらしい。そこへ、船頭が一人入って来て京畿道《けいきどう》の地図を借りて行った。黄海道を離れて、南側の京畿道の範囲に入って来たのであろう。

船室に吊り下げられた灯油のびんが揺れ、室内に後方から風が入って来た。船はたびたび方向を変えながら進んで行く。緊張感はやや和らいでいたが、やはり不安なので、私はともの出入り口のところに行って外をのぞいて見た。船は島と島との間を通り抜けていた。海峡のようなところである。龍胡島ともう一つの島の間を通っているのであろう。私は、また自分の場所に戻って、寝転んだ。ほとんどの人が寝ている様子であった。

それから間もなくだった。甲板が急に騒がしくなった。聞きなれない人声がして、何か殺気立った空気が感じられた。警備船でも来たのであろうか？　ガラガラと音がして、錨が降ろされた。帆も降ろされた。甲板をガタガタと踏み鳴らす靴音が聞えて来た。

ピリピリピリピリ……

けたたましい呼子の笛が鳴らされた。

――しまった！　見つかった！――

電気にでも打たれたように、頭のてっぺんから、足の先まで、しびれるような感覚が走った。一同は、しんと静まり返っていた。何とも言えないいやな一瞬であった。私たちは、必死の思いで、甲板の話し声に耳を傾けた。

「会長は誰ですか？」

「私です」と、毛勝先生が答える。

「どこから来ましたか？」

「黄海道殷栗です」

「何か、こちらへ来てもよいという証明書でも持っていますか？」

「はあ、日本人会長の証明があります」

「それだけですか？　何か保安署や人民委員会の証明なんかありませんか？」

「はい、この証明は保安署で私が日本人会長だということを証明したものですから、保安署でも日本への帰還は認めているわけです」

「だけどもね、それは、帰還してもいいという証明じゃあないね」

「うん、いや、それでも、これが、日本人会を認めたものですから……」

老練な毛勝先生も、おそらく冷や汗をかいていたことであろう。何とか言い抜けようと、四苦八苦の様子であった。だが、この分では毛勝先生の旗色は良くない。船の中では、みんな息のつまるような思いで、身を固くして成り行きを案じていた。

相手は京畿道の警官らしかった。甲板には毛勝先生の外に日本人会の幹部たちが何人かいて、小声で何か話していた。もちろん副会長の父もその中の一人であった。話し声が小さくなって、誰が何を言っているのかわからなくなった。しばらくそんな状態が続いて、我々は一体どうなることかと、気を揉んでいた。そのうちに先ほどの警官の声が大きく聞こえて来た。どうやら話し合いがついた様子だった。

「京城ですか、仁川《じんせん》（インチョン）ですか？」

「京城です」

「武器なんか持ってないね」

「はあ、持っていません」

穏やかな話し合いになったので、船中の人々も愁眉を開いた感じであった。

ところが、またまた妙な空気になって来た。

「あんたは以前、何をしていましたか？ ……内務課長？ あなたはね、自分たちの今までしたことを、どう思っている？」

槍玉に上げられたのは、もと内務課長の大西さんであった。内務課長は郡庁の役人であるが、郡庁の長官は郡守《ぐんしゅ》で、朝鮮人が選ばれていた。それは形の上では朝鮮人の自治を認めたようなふうになっていたが、内務課長は必ず日本人の役人で、いわば郡庁の「大目付」であった。それだけに強い権限を握っており、植民地政策に重要な役割を果たしていたから、朝鮮人に憎まれた人も多かったであろう。以前殷栗に在職していた別の内務課長は非常に背の低い人で、そのことにコンプレックスを感じていたらしく、ある時、私の父と二人で出張先で同宿した際、体は小さくても誰にも負けなかったという自慢話を一晩中話していたという。郡庁内の朝鮮人だけでなく、同じ町に住む日本人に対しても威厳を保たねばならないという緊張感は、時に人間性を歪めてしまうこともあったようだ。その人の息子までが、学校で「いじめ」によって自分の優位性を示そうとするようになった。

大西さんは、背の高い方で、温和な感じの人であった。殷栗抑留中にも、私には、この人が、なんらかの意味で話題の中心になったという記憶がない。表面に出ることをあまり好まない性格だったのかもしれない。警官に問い詰められた大西さんは、返事につまっていた。だが警官のほうも、あくまで追及するという様子ではなく、自分の言いたいことを言って適当に切り上げたので、大西さんもどうにか助かった。話が進むにつれて、警官が毛勝先生の昔の教え子だったことがわかり、雰囲気はずっと穏やかになった。

船室に閉じこもっていた私たちは、一喜一憂で交渉の成り行きを案じていたが、どうにか大丈夫らしいという感じがして、一安心であった。そこへ突然、船尾の出入り口から一人の警官が入って来たので、みんなびっくりした。警官は、しかし、にこにこして船室を眺め廻し、「誰か京都方面に帰る人はありませんか。この手紙を頼みたいんですがね……」と言って、一通の手紙を差し出した。誰かがそれを預かって、警官は外に出て行った。

ところで、こちらでは「警察」という名称がそのまま使われていた。警官の服装も日本統治時代のものと変わっていなかった。ここは、黄海道瓮津郡の巡威島《じゅんいとう》（スンウィド）という島であるが、三十八度線以南なので、京畿道の警察の管理区域になっているのだということであった。前に出会った船の警告によって、龍胡島を避けて裏側を通ったら、今度はそちら側の巡威島の警備に引っかかったというわけである。一応、友好的な雰囲気になったと思っていたら、そこへ別の警官がやって来て、今度は別の人をつかまえて、以前の職業のことから文句をつけ始めた。

「我々朝鮮民族は、日本のために四十年間、血をしぼられたんじゃないか。それを何と考える」

答えるほうは、しどろもどろであった。しかし、それもそのうちに収まって穏やかになった。警官たちもみんな、一言は言っておかないと気がすまないのであろう。日本人会の首脳部は、相談の上、ここの警察に千円の寄付をした。警官も現金なもので、北朝鮮の様子をいろいろ聞いたり、「千円あれば、一升二百円の焼酎でも五升買えます。五升あったら、ずいぶん飲めますよ」などと言い出す始末であった。

私も安心して甲板に出て見ると、ちょうど警官がボートに乗って戻って行くところであった。六十トンの船が並んで泊まっていて、青陽島出航以来、初めて行き来ができる状態になっていた。船室の中の人々も、安心して、ぞろぞろと甲板に上がって来た。へさきに立って見ると、すぐ近くに巡威島が見え、警察署やその他いろいろな建物が見えた。船も何隻か泊まっていた。この島には三つの部落があるということであった。今見えているのが中心地であろう。

船の飲料水が不足していたので、四、五人の若い男たちが、伝馬船を漕いで、島へ水と酒を買いに行った。ところがその舟がなかなか戻って来なかった。船にいる我々としては、こんなところに長く碇泊しているのはいやだったので、次第にいらいらして来た。

「島に行って、いい気になって、飲んでいるんじゃないか」などと、悪口を言う人もあった。だが、別にそんなわけではなく、買い物をしたり、運んだりするのに手間取っただけであった。待つ身になると、気が短くなるものである。

午後、船は出帆した。空は曇って来た。風が弱いので船足は速くないが、夕方には黄海道延白郡《えんぱくぐん》の延平島《えんぺいとう》（ヨンピョンド）沖に着いた。この辺はグチの漁場として知られていて、付近一帯には大小さまざまの島や岩が海面に突出していた。とがったものや丸いものなどいろいろな形があったので、「あれは延平島か、これは金平糖か」などと冗談も出る雰囲気になった。今夜はここに投錨することになった。

第29章　鈍る船足

第八日（四月二十六日）

おだやかな航海

翌朝早く、パラパラと雨が降ったが、すぐに止んだ。甲板には大勢の人が集まっていた。濁った海は実に静かで、まるで池の上を進んでいるようだった。後のほうから船のエンジンの音がして来た。見ると、小型の発動機船が一隻の帆船を曳いて走って来る。船頭たちは、「十四号か、十五号か」などと話していた。十四号、十五号というのは警備船の番号のことらしかった。だが、近づいて来た船には、B―78と記されていて、曳かれて行く帆船には板の屋根があってむしろがかぶせてあった。人が乗っていたが、その船の上は静かだった。あの船に乗っているのは、服装からみて脱出の日本人らしいと、みんなが話し合っていた。私は半信半疑だったが、結局真偽のほどはわからなかった。

延平島を過ぎて、もう一つの島が近づいた。リュウバイ島という島だということであった。その名は日本流の音読みだが、どんな字を書くのかわからなかった。いま、グチの漁期だということで、たくさんの漁船が出ていた。ほとんど無風状態になったので、海面には小じわのような漣が立っているだけで、遠くを見れば鏡のようになめらかであった。船の速度は遅かったが、それでも少し揺れていた。空はいつしか晴れて、雲一つない青空が広がっていた。出航してから一番おだやかな航海であった。うららかな春の日に照らされて、黄海の水はカーキ色に濁っていた。後からついて来る六十トンの船の影が水面に映って、ゆらゆらと揺れていた。緊張も緩んで、眠ってしまいたいような静けさであった。へさきでは、三人の船頭が伝馬船を引き上げて舟底の穴をふさいでいた。空を飛行機が飛んで行った。殷栗にいた時は全く飛行機の姿も見なかったので、非常に珍しく思われた。

この日は全く単調な一日であった。風が弱かったので船足は遅かったが、それでも地図上で見るとかなりの距離を進んだようであった。その夜、船が停泊したのは京畿道江華郡西島面に所属する島の沖合いと推定される。

第九日（四月二十七日）

まだ日の出ない海の上で、六十トンの船は帆を揚げていた。どうも航路を間違えたらしいというのである。六十トンの船は、様子を見るために、少し先にでかけてみるということであった。甲板では、船頭たちが地図を広げて、まわりの島々と見比べていた。

「あの島がこれらしい」「この島がこれだ」「だから船はこの辺にいるのだ」などと話し合っている。覗きこんで見ると、どうやら仁川航路に迷い込んだらしかった。我々は京城の近くを流れる漢江《かんこう》（ハンガン）に入る予定であるが、河口近くで、漢江と臨津江《りんしんこう》（イムジンガン）との二つの川が合流していて、その辺りには島も多く、川への入り口がわかりにくいのであった。我々は正しい航路よりも南のほうに下って来て、仁川の方向にそれてしまったらしい。

我々の船も出帆したが、船頭たちはまだ地図と首っ引きで、ここをこう行けば漢江に出られるが、暗礁が多くて危険だ、などと議論していた。そこへ一艘の小舟が近づいて来て、何やら朝鮮語でどなった。どこから来たかと尋ねられたらしく、船頭は「黄海道殷栗（ホァンヘド・ウンユル）よー」と答えていた。すると、向こうからも叫び声が聞えて来て、「金山浦の日本人の船に昨日出会った。今日は京城に着くだろう」という知らせがあった。

そのうちに、錨を下ろす音が聞こえて来た。出て見ると、船は河口に入っているらしく、水の色は泥水のように濁っていた。周りじゅうを山に囲まれているような感じであった。風が弱過ぎるので、川の流れに逆らって進むことができないらしい。川の水が流れているので、それを眺めていると、逆に船が前進しているように見える。投錨しないと船は流されて逆行してしまうのである。しばらく待って、潮の流れが変わるのを待つしかないのだろう。

空には、絹雲、絹積雲、絹層雲などが方々に見られたが、大体は晴れている。みんな退屈して、甲板に出ている人が多かった。難関を越えて緊張が取れたので、へさきの甲板に出て花札をしている人々があった。昨日から時々やっていて、船頭もときには仲間に入ったりしていた。船頭の釜を借りてさつまいもをふかしている人もいた。六十トンの船は先に行ったまま姿も見えなかった。

しばらくたって船は前進を始めた。河口付近では潮の満ち干によって川の流れが変わるので、潮が満ちて来る時には水は川の上流に向かって流れる。船はかなりの速さで進んでおり、両岸には村や町や畑や山などの平和な光景が展開されていた。

右側は江華島《こうかとう》（カンファド）、左側は京畿道開豊郡《かいほうぐん》であった。川幅はかなり広く、どちらの陸地の光景もかなり離れていた。風も追い風になって、船は順調に走り出していた。砂丘や松林、海岸の奇岩怪石、遠くかすんだ山々、近くに見える部落、トタンぶきの倉庫や、港に碇泊する帆船、新緑の丘に草を食む牛の群れ、真白に咲きほこるアンズの花、みんな小さく、箱庭かおもちゃのように見える。そうした平凡な、何の変哲もない光景が、無性に懐かしく感じられた。あそこでは一体どんな生活が営まれているのか？我々とは全く関係のない無縁の世界だからこそ、一巻の絵巻物を眺めるような心安さで、我々の心を和ませてくれるのであろう。

戦争が激しくなってからというもの、我々は心のゆとりを失っていた。この船旅も緊張の連続であったが、ここへ来て、束の間の平和に心を休めることができた。左右の移り行く光景を眺めながら、のどかな春の日差しを浴びて、私ものんびりと時を過ごしていた。船頭もすっかり気を緩めて、花札に興じていた。もう、昼をかなり過ぎていた。

浅瀬に乗り上げる

突然、ガクン、という衝撃があって、船が止まった。どうしたのかと思ったら、船が川の浅瀬に乗り上げてしまったのであった。船頭もあわてて、竿などを出して突いてみたが、船はもう全く動かなかった。前の船に追いつかなければならないというのに、とんだへまをやらかしたものである。思わぬ出来事に、みんな唖然としてしまった。誰にもどうすることもできず、ただ時の経つのを待つほかなかった。やがて、だんだん潮が引いて来た。潮が引いてからよく眺めると、ここは川のほぼ真中で、川の水は両岸の岸辺に近いところを流れている。船のまわり数百メートルは大きな中洲になっていて、今はまるで砂丘のようである。そして我々の船は、その砂丘のてっぺんに乗っているのであった。何ともばかばかしいことだが、笑い話にもならない。

黒っぽい細かな砂に、波の模様がそのままに残っている。誰かが「ハマグリ取りに行かないか」と言い出した。目的地が近づいているので、それほど切迫感はなかった。青陽島のことを思い出して、子供たちも勢いよく甲板から砂に飛び降りたり、綱を伝わったり、船の舵を伝わったりして中洲の砂の上に降り、方々を探したが、ハマグリどころかカニ一匹も見当たらなかった。みんな気勢をそがれて、がっかりして船に戻って来た。もう、夕刻なので満潮は夜になるであろう。それまで待たなければならない。

ごうごうと爆音を響かせて、飛行機が上空を飛んだ。アメリカ軍のマークが翼に真新しく描かれていた。岸辺の水の流れに乗って茶色の帆を張った小舟が走り、「おーい、米国機見たかー」という日本語の叫び声が聞こえた。朝鮮人の子供が乗っているらしい。

出航の時に用意した握り飯はもう、食べたり腐ったりしてなくなってしまったし、非常食の米の粉やサツマイモの切り干しは食い飽きてしまったので、船頭の釜を借りて、交代で飯を炊いた。川の水は濁っているが、バケツに汲んでしばらく置くと泥が沈んで澄んでくるので、それを使って御飯を炊いた。水は貴重品である。残りの米も少なくなった。こんなところで、あまりぐずぐずしているわけにはいかない。

やがて日がとっぷりと暮れて、闇のとばりが下り、夜が更けて行った。潮が満ちて来た様子で、しきりに波の音がする。船は少しずつ傾き始めた。船尾が少し浮き上がったのである。そこで、船首を浮き上がらせるため、船首の方にいた人々を後甲板のほうに移動させた。

「早くしろ！　早く、早く！」

怒気を含んだ声が飛び交い、船内は大混乱で、がたがたと床を踏み鳴らす音が船室中に響き渡った。こうして船の重心を移して浮き上がらせる努力が続けられたが、どうしても、船は完全に浮き上がらなかっ

た。昼の満潮に比べて、潮位が低かったようだ。長時間にわたる努力の甲斐もなく、潮はまた引いて行ってしまった。明日の満潮を待たなければならない。みんながっかりしてしまった。連れの六十トンの船はもうずっと先に行ってしまったであろう。

「船頭が花札などして遊んでいたからいけないんだ」と、鬱憤をぶちまける人もあった。だが、いまさらどうにもならない。潮の満ち干の激しい海を航海していると、自然に潮汐についての知識も得られる。我々が殷栗を出発したのは、満月を少し過ぎた頃で、まだ大潮の頃だった。月は晴れた夜には明るく輝いていた。今はもう下弦を過ぎて、真夜中を過ぎてから昇って来る。まだ小潮の時期だから、潮差は小さい頃である。それでも黄海は干満の差が激しく、こういったハプニングも起こるのである。これから潮差は大きくなっていくので、このまま出られないというはずはないが、明日の満潮に出られたとしても、まるまる一日無駄をしたことになる。

理論上は、満月と新月の時が大潮になり、その中間が小潮になる。また、起潮力が最大になる瞬間は、月が南中する時刻と、南中から次の南中までの中間の時刻である。すなわち一日に二回満潮があることになるが、月の南中の時刻は一日に一時間余りずつ遅れるので、一日に一回しかないこともあり得る。実際には海水が動くのに時間がかかるので、満潮の時刻は月の南中より何時間も遅くなることが多い。潮差の大きい海では、満潮というのは、定期的に起こる巨大な津波に似ている。潮の進む速度は遠浅の海ほど遅くなる。場合によっては月の南中から十時間以上も遅れることもある。満潮の時刻は地理的な条件によって著しく変わるので、実際に観測して予測するほかはない。一般的に言えるのは、満潮は大体において一日に二回ずつあり、その時刻は同じ地点では一日に一時間くらい遅れていくということである。

夜半を過ぎて東の空に昇った細い月は、おぼろにかすんで、かさをかぶっていた。明日は昼頃にならなければ動けないのだから、早起きをする必要はない。うらめしい月を眺めて、私も船室に戻り、眠りについた。

第十日（四月二十八日）

船では飲料水が不足していたので、数人の者が水を仕入れに行った。遠くのほうに流されて砂の上に乗り上げていた伝馬船をかついで来て、中洲から対岸に漕いで行ったのであった。金山浦を出る時、四斗樽に一杯と、船に備え付けの一石入りの水槽に水を満たして、途中でも汲み足したのだが、もうすっかり底をついて、底に残ったごみだらけの水を、そっと上澄みをすくって飲むという有様であった。各家族で持って来た水筒やびんなどもみな空っぽになっていた。伝馬船は、各家族から預かった水筒や一升瓶、ビールびんなどと、船から下ろした桶と樽を積んで出かけて行った。

昼頃になって、ようやく潮が差し始めた。見渡す限りの砂原は、たちまちのうちに踊り狂う水波に覆われていく。見る間に川じゅうが濁流でいっぱいになった。空はきれいに晴れて、薄くたなびく春霞のほかに、目をさえぎるものは何もない。

「浮いた！　浮いたぞ！」

歓喜の叫びが上がった。するすると二つの帆が上がると、船は心地よい微風を受けて、ゆるやかに動き出した。二十四時間ひっかかっていた恨みの浅瀬を後にして、船は静かに進んで行った。そこへ水を取りに行った伝馬船が折りよく帰って来て、ギッチラ、ギッチラと櫓を漕いで左右に揺れながら近寄って来た。船側に横付けになると、桶二つ、樽一つ、一升びん二本と、その他、水筒や御飯むしなどにいっぱいの水を持ち上げた。そのほかに、野菜として食べられる野草とネギ、藁に包んだ卵一さげと、醤油、それに薪を三、四束買って来た。

クリーム色に濁った川を、船はゆっくりと遡って行った。汲んで来た水はそれぞれの人に分配された。船が浅瀬に乗り上げていた時、通りかかった漁船から買ったエビやカニの塩漬けを子供にたべさせている人もいた。船の動きが遅いので、船頭の一人が大きな櫓を漕ぎ出した。何か知らぬ朝鮮語の歌を歌いながら、調子を合わせて漕いでいる。陸地にはなだらかな丘が続き、人家や茶色の朝鮮牛や農作業をしている人々などが、豆粒のように小さく見える。この辺では川もよごれていて、泡のかたまりや、いろいろな浮遊物が水面を流れて行った。あたりには帆船も多く見られ、だんだん都会に近づいている感じがした。

誰かが「タクシーが通った」と、大事件でもあるかのように報告した。金山浦を出たのがもう遠い昔のような気がした。やがて日は地平線に近づき、いくらか風が出て、船は少し速くなった。カモの群れが前方から飛んできて、船のすぐわきを過ぎて行った。岸辺の土手には芝が生え、土手の上は麦畑であった。

酒に酔った五人ばかりの青年が船を漕いで通り過ぎた。さまざまな船が通る。通りがかりの船から、いろいろな声がかかる。みんな「どこから来たか」ときいているらしく、そのたびに船頭は、「黄海道殷栗よー」と答えていた。こうした船から情報が入り、金山浦組の船二隻は京城に着いたということがわかった。連れの六十トンの船について尋ねると、そんな船には出会わなかったという返事だった。不審なことだが、多分、見落としたのだろうと判断した。暗くなって、船は碇泊した。明日には京城に着けるのではないかと、私は思った。

第十一日（四月二十九日）

最後の酒宴

明けて四月二十九日、船はまだ薄暗いうちに、やや弱い向かい風の中を出発した。朝早く、私たち一家と三宅先生一家とで、船頭の釜を借りて御飯を炊いた。明け方のさわやかな空気の中で、前甲板に集まって食事をした。気分は壮快だった。やがて、金色に輝く朝日が昇った。

その頃、船は錨を下ろして止った。どうしたのかと思うと、通りがかりの船から、「先に行った日本人の船は麻浦《まほ》の港で、船も人間も、皆つかまってしまった」という情報が入ったというのである。一同はあわてて船室にもぐりこんで息をひそめた。時々、機関車の汽笛の音が聞こえる。近くに駅でもあるのだろうか。一体どうなっているのか状況がわからず、不安な空気に包まれた。

そこへ別の船が通りかかった。船頭はその船の人に問い掛けていた。相手の返事は、「そんなことはない、大丈夫だ」ということであった。何が本当なのかわからず、一喜一憂していたが、今は我々よりも船頭のほうが神経質になっていた。我々はどうなろうと、もう京城で降りるしかない。裸にして調べるなどというやなうわさもあったが、とにかく南にたどりつけば、日本に帰ることはできるだろうと誰もが考えていた。だが船頭たちとしては、ここでつかまって金山浦に戻ることができなくなったら、一大事である。神経質になるのも無理はなかった。

そのうちに、見知らぬ船が一隻近づいて来て、我々の船のそばに停泊した。二本帆柱の船で、我々の船の後ろにくっつくように止まり、乗員がこちらの船に乗り移って来た。何かと思うと、我々日本人に宿所を世話するという話であった。毛勝先生や父など日本人の幹部たちが会って話したが、これからどうしたらよいかわからないので、そんな話に乗るわけにはいかなかった。結局、物別れになってその船は去って行ったが、我々はますますわけがわからなくなった。

船頭たちは思い惑い、我々も少し不安で、しかも風向きが良くないので、船は一向に進まなかった。この沈滞した空気を吹き飛ばそうというので、数人の人々が伝馬船に乗って岸辺に渡り、買い物をして来た。船を漕ぐのは船頭で、買い物も近所の農家や田舎の店などでするので、船頭が朝鮮語で掛け合うのである。日本人がついて行っても、ただ荷物を運ぶだけであった。大多数の日本人は朝鮮語が話せない。一方、船頭たちは日本語ができないから、船頭との交渉ができるのは私の父や毛勝先生、山縣さんなど、ごく一部の人に限られていたのである。農家の人や田舎の商店の人が、北朝鮮から来た日本人や船の船頭が警察でどんな取り扱いを受けるか、知っているはずもない。通りかかりの船からの情報も、どの程度信用できるか見当がつかなかった。とにかく酒でも飲んで気分転換をしようと、タッペキ（濁り酒）やホウレンソウ、魚などを仕入れて来て、みんなで料理を作った。料理と言っても簡単なもので、ホウレンソウと魚の醤油煮であった。

大人たちは、男も女もみんな集まって、碇泊した船の上で酒宴を始めた。私は船の先端にふとんを持ち出して寝転がり、酒宴を眺めたり空や景色を眺めていた。よく飛行機が飛ぶ。二本の胴体を持つ奇妙な形の飛行機が飛んでいた。アメリカ空軍の輸送機である。汽笛の音も頻繁に聞こえ、京城の街も近いという感触を与えた。酒宴もたけなわとなり、酔いが廻って来るにつれて、にぎやかになった。歌を歌ったり、手をたたいたり、船内で唯一の楽器である、西さんのハーモニカの演奏も始まった。話し声も活発になり、陽気な笑い声も聞こえてきた。そのうちに工藤夫人の踊りが始まった。「松づくし」であった。工藤夫人は昔、水商売をしていたことがあるということで、踊りも素人離れしていた。工藤署長もなかなかの粋人であったと見える。だが、その工藤署長は病死したということだった。

引き揚げ途中のひとときに、憂さを忘れた漢江の酒宴も、夕闇とともに消えて行った。

第30章　上　陸

第十二日（四月三十日）

偵察隊

朝早く、船は、竿で水深を測りながら進んでいた。先日の浅瀬乗り上げに懲りたのであろう。とにかく進んでみようということで、漢江を遡行して行ったのだが、しばらくして、行き逢う船から、連れの六十トンの船が麻浦の港でつかまってしまったらしいという情報が、しきりに伝わって来た。そこで、とうという船を停めて、相談が始まった。昼過ぎになって、もう麻浦の港のすぐ近くまで来ていたが、船頭も我々もだんだん心配になって、協議することになったのである。その結果、四人で伝馬船に乗って偵察に行くということになった。四人のうち二人は船頭で、他の二人は日本人が行くということになった。若手の西さんと若生先生が選ばれた。

一同は船室の中に隠れて、目立たないような大人が数人、外に出て見張ることになった。昨日の酒宴で浮かれていた人々も、今日は緊張して、深刻な顔をしていた。時間のたつのが非常に遅く感じられた。

三十分もたったかと思う頃、二人の船頭だけが帰って来た。待ちくたびれていた我々は、どうだったかと胸をときめかせて尋ねたが、結局、何もわからないという返事にがっかりしてしまった。あとの二人を待つしかなかった。

またしばらくして、左の川岸に人影が現われた。西さんらしい。岸と船の間で問答が始まったが、遠いので、何を言っているのか、さっぱりわからなかった。そこで、伝馬船を出して迎えに行くことになった。西さんが戻って来ると、みんな、われがちに押し寄せて話を聞こうとしたので、ちょっとした混乱が起こった。白土さんや大西さんなど幹部級の人たちがみんなを制して、順序立てて西さんの話を聞くようにした。要約すると、次のような報告であった。

「行ってみると、連れの船は港に着いていて、警官が船のそばに来ていた。岸では四、五十人の朝鮮人が珍しそうに見物している模様だった。私はかくれて様子を見ていたが、向こうは気がつかなかったようだ。若生先生とは離れ離れになってしまい、船頭は先に逃げ帰った様子なので、とりあえず引き返して報告しようと、戻って来た」

この報告には、みんな不満だった。船が着いて警官がやって来たということはわかるが、船や日本人がどういうことになるのか、肝心の点が全くわからない。若生先生を期待して、みんな、さらにしばらくの間、待っていた。

ようやく若生先生が戻って来て報告があった。最初の部分は西さんの報告と同じだが、さらに、次のような追加があった。

「私が近づいて行き、百メートル前後まで接近すると、相手も気がついて、手真似で合図をしてよこした。『近寄るな、向こうへ行け』という合図と解釈して、引き返した。町を通って来たが、町では餅や野菜なども売っていた」

この報告を聞いて、みんな不安になった。何か悪いことでもあるのだろうか。しばらくの間、議論が続き、いろいろな意見が出された。

「手真似の合図では、よくわからないよ。本当に『向こうへ行け』と言ったんですか？　もっと近くへ行って、声をかけたほうがよかったんじゃないの？」

「向こうの船の人も気がきかないよ。手紙でも書いて投げてよこすとか何とか、方法があったろうに……」

「船では心配して待ってるのに、餅だのすしだの買って来るなんて、非常識だ」と、手土産に餅やすしなどを買って帰った若生先生を非難する人もあった。みんな、気が立っていた。

「いや、現場には警官がいたんだから、うっかり近づけませんよ。もし、怪しまれて、全員に迷惑をかける結果になったら、どうしますか？」

「どうせ、巡威島のような、武器の検査だったんじゃないの？」

「いや、そう楽観的にはなれませんよ。日本人の代表が警察に引っ張られて、船からは誰も下りてはいないんですからね」

「そんなことが、どうしてわかりますか？」

「でも、若生先生の報告からすると、そうとしか考えられないでしょう」

話し合いは容易にまとまらなかった。混乱の原因は偵察の結果があいまいだったためだが、他にも理由があった。一つは、南朝鮮に来ればもう大丈夫だと考える人と、警察につかまってなんらかの処分を受けるのではないかと恐れる人があったことだ。日本では中学以上の学校を無くしてしまったとか、南では全員を裸にして取り調べるとか、いろいろなうわさがあって、アメリカ軍に対する警戒心が強かった。一方、巡威島の警察の対応から見て、南側の警察やアメリカ軍が日本人に危害を加えるようなことはあるまいと判断する人も多かった。

もう一つは、船頭たちのことをどう考えるかであった。日本人はここで上陸するほかないし、上陸すれば警察に対して逃げ隠れするわけにはいかない。だが船頭たちは警察につかまったら、北朝鮮に帰れるかどうかわからない。いろいろと揉め事もあったが、とにかく我々を無事にここまで連れて来てくれたのだから、何とか無事に帰らせてやりたいという気持は、特に幹部の人たちには強かった。だが、大方の人は自分たちのことで頭がいっぱいで、船頭のことなど考える余裕がなかった。私自身もそういった状況であった。

船頭たちは、もう、戦々兢々としていたのである。だから、偵察に行っても、先に逃げ帰って来たような始末である。できることなら、今すぐにでも逃げ帰りたい気持であったろう。結局、日本人の幹部たちはそういった船頭たちの気持を察して、我々はここで船を降りて警察に届け出ようと提案し、一同もそれに賛成した。ここから麻浦港までは歩いて行ける距離だから、荷物を持って行くこともできるだろうと考えたのである。

ところが、いざ結論が出たという段階で、今度は船頭のほうから異議が出たのであった。

「もし、日本人がここで上陸して警察に届け出たら、この帆船で逃げ出しても、警備船に追いかけられたら、とうてい逃げきれるものではない。もういっぺん偵察に行って、大丈夫なようだったら、麻浦の港に船を着けることにしたい」

船頭がそう言うならばと、もう一度偵察を出すことにした。今度は船頭が一人で行くというので、我々は船で待つことにした。船頭も、ある程度、覚悟をきめた様子だった。しばらくして船頭が帰って来た。

日本人たちは、検査もすんで、無事に上陸できることになったという報告があった。警官たちも引き揚げてしまっていたので、連れの船の船頭に会って話を聞いたらしい。とにかく、船を出して麻浦港まで行くことになった。

麻浦港へ

いつの間にか、あたりはすっかり暗くなっていた。船は極めてゆっくりと進んでいた。日本人たちは船頭の報告を聞いてすっかり安心していた。しばらく晴れの日が続いていたが、この夜は空に密雲がたれこめて、湿った風が川面を渡り、帆もじっとりと濡れていた。パラパラと小粒の雨が通り過ぎ、霧雨が絹糸のカーテンのように一面を覆い、甲板も天幕も濡れてきた。そんな中でも、私は船べりに腰掛けて、岸辺の夜景を眺めていた。船旅もいよいよ終わりに近づくと、何か名残惜しい気持がしてくるのだった。三人娘も並んで腰を下ろし、歌を歌い始めた。いつかハーモニカの伴奏も入り、歌声が川面を流れて行った。永田さんは別の船に乗っていたが、その代わり、本田さんがこちらにいた。

街が近いと見えて、岸辺を走る車のヘッドライトがあわただしく行き来していた。街の灯も輝き、蒸気機関車の煙が走り、工事場のブルドーザーの音も聞こえてきた。我々はしばらく濡れながら甲板にがんばっていたが、風の吹くたびに雨足が強まり、かなり激しく降ってきたので、とうとう船室に避難した。だが船室もあまり変わりがなかった。

風に吹きつけられて、大粒の雨が天幕を鳴らし、船壁と天幕の隙間からじくじくと水がしみ出してきた。続いて天幕の継ぎ目からちょろちょろと水が流れ落ちる。船の中はだんだん騒がしくなり、寝ている子をたたき起こしたり、灯火をひっくり返したり、雨が激しくなるにつれて、騒ぎも大きくなってきた。ようやくのことで、棟木の下にリュックサックや包みを積み上げ、その上に叺をかぶせた。

雨漏りが激しいので、水受けの容器も、洗面器やブリキ缶では足りなくなり、食器から便器まで動員したが、それでもたちまちいっぱいになってしまうので、リレー式に手から手に渡して、入り口付近の人に捨ててもらった。せまいので、時々失敗して水をこぼすこともあった。唯一の灯火も、人がぶつかったり、風が吹き込んだりして、しばしば消えた。雨漏りの少ないところを見つけて叺を敷いて座っても、叺が水を吸って、着物までじっとりと濡れてくる。誰も彼も濡れ鼠だった。雨が強く降ってくると、天幕を通して細かい水滴が飛び散る。天幕の穴のない部分には水がたまり、いつこぼれ出すかもわからない状態で、油断がならなかった。便所に行くことができないので、携帯食料のアメの缶や、食器に使っていたものまで、便器の代用にしなければならなかった。

船はもう、麻浦の港に入っていた。夜になっていたので、このまま船中で一夜を過ごさねばならないのは辛かったが、旅の疲れがどっと出て、いつの間にか眠ってしまった。

第十三日（五月一日）

翌朝、雨はほぼ止んで、霧雨が少し降っているだけになった。四月二十二日に金山浦を出航して十日目である。甲板に出て見ると、初めて見る麻浦の港は川の岸に高い土手を築いただけの簡単な港であった。船から少し左に寄った土手の向こうに、大きな建物があるのが目立つだけで、桟橋も見当たらなかった。小学生の頃、語呂合わせで「アホ、マホ、エイトウホ」などと歌っていたのを思い出す。麻浦と永登浦は地名である。そのマホがここなのかと考えながら見回すと、泊まっている船の数は相当に多く、帆柱が林のように並んで、遠くまで続いていた。エンジン付きの船も混じっている。どの船も静まり返って、人のいる様子はない。川幅は広くて、対岸は遥か彼方に見える。川上のほうには長い鉄橋がかすんで見えた。

だんだんと人が起きてきて、甲板の上も狭くなってきた。すぐ隣に、連れの六十トンの船が並んで泊まっていた。私が甲板伝いに乗り移って見ると、そこには誰の姿も見えず、びしょびしょに濡れたふとんが前部船室に押し込んであり、中央の船室には濡れた叺が積み重ねてあるだけだった。日本人は上陸してしまったと思われるが、どこに行ったのか、船頭の姿も見えなかった。前部船室は、甲板の下なので、濡れていなかった。そこで私たちは、三宅先生たちと一緒に、この船室に入って朝食をすませた。

上陸地を目の前に控えていても、これからすぐに上陸してよいものか、上陸しても、どこへ行ったらよいのかわからないので、みんなそれぞれに食事をすませて、うろうろしていた。とにかく警察に届け出なければならないだろうなどと話し合っていると、突然、思いがけない知らせが入った。先に着いた船の船頭がどこからか姿を現わして、預かっていた手紙を届けてよこしたというのである。それは六十トン組の日本人からの手紙で、「龍山《りゅうざん》（京城の隣町）の三角寺に、夕飯の用意もしてあるから、着いたらすぐ派出所で検査を受けて、こちらに来るように。明日午後三時の汽車で出発することになっている」という文面であった。これは昨日書かれた手紙で、「明日」とあるのは、もう、今日のことである。我々が麻浦港に着いたのは夜ではあったが、それほど遅い時刻ではなかったし、派出所には夜でも警官が詰めているだろうから、昨夜のうちにこの手紙を渡してくれていたら、今ごろはもう寺にいたはずなのに……と、うらみがましく文句を言う人もあったが、いまさら怨みごとを言っても仕方がない。船頭にもそれなりの事情があったのであろう。

幹部の人々が、急いで派出所に駆けつけた。船の中は大混乱であった。乱雑に積み上げられた荷物の中から自分の荷物を見つけ出すのに一苦労であった。赤ん坊を背負った人は背中でギャアギャア泣いているのも忘れて、荷物の整理に大わらわだった。派出所に行った人々が戻って来て、検査は受けなくてよいから、すぐに上陸して、直接寺まで行けということであった。

上陸

いよいよ上陸である。船から土手際まで、幅の狭い板橋が二十度くらいの傾きで渡され、そこから高い土手を階段伝いに登らなければならなかった。小さな子供には登れないような、急な高い階段であった。土手の高さもずいぶん高かった。女世帯で、子供の多い人などは、困っていた。そこへ、どこからか運搬人が集まって来て、チゲ（背負子）に荷物を載せて運んでくれた。と言っても、土手を登るだけで何十円という高い金を取るのであった。それでも困っている人々は頼まないわけにはいかなかった。

寺に行く道を尋ねると、かなり遠いということなので、荷物を運ぶのはなかなか大変だと思っていると、荷馬車が何台も何台も集まって来て、「寺まで五百円ですよ」などと言う。我々は殷栗を出る時はタルグチを使い、金山浦からは船で来たので、引き揚げ者としてはかなり多くの荷物を持っていたのである。食糧はほとんど使い果たしていたが、着物などかなりの荷物を持って来ることができたのだ。陸路をとったのではとても荷物は運べなかったであろう。

結局、何家族か共同で一台の荷馬車を雇い、我々はほとんど手ぶらで歩いて行った。川端の土手は付近より一段と高くなっている。漢江は水が引

いて、方々に川底が現われている。この辺までも潮の満ち干の影響があるのだ。まだ空模様ははっきりとせず、霧雨が降ったり止んだりしている。通りを行くと、歩行者には、傘をさす人もささない人もいた。やがて街路にさしかかると、自動車がひっきりなしに走っていた。ジープやトラックや乗用車など、いろいろな車が走っていたが、そのほとんどはアメリカ軍の車で、歩いている兵隊は一人も見当たらなかった。私たちは北朝鮮との違いに目を見張った。

三角寺というお寺は、道から少し高く上ったところにあり、かなり大きな寺であった。私たちが着くと、先着の六十トン組の人たちが喜んで迎えに出て来て、荷物を運び上げてくれた。我々はてんでんばらばらに上陸したので、早く着く者も遅くなる者もあった。中には通りがかりのトラックに乗せてもらって来た人たちもあった。

「南鮮の人たちは親切ですね」

「何か物をもらいたくて乗せたんだろう」

「いや、いくらやろうといっても、受け取りませんでしたよ」

中には、間違って駅に行ってしまった人もいた。

本堂に入ると、先着の貞廣さんや永田さんなどもいて、急ににぎやかになった。一緒になって航海中の思い出話に花が咲いた。六十トン組の人々は、昨夜、雨の中をずぶぬれになって上陸したということで、どちらも同じような苦労をしたのだった。他に、見知らぬ人々の姿も見えた。あとでわかったことだが、京城に残留していてこれから帰国するという人が数人と、我々より少し遅れて到着した咸鏡北道の引き揚げ者八十六人が加わったのであった。

大きな本堂の前庭の片隅に、トタン張りの小屋があって、そこで炊事係の人々が大きな鍋で何かこしらえていた。寺の裏手はすぐ山になっていて、本堂の向かって左側には日本人世話会の事務所があり、その左にはトイレへの降り口があった。京城の日本人はほとんど引き揚げてしまっていて、日本人世話会の人々だけが残っているということであった。日本人世話会は、主として、北朝鮮から脱出して来る人々の世話をしているが、そろそろ資金が不足してきたというので、我々も少しずつ金を出し合って寄付をすることにした。

私が驚いたのは、どこに行っても商売人が多いということであった。本堂の入り口にも、食料品の売り屋が大勢陣取っていて、すし、餡入り餅、きなこ餅、あんパン、奈良漬け、さつまいもなど、競って売っていた。日本人も、殷栗では「釜山でみんな裸にして調べる」といううわさを聞いたり、こちらでは旧円封鎖の話を聞いたりしたので、余分な金は使ってしまおうという雰囲気があった。すしは、白米の海苔巻きで、かまぼこ、卵などが入っていて、一本五円だった。ひしゃげたような餡入り餅を、甘い、甘いと言って宣伝していたので、一つ二円でよく売れたが、食べてみると、ほとんど甘くなく、酸っぱいと言って突き返す人もあった。大きなあんパンは一個四円であった。物価が高いのにも驚かされた。

そのうちに日本人世話会の人が数人来て、これから先の旅のことや日本の様子、郵便貯金、銀行預金のことなどを説明した。朝鮮銀行券は日本では使えないが、日本銀行券ならば上陸地で一人千円まで新紙幣と交換してくれるということだった。そして手持ちの朝鮮銀行券と日本銀行券を取り替えてくれた。

昼頃になると食事が配られたが、それは麦や豆やきびなどを混ぜて作った雑炊のようなものだったので、有難かったけれども、先ほどすしや餅などを買い食いしたあとなので、とても腹に入らなかった。

昨日の六十トン組からの置手紙にあった通り、我々は午後三時に龍山駅から釜山にむけて列車で出発することになっていた。ここまで来ればもう大丈夫という感じだが、今までは、いろいろ心配したり急いだりで、我が身のことに精一杯であったから、我々が乗って来た船の船頭たちのことなどすっかり忘れていた。私も上陸の時に船頭に挨拶をした記憶がない。

船の手配については金山浦在住の日本人たちが当たっていたので、我々は船頭たちがどうやって集められたのかも知らなかった。船頭たちは、金山浦在住の日本人とは何か関係があったかもしれないが、殷栗の人々とは全く未知の間柄であった。だが、この航海を通じて苦楽を共にし、無事我々を目的地に送り届けてくれたのだから、日本人会の幹部としてはそれなりの配慮をしたものと思われる。父の話によれば、船は警察に押収されてしまったということである。我々はすぐに京城を去らねばならなかったので、日本人世話会の人に船頭たちが無事に北朝鮮に帰れるよう、警察と交渉してもらうことを依頼したという。

船頭たちがその後どうなったかは、知る由もない。当時、北朝鮮はソヴィエト、南朝鮮はアメリカを中心とする連合軍の占領下にあった。北朝鮮では戦後いち早く金日成氏を中心とする朝鮮人民委員会が発足したが、米軍はこれを認めず、李承晩氏を中心とする政権を支持していた。私たちは帰国の途中で、「李承晩博士歓迎」といった垂れ幕を見た。それから二年後の一九四八年には李承晩大統領の下で大韓民国が成立する。朝鮮民主主義人民共和国と大韓民国とは、ソ連とアメリカをそれぞれ後ろ盾として、われこそが南北朝鮮の統一政府であると互いに主張し、ついに一九五〇年、朝鮮戦争に突入する。

私たちが南側に脱出した時点ではまだ、戦争になるほどの緊張状態ではなかったが、米ソの対立はかなり深まり、朝鮮に南北統一政府ができる見通しはほとんどなくなっていた。南朝鮮（当時はまだ韓国は発足していない）では北朝鮮から脱出する日本人の受け容れ態勢は整っており、警察も当然それを公式に援助していたのである。巡威島の警察署もその方針に従っていたわけで、警官たちは我々をちょっと脅してみただけであった。我々が確かに脱出の日本人であって北朝鮮側の武力工作員などではないと確認し、船を通過させたわけである。

南朝鮮の警察が、日本人の脱出に使われた船やその船頭をどう取り扱ったかは、また別問題である。他にも多くの例があったはずであるから、なんらかの基本方針が決められていたと考えられる。押収された船がどうなったか、船頭たちはどうなったか、それはおそらく、その基本方針に従って処理されたに違いない。押収された船が返却され、船頭たちが北朝鮮に帰ってもよいという許可証が与えられれば、彼らは無事に帰ることができたであろう。だが、政治問題がからんでいるから、そう好都合に事が運んだかどうかはわからない。金山浦組の船は、多分、数日前に到着したと考えられ、やはり押収されたはずであるが、我々はその船を麻浦港では見かけなかった。船はたくさんあったから、遠くのほうに碇泊していたのかもしれない。来る途中では出会わなかったから、金山浦組の船は戻ってはいないはずである。

単なる憶測にすぎないが、当時の状況からみて、船頭の身柄まで拘束されたとは思えない。十分に取り調べを受けた後、なんらかの方法で、監視付きで送り還されたのではないかという気がする。いずれにせよ、振り返って見れば、我々は南側の情報があまりに少なくて苦労したが、もっとよく情報が通じていたら、いくら金を積んでも船頭は船を出さなかったかもしれない。

第31章　故国日本へ！

貨車で釜山へ

昼過ぎに、我々は歩いて龍山駅に行った。今度は荷馬車も来なかったので、みんな自分で荷物を担ぎ、ふうふう言いながら駅にたどり着いた。駅に着くと、特別乗車船証明書と、日本に着いたとき引揚証明書と引きかえられる証明書が渡された。次に、チフスの予防注射と天然痘の予防接種が行なわれた。長い行列を作って待つ間、びくびくしている子供や、いやがって泣く子供もいた。先に注射がすんで、「痛いぞう」などと人をおどかしている意地悪な子もいた。接種がすむと証明書が渡されたが、途中で種痘の薬がなくなって、残りは釜山《ふざん》（プサン）に着いてからすることになった。

我々の乗る列車は、客車ではなくて、有蓋貨車であった。板張りの車内を掃除して、叺を敷いて準備を整えた。八十トンの船に乗って来た者は第二号車両に乗ることになった。プラットフォームがないので、乗り込むのに苦労した。下まで荷物を運んで来て、上に乗った人がそれを引き上げた。私も、下で荷物を運んだり、上で引き上げたりして手伝った。人が乗り込むのも大変だった。女性や子供たちは手を引いてもらったり、抱き上げられたりして、ようやく乗り込んだ。座席がないので、めいめい勝手に自分の場所を取った。荷物はごちゃごちゃに積み込まれたので、自分の荷物を探すのに苦労した。

ちょうど三時頃、列車は大きく汽笛を響かせて発車した。南朝鮮の野では、木の芽も出揃い、ナシの花

が咲いていた。南北の気候の差もあるが、この十日あまりの間に風景は大きく変化していた。

列車が水原《すいげん》の駅に停車すると、売り子が大勢かけつけて来た。「オツァ、オツァ（お茶、お茶）」「するめー、するめ」などと、眼の色を変えて呼ばわっている。ゆで卵、茶、米おこし、飴、するめ、煙草、どぶろくなど、さまざまなものを売っていた。駅に着くたびに売り子が押しかけ、日本人たちもよく買っていた。ゆで卵やオコシなどが人気があった。中にはいんちきなものもあって、豆粒ほどの朝鮮アメをセロファン紙に包み、森永ミルクキャラメルの箱に九個ほど詰めて、十円で売っているのがあった。

困ったのは、便所がないことであった。貨車には鉄格子のはまった小さな窓が四つあるだけだったので、出入り口の扉を開けたままにしていたから、駅に停車すると急いで飛び降りて、線路の間などで用を足す人もいた。蒸気列車だったので、発車してから急いで飛び乗ることもできないではないが、もし置いて行かれたら大変である。別の機関車の汽笛に驚いて、あわてて飛び乗るなどという騒ぎもあった。

交通難のためか、朝鮮人の乗客が乗り込もうとすることがあった。朝鮮人の客を乗せてはいけないと言われていたので、よく説明して降りてもらった。

やがて暗くなったので、寝転んで、うとうとと眠ったり、目を醒ましたりしていた。ロウソクを点《つ》けても、戸口からの風に吹き消されてしまった。駅に着くとよく目が醒める。「万歳《マンセイ》、万歳」という叫び声が聞こえて来た。日本から帰還した朝鮮人が迎えられているのであった。釜山に着くのは明日の朝になる予定である。

第十四日（五月二日）

釜山の一日

朝早く、釜山駅に着いた。ここで降りるのか、次の釜山桟橋駅まで行くのか迷っていると、日本人世話会の人が来て、ここで降りるようにということだった。ここでも売り子が押しかけ、荷車屋が荷物の奪い合いをして、喧嘩になりそうな騒ぎだった。もと銀行だった建物が宿舎にあてられているというのでそこへ行ったが、荷車屋を頼む必要もない近所であった。建物は三階建てで、部屋もたくさんあった。我々が案内された二階の部屋は仕切りのない広い部屋で、そこを掃除して、わらぶとんの上にむしろを敷いて陣取った。

しばらくすると、日本人世話会の人が来て、説明があった。預金や貯金のこと、日本では荷物は駅に頼んで送ってもらえること、各種証明書についての説明、朝鮮銀行券と日本銀行券の両替屋がいるが、彼らと両替をすると処罰されるから決してしないこと。日本では現在、旧紙幣が新円に切り替えられて、旧円は証紙が貼ってないと通用しない。十円札に百円の証紙が貼ってあっても、百円札に十円の証紙が貼ってあっても、十円にしか通用しない。用心しないとだまされることがあるから注意すること。世話会で朝鮮銀行券を日本銀行券に換えることができる。日銀券に換えておけば、上陸地で、千円を限度として新円に換えてくれる。引き揚げ船は一週に一回ぐらい出航し、行き先は博多、仙崎、舞鶴などであるが、次の船がどこへ行くかはきまっていない。一行の中に伝染病の保菌者がいると、全員が足止めされてしばらく出航できない、などなどであった。

そのうちにどこからか、こそこそと両替屋が入って来た。子供もいた。世話係に見つかって追い出される者もいたが、中には日本人の風を装ってうまく商売していく者もあった。しかし、ほとんどの人が両替をしなかったので、あまり商売にならなかった。

一階には水道があって、子供たちは飲みたくもないのに水を飲んだり、水筒の水を何度も入れ替えたりしていた。水道が珍しかったのであろう。正面玄関の横に物売り屋がいて、すし、かまぼこ、はんぺん、さつまあげなどを売っていたが、日本人が外に出ようとしても出さず、また、外から来た朝鮮人の売り屋を中に入れず、場所を独占して、取り次ぎ販売をしていた。警備係が商売をしているのか、あるいは暴力団員でもあるのだろうか？　それでも、用事にかこつけて外に出て行く日本人もあった。金さえあれば、鯛でもマグロでも、菓子でも酒でも、何でも買える、海辺なので魚類やその加工品が多く、店にはあふれるほどに並んでいるということだった。

しばらくして、十五歳から五十歳までの女性は病理検査をするということで出て行った。悪い病気を持っている人は病院に入れてくれるということであったが、幸いそういう人は一人もいなかった。次に予防注射の係が来て、京城で接種を受けなかった人に予防接種をして、証明書を渡した。

三階は空き部屋になっていたので、子供たちの格好の遊び場になった。三階への階段の踊り場からは港が見えて、黒い煙突に白い十字のある大きな汽船が見えた。引き揚げ船かもしれないと思った。暗くなってから、三階のバルコニーに立って下を見下ろすと市内電車の屋根が見え、架線とポールの間で盛んに散る火花がきれいだった。大通りなので自動車も多く、街路は明るかった。この夜は交代で三十分ずつ、二人で不寝番に立つことになって、私は十時から立つことになっていた。不寝番といっても大したことはなく、玄関わきの長椅子に腰を下ろして出入りの者を監視するだけであった。結局、濁り酒のびんを下げた朝鮮人が一人入って来ただけで、次と交代になった。二階に戻ろうとすると、母と三宅先生夫人とが炊事場を借りて御飯を炊いて、握り飯を作っているところだった。そこで塩つけの握り飯を一つたべた。金山浦で買い込んだ米が残っていたので、すしと交換したり、明日以後に備えて握り飯を作ったりしたのであった。

第十五日（五月三日）

引き揚げ船

朝早く起きて水道の水で顔を洗った。金山浦を出て以来、初めて顔を洗ったのだった。今日、船が出そうだという話が伝わって来た。意外に早かったが、金山浦の人たちはもう前の船で出てしまったらしく見当たらなかった。十時頃に正式の知らせがあって、午後三時に出航ということになった。みんな各自で荷物を背負って、桟橋までかなりの距離を歩いた。今度は荷車屋は来なかった。露天の桟橋には、何百人という大勢の人々が長い列を作った。博多行きと仙崎行きの船が出るので、どちらか都合の良いほうに並ぶようにと言われた。殷栗組の者は日本上陸まで一緒に行動しようということになって、全員博多行きの列に並んだ。

博多行きの船は、もと大阪商船の船で瀬戸内海航路を走っていた、二千五百トンの「こがね丸」であった。巨大なホテルのように見える「こがね丸」が、すぐ脇の桟橋に横付けになっていた。太い煙突の大阪商船の大の字マークが、白十字に塗り替えてあった。船体は戦時中のカムフラージュのまだら模様が、そのままになっていた。薄日がさす暖かい日であった。

「皆さん、荷物を開いて、女の方はこちらへ集まって下さい。男の方はこちらに並んで下さい」と、係の人が呼びかけた。言われる通りに並ぶと、白い粉の入ったバケツが運ばれて来た。「胸を開いて下さい」と言われて、上着とシャツのボタンを外して胸を見せると、係員は、一人ずつ、異常のないことを確かめてから、白い粉を襟首や胸から中へ振りこんだ。その時は知らなかったが、これはＤＤＴであった。とにかくノミやシラミを殺す薬だということはわかった。実際、ノミやシラミには悩まされていたのである。荷物の中身にも真っ白にＤＤＴがかけられた。荷物の中身など調べられなかった。「裸にして調べる」などという話が全くのデマであったことがようやくはっきりした。

こうして私たちは、ついに引き揚げ船に乗り込んだ。乗客は総勢約六百人で、殷栗組はその二割以上を占めていた。出航までまだ間があるので、私は一番高い三階の甲板に出て見た。ここからは広く三方が見渡せた。戦争の惨禍がまだ残っていて、空爆を受けた大型船の残骸が、傾いたまま赤錆びた鉄の山のように横たわっていた。沈没船のマストだけが港口の水上に立っていた。

やがて、船の煙突から黒煙が立ちのぼり、軽い機関の響きが聞こえ出した。汽笛が二度、三度鳴り響き、船首を陸に向けていた船は、静かに後退し、桟橋を離れて向きを変えた。景色全体が廻っているように見える。エンジンの音は一段と高まり、船は白い航跡を引いて港を離れて行った。南朝鮮の山々がどんどん後方に去り、船は玄海灘に乗り入れた。玄海灘の海の色は、黄海のクリーム色や緑色とは違って、ブルー・ブラックのインクのように暗い色をしていた。だが飛び散る白波は雪のように真白であった。

水が透明で海が深いのだ。泡立つところ以外では、すべての光が水中に吸い込まれてしまうのだ。

私は、三階の甲板にある救命ボートに乗って、貞廣君や荒谷《あらや》君と話をした。中学三人組である。この三人で話をするのも、これが最後に違いないと思った。波は穏やかなほうであったが、それでも玄海灘は揺れが大きく、船室では船酔いの人がかなり多い様子だった。船は夕刻に対馬に着き、しばらく港に碇泊した。とうとう日本に入ったのだ。

第十六日（五月四日）

船室で寝ている間に、船は対馬を出航し、日本本土に向かっていた。八時十五分、朝飯の配給があった。白い大きな握り飯に、紅生姜とお茶が添えてあった。大きな握り飯だと思ったが、これが日本の現在の配給量の一食分だと知らされて、食糧事情の悪さに驚いた。一食分が七勺、一日が二合一勺だと説明があった。握り飯一個では物足りなかったが、船酔いのために食べられない人が多かったので、私は他人の分までもらって腹一杯たべた。

退屈だったので、他の場所から来た人々と引き揚げ話を交換した。同室の人の話では、咸鏡南・北道のあたりの人々はとても気の毒だったという。病気のため、毎日ばたばたと倒れる人が続出し、死人は夏の間に掘った穴では埋めきれず、冬には雪の中にまで埋めたということだった。若い元気な人でないと帰れず、体の弱い人や老人、子供は残されたので、いまにみんな死んでしまうかもしれないと話していた。旧満州から来た人で、家族が行方不明になってしまったという女の子を二人も連れて来た人もあった。

陸路を通って三十八度線を越えた苦心談も出た。真夜中にお互いの間をロープでつないで山道を越えたということや、途中でソ連の監視兵につかまった話など、いろいろあった。髪の毛を切って男装して脱出して来た女性もあった。こうした話を聞くと、我々殷栗組は非常に幸運であったとしか言いようがない。終戦の日から引き揚げまでの間に死んだのは、竹浪さんのお母さんと、煙草収納所で死んだ幼児の二人だけだった。殷栗出発間際に出産した母子も、無事に引き揚げて来た。ひどく体をこわした人も、悪性の伝染病にかかった人もなく、百数十人が無事帰れたのは、何よりのことだ。ただ、元警官や元兵士で、シベリア方面に強制連行された人々の行方だけが気にかかった。

博多に上陸

船は、しとしとと雨の降る中を、博多港の桟橋に到着した。とうとう日本に上陸したのだ。殷栗では、日本では中学以上の学校はないとか、小学校も休んでいるとか、新聞もなく汽車も走っていないとか、さまざまのうわさが流れていたが、みんな根も葉もないデマだったことがわかった。立派な引き揚げ者援護の施設があり、小学生の習字が壁いっぱいに貼ってあった。引き揚げ者専用の列車もあり、最終駅までの無料乗車券も渡され、お金のない人にはお金が渡され、一般の人には衣類や地下足袋などが配布された。電報を打つこともできた。

船を下りると、また念入りにDDTをかけられ、コレラの予防注射を受けた。建物の中で休憩する間に新聞を読んだ。ちょうど東京裁判が開始されたところで、その第一日の模様や、幣原内閣総辞職のニュースなどが載っていた。日本の変わりように、みんな目を丸くして驚いた。

それから、握り飯の配給や、引き揚げ証明書の交付、新円と旧円との引き換えなど、いろいろな手続きが行なわれた。お茶を飲んで待つうちに、九州に帰る人は博多駅まで送ると言って何台ものトラックがやって来た。殷栗組からも、鹿児島に帰る永田さんなど、数家族が別れて行った。互いに名残惜しそうに手を振って別れた。本州、四国、北海道方面の人は、博多港駅発、名古屋行きの特別列車に乗り込んだ。座席は大分空いていて、ゆっくりと腰かけられた。列車は夕刻に発車した。博多駅付近で列車が停車すると、男女の子供の売り子たちが、夏みかん、卵、茶、チョコレート、宝くじ、煙草などを売りに殺到した。

北九州は、水害の跡が生々しく、水浸しの畑などが見えた。夜遅く、関門トンネルを通った。電気機関車に引かれ、線路の継ぎ目の音がなくなった。下関に着くと、仙崎に着いたという中国引き揚げの兵隊たちが大きな荷物を持ってどっと乗り込み、開けていた窓からまで飛び込んで来たのにはびっくりした。車内はぎゅうぎゅう詰めになったが、次第に下りる人があって、まただんだん空いてきた。

引き揚げの旅も、もう間もなく終わりである。長い間一緒に暮した三宅先生一家は岡山で下りる。私たちは終点の名古屋まで行って、さらに東京行きに乗り換えて、終点まで行く。

この記録は、ここで終わりにする。引き揚げ後にもいろいろなことがあったが、それはまた機会があったら書くこともあろう。東京までの列車の旅の印象だけを付け加えておくと、広島では、線路が市街を離れているため、原爆の被害をよく見ることはできなかった。神戸では、すべてが瓦礫の街となり、何本も先の街路まで丸見えで、艦砲射撃の凄さを思い知らされた。その瓦礫の街を行く黒人兵や、どぎつい化粧をした女性などが異様に目立った。大阪も東京も、ところどころに焼けたビルの残骸が残るだけで、空襲のすさまじさがよくわかった。

　こうした廃墟とは対照的に、田園ではレンゲの花が美しく咲き乱れ、孟宗竹のタケノコがすくすくと伸び、咲き残りの真赤なツバキの花がとても印象的だった。「国破れて山河あり」の詩句が、実感を持って心に浮かんだ。

　今ごろ、殷栗はどうなっているだろう？　などと考えた。殷栗を発つ直前には、一日に三回も火事があった。我々がいた山縣商店の店は消防車の車庫になるとかいう話だったが、どうなっただろう。それはとにかく、ポプラ並木には新緑の若葉が出そろって、春のそよ風に揺れていることだけは、間違いないであろう。

後日譚

日本に引き揚げてからも、戦後の苦しい生活が、それぞれの人々の帰還先で待ちうけていて、特に引き揚げ者たちは、世間の目も冷たく、厳しい現実に直面させられた。私たちも例外ではなかった。殷栗から引き揚げた人々は全国に散らばり、誰もが生活に追われていたであろうから、互いに消息を伝えあう余裕がなかったのは無理からぬことであろう。私たちも殷栗在住の人々の帰国後の行き先は一応控えてあったけれども、文通などを通じてその後の消息のわかった人々はごく一部に限られている。

大串先生からは、父の許に年賀状が送られて来た。金萬昌氏が大串先生を糾弾しようとしたのを私の父が止めたので、その恩義を感じていたものらしい。何年くらい年賀状のやりとりが続いたか、大串先生が帰国後、何をしていたかについては、私は知らない。

毛勝先生と父との間では帰国後も文通があり、お互いの状況も通じあっていた。毛勝先生もまだ元気があって郷里で活躍していた様子であったが、そのうちに死去の知らせがあり、それを最後に音信が絶えた。養子の一二三さんは無事帰国した様子であった。

山縣さんは、郷里の山口県の山地で土地を得て、果樹園を作り果物の栽培をやっていた。養女の光子さんやその息子たちは櫛ヶ浜に住んでいた。夫の哲也さんも無事に帰国し、長男の正浩君は大学を出て三洋電機に就職した。吹き出物に悩まされていた千洲ちゃんも健康になり、末っ子の浩海ちゃんも、共に大阪の大学に進学したということであった。山縣さんも歳をとったので、家族の者が、里に下りて来て一緒に住むようにと勧めたが、果樹園に深く愛着を持っていたものとみえて、がんとして聞きいれず、ついに最期まで果樹園で暮らしたということであった。夫人は、櫛ヶ浜の家に戻って、孫の面倒をみたりしていたということである。父は山縣さんとは非常に親しくしていたし、光子さんは教え子であったから、かなり頻繁に、しかも長期にわたって文通が続いていた。しかし私は直接文通したことはなく、父や母から話を聞いただけであった。そのため前記の程度のことしか知らず、父の死後は音信も絶えて、その後の消息はわからなくなった。私の弟は、山縣正浩君と同級生で特別仲良しであったから、多少は文通もあったと思われる。正浩君は組合運動に相当熱をあげていた模様である。ある時、弟が私に、「山縣君が死んだという話を聞いた」と語ったことがある。あまりはっきりした話ではなく、どこから入った情報なのかも聞き漏らした。弟はパイオニアに勤めていたから、多分、音響関係の仕事で、三洋電機の関係者とつながりがあったのではないかと推測される。とにかく、直接の連絡は絶えていたに違いない。

殷栗から引き揚げて来た人々の中で、私たちが再会できたのは、三宅先生一家だけであった。私の父と母とは関西に住む親戚を訪ねたついでに中国・四国地方まで足をのばし、岡山県茶屋町の三宅先生宅に寄り旧交を暖めた。三宅先生夫人は病気とのことであったが、行ってみると元気そうで安心したということだった。その時一緒に写した写真が残っている。だが夫人は、それから間もなくして癌で亡くなった。

私は、大学一年の時、一人で岡山まで行き、三宅先生のお宅にしばらく滞在した。夫人はすでに亡くなっていたが、先生は元気で、酒屋をやっていた。雑貨類も扱っていたように覚えている。中庭のある広い家屋敷であった。太田三樹ちゃんも泊りがけでやって来た。三樹ちゃんも迪子さんも高校生になっていた。長女の仲枝さんにも初めて会った。その後また何年かして、私は学会の帰りにまた一人で三宅先生を訪ねた。先生は再婚して、なお元気であった。娘たちはもう家にはいなかった。

私の父が満八十八歳になった年、母は満七十七歳になった。元来、米寿とか喜寿というのは数え年でやるものだそうだが、私はそんなことは知らなかったから、この年の秋に東京の共済会館で祝賀会を催した。親戚・知人や、父のかつての教え子などが大勢集まって盛大な祝賀会となったが、その時、三宅先生がはるばる岡山から駈けつけて来られた。

竹浪さんは、郷里の青森県板柳町で、りんご園をやっていた長男と一緒に住んでいた様子である。父とは文通が続いていたので、私が大学に勤務するようになってから、父を連れて秋の十和田湖の観光旅行に行く計画を立てた際、竹浪さんを訪問しようということになった。父がそのことを知らせると、竹浪さんは、秋はりんごの収穫で忙しいから少し季節をずらせて来てほしいという手紙をよこした。だが、私には勤めがあり、せっかく十和田湖の紅葉を見ようとしたのであるから、予定は変えられなかった。結局予定通りに旅をしたが、五能線の列車で岩木山麓のたわわに実った赤いりんごを車窓から眺め、板柳町はそのまま通過した。帰ってから父がそのことを手紙で知らせると、竹浪さんはまことに申し訳ないと詫び状を送って来たが、頑固で変わり者の竹浪さんは、どういう心境からか、それきり音信を絶やしてしまった。私は、あの時無理にでも竹浪さんを訪ねておけばよかったと、後悔した。

それ以外の人々の消息は全くわからない。貞廣さん、荒谷さんなどからも音信はなく、私たちも自分の生活に精一杯で、あえて消息を尋ねる余裕もなかった。他の人々にしても同様であったろう。

小堀先生は、私たちよりかなり遅れて引き揚げて来た。陸路で三十八度線を越えたということであった。我々のように船で脱出したのは少数派で、大多数の北朝鮮在住者は陸路を通って脱出したと思われる。夜陰に乗じて境界線を突破するなど苦心があった様子であるが、相当多数の日本人が境界線を越えたということからして、国境警備隊の側も、目の前を通過するのを黙認するわけにはいかないが、見ていないところで通過されたのでは仕方がないという態度をとっていたと考えられるのではないだろうか。

小堀先生は栃木県の那須のあたりに住んで、何度か私の家を訪ねて来た。息子の博さんも帰って来て、亡き米子の忘れ形見、小堀栄一君も引き揚げて来た。私も彼と会うことができた。彼はもし、北朝鮮や中国に行けるようになったら、ぜひ一緒に行きたいと熱心に語っていた。

残念ながら私は、小堀先生に、南浦の日本人たちが戦後引き揚げまでにどんな経験をしたか詳しい話を聞く機会を逸した。当時の私はそのことにあまり関心を持っていなかった。だが小堀先生のほうから多少の話が出たのは記憶している。南浦は大都会で日本人の数も多かったから、人民委員会等と日本人たちとの交渉は、殷栗の場合と違って、かなり組織的なものであったように思われる。戦時中、責任ある立場にあった日本人たちに対して糾弾が行なわれた様子であるが、福重校長は公正な人であったため、強く糾弾されたことはなかったということだ。だが、入学審査をめぐって多少の問題が生じたらしい。福重校長は黙々として便所掃除などの作業をやっていたと、小堀先生は語った。

戦後五十年が過ぎても、いまだに北朝鮮と日本との間に国交が回復しないとは、実に残念なことである。韓国はもとより、中国も開放されたのに、北朝鮮が世界でも数少ない未開放の国として残り、「最も近くて最も遠い国」になろうとは、全く予想もしていなかった。だが、その建国五十周年に当たる一九九五年の秋に、私は団体に加わって北朝鮮を訪れる機会を得た。北京から飛行機で平壌に入り、帰りは列車で北京に戻った。訪ねた都市は、平壌、開城、板門店、および南浦であった。開城と板門店は、初めての訪問であったが、平壌と南浦は思い出の街であった。だが平壌の市街は完全に変わり、牡丹峰公園の辺りを除いては、全く昔の面影はなかった。高層ビルの立ち並ぶ近代都市になっていた。朝鮮戦争によって相当にひどく破壊されたのも一因であったろう。だが、半世紀もたてば変わるのが当然で、日本はもっと大きく変化している。

南浦の街もすっかり変わって、古い住宅などは見当たらず、四、五階建てのアパートのような建物が街道の両側に立ち並んでいた。街の西方に大同江の河口付近を堰き止める長大な「西海閘門」が完成していた。大同江上流地方の洪水と、西海（黄海）の満潮とが重なって、大同江下流地域にしばしば起こった大水害を防止するためである。巨大な堰堤が、対岸に向けて延々と続き、それに沿って列車も走っている。これは平壌と殷栗を三時間ほどで結ぶ鉄道だとのことであった。殷栗に行くことはできなかったが、おそらく、殷栗の街もすっかり変って、昔の面影を偲ぶよすがもないのではないかと想像される。

閘門ができたために、街だけでなく、自然までも大きく変化してしまったようである。かつての鎮南浦中学のあったあたりとは少し離れているが、自然の風景も昔を思い出させてくれなかった。ただ、私が中学在学中に毎日のように眺めた、あの大煙突が奇跡的に残っていた。かつては二本の小煙突が両側に控えていたが、一本は倒れて、他の一本だけが残っていた。

殷栗の朝鮮人の人々のその後の消息は、知るすべもない。仮に殷栗に行けたとしても、当時の人々のほとんどは故人となり、その消息を知ることは容易ではあるまいと思われる。

朝鮮半島関連略年表

第二次世界大戦以前

年	朝鮮半島関係	世界・日本
一九一〇	8月 日韓併合、朝鮮総督府を設置 10月 初代朝鮮総督：寺内正毅	
一九一一	1月 朝鮮民族主義者大検挙（安岳事件）	
一九一五	朝鮮各地で独立運動が起こる	第一次世界大戦（一九一四—一九一八）
一九一九	3月 3・1独立運動（抗日闘争）起こる 4月 朝鮮政治犯処罰令公布 9月 朝鮮総督 斎藤実、京城で爆弾を投げつけられる	ロシア革命（一九一七）
一九二三	9月 関東大震災の後、流言により朝鮮人虐殺	
一九二五	6月 朝鮮総督府、中国・朝鮮人取締り協定（三矢協定）に調印	
一九三二	1月 朝鮮人、李奉昌が天皇の馬車に爆弾を投げつける（桜田門事件）	満州事変（一九三一・九）
一九三七	6月 東北抗日連軍（金日成が指揮）、日本の警備基地攻撃（普天堡事件）	日中戦争（一九三七・七）
一九三八	4月 朝鮮総督府、中学校の朝鮮語時間を他学科で代替させる	

第二次世界大戦中（一九三九―一九四四年）

年	朝鮮半島関係	世界・日本
一九三九	12月　朝鮮総督府、朝鮮人の創氏改名を命ず	ドイツ軍、ポーランドに侵入（第二次世界大戦）
一九四〇	10月　朝鮮総督府、朝鮮人の皇民化を強化する	6月　フランス、ドイツに降服する 9月　日独伊三国同盟、日本軍、仏印進駐 10月　大政翼賛会発会式
一九四一		6月　ドイツ、ソ連に侵攻 10月　東条内閣成立 12月　日本、米英蘭に宣戦布告（太平洋戦争）
一九四二		2月　シンガポール陥落 3月　オランダ軍全面降服 6月　ミッドウェイ海戦 12月　日本軍、ガダルカナル島撤退
一九四三	8月　朝鮮に徴兵令施行	4月　山本五十六戦死 5月　アッツ島守備隊全滅 6月　学徒動員の決定
一九四四		7月　サイパン島守備隊全滅 東条内閣総辞職（小磯内閣成立） 10月　フィリピン・レイテ島に米軍上陸

終戦前後（一九四五―一九四六年）

年	本書関係	朝鮮半島関係	世界・日本
一九四五	4月 鎮南浦中学に入学 8・15 終戦 8・16 学校閉鎖 8・26 殷栗に帰る 9・15 収容所に入る 10・15 収容所を出る（太田邸） 12月 自宅に帰る	8・9 ソ連参戦、北朝鮮に侵攻開始 9・8 米ソによる朝鮮分割占領、北緯38度線を境界とする 9・14 朝鮮人民共和国中央人民委員会宣言（米軍は認めず：12・12宣言） 12・16-26 モスクワで米英ソ外相会議、朝鮮臨時政府の樹立、米ソ合同委員会の設置、5年間の信託統治をきめる	4月 ヒトラー自殺 4月 米軍、沖縄上陸、小磯内閣総辞職 7月 ポツダム宣言発表 8月 広島・長崎原爆、ポツダム宣言受諾・終戦、マッカーサー到着 9月 戦犯逮捕始まる 10月 幣原内閣発足
一九四六	1月 西村→山縣邸に移る 2月 殺人事件 4・19 殷栗を去る 4・22 金山浦出航 5・1 麻浦港上陸 5・4 博多着	1・2 朝鮮共産党、信託統治を支持 1・3 金九、朝鮮統一政府樹立を声明する 5・6 米ソ合同委員会、無期休会となる 9・23 南鮮、米占領軍反対ゼネスト（十月人民抗争）	1月 GHQ、公職追放令を出す 5月 極東軍事裁判始まる（48・11判決）、吉田内閣発足 11月 新憲法公布（47・5・3施行）

戦後・朝鮮戦争まで（一九四七―一九五一年）

年	朝鮮半島関係	世界・日本
一九四七	2月　南鮮ゼネスト 9月　ソ連、朝鮮からの米ソ同時撤兵案を出す（米国は拒否）	4月　6・3制教育制度発足 5月　片山内閣成立
一九四八	5月　南朝鮮単独総選挙 8・15　大韓民国樹立宣言（李承晩大統領） 9・9　朝鮮民主主義人民共和国成立（金日成首相）	1月　ガンジー暗殺 3月　芦田内閣成立 6月　ベルリン封鎖 10月　第二次吉田内閣成立
一九四九	金九暗殺	7月　下山事件、三鷹事件 8月　松川事件 9月　在日朝鮮人連盟に解散命令 10月　中華人民共和国成立
一九五〇	6・25　朝鮮戦争勃発、国連軍、平壌占領（10・20）、中国参戦（10・25）、中国・朝鮮軍、平壌奪回（12・5）	2月　マッカーシー旋風起る（アメリカ） 6月　マッカーサー、日本共産党中央委員を追放
一九五一	4月　マッカーサー司令官解任 7月　停戦会議始まる（一九五三年7月停戦調印）	9月　サンフランシスコ講和会議調印 日米安保条約調印

あとがき

第二次世界大戦は、二十世紀における最も悲惨な出来事であったといえよう。また、それまでの人類の戦争の中で最も大規模で、最も冷酷、残虐なものであったとも言えよう。私はその時代を生きて来た。直接戦火にはさらされなかったが、異国にあって、敗戦国民の悲哀を味わい、その中において、民族間、個人間の赤裸な葛藤を見、人間の奥底に隠された恐るべき怨念や欲望を目にし、また、民族や国家の垣根を越えた友情も見た。感じやすい年齢であった私にとって、その経験は、以後の私の人生を大きく左右した重大な要素となった。私の経験は、現在の世界史から見れば、長大な歴史の流れのほんの一瞬に、世界の片隅で起こった微細な出来事にすぎない。だが、私にとっては、生涯の根幹にかかわる大事件として、私の頭脳のすみずみにまで沁み込んだものであった。その事件の渦中にあった頃から、すでに私はそのことを自覚し始めていた。

小学生の頃から、物を書くのを趣味にしていた私は、北朝鮮に抑留されていた頃から、もし無事に日本に帰れたら、このことを記録に書こうと考えた。私がまだ満十四歳の時であった。そして、それを仕上げたのは、それから五十年以上たってからであった。これだけから見れば、私の生涯の大部分を費やしたことになり、「ライフワーク」とも言うべきものだとも見えるが、実を言うと、この長い年月の間にはかなり長期間のブランクがあり、長年月を要したのは、ひとえに私自身の怠慢によるものである。

私には、妙に潔癖な「完全主義」の性癖があった。私は日記をつけなかった。それも同じ理由による。日記は一種の記録であって、そこには事実に対する誤認や、真実を曲げる欺瞞があってはならない。だがそれを忠実に実行するとなると非常な困難がつきまとう。事実を正確に把握するのも難しいが、事実をありのままに記録するのは、それよりも遥かに難しい。事実をありのままに記述するのは、自己を赤裸々に表現することでもあり、他人の名誉も時として傷つける結果となる。他人に見せるものではないにしても、ただそれを書くだけでも、多大の勇気と決断とを必要とする。私はそこまで厳格に考えたわけではないが、やはり日記が書けなかった。

ところが、殷栗における戦後の体験が進行するにつれて、私は、これは何とかして記録すべきだという気持に強く誘われるようになった。その時からメモでもつけ始めればよかったのだが、私の完全主義がそれを邪魔した。メモをつけるならば、「最初から完全に」つけておかなければ気がすまなかった。途中からつけ始めるなどという半端なことをしたくなかった。今から考えてみれば、実におろかな考えであった。たとえば、ある事件の起きた日付が数日狂っていたとしても、それが本質にどれほどのかかわりがあろう。いかに「完全に」記述したとしても、それは当時十四歳の少年の眼を通して眺めたものであって、決してそれが客観的な真実であるとは保証できない。そう考えれば、当時の私の「完全主義」は、むしろ無用な邪魔者でしかなかった。

だが、とにかくそんなわけで、私は、これからできるはずの「完璧な記録」を思い描き、やがて日本への脱出の旅が始まるときに備えて、手製の手帳をこしらえた。脱出行が始まってからは、常にそれを手もとに置いて、詳細な記録をつけ始めた。こうして脱出の旅の詳細は記録された。日本に帰ってから、私はそれをまとめて文章に仕上げ、「北鮮脱出記」を書き上げた。

ところが、早稲田大学を卒業して、「売れない作家」と自称していた私の従兄が、このことを知って、非常な尽力をしてくれて、ついに『北鮮脱出日記』が神田神保町の十字屋書店から出版されることになってしまった。『宮沢賢治全集』などを刊行したこともある書店であった。童話作家の坪田譲治氏が推薦のことばを書いて下さり、私が高校生の時に発行された。結局この本はあまり売れなかったし、今ではとうに絶版になっている。当時としては、時流に乗った題材であったし、すでに類似の書物が評判になっていた。だが、私の本が売れないだろうということは、私自身が予期していた。なぜなら、単に脱出の船旅の記録だけでは弱いからである。中心となるべきことは抑留中の八カ月の出来事である。それを一切省いたのでは、妙なたとえで言うならば、まんじゅうからアンコを抜いてしまったようなものである。私がそれを重々承知でいながら、その肝心の部分を書かなかったのは、前述の奇妙な「完全主義」のせいもあるが、より大きな理由は、共に引き揚げて来た人々がまだ健在だということであった。赤裸々に書いたのではある人々の名誉を傷つける恐れが多分にあるが、それを恐れてあいまいな記述をしたのでは、読む者にとっても物足りないばかりか、私にとっても我慢ならないことであった。すべてを正直に書けば、この出版物は多少とも世間の目にとまったかもしれない。そうすれば共に引き揚げた人々の目にもふれることになるであろう。私は妙に弱気になって、結局引き揚げの船旅だけでお茶を濁してしまった。

だが私は、この「書かなかった部分」を書き上げることをあきらめたわけではなかった。大学に入り、二十歳を過ぎてから、出版など前提にしないで、書き始めることにした。まだ記憶は生々しかったし、私は記憶力は良いほうであったから、かなりの自信をもって書き始めたのであった。かつてのような無用な「完全主義」からはかなり解き放たれていた。だが時が流れ、復員、抑留、引き揚げなどの事実も、歴史の中に埋もれかけていたので、戦時中のことから書き始めたほうがよいと、欲張った考えを持つことになった。そして区切りがよいという理由で、私が鎮南浦中学に入学した時点から書き始めた。戦時中の学生生活ももう忘れられようとしていたので、それを若干書いておくのは戦後の状況を述べるための下地としても有効だと考えたのである。

だが、この雄大な構想で書き始めた記録物語は、なんと、南浦で敗戦を迎えて、そこへ父が私たちを連れに来たところで中断してしまった。肝心の中心的話題に全く触れないうちに中絶して、それから四十年余りも放置された。それは私が大学を出て研究生活に入り書き続ける余裕を失った上、もうこの記録のことまでも忘れてしまったような状態になったためであろう。実際私は、若い頃から親しんでいた文筆からも遠ざかり、英語の論文を書くことのほうに追われていた。

私が六十三歳となり、一九九五年三月末に定年退職してもまだ、その続きを書こうという考えは起こらなかった。しかし、若い頃に書いた文章をワープロを使って記録しようとしているうちに、新たに何か書いてみたいという欲求に駆られた。そして、若い頃の構想をもとに創作をしたり、全く新しいものを書いたりするうちに、「そうだ、あれを完成させなければ……」と、思い付くに至った。

しかし、ここに至って、一つの困難が生じた。いかに記憶力が良いと自賛していても、五十年余りも前のこととなると、それほど正確に覚えているものではない。正確だと確信できる記憶もあるが、脱落した記憶も少なくない。考えてみれば、三宅先生は二度も訪ねたのだし、他の何人かの人々も、何かの折に訪ねて思い出を語ってもらい、またもし記録の持ち合わせがあればコピーさせてもらうこともできたはずだ。全く惜しいことをしたものである。今となっては、当時の大人たちはほとんど他界するか、年のために記憶をうしなったり、消息が不明になったりで、資料を引出せる見込みは薄い。私より若い世代はどこかで生きているかも知れないが、当時小学生だった者の記憶では心許ない。

だが、幸いにして、有用な資料が残っていた。私も全く何もしなかったわけではなく、父と母と私の三人が集まったところで、当時の思い出を語り、それを長時間にわたってテープレコーダーで記録していたのである。テープレコーダーのまだ珍しい時代であったが、朝鮮の記憶はまだ生々しく、かなり多くのことを皆が記憶に留めていた。そして三人がそれぞれの立場から思い出を語り、記憶の不明確なところを互いに補い合ってみると、かなり明確な資料が掘り起こされてきた。私自身も、自分の記憶を改めて語り、不明の事柄については、両親に説明や補足を求めた。この長大な録音記録は、私が意図的に行なったものので、書くわずらわしさを避けながら、できるだけ正確な記録を残そうとつとめたものであった。もう一つ、父が自伝的な記録を何冊もの分厚いノートに書いたものがあった。これは父が生まれてから戦後十年余りを過ごすまでの記録で、殷栗での戦後の生活の部分はあまり多くなく、内容も録音とほぼ重複していたが、朝鮮事情や父と関係の深かった人物に関する記述などで非常に参考になった。テープ録音は、古いものなので、オープンリール方式で、四トラックとか、九・五、または四・七五センチメートル毎秒といった特殊なテープスピードを使用しており、現在これを再生できる機器を探すのは極めて困難な状況であった。幸いにも私は古いテープデッキを持っていて、それが正常に作動してくれたので、すべてMDに移し替えることができた。私は、この録音を何度も聴いてメモを作り、父の自伝を参考にして、大体の構想を練り上げることができた。

結局、戦後間もなく書いた『脱出記』と、一九五〇年代に書いた南浦時代の記録と、定年後書き始めた殷栗での戦後生活との三部構成とし、年代順に、南浦時代を第I部、新しく書き始めた殷栗時代を第II部、脱出記を第III部とすることにした。

第II部を書き始めてから間もなく気づいたことは、時代の移り変わりと共に、この記録の意義も変わってしまったということである。長いこと私の頭に納まっていた考えは、私にとって驚天動地の出来事を生々しく綴ることであった。だが、それが私にとってどれほど重大な出来事であったとしても、半世紀を経た今日にあっては、遠い過去の歴史の一断片にすぎず、第三者から見れば、興趣に満ちた波瀾万丈の物語とも言い難いであろう。しかも、時代背景がすっかり変わってしまった。終戦直後であれば、一少年の眼から見た実録にもそれなりの価値が見出されたかもしれない。しかし、すでに歴史の中に埋もれてしまった現代では、それでは物足りない。いかに正確・緻密な資料があったとしても、子供の目から見た記録には限界がある。それは「脱出記」を読み返して見てもよくわかる。そこで私は、第II部を書くに当たって、父や母の証言や私の記憶を再構成して、形式上は当時の私の語りの形をとりながらも、実質的には現在の私の立場に立って書くことにした。記述はほぼ時間進行に従っているが、詳細な日付については資料に乏しく、多少の順序不同は本質的な意味に影響がないので、類似の出来事は時間進行にかかわらずある程度まとめて記述するようにした。

第二次大戦中には、前代未聞の大椿事や波瀾万丈の物語や冷酷無惨な出来事が、数える暇もないほどに発生した。そうしたもろもろの事件については、多くの文献が公表され、また今後も明らかにされて行くであろう。だが、名も知られずに消え去った庶民たちが、そういった激動の歴史の中でどう生きていたか、その具体的な実例を探ることは時間とともにますます困難になるであろう。また、過去の事実だけでなく、風俗・習慣や自然の風景までもが忘れ去られ消え去って行く。そう考えると、殷栗や南浦の街で、日本の植民地統治から人民共和国へ、あるいは朝鮮戦争へと時代の移る直前に、庶民はどんな生活をしていたか、いかなりの正確さをもって具体的に語れる人は極めて少ないであろう。私はその希少な人物の一人だが、いまそれを記録しておかなければいつ記録できるかわからない。いや、記録せずに終わってしまうかもしれない。より正確な資料が見つかれば、必要に応じて、あとから補訂すればよい。そう考えて私は、現在利用できる限りの資料をもとに書き始めたのである。

北朝鮮を再訪して痛感したように、朝鮮もまたこの半世紀にすっかり変わってしまった。したがって、この記録を書くに当たって、いろいろと当時の生活習慣や時代背景について、説明を加える必要を感じた。それもまた貴重な記録の一部であると感ずるからである。説明は必要に応じて随時さしはさむことにした。話の筋を中断したり、説明の個所を見出すのに不便だという欠点はあるが、このほうが読みやすいと考えたからである。学術論文ではないし、欄外に注釈を並べたり、最後に一括したりするのはかえってわずらわしいだけであろう。そのようなわけで、第II部に関しては説明文がかなり多くの部分を占める結果となった。

「歴史の一断片」と称するにしては、私の手持ちの資料には不完全な部分が多い。しかし私は一切の「創作」を排した。多少の誤謬は避けられないにしても、私自身が見聞したり、父や母やその他の人々から聞いたことがらを一応「事実」として受け止め、それだけを記述した。したがって謎が解明されないまま残ったり、話の筋が一部欠落したり、うまくつじつまが合わなかったり、尻切れとんぼに終わったりした部分が少なくない。しかし、それを想像や創作で埋めて話をまとめ上げるようなことはしなかった。「事実」として記録したことがらでも、私自身が見聞したことと、他人からの伝聞とでは、その信頼度は異なるであろう。そこで、記録の出所を明らかにし、伝聞の場合、聞いた相手がはっきりしている場合は、その相手の名前を記し、何人かの人々の話を総合した場合は、それらがどのような人々であるかを明記するようにした。また、信憑性の薄い場合はそのことをも明記した。

このような方針にもかかわらず、私は、私自身や、他の人々の推理、推測をいくつかの個所で述べている。もちろん、それが推理、推測であるという点ははっきりと断っている。事実が明瞭でない場合、推理や推測をめぐらすのは、すべての人に与えられた当然の権利である。誰がどう想像しようと自由である。だが、私をはじめその場にいた者たちは、当然前後の事情や周囲の環境等、問題の事件にかかわる多くのことがらをよく知っている。したがって第三者に比べて遥かに確実な「推定の根拠」を持っていると考えられる。もちろん、渦中にある者より第三者のほうが、より冷徹な推理ができる場合もあるであろう。それも考慮に入れた上で、「参考意見」としての推理、推論を一部にさしはさんでおいた。

人名や地名の表記に関しては「まえがき」に詳しく述べた。地名はもちろん、人名についても、すべて実名を用いた。戦後すでに半世紀を過ぎて、関係者のほとんどは他界したとしても、なおその係累の人々に対して名誉を傷つけるような記述は無いとはいえない。だが、そういったことを考慮して仮名を使ったとすると、登場人物が非常に多いので、筆者の私でさえ混乱を起こしかねない。あとから補筆訂正するにしても、実名がわからなくては、はなはだ不便である。また、仮名を使ったとしても、名誉毀損を訴えるような関係者が読めば、それが誰であるかはわかってしまうであろう。大量の仮名を創造する仕事は、私にとっても退屈で気骨の折れる仕事であるし、気の向かない仕事でもある。また、この記録は公表を前提として書いたものでもないから、なおさら仮名を使う必要は感じられなかった。

第II部を書き終わったあと、引き続き第III部を書いた。この種本は前述の一九五一年(昭和二十六年)十字屋書店発行の『北鮮脱出日記』で、これは私が自分のメモをもとに帰国の翌年(一九四七年)に書き上げた「北鮮脱出記」を出版に向けて書き直したものである。この書き換えでは、文体は変わったが、内容的にはほとんど変わっていない。引き揚げ途中でメモしているので、日付や出来事については極めて詳細で正確だが、不必要な叙述や同じことのくり返しが多く目につくので、かなり大幅に削った。また、第

II部で述べたことと重複する部分も削除した。そのため、原文よりかなり短くなったが、原文にはなかった説明を補足した部分も多少ある。基本的な内容は変わっていない。文章も散漫な部分を簡潔に改めたりはしたが、かなりの程度、原文をそのまま残してある。脱出の行程がはっきりするように、この第III部だけ、「日記」の形をとった。

最後に第I部を書いた。この原本はノートに書きかけた未完のもので、第II部を書き始めるとき、この第I部にちょうどつながるように配慮しておいた。原本が書かれた時期は明確ではないが、一九五〇年代の末頃、すなわち、引き揚げの約十年後と推定できる。十年経過していても、かなり詳細に当時を記憶していたことがわかる。この時、第II部まで書いていれば、今回のものよりも相当に詳しいものになっていたであろう。しかし大筋においてはほとんど変わりはなかったと思う。ここではすでに、当時の朝鮮の事情等についての説明がかなり入っていたが、第II部に挿入した説明と重複する部分はほとんど削除した。これは今回書き上げる際に順序が逆転したために生じた現象で、第I部で説明なしに使用した用語を第II部で説明している例がかなりある。ただし、簡単な説明はそのまま残した場合もあるので、同じような解説が第I部と第II部で多少重複している部分もある。経験した事実に関する記述はなるべくそのままに残し、ニュアンスを変えないように、原文の表現をなるべく保存するよう配慮した。

全体として言えることだが――特に第II部において著しいが――ほとんどが地の文で、会話が非常に少ない。会話は、その場の雰囲気を生き生きと伝える。それだけに、筆者の想像によって会話を作り出すと、誤ったイメージを創作する恐れがある。そこで会話は、私の記憶やその出所に自信のある場合はそのままのことばを記し、それ以外の場合は概要をまとめて記すだけにした。

このようにして全三部が完成したが、第II部だけが書き下ろしで、他の二部は異なる時期に書かれた底本をもとにして書き直したものである。書き直しによってある程度、全体としての一貫性を保たせたけれども、三つの部分でそれぞれにやや異なる雰囲気が感じられるかもしれない。しかし、真実は一つでも、感じ方には数多のものがあり、そのどれが正しいとも優れているとも言いかねる。あえて各部の不整合を正さなかったのは、そういった理由からである。そんなわけで、この三部作は、年齢の異なる三人の私の合作とも言えるであろう。

本文にも記述されている通り、私の父は、朝鮮在住中に撮影された写真をアルバムから剝がして、引揚げの際、苦心をして持ち帰った。これらの写真は現在私の手許にあり、本書の執筆においても重要な資料となった。それらの写真の中で、本書中に登場する人物が多く写っているものをいくつか選び、適当な場所に挿入しておいた。また、簡単な説明文も添えておいた。撮影年月日は、写真に焼き付けてあるもの以外は、正確にはわからないが、写っている人物からある程度推定は可能なので、その推定年月を記した。写っている人物の名前等については、私の記憶に基づいて記したが、本書に直接関係のない人物も含まれている。全く私の記憶にない人物や、憶測しかできない人物は、「不明」とし、自信を持って断定できない場合は、疑問符（?）を付した。半世紀以上も前の写真であるから、私の説明が百パーセント確実であるとは保証できないが、大部分は間違いないと、私は信じている。

第Ⅲ部「脱出」の部分には、挿絵が挿入されているが、これらは、『北鮮脱出日記』（一九五一年、十字屋書店版）の出版に当たり、私自身が当時を思い出して描いたもの（ペンおよび筆による墨絵）の一部である。現場でのスケッチではないので、細部においては実際と違う点があるかもしれないが、おおよその情景を偲ぶには十分であると思う。

私たちが住んでいた殷栗の家の周辺の風景については、終戦の前年と、終戦後の二度にわたって、家の物置の屋根の上から写生した絵が残っている（本文九〇―九二ページ参照）。これも苦心をして朝鮮から持ち帰ったものである。現物は、ほぼA4判大の画用紙に描かれた水彩画である。幸い、汚れも少なく、色もあまり褪せていない。東方の九月山を中心にした五枚続きの絵と、南の南山を中心とした三枚組みの絵がある。その一部は、本書のカバーのカットに使用されている。

本書の執筆に当たって私の意図したところはすでに述べた通りであって、できるだけ正確に事実をありのままに述べるよう心掛けた。そのために、一部の登場人物に対しては、やや失礼と思われるような記述も無いとはいえないであろう。しかし、私は十分に公正を期したつもりであり、また、すべての登場人物に対して敬意を払っており、特定の人物を誹謗中傷する意図は全く持っていないことをお断りしておく。私の意図するところを御諒解いただき、御寛恕を願う次第である。

前述の通り、本書の資料として、今は亡き私の両親の録音テープと、父の書き遺した回想録が重要な役割を果たしている。泉下の両親に対して、改めて感謝の意を捧げたい。また、本書の出版に際しては、平川俊彦氏、松永辰郎氏をはじめ、法政大学出版局の方々の御助言、御協力をいただいた。ここに謹んで感謝の意を表したい。

二〇〇〇年七月一〇日

岩下　彪

（付記）

「朝鮮半島関連略年表」の作成にあたっては、左記の文献を参照した（順不同）。

歴史学研究会編『日本史年表』（増補版）岩波書店（一九九三年）

金達寿著『朝鮮』岩波新書（一九五八年）

歴史群像シリーズ『朝鮮戦争』（上下）学習研究社

著者略歴

岩下　彪（いわした　たけき）

1931年生まれ．父親が朝鮮人小学校の校長として朝鮮に赴任し，退職後，黄海道殷栗（現在の朝鮮民主主義人民共和国，北朝鮮）でりんご園を経営中に生まれた．中学在学中に終戦を迎え，抑留生活を送ったのち帰国．栃木県立足利高校，東京学芸大学，東京教育大学大学院に学び，1965年理学博士．東京工業大学および東京学芸大学で物理学の研究と教育に従事し，1995年定年退官．東京学芸大学名誉教授．趣味として文筆，旅行，ビデオ撮影などに熱中している．

少年の日の敗戦日記　朝鮮半島からの帰還

2000年８月15日　初版第１刷発行

発行所　財団法人　法政大学出版局
〒102-0073　東京都千代田区九段北3-2-7
電話03(5214)5540/振替　00160-6-95814
印刷／三和印刷　製本／鈴木製本所

Printed in Japan

ISBN4-588-31611-7

ヒロシマ　J・ハーシー／石川欣一・谷本清訳　九〇〇〇円

ヒロシマ日記　蜂谷道彦著　一四〇〇〇円

積乱雲の彼方に　〈愛知一中予科練総決起事件の記録〉　江藤千秋著　一五〇〇〇円

板東俘虜収容所　〈日独戦争と在日ドイツ俘虜〉　冨田弘著　五八〇〇〇円

ナチズム下の子どもたち　E・マン／田代尚弘訳　二三〇〇〇円

植民地鉄道と民衆生活　〈朝鮮・台湾・中国東北〉　高成鳳著　七四〇〇〇円

日本言論界と朝鮮　〈一九一〇―一九四五〉　姜東鎮著　三五〇〇〇円

近代天皇制国家と民衆・アジア　（上下）　松尾章一著　上・三八〇〇〇円　下・四二〇〇〇円

占領期メディア分析　山本武利著　九七〇〇〇円

吉田茂＝マッカーサー往復書簡集　〈一九四五―一九五一〉　袖井林二郎編訳　九五〇〇〇円

（表示価格は税別）